詩神們，來點厭世聊癒系吧！

唐詩成語故事趴，
143個成語，99篇穿越傳奇

單昌學——著

【前言】

一直以來以讀書寫作為樂的我，在二〇一七年暑假時，準備利用假期寫些唐詩賞析之類的文章，積累的資料也可以用來編寫新學期校本課程的教材。在查閱相關資料的過程中，我發現關於唐詩賞析之類的書籍文獻很多，要想再寫出新意真的不是件易事。

偶然間，我在翻閱成語詞典時，看到許多成語都是源自於唐詩，如「青梅竹馬」和「兩小無猜」兩個成語是從李白的〈長干行〉一詩中得來：郎騎竹馬來，繞床弄青梅，同居長干里，兩小無嫌猜。成語「寸草春暉」出自於孟郊〈遊子吟〉中的「誰言寸草心，報得三春暉」。如李白、杜甫、王維、李賀、白居易、柳宗元、劉禹錫、杜牧等詩人，不僅創作了大量的優秀詩歌，而且每人都創造出十多個甚至幾十個成語。

這些源於唐詩的成語給我帶來新的創作構想：讓成語回歸原詩，再聯繫詩人生平或相關經歷還原詩歌創作背景，並在行文中，有針對性地將詩人的其他重要詩作串聯起來，進而展現出詩人一生的心路歷程。

如果跟某個詩人相關的成語較多，詩人一生經歷也比較豐富，那就選取成語中可以演繹成文的，分專題進行寫作，比如在寫白居易時，就以「居大不易」來寫他在為官歲月中如何一步步解決自己的居住問題，以「比翼連枝」來寫他與一位鄉女的愛情故事，以「司馬青衫」來寫他的宦海沉浮，以「肺腑之言」寫他與元稹的親密關係，以「彩雲易散」寫他與關盼盼之間的是是非非。還有些詩人，僅給後世留下寥寥幾首詩（甚至只有一首詩），其生平在史料中也只是粗略提及，比如崔郊只存詩〈贈去婢〉，卻創造了「侯門似海」這個成語，那在寫他的故事時，就要合理地多增添一些虛構成分了。

有了新的切入點，我開始了創作。

本書共有文章九十九篇，寫了七十二位詩人的一百四十三個成語，涉及唐詩五百餘首。一卷在手，便可讓你在對歷史的回望和詩歌的品讀中，縱覽唐代詩壇全貌，感受唐代詩人們的豪情和才思。書中各篇以平易活潑的表述方式，盡可能多地提供有價值的唐詩及詩人的訊息，相信是非常適合唐詩愛好者閱讀收藏的。

作者

二〇一八年十月

【目錄】

斗酒學士——王績：三仕三隱，酒來酒去

【成語】**斗酒學士**

【釋義】指酒量大的文士或名臣。

【出處】《新唐書．王績傳》：「以前官待詔門下省，故事，官給酒三升。或問：『待詔何樂邪？』答曰：『良醞可戀耳。』侍中陳叔達聞之，日給一斗，時稱『斗酒學士』。」

自古以來，詩與酒好像一直有緣，詩壇幾乎離不開酒罈。對於中國人來說，有幾個不知道「李白斗酒詩百篇」這句話呢？唐初，也有一個以酒量大而出名的文人，他還因此贏得了「斗酒學士」的稱號。這個人名叫王績。可能你對王績這個名字比較陌生，但你一定知道「初唐四傑」之一的王勃。王勃的爺爺叫王通，王通是王績的親哥哥。因此，王績就是王勃的叔公。

王績出生時，還是隋朝，王家當時也算得上是當地的名門望族——向上連續六代人都是當大官的。王績繼承了家族的優良基因，從小便聰明好學。十來歲時，他第一次從家鄉絳州龍門來到長安遊學，便獲得了「神仙童子」的稱譽。

既然來自仕宦世家，那長大後他也打算繼續走從政這條路。隋煬帝大業元年（西元六〇五年），十六歲的王績透過舉孝廉（被推薦做官），當上了秘書省正字。對於這樣一個低微的官職，王績是看不上眼的。不滿意，乾脆就不去上班。或許在這段時間，王績學會了喝酒。在家讀書、喝酒，也許是悶了，王績又要求到地方任職，結果就被派到六合縣丞的任上。

當上了縣丞，王績酗酒依然，有人看不慣他的做法，就開始彈劾他。王績正巧也不想再在這個位子上受罪，便託病辭了官。眼見隋朝大勢已去，天下亂作一團，王績禁不住感嘆：「我現在已經陷入了天羅地網，哪裡才是我的安身之處啊！」

沒辦法，王績又輾轉回到了家鄉龍門，在山野之地隱居起來。隱下來也並不是不想復出，王績還是希望有機會東山再起的。暫無用武之地，那就悵然獨處好了。在隱居地東皋，他常常站在高處遠望田園風景，寫下了〈野望〉這首詩：

東皋薄暮望，徙倚欲何依。樹樹皆秋色，山山唯落暉。
牧人驅犢返，獵馬帶禽歸。相顧無相識，長歌懷采薇。

日暮時分，站在東皋縱目遠望，內心充滿徬徨，不知該歸依何方。滿山的樹木，都染上秋天的色彩，一道道山嶺，都被落日的餘暉籠罩著。牧人驅趕著牛羊，慢慢返回家園，獵人騎著馬，帶著獵物滿載而歸。與他們相見，彼此陌生，無言以對，我只有長嘯高歌，從此隱居在這山岡。

時序更替，江山易主，唐朝取代了隋朝。新朝建立，王績入仕的念頭又升起來了，他很希望在這嶄新的李家王朝能有一番作為。山野裡的那種田園牧歌式的生活，雖然簡單自由，但自己的價值卻難以實現。

唐高祖武德四年，王績的舊友薛收衣錦還鄉時，專程去看望了尚在隱居的王績。兩人見面，王績大發感慨：「你現在是借風而飛的鳥，而我則是一條車轍溝裡的魚！」

薛收聽懂了王績的心聲，回朝就推薦了他。王績因此得以二次出山，來到京城。

沒想到，新朝廷雖把王績召來，卻並沒有給他實職，只讓他仍以前朝官職的身分，在門下省等待安排。

遇坎聊知止，逢風或未歸。孤根何處斷，輕葉強能飛。

（〈建德破後入長安詠秋蓬示辛學士〉）

就如隨風而飄的飛蓬一樣，滿懷希望而來的王績，一下子又找不到感覺了。

好在，在這等待安排的日子裡，還是有美酒供應的，標準是每天三升。其間有人問王績：「又不給你什麼新職務，你天天待在這裡還有啥意思？」

王績回答：「我貪戀的是每日三升的好酒啊！」

侍中陳叔達聽聞這話，就說：「三升的量怎麼能留住王先生這樣的人才呢？得加量！」

於是陳叔達就把王績的供酒量增加到一斗，王績也因此獲得了「斗酒學士」的名號。

到了貞觀初年，王績再次辭官。幾年後，王績第三次被召回朝。這次他當上太樂丞，而提攜他的那個名叫焦革的上級，還出身於釀酒世家，這下王績雖然沒有實現直取卿相的抱負，好在還可以繼續享用美酒。等到焦革死後，焦革妻還不斷給王績送酒。一年後，焦革的妻子也死了，「焦家酒」斷供了，王績因此嘆道：「這是老天爺不想讓我暢飲美酒了哦！」沒有美酒喝，王績又不想做官。貞觀之治怎樣，大唐盛世又如何？不玩了，喝酒去。

阮籍醒時少，陶潛醉日多。百年何足度，乘興且長歌。

（〈醉後〉）

王績回到家鄉，像陶淵明那樣飲酒作詩去了。

因隱居地為東皋，王績就自稱「東皋子」。他一生未娶，在隱居的地方種植了很多黍谷，在春秋時節用來釀酒。他還養了好多野鴨，從山上移植一些藥草，日子過得倒也自在無憂。

他模仿陶淵明的《五柳先生傳》，寫出了《五斗先生傳》。除此之外，他還寫了〈醉鄉記〉、〈酒賦〉、〈獨酌〉、〈醉後〉等「酒氣衝天」的詩文，以及《酒經》、《酒譜》等「專著」。

最後，我們不妨讀幾首王績的「酒詩」吧：

春來日漸長，醉客喜年光。稍覺池亭好，偏宜酒甕香。——（〈初春〉）

昨夜瓶始盡，今朝甕即開。夢中占夢罷，還向酒家來。——（〈題酒店壁〉）

野觴浮鄭酌，山酒漉陶巾。但令千日醉，何惜兩三春。——（〈嘗春酒〉）

浮生知幾日，無狀逐空名。不如多釀酒，時向竹林傾。——（〈獨酌〉）

六月調神曲，正朝汲美泉。從來作春酒，未省不經年。——（〈看釀酒〉）

如此嗜酒，王績被稱作「斗酒學士」，也真是名副其實了。

【詩人簡歷】王績（約西元五八九年至六四四年），字無功，號東皋子，絳州龍門（今山西省萬榮縣）人。隋末唐初詩人、隱士，王勃的祖叔。曾任秘書省正字、揚州六合丞等職。性傲而嗜酒，有「斗酒學士」之稱，愛寫「酒詩」、「酒文」。其田園詩〈野望〉最為有名。

火樹銀花——蘇味道：
模棱宰相留下的大唐煙火

【成語①】**火樹銀花**

【釋義】火樹：火紅的樹，指樹上掛滿燈綵；銀花：銀白色的花，指燈光雪亮。形容張燈結綵或大放焰火的燦爛夜景。

【出處】唐．蘇味道〈正月十五夜〉詩：「火樹銀花合，星橋鐵鎖開。」

【成語②】**模棱兩可**

【釋義】模棱：含糊，不明確；兩可：可以這樣，也可以那樣。指不表示明確的態度，或沒有明確的主張。

【出處】《舊唐書．蘇味道傳》：「處事不欲決斷明白，若有錯誤，必貽咎譴。但模棱以持兩端可矣。」

唐懿宗咸通年間的某個夜晚，一個年過半百的潦倒詩人又喝醉了。他穿著一件破舊的白衫，踉踉蹌蹌地走在揚州城的大街上。除他之外，街面上再無人影。向前走沒多遠，一抬頭，但見前面街角處過來幾個人。

「站住，你是誰，為何大半夜還在街上閒逛，難道不知道朝廷的禁夜規定嗎？」一人厲聲喝道。

詩人暈乎乎的，斜眼看了看面前那個模糊的身影，吞吞吐吐地應道：「什麼禁夜！你們又是誰？憑什麼攔我？真不知天高地厚！」說完，欲從士兵一側強行繞過。一兵卒嗅到一股濃烈的酒氣。
「哪兒來的酒鬼！」那士兵伸手抓住了詩人的衣領，大喝一聲。

詩人正要反抗，又過來一士兵，兩人聯手，將他劈頭蓋臉地痛打一頓。本來又老又醜的臉，破相了，本來已不堅固的牙齒，也被打掉兩顆。挨打的詩人名叫溫庭筠。他挨打是自找的，因為他「犯夜」了。所謂犯夜，就是在禁夜的日子，違規出來夜行了。

禁夜，是唐朝的硬性規定。夜晚來臨，報時的鼓聲一響，各個城門就會關閉。城外的人進不來，城內的人出不去，也不能到街上隨意走動，只能老實待在各自的屋裡或坊間，直到早晨開禁的鐘聲響起。

一年三百六十五日，只有三天是例外的：「惟正月十五夜敕許馳禁前後各一日，謂之放夜。」可以想像，在大唐城市居民的心目中，元宵節（正月十五）期間的這三天該是多麼重要，多麼令人期待！當那令人期待的美好時刻到來之時，繁華的街道上，燈火璀璨，人流如織，人們觀燈賞月，徹夜狂歡。就有這樣的一個唐朝的夜晚，被一位詩人用一首精采的詩記錄了下來。那還是在初唐時期的神龍元年（西元七〇五年），溫庭筠在揚州挨打的一百六十多年前，一位詩人在神都洛陽，親眼見證了正月十五夜「火樹銀花」的熱鬧景象：

火樹銀花合，星橋鐵鎖開。暗塵隨馬去，明月逐人來。
遊伎皆穠李，行歌盡落梅。金吾不禁夜，玉漏莫相催。

（〈正月十五夜〉）

放眼望去，到處張燈結綵，四方城門大開；人如流水馬如龍，高天之上圓月明；歌女們濃妝現身，邊走邊唱；沒人再會拿禁夜說事，聽到打更的聲音也不用在乎。

又過了八年，也就是先天二年（西元七一三年），唐玄宗即位後的第二個年頭，京城長安的「元宵之夜」又狠狠地「火」了一把。那三夜，在皇城門外，樹起了一個高達二十丈的燈輪，上面以閃亮的金玉和綢緞作裝飾。燈輪上點著五萬盞燈籠，燈光下面有一千多位豔裝少女在載歌載舞。其情其景讓人歎為觀止。

將近三百年的大唐歲月，這樣的夜晚加起來還不到九百天。

就讓我們從「火樹銀花」這個成語中，展開想像的翅膀，用心去回望那些燦爛的「不夜天」吧。

寫出〈正月十五夜〉這首詩的詩人叫蘇味道。雖取名為味道，但他本人對「味道」並沒有多少研究，倒是他的一位後人，不僅愛美味，而且發明了許多美食。你猜對了，蘇味道的這位後人，就是北宋大文學家蘇軾。其實作為初唐的一位文人，蘇味道也是很厲害的，他和當時的李嶠、崔融和杜審言被合稱為「文章四友」。

相比之下，蘇味道似乎更適合做官。在武則天當政時，他一度登上相位。其間，他還跟人分享自己的「從政經驗」：處事不欲決斷明白，若有錯誤，必貽咎譴，但模棱以持兩端可矣。意思是說，遇事不要明確表態，含含糊糊就行了。

因為世故圓滑，所以蘇味道就被人諷為「模棱宰相」。模棱兩可，也就成了他留給後世的另一個成語。

【詩人簡歷】 蘇味道（西元六四八年至七〇五年），趙州欒城（今河北省石家莊欒城區）人，唐初大臣，武則天時期曾官至宰相。擅寫文章，與李嶠、崔融、杜審言合稱「文章四友」。北宋「三蘇」（蘇洵、蘇軾、蘇轍）為其後裔。

衙官屈宋──杜審言：除了我，還有誰？

【成語①】**衙官屈宋**

【釋義】官：軍府的屬官；屈：屈原；宋：宋玉。要以屈原、宋玉為屬官。原為自誇文章好，後也用以稱譽別人的文采。

【出處】《新唐書．杜審言傳》：「吾文章當得屈、宋作衙官，吾筆當得王羲之北面。」

【成語②】**造化小兒**

【釋義】造化：指命運；小兒：小子，輕蔑的稱呼。這是對於命運的一種風趣說法。

【出處】《新唐書．杜審言傳》：「審言病甚，宋之問、武平一等省候如何。答曰：『甚為造化小兒相苦，尚何言？』」

杜審言，初唐詩人。他有才嗎？當然。要不然他不會和李嶠、崔融和蘇味道一起被稱為初唐「文章四友」。他是名門之後嗎？是。他的先祖是西晉名將杜預。

你也許還會問：我怎麼就不知道他？這很正常啊，因為唐朝是個詩人氾濫的時代，跟那些熠熠生輝的詩壇巨星相比，杜審言當然顯得暗淡多了。不過，他有個孫子挺厲害的，且不是一般的厲害。他有四個兒子、五個女兒，大兒子名字叫杜閑，杜閑有個兒子，名叫杜甫。

杜甫厲害不？當然厲害！今天我們不說杜甫，只說杜審言。杜審言大約生於貞觀十九年（西元六四五年），字必簡，祖籍湖北襄陽，因他父親杜依藝生前曾在河南鞏縣當縣令，所以全家就遷到了鞏縣。

杜審言在唐高宗咸亨元年（西元六七〇年）就進士及第，從此步入仕途，先後當過隰城尉、洛陽丞、吉州司戶參軍、著作佐郎、膳部員外郎、國子監主簿、修文館直學士等。杜審言當過的官，級別都不高，均在五品以下。他的詩也大多是應制、唱和之作，也有部分抒寫仕途失意情緒的詩作，比如下面這首〈登襄陽城〉，就是在流放峰州（今越南境內）的途中寫的。

旅客三秋至，層城四望開。楚山橫地出，漢水接天回。
冠蓋非新裡，章華即舊臺。習池風景異，歸路滿塵埃。

這是他第二次被貶，時值唐中宗上臺不久。因他和宋之問等人曾與張易之兄弟有過交往，張易之完了，他也被安排到一邊涼快去。第一次貶官是在武則天當政時期。當時杜審言在吏部任校考史，有一項工作任務，就是對地方官每年遞交給吏部的工作總結進行評判，寫出判詞。有一次，他剛把該寫的判詞寫完，就冷笑一聲對身旁的人說：「這次，蘇味道死定了！」

蘇味道當時的官職是天官侍郎（即吏部侍郎），比校考史的級別高多了，也就是說，杜審言寫好的判詞是要經蘇味道過目的。別人一聽杜審言莫名下了「蘇味道死定了」這樣的結論，忙驚問其故。結果杜審言就說出下面一番讓人瞠目結舌的話：「我的文章要比蘇味道的好啊，他自愧不如，那還不得羞愧而死啊？我敢說，就是和屈原、宋玉比文章，他倆也只有給我當屬下的份，我的書法也是一流的，那個王羲之也只配給我當學生！」

想想看，如此傲慢，在文人群集的官場，還能有好人緣？果然，沒在官場待多長時間，杜審言就因言惹事，因事獲罪，受到了懲罰：被降職為吉州（現江西吉安）司戶參軍。後來，武則天又把杜審言召回，準備重新起用他。杜審言奉命作的〈歡喜詩〉，很讓武后滿意，於是他就被授予著作佐郎一職。杜審言想必非常感謝武則天的知遇之恩，以致他把女皇的男寵張易之兄弟也當成好朋友。這也為他第二次被貶埋下了禍根。流放峰州之後不久，杜審言又被唐中宗召回。雖然已經有兩次被貶的經歷，但杜審言傲慢依然。

這年，杜審言已是修文館直學士。從那個蠻荒之地峰州回來之後，年過半百的他身體就一日不如一日了，最後終於病倒。在他病重的時候，好友宋之問和武平一起去看望他。他看到兩友到來，不僅沒對人家的關心探問表達謝意，一張口又出驚人之語：「我落到今天這地步，這都是造化小兒作的禍，怪只怪我命苦，我沒啥可抱怨的！再說，只要我活著，你們就沒有出頭之日。眼見我要死了，至今還沒有一個文章能趕上我的，找不到能接我班的人，這可算是我唯一的遺憾了！」

就這樣，杜審言帶著「無人能超越的遺憾」閉上了眼睛，結束他狂傲的一生。

【詩人簡歷】 杜審言（約西元六四五年至七〇八年），字必簡，襄州襄陽（今湖北襄陽）人，後遷河南鞏縣（今河南鞏義）。初唐「文章四友」之一，杜甫的祖父。曾任隰城尉、洛陽丞、修文館直學士等官職，恃才傲世。

愴然涕下——陳子昂：男人哭吧不是罪！

【成語①】前無古人，後無來者

【釋義】指空前絕後。

【成語②】愴然涕下

【釋義】愴然：傷感的樣子。傷感得涕淚流灑。

【出處】唐．陳子昂〈登幽州古臺〉詩：「前不見古人，後不見來者，念天地之悠悠，獨愴然而涕下。」

唐軍再次與契丹軍對陣廝殺，唐軍又失敗了，而且敗得很慘。時為武周萬歲登封元年（西元六九六年），三十六歲的陳子昂第二次隨軍北征。

此次北征的指揮官是武則天的侄子——建安王武攸宜。十年前那次北征的指揮官是武三思，武三思在戰鬥中指揮無方，大敗而歸。就因為兵敗，武則天才把武三思換下來，讓武攸宜頂上，並讓陳子昂替換下崔融，來到幽州（今北京一帶）之地，擔任幕下參謀。

而這武攸宜同樣不懂軍事，他的本事好像就是讓自己的軍隊繼續一次次吃敗仗。

一天，幾個士兵在營帳中偶然間捉到一隻小白鼠，武攸宜驚奇之餘，就讓陳子昂拿這白鼠做文章，給武則天寫篇〈奏白鼠表〉，稱那白鼠為「孽胡之像，穿竊為盜」、「今聖威遠振，白鼠投營：休兆同符，實如靈契」……。陳子昂寫完這篇近乎扯淡的「白鼠表」，心下嘆曰：這什麼跟什麼啊，這不是瞎胡鬧嗎，捉到一隻白鼠就預示著離勝利不遠了？活捉了白鼠，也上了表，可唐軍兵敗依舊。

陳子昂坐不住了，他覺得這樣的出征實在是太窩囊，看武攸宜在那兒瞎指揮，他心裡著急啊，恨不得自己親自上陣。一天，他忍不住對武攸宜說：「主帥，能否將你麾下的士兵分一萬人出來，由我帶領他們打前鋒，保證能一舉擊潰契丹的軍隊。」

武攸宜一聽，心想：好個陳子昂，讓你隨軍當個參謀，你倒當出將帥的感覺了！你去領兵，還保證取勝，什麼意思？嫌我無能，還是想給我難堪？

「住嘴！領兵打仗是這麼簡單的事嗎？你寫你的文章，用不著你瞎操心！」武攸宜斷然否決了陳子昂的建議。一向耿直的陳子昂沒有就此罷休，此後幾天，他依然堅持己見，並當面抨擊武攸宜的帶兵策略。

武攸宜終於被激怒了，他一氣之下，把陳子昂降為軍曹——不讓你當參謀了，一邊兒當兵蛋子去吧！

這一招夠狠，讓陳子昂措手不及。

這一日，滿心鬱悶的陳子昂登上了幽州的薊北樓，想到古時燕昭王為了招賢納士才築起這黃金臺，如今有才華又有抱負的自己卻落得如此下場！二十三歲進士及第後，武則天倒是對他一直不薄，儘管出身低微，說話直白，但武則天還是封了一個「麟臺正字」（相當於秘書省校書郎，職責是校對典籍）的官給他，而老武家的侄子們怎麼就如此跟他過不去呢？這樣下去，自己的滿腹才華和一腔熱血又有何用？悠悠天地，誰知我心？

前不見古人，後不見來者。念天地之悠悠，獨愴然而涕下。

陳子昂高聲吟出這首〈登幽州臺歌〉，不覺眼眶竟真的濕潤了。從此，他開始灰心喪氣，不再過問軍事，只專心寫自己的詩歌。北征結束，從幽州回來後沒多久，陳子昂又聽到一個令他萬分氣憤和震驚的消息：好友喬知之被武則天的另一個侄子武承嗣活活打死了！

事情的經過是：身為左司郎中的喬知之有個愛妾叫窈娘，被武承嗣看中並強行霸占了。後來，窈娘讀到喬知之密送給她的〈綠珠篇〉一詩，痛心又羞愧，於是投井自戕。武承嗣弄清原委，就把怒火燒到喬知之身上，找個罪名，把喬知之殺了。

陳子昂聽到這一消息，憤怒但又無能為力，下定決心不再為武家人當筆桿子，於是他以父親病重為由，向武則天提出辭官的要求。武則天准了，還意外地為他保留了官職和薪俸。

回家沒多久，陳子昂的父親就病故了。服喪期間，武三思指使射洪縣令段簡陷害陳子昂，通過羅織罪名將他關進大牢。在牢獄裡，陳子昂受盡酷刑，本來就病得不輕的身體哪承受住如此折磨，於是他再也站不起來了。暗無天日，呼叫無門，最後，剛過四十歲的陳子昂慘死在牢中。「歲華盡搖落，芳意竟何成？」孤獨的陳子昂生前曾這樣問道。至今沒有答案。

【詩人簡歷】 陳子昂（西元六五九年至七〇二年），字伯玉，梓州射洪（今四川省遂寧市射洪縣）人，初唐詩文革新人物之一，有「詩骨」之稱。因曾任右拾遺，世稱陳拾遺。代表作有《感遇詩》三十八首、〈登幽州臺歌〉等。

近鄉情怯——宋之問：口臭臭眼前，名臭臭千年

【成語①】近鄉情怯

【釋義】指遠離家鄉多年，不通音信，一旦返回，離家鄉越近，內心越不平靜，唯恐家鄉發生了什麼不幸的事。用來形容遊子歸鄉時的複雜心情。

【出處】唐・宋之問〈渡漢江〉詩：「近鄉情更怯，不敢問來人。」

【成語②】桂子飄香

【釋義】指中秋前後桂花開放，散發馨香。

【出處】唐・宋之問〈靈隱寺〉詩：「桂子月中落，天香雲外飄。」

宋之問沒想到武則天會如此突然地被逼退位，當然也想不到張易之、張昌宗兄弟會落到被誅殺的下場。背靠的大樹倒了，宋之問的腳跟自然站不穩。中宗李顯上位，宋之問隨即挪位：到瀧州（今廣東羅定市）任參軍。這落差太大了！

宋之問身在遠離京城的貶所，想起曾經的風光，想起曾經的得意，想起曾經的宴樂優遊、形骸兩忘，一幕幕恍然如昨。想起自己在幼時承父親的「文辭之絕」，加上自己的勤奮好學，二十歲時便進士及第。不久，便

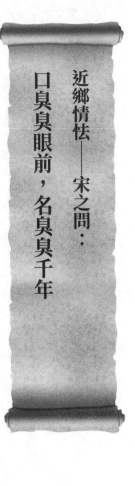

被武后召進宮內，與「四傑」中的楊炯一同分派在習藝館，成為女皇眼皮底下的文字工作者。從此，文名漸顯。想起那次龍門賽詩的情景，宋之問內心依然會激動不已。

那天上午風和日麗，武后帶著群臣去龍門遊賞。到了景區，武后讓隨從的文臣當場賦詩，誰的詩最好，誰就將獲得一件錦袍的獎賞。眾臣聞言，皆全身心投入詩歌創作之中。結果左史東方虬最先交稿，武后閱畢，覺得不錯，就將錦袍賜給他。很快，宋之問也獻上詩作，武后一讀，呀，比東方虬那首強多了！於是，她毫不猶豫地命人將那錦袍從東方虬手中奪下來，又親自交到宋之問手裡。

那一刻，宋之問感受到無與倫比的榮耀。作為一個出身普通的書生，能走到今天，又得到如此恩寵，那還不是因為武后眼裡有你？跟著武后混，前途還不像那錦袍一樣閃閃發光？

龍門詩賽後，宋之問在宮中表現得更為活躍，他一邊與權要顯貴吃喝宴遊，一邊得意忘形地寫著那些華美虛誇的應制之詩。在擔任奉辰院供奉期間，他還與沈佺期等人毫無節操地去攀附武則天的男寵張易之、張昌宗兄弟，心甘情願地為張易之當槍手，甚至還曾為張提過尿壺。

宋之問私下覺得自己身材高大，相貌英俊，又有滿腹才華，完全也可以像張易之那樣，與女皇在床榻上共享魚水之歡的。他這麼想，也開始嘗試去做，他寫了一首曖昧的情詩〈明河篇〉獻上去，詩的最後幾句是：

明河可望不可親，願得乘槎一問津。更將織女支機石，還訪成都賣卜人。

宋之問的表白很明顯：我們倆就如牛郎織女，只可恨中間有道難越的天河，我多麼希望能乘坐飛船去到妳身邊。可惜沒有船。我找到織女織布用的那塊石頭，再到成都找那個會占卜的人，讓他給我算算織女到底在哪，怎麼才能接近。

詩是好詩，武則天也首肯了，可是親近的事，沒戲！原因是宋之問有口臭呀！武則天在他不在的時候，曾對別人說：「宋之問的確是個難得之才，可他有口臭，這就不好玩了。」

宋之問過後知道武后嫌棄他的這個原因，就開始有些自卑，再面見武后時，他便含著一種名叫雞香的「口香糖」來掩蓋口氣。以後的日子裡，宋之問在寫詩、編書之餘，專心做的就是權力夢，不再做春夢了。可武則天作為宋之問依靠的一棵大樹，她就要走到生命的終點了，她老了，且病得很重。然後就發生了宮廷兵變，武后退位，二張被殺，武周時代宣告結束。

唐中宗神龍元年（七〇五年），宋之問被貶往瀧州。不能就這樣算了，「要回去，重新尋找機會！」到瀧州後的宋之問這樣對自己說。然後，他真的就往北逃了。

這天，宋之問來到漢江邊。過了漢江，對面不遠就是故鄉山西汾州。想到自從被貶到嶺南之地，已有大半年時間沒跟家人聯繫，如果在近鄉之地遇到鄉親，該怎麼向他們述說自己的經歷，而家人又是不是都安然無恙？過了漢江後的當天晚上，在一家小旅店裡，宋之問心情矛盾地寫下〈渡漢江〉：

嶺外音書斷，經冬復歷春。近鄉情更怯，不敢問來人。

宋之問一路風塵跑到洛陽，然後躲在好友張仲之家。一天晚上，宋之問不經意間聽到張仲之與人密謀，要殺害武則天的侄子武三思，他當時就在心裡合計：這武則天雖然已經死了，但武家的勢力依然很強，我若把這消息透露給武三思，說不定能有意外收穫。想到此，他就叫侄子宋昊去密告武三思。結果，張仲之全家被殺，宋之問因告密立功，不僅被赦免從貶所逃回之罪，而且還升了官，先是任鴻臚主簿，後又改任考功員外郎。

正當宋之問覺得又一個仕途上的春天到來時，他卻被一個女子迎面絆了一腳——太平公主見他傾附安樂公主，和自己不一派，於是就到中宗那兒告他受賄。結果，宋之問又被挪了個窩：到南方的越州任長史。

經過兩次挫折，宋之問的心態平和了許多，在越州上任後，他準備安心為政，真正為老百姓做些實事。這段期間裡，他還為杭州的靈隱寺寫了一首詩：

鷲嶺鬱岧嶢，龍宮鎖寂寥。
樓觀滄海日，門對浙江潮。
桂子月中落，天香雲外飄。
捫蘿登塔遠，刳木取泉遙。
霜薄花更發，冰輕葉未凋。
夙齡尚遐異，搜對滌煩囂。
待入天臺路，看余度石橋。

寺外山高景美，寺內桂子飄香，陶醉於佛門淨地，也是不錯的。可身在官場，你的前途命運可是與朝廷緊緊相連的啊。唐中宗景龍四年（西元七一〇年）六月，皇宮又出大事：臨淄王李隆基和太平公主聯手滅了韋后和安樂公主，唐睿宗李旦開始主政。

在新政權下，宋之問的舊賬被再次清算——因曾依附張易之兄弟和武三思，他被流放到欽州，後又改桂州（桂林）。唐睿宗太極元年（西元七一二年）八月，剛即位不久的李隆基不再讓宋之問繼續換地方，新皇上給這位劣跡斑斑的才子作了了斷：賜死。

宋之問死了。不知道嚥下最後一口氣之前，他會不會問一下自己：我到底算是個人才，還是個人渣？宋之問死了，也給後世人留下個謎團：欲把那「年年歲歲花相似，歲歲年年人不同」的詩句據為己有，他真的親手將自己的親外甥劉希夷殺害了？照宋之問的人品來看，這樣的混帳事也不是做不出來。宋大才子，口臭臭眼前，名臭臭千年。唉！

【詩人簡歷】宋之問（約西元六五六年至七一二年），字延清，名少連，汾州隰城（今山西汾陽市）人，初唐詩人，與沈佺期並稱「沈宋」。律詩奠基人之一，代表作有〈靈隱寺〉、〈度大庾嶺〉、〈渡漢江〉等。

弋者何慕——張九齡：
初心不改，成就「曲江風度」

【成語】弋者何慕
【釋義】弋者：射鳥的人。射手對高飛的鳥束手無策。舊喻賢者隱居，免落入暴亂者之手。
【出處】唐．張九齡〈感遇十二首．其四〉詩：「今我游冥冥，弋者何所慕。」

能成為開元時期的一代名相，張九齡至少要感謝三個人。一要感謝廣州刺史王方慶。張九齡出身於韶州曲江（今廣州韶關）的官宦之家。正如其名「九齡」所示，在他九歲時即能下筆成文，十來歲時即能寫出令人叫絕的文章。

他十三歲那年，一個地方大員——廣州刺史王方慶看到了張九齡的文章，給他下了這樣的評語：「此子必能致遠。」意思是，這孩子是個可造之才，前途無可限量。可想而知，王刺史的這句話對年少的張九齡起了怎樣的激勵作用。果然，到了武則天長安二年（西元七〇二年），張九齡即進士及第。這一年，他二十五歲。

張九齡第二個要感謝的，應是詩人沈佺期。沈佺期是初唐時期的律詩開創者，與宋之問並稱「沈宋」。張九齡考進士時，沈佺期正在考功員外郎的位置上，也是主考官。沈佺期對張九齡的文才「尤為激揚」，這樣，張九齡及第後，就被朝廷授予秘書省校書郎一職。

玄宗先天元年（西元七一二年），張九齡又參加皇上親自主持的「道侔伊呂科」考試，最後以顯著優勢勝出，並升為左拾遺。

張九齡第三個要感謝的人是張說（ㄩㄝˋ）。開元十年（西元七二二年），張九齡為司勛員外郎。當年四月，因已登上相位的張說與張九齡同姓，張說便開始查家譜，結果查出兩人同出一門，是貨真價實的本家，從此，張說就特別信任和器重張九齡。次年，張九齡就成了皇上的秘書，坐上中書舍人之位。

雖然沾了張說的光，但張說罷相後，張九齡也跟著倒楣：被貶為負責祭祀的太常少卿。那次奉命祭南嶽、南海，歸來後，他的官職又有了變動——冀州刺史，但他認為冀州離老家太遠，不便照顧母親，因此又被改作洪州（今南昌）刺史，第二年始任桂州都督兼嶺南道按察使。開元十八年（西元七三〇年），張說病逝，張九齡又被玄宗召回，由秘書少監一路升職，直至官拜宰相，成為「自古南天第一人」。

所以說，王方慶、沈佺期和張說這三人，算是張九齡人生路上的「正能量」人物。

還有兩個「負能量」人物，他們看不慣張九齡，就讓張九齡在前行時屢屢受阻。

一個是姚崇。張九齡當上左拾遺後，可謂盡職盡責，無論是選拔人才還是考核官員，都努力做到公平公正。而當時的宰相正是姚崇。作為朝中元老，姚崇在處理公務和待人用人方面，難免更多地考慮利害關係，有時會做出一些破壞原則的事。年輕的張九齡看在眼裡，就要說話了，而且還是當面對姚崇說，勸其應該用人唯賢，不能任人唯親。不僅如此，張九齡還給玄宗上書，直接指出地方吏治中的諸多不足之處。

這樣一來，姚崇看張九齡就不是很順眼了：你這個小字輩兒竟然對我說三道四，也不掂掂自個兒幾斤幾兩。漸漸地，兩人間的矛盾便越來越大。

開元四年（西元七一六年），張九齡身體不適，又想到與姚宰相不和，乾脆藉此機會辭官歸養。這年秋天，張九齡回到了老家曲江。在老家，張九齡一邊養病，一邊奉養著年邁的老母親。因受大庾嶺阻隔，曲江的交通條件很不好，人們出行、生產有諸多不便。張九齡看到這一情況，就給玄宗上書，請求開山修路。玄宗同意後，張九齡親臨現場指揮，帶領民眾劈山開道，最後終於修成連通南山的大庾嶺路。

開元六年（西元七一八年）春，張九齡被再次召回京城，任左補闕。兩年後，升任司勛員外郎。在司勛員外郎任上，張九齡得到宰相張說的賞識，算是「朝中有人」了，儘管之後也受到張說罷相的連累而離京，但最後還是於開元二十一年（西元七三三年）登上相位。在相位上，張九齡性情依舊，初心不改，還是能說則說，該諫就諫。

比如有一段時間，群臣為討玄宗歡心，都爭獻帶有「祥瑞」色彩的珍寶異物，而張九齡獻的卻是《事鑒》十章，勸諫玄宗不要沉迷於享樂，要以民生為重。比如安祿山征討奚、契丹失敗，按兵法應當處斬，且張九齡看出其面帶逆相，有狼子野心，因此張九齡就奏請玄宗依法誅之。

張九齡人生路上的第二個負能量人物——李林甫。李林甫是個口蜜腹劍的傢伙，他靠耍弄權謀坐上吏部侍郎之位，並想進一步謀取相位。張九齡看出李林甫不是賢良之輩，便向玄宗進諫：不可任用李林甫為相，也不能把李的爪牙牛仙客提為尚書。

但這些意見玄宗都沒有採納。張九齡因此遭到了李林甫等奸邪之人的忌恨。此時，張九齡又拒絕幫助武惠妃立自己兒子瑁為太子的請求。這樣，李林甫便與武惠妃勾結，屢次在玄宗面前說張九齡壞話，結果，耽於享樂的玄宗就聽信了他們的讒言。

開元二十四年（西元七三六年），李林甫、牛仙客上臺，次年被張九齡舉薦的監察御史周子諒又觸犯了玄宗，這種形勢下，張九齡終於被罷相，貶為荊州刺史。被奸人陷害並遭貶，張九齡怎能不感慨？在荊州，鬱悶不平的他，連寫下十二首〈感遇〉，一吐心中不快，抒寫身世之感。下面是〈感遇十二首．其一〉：

蘭葉春葳蕤，桂華秋皎潔。欣欣此生意，自爾為佳節。

誰知林棲者，聞風坐相悅。草木有本心，何求美人折！

春天到了，蘭草長得生機勃勃，而到了秋天，桂花就開得明亮潔淨。它們都順應季節，顯現出各自的生命活力。隱居在山林間的高士，在風中聞到花木的芬芳就會滿懷喜悅。而蘭逢春而現生機，桂遇秋而皎潔，那是它們的本心使然，根本不是為了吸引美人來折取欣賞。

張九齡的意思是說：我一身正氣，潔身自好，只是出於我的本心，並不是因此要得到別人的賞識，進而謀取高位，哪像李林甫之流，總是挖空心思來博取皇上的歡心。再來看〈感遇十二首・其四〉：

孤鴻海上來，池潢不敢顧。
側見雙翠鳥，巢在三珠樹。
矯矯珍木巔，得無金丸懼？
美服患人指，高明逼神惡。
今我游冥冥，弋者何所慕！

在這首詩中，張九齡把自己比作來自海上的「孤鴻」，把李林甫和牛仙客比作棲息在三珠寶樹的兩隻翠鳥。爬到樹頂，難道不怕獵人用金彈丸來獵取？美好的品德猶如華美的衣服，終會遭人嫉妒，身居高位有時連神仙都會厭惡。而今我翺翔高空，那些射鳥的人又能把我怎麼樣呢？

離朝廷遠了，想害我就不那麼容易。「弋者何所慕」，張九齡這樣說，也算是一種自我安慰吧。畢竟處於失意狀態，貶謫之人心中怎能無怨？怎能沒有對往事和故人的追思懷念？那一個不眠的月夜，張九齡披衣靜坐，寫下〈望月懷遠〉：

海上生明月，天涯共此時。情人怨遙夜，竟夕起相思。

滅燭憐光滿，披衣覺露滋。不堪盈手贈，還寢夢佳期。

雖然能和遠方的那個人共享一輪明月，但詩人還是無法把手中的一捧月光贈給對方，只好無奈睡下，期待夢中相見。

開元二十八年（西元七四〇年）春，張九齡回故鄉掃墓，不久病逝。盛唐時期的最後一位賢相走了。張九齡去世後，玄宗日漸發覺這位宰相的好，再有人向他推薦宰相人選，他總會問：「風度得如九齡否？」十多年後，張九齡曾預言「必反」的那個安祿山，果然反了！

【詩人簡歷】張九齡（西元六七八年至七四〇年），字子壽，唐朝開元年間名相。韶州曲江（今廣東省韶關市）人，故有「張曲江」之稱。有膽識，性耿直。著有《曲江集》，代表詩作有〈感遇〉、〈望月懷遠〉等。

文章宿老——李嶠：為相三起三落，為人亦正亦邪

【成語】**文章宿老**

【釋義】宿：年老的，長期從事的。指擅長文章的大師。

【出處】《新唐書．李嶠傳》：「李嶠富才思，然其仕前與王勃、楊盈川接，中與崔融、蘇味道齊名，晚諸人沒，而為文章宿老，一時學者取法焉。」

李嶠最負盛名的作品，當屬那首題為〈風〉的小詩了：

解落三秋葉，能開二月花。過江千尺浪，入竹萬竿斜。

此詩高明之處在於：雖是寫風，但通篇沒有出現「風」字，而是透過四種自然物像的變化，表現風的作用和力量——能吹落秋天的落葉，能催開新春的花朵，經過江面能掀開千尺巨浪，吹入竹林能讓萬棵竹竿傾斜。在李嶠的眼中，大自然的風是富有威力的，也是富有魅力的，它能讓世間萬物茁壯成長或改變姿態和方向。而作為一個沉浮在初唐宦海中的文人，李嶠也是在不斷變換立場和姿態的，因為他是一個見風使舵之人。

李嶠是趙州（今河北趙縣）贊皇人，少有文名，二十歲考中進士，之後躋身官場。當時正值高宗李治執政，李嶠在近二十年時間內，歷任安定縣尉、長安縣尉、三原縣尉、監察御史。等到天授元年（西元六九〇年），武則天稱帝后，李嶠又升為給事中。接下來，依次坐過鳳閣舍人（中書舍人）、代理天官侍郎、麟臺少監等位之後，聖曆元年（西元六九八年），李嶠終於登上宰相之位。

之後，李嶠經歷了「三起三落」。

首次拜相兩年後，因為外甥張錫也成了宰相，甥舅不宜居於同位，李嶠因而被罷相，始任成均祭酒（即國子祭酒）。三年後，李嶠第二次拜相，在改任中書令後，因嫌政務過重，數次請辭。長安四年（西元七〇四年）十一月，李嶠被免去宰相職務，始任地官尚書（戶部尚書）。中宗神龍二年（西元七〇六年），李嶠第三次拜相。四年後，李隆基發動政變，睿宗李旦上臺，李嶠被貶，遭遇第三「落」。

說李嶠見風使舵，主要是因為他在武則天當政時，身為宰相卻去依附張易之、張昌宗兄弟，成了這兩位面首門下的附庸，缺少文人應有的風骨。中宗上臺、張氏兄弟被殺後，李嶠立即被貶為通州刺史。好在這次「貶」得不狠，幾月後，他便得以回朝。

在李嶠第三次拜相後，附馬都尉王同皎計劃殺掉武則天的侄子武三思，誰知還未行動，武三思就得到消息，結果王同皎就以謀反罪被捕入獄。當時負責審理此案的就是李嶠。雖然武則天已退位，但武三思卻更加得寵，因為他與中宗既是姑表兄弟，又是兒女親家，這也是他更加驕橫狂妄的原因。也正是怯於武三思的權與威，李嶠只好順著風向走，在審案中不敢主持公道，最終導致王同皎含冤而死。

而此時，另一宰相宗楚客卻野心勃勃，他先是主動投靠武三思，圖謀不軌。當武三思在景龍政變中被殺後，宗楚客又繼續勾結韋皇后和太平公主。景龍四年（西元七一〇年），中宗去世，韋皇后秘不發喪，連夜召集李嶠、宗楚客等十九人入禁中，商議溫王李重茂即位、韋后臨朝執政、相王李旦輔政等事宜。宗楚客等人還找藉口，建議削去李旦的輔政之責。

韋皇后、宗楚客等人的不臣之心如此赤裸裸地暴露出來，但李嶠在現場卻沒說半個不字。當韋后的陰謀得逞後，李嶠還私下裡勸她不要將李旦的兒子李成器、李隆基等人留在京城，以儘量避免麻煩。

不料當年六月，李隆基就有了回應的行動：發動政變，誅殺韋后及其追隨者，擁立李旦稱帝。睿宗李旦一上臺，李嶠的宰相就算做到盡頭了，他被貶為懷州（今河南焦作、濟源一帶）刺史。當時李嶠已年過花甲，便以年老為由退休，沒去上任。

先天元年（西元七一二年），李隆基即位，又宣告李嶠為朝中大臣。到了西元七一四年，監察御史郭震舊事重提，要追究李嶠在韋后之亂中「身為宰相，不能匡正」的罪責，結果李嶠雖已退休，還是被再次貶官——先是滁州別駕，不久改為廬州別駕。當年，七十歲的李嶠就病逝於廬州別駕任上。李嶠雖然是個見風使舵的角色，但他也為自己的選擇付出了代價。在那樣殘酷的宮廷鬥爭中，他若逆風而上，結局很可能會更慘。

而在李嶠的整個仕途中，有時他也會表現出勇敢或剛正不阿的一面。比如調露元年（西元六七九年），高宗發兵征討嶺南邕州、岩州（今廣西境內）時，李嶠以監軍身分隨軍遠征，且能親入獠洞宣諭聖旨，最後成功招降叛軍。再如長壽元年（西元六九二年），狄仁傑等大臣被來俊臣誣陷入獄，李嶠受武則天之命覆核此案，發現罪名不成立後，他便替狄仁傑等人辯護申冤，結果導致自己被貶為潤州司馬。

政治鬥爭，總是風雲不定的。這兒安定，彼處可能正在動盪；此時無事，或許轉眼就是暴風驟雨。對此，李嶠應該是深有感觸的吧。他曾寫有〈中秋月二首〉，其中一首是這樣的：

圓魄上寒空，皆言四海同。安知千里外，不有雨兼風？

都說天下人在共享天上那輪明月，可此地月朗天晴，誰能保證千里外不是風雨交加呢？李嶠與當時的蘇味道、杜審言、崔融合稱「文章四友」，後來其他三友都死了，只剩他一人，因此他就成了人們眼中的「文章宿老」。其實和唐朝後來的那些詩人相比，李嶠的詩文要遜色得多，但在初唐，他算得上是佼佼者。

據說唐玄宗晚年時，曾在一個夜晚於勤政樓聽梨園弟子唱曲。其間，伶人唱了一首李嶠的〈汾陰行〉，當聽到「山川滿目淚沾衣，富貴榮華能幾時？不見只今汾水上，唯有年年秋雁飛」這幾句時，玄宗禁不句淚盈雙眼，連聲嘆道：「李嶠真才子也！」才子李嶠，在人品上還有一個值得稱道的地方：雖官至宰相，但不貪戀榮華富貴，一生都保持著清貧的本色。

【詩人簡歷】 李嶠（西元六四五年至七一四年），字巨山，趙州（今河北趙縣）贊皇人，唐朝武則天和中宗時期宰相。初唐「文章四友」之一，代表詩作有〈風〉、〈中秋月二首〉等。

歲歲年年——劉希夷：他大舅，他二舅，都是他舅

【成語①】**歲歲年年**

【釋義】每年

【出處】唐．劉希夷〈代悲白頭翁〉詩：「年年歲歲花相似，歲歲年年人不同。」

【成語②】**宛轉蛾眉**

【釋義】宛轉：輕而柔的起落。蛾眉：細而長的眉毛，指美麗的眼睛。漂亮的眼眉輕輕揚起。常用作美人的代稱。

【出處】唐．劉希夷〈代悲白頭翁〉詩：「宛轉蛾眉能幾時，須臾鶴髮亂如絲。」

一首詩，讓劉希夷後世留名，也正是這首詩，讓他丟了小命。詩的名字叫〈代悲白頭翁〉，也可以叫作〈代悲白頭吟〉。他為何要寫這樣一首詩？這首詩為何能斷送了他的性命？那還得從他小時候說起。

劉希夷是初唐汝州（今河南汝州市）人，生於唐高祖永徽二年（西元六五一年）。他出身寒微，幼年喪父，童年和少年時期都是跟著母親在外婆家寄居的。雖家門不幸，但劉希夷一表人才，天賦也高，在外婆家長大的同時，也透過讀書學藝長著本事，後來就長成一個精通音律、落筆成詩、能歌會唱的小夥子。

沒有屬於自己的溫暖的家，劉希夷常常會有孤獨和惆悵之感。二十歲時，他又回到了汝州老家，開始為科舉考試做準備。二十四歲那年，劉希夷進士及第。也許是官場不容他，也許是他對官場根本就沒興趣，雖然仕途已經在他面前鋪開，他卻轉身離開京城，去巴蜀、三峽、揚州等地遊山玩水去。

漫遊，讓劉希夷見識到秀美的山水景色，也讓他的詩情不斷得到觸發。一個年輕人，走在豐富多彩的人世間，怎能無動於衷？有時，劉希夷的心中會升起一種豪情，繼而生發出為國建功立業的衝動：

平生懷仗劍，慷慨即投筆。南登漢月孤，北走代雲密。
近取韓彭計，早知孫吳術。丈夫清萬里，誰能掃一室。

（〈從軍行〉）

敏感的劉希夷常常陷入無奈的思緒中。人在旅途，他總有時光易逝、容顏易老之感慨，並因此黯然神傷。在〈洛川懷古〉中，劉希夷發出這樣的感慨：「歲月移今古，山河更盛衰」、「昔時歌舞臺，今成狐兔穴。人事互消亡，世路多悲傷。」在〈巫山懷古〉中，他感嘆於「搖落殊未已，榮華倏徂（ㄘㄨˊ）遷」。在〈春女行〉中，他說榮華富貴只不過是過眼雲煙：「容華委西山，光陰不可還。桑林變東海，富貴今何在。」對於人世間的那些別離和相思，劉希夷則給予更多的理解和同情：

佳人眠洞房，回首見垂楊。寒盡鴛鴦被，春生玳瑁床。
庭陰幕青靄，簾影散紅芳。寄語同心伴，迎春且薄妝。

（〈晚春〉）

這首詩講的是新婚不久的女子獨守洞房，室外的楊樹和樹蔭，窗上的帘子和室內的床、被，似乎每一個物件都能勾起她對身在外地的丈夫的思念。

〈搗衣篇〉中，那位「秦地佳人」對心上人的思念，更是讓人動容：

聞道還家未有期，誰憐登隴不勝悲。夢見形容亦舊日，為許裁縫改昔時。

緘書遠寄交河曲，須及明年春草綠。莫言衣上有斑斑，只為思君淚相續。

憂鬱和感傷讓劉希夷陷入巨大的孤獨之中。「青青好顏色，落落任孤直。」在〈孤松篇〉詩中，他就像寒山上的那棵孤松，在冷月之下，聽風聲如琴，並一直帶著「美人何時來，幽徑委綠苔」的遺憾。

在江南漫遊幾年後，劉希夷北歸，定居在東都洛陽。回來後的劉希夷依然被那種惆悵、傷感、無奈的情緒左右著，且表現得愈發強烈。他本來就愛喝酒，此時喝得就更加沒有節制了。

但酒並不能替他徹底地消愁解憂，他唯有繼續寫詩。於是，便有了這首〈代悲白頭翁〉：

洛陽城東桃李花，飛來飛去落誰家？

洛陽女兒惜顏色，坐見落花長嘆息。

今年花落顏色改，明年花開復誰在？

已見松柏摧為薪，更聞桑田變成海。

古人無復洛城東，今人還對落花風。

年年歲歲花相似，歲歲年年人不同。

寄言全盛紅顏子，應憐半死白頭翁。

此翁白頭真可憐，伊昔紅顏美少年。

公子王孫芳樹下，清歌妙舞落花前。
光祿池臺文錦繡，將軍樓閣畫神仙。
一朝臥病無相識，三春行樂在誰邊？
宛轉蛾眉能幾時？須臾鶴髮亂如絲。
但看古來歌舞地，惟有黃昏鳥雀悲。

劉希夷在詩中悲時光易逝，悲紅顏易老，悲人生無常，悲寂寞孤獨。再風光得意的「紅顏美少年」，終將變成「半死白頭翁」，再漂亮的美人（宛轉蛾眉），也很快會「鶴髮亂如絲」。

心情之悲，終於迎來了命運之悲。

不久，劉希夷就見到他的舅舅宋之問。宋之問讀了這首〈代悲白頭翁〉，很是喜歡，尤其鍾愛「年年歲歲花相似，歲歲年年人不同」這兩句。兩人喝酒過程中，當宋之問聽說劉希夷還沒有把此詩給別人看過，他就希望劉希夷把那兩句詩轉讓給他。劉希夷當時一口答應，可事後卻沒有真給，這讓宋之問非常惱火。

再一次向劉希夷索詩被拒後，宋之問就找了個機會，派家丁將劉希夷用土袋子活活捂死在一家客棧裡。當然，這只是一個傳聞。還有一種說法是：劉希夷是被他二舅宋之遜害死的，凶器也是土袋子。可能是劉希夷在喝酒時出言不遜得罪了他。無論凶手是哪一個，但被親舅舅用如此殘忍的手段殺害，這應該是劉希夷生前萬萬沒想到的。可憐的劉希夷，死時才二十九歲。

「今年花落顏色改，明年花開復誰在？」從此以後，洛陽城的桃花，劉希夷再也看不到了。

【詩人簡歷】劉希夷（約西元六五一年至六七九年），一名庭芝，字延之，汝州（今河南省汝州市）人。代表詩作有〈從軍行〉、〈代悲白頭翁〉、〈洛川懷古〉等，「年年歲歲花相似，歲歲年年人不同」為其名句傳誦千古。

天涯比鄰——王勃：那麼遠，那麼近

【成語】**天涯比鄰**

【釋義】雖然相隔非常遠，但還像鄰居一樣近。

【出處】唐．王勃〈杜少府之任蜀州〉詩：「海內存知己，天涯若比鄰。」

自從兩人相識之後，王勃就一直稱他為杜二哥。一年前，杜二隻身從老家來到長安，投靠在親戚家，一邊準備參加科考，一邊在城裡尋訪可能幫得到他的親朋。那日，他在大街上急急地走，想去拜訪一位官員，走著走著竟然迷路了。在沛王府前，剛巧遇到了王勃，杜二連忙走上前去問路。

王勃沒有立即給他答案，而是盯著他的眼睛，笑問：「聽口音，你是絳州龍門人吧？」

杜二愣了一下，連忙點頭回應：「正是！正是！」

王勃臉上現出驚喜之色，道：「我們是老鄉呢！」

偶然相遇，兩人熟識了。攀談中，王勃瞭解到面前的這位書生比他年長五歲，也是出身於詩書之家，姓杜，在家排行老二，來京是為求取功名的。

「杜二哥，既然我們是老鄉，以後就常聯繫吧，我就在這沛王府裡，平時也沒有多少事。」臨別前，王勃握了握杜二的手，又給他指明前往那位官員家的路線。在那之後，兩人就常常互相走動，成了無話不談的朋友。

一年後，杜二進士及第，且仕途也有了起點：到蜀州去當縣尉。雖然說十多年寒窗苦讀功夫沒有白費，但去那麼遠的地方，又是當一個小小的縣尉，杜二心裡還是有說不上來的鬱悶。然而上命難違，蜀州那個地方，總是要去的。

臨行前，王勃約了杜二，兩人在一家酒店裡喝酒話別。

「本來，我是有留在京城的希望的，只是我投靠的人最近遇到些麻煩，人家也只能幫我到這裡了。」杜二嘆口氣道，「你看你多順，十五歲就直接參加金殿對策，當上朝散郎，很快又被沛王看中，到王府裡陪太子讀書，真令人羨慕！」

「其實也不全是你想的那樣，在王府裡，總有寄人籬下的感覺。依我看，還不如到外地當差，或許更自由些。再說，你畢竟還是剛起步，以後機遇多得是。」王勃呷了一口酒，輕聲說道，「聽說蜀州的風景不錯，我還真想到那裡去遊玩一段時間呢！」

杜二的心情似乎放鬆了一點，笑著應道：「等我上任後，你要是有時間，就去找我玩吧，到時我給你當嚮導，畢竟，在那裡能找到像你這樣的朋友，是不太容易的。」

走出酒館，王勃一直把杜二送到城外的長亭。眼看兩人就要分別，杜二心裡還是有抑制不住的傷感，他看著面前的王勃，眼圈紅了。王勃心裡也是一陣悵然，緊緊拉住杜二的手，強作笑臉道：「相信我們會很快再見的，再說，既然我們是好朋友，即使你走到天涯海角，我們的心也還是在一起的。振作起來，好運正在遠方等著你！」王勃陪著杜二慢慢走向城外，邊走邊在心中默默吟道：

城闕輔三秦，風煙望五津。與君離別意，同是宦遊人。
海內存知己，天涯若比鄰。無為在歧路，兒女共沾巾。

在分別的路口，王勃將這首〈送杜少府之任蜀州〉誦讀給杜二聽。「海內存知己，天涯若比鄰」，杜二連聲說「好」，然後用力握了握王勃的手，轉身踏上遠去的大道。直到杜二的背影消失在道路的轉彎處，王勃才轉身返回。在回王府的路上，王勃突然想到自己還有一篇重要的文章要寫，而就是這篇文章，將使他的仕途發生出乎意料的重大逆轉。

【詩人簡歷】 王勃（約西元六五〇年至六七六年），字子安，絳州龍門（今山西省萬榮縣）人。與楊炯、盧照鄰、駱賓王合稱為「初唐四傑」，代表作有〈送杜少府之任蜀州〉、〈滕王閣序〉等。

命途多舛——王勃：宦海之外，還有南海

【成語】**命途多舛**

【釋義】指一生坎坷，屢受挫折。舛：不順，不幸。

【出處】唐．王勃〈秋日登洪府滕王閣餞別序〉（簡稱〈滕王閣序〉）：「時運不齊，命途多舛。」

那日，王府間的鬥雞比賽如期進行，最終結果卻令沛王大失所望：他那隻一向強悍的雄雞，竟意外地慘敗在弟弟英王的雞嘴下。看著英王那副得意忘形的樣子，沛王實在是嚥不下這口氣。回到府中，沛王對王勃說：「你儘快給我寫一篇文章，題目就叫〈檄英王雞〉，近日我一定要和英王再決高下。」

沛王前腳剛走，王勃拿筆就要寫，杜二恰巧來訪。好友要到蜀州為官，王勃自然要親自相送。送走杜二，王勃匆匆返回住處，鋪開稿紙，筆走龍蛇，沒多長時間，一篇〈討雞檄文〉就新鮮出爐了。

「蓋聞昴（ㄇㄠˇ）日，著名於列宿，允為陽德之所鍾……」寫畢，王勃又把文章從頭到尾讀了一遍，自我感覺還不錯。

沛王閱後，拍案叫絕，好像他這就贏了比賽一般。檄文很快轉到英王手中，英王看了，只是一笑置之。往日，只要王勃有文問世，宮中人皆會爭相傳閱。這篇奇文自然也不例外。終於，〈檄英王雞〉擺在皇上面前。

可這題目，讓皇上感到十分刺眼。讀到下面的內容，皇上的臉色變得越來越嚴肅：「兩雄不堪並立，一啄何敢自妄？」意指：兩雄相鬥是一定要決出勝負的，一次鬥雞的勝利還值得自誇嗎？

這話什麼意思？這個王勃到底想幹什麼？皇上想到了他父皇一手挑起的「玄武門之變」，想到了宮廷內鬥的血腥和殘酷，他太擔心這樣的事發生在自己兒子身上。

於是皇上氣呼呼地召見沛王，道：「王勃在王府無是生非，用文章挑撥離間，用心不純，趕緊將他趕走，立刻，馬上！」沛王心裡雖有不捨，但又不能抗旨不遵。

在沒有一點點防備下，王勃就被無情地逐出王府。孤零零地站在長安街頭，王勃腦中一片混沌。六歲能寫文，九歲便出書，十五歲入宮踏上仕途，原以為從此豔陽高照，路順海平，沒想到僅僅四年，就突然遭此挫折。

京城待不下去，老家也不想回，王勃想到不久前和杜二說過要去蜀州出遊的話，他動心了。心動之後，馬上有了行動。王勃來到巴蜀之地，開啟了寄情山水的漫遊生活。在風光秀美的蜀州，他飽覽美景，以文交友，倒也自由自在，但時日一久，寂寞和惆悵又襲上心頭，流露行間：

長江悲已滯，萬里念將歸。況屬高風晚，山山黃葉飛。——〈山中〉

三年後，王勃回到長安，準備參加科選，為自己再謀一條新的生路。也許是機緣巧合，正當王勃全力備考之時，一個叫凌季友的朋友找到了他。「別再考了，你不是在十來歲的時候跟名醫曹道真學過醫嗎？我現在是虢（ㄍㄨㄛˊ）州司法，虢州那兒到處都是藥草，你若跟我去，我就推薦你個官差做，也能發揮你的醫學特長。再考？雖然以你的才學沒問題，可誰知道結果會怎樣？」凌季友誠懇地對王勃說。

王勃沒多想，便答應了凌季友。沒多久，王勃坐上了虢州參軍的位置。在這個不起眼的官位上，王勃整日忙忙碌碌的，雖沒啥成就感，卻也還算安穩。只是，他很看不慣周圍官員的作為，相較之下，他更願意和一般人交朋友。在這群朋友裡，就有一個官奴，名叫曹達。哪知曹達竟會是他生命中的大災星呢！

這日，曹達驚慌失措地跑到王勃的住處，聲稱自己犯了罪，上面正在緝拿他，想讓王勃幫個忙，等風頭過去，再想辦法。王勃心一軟，讓曹達藏了下來。幾天後，王勃越想越不對勁，覺得這曹達實在是個大隱患，而眼下再把曹達交出去又為時已晚，不如乾脆讓他消失。一天晚上，王勃故意灌醉曹達，用被子把他捂死。

原以為事情做得神不知鬼不覺，誰知沒幾天，就有人告發他。窩藏罪犯，又故意殺人，王勃再次攤上大事。按大唐刑律，他的人頭看來是保不住了。王勃被關進大牢，等候問斬。他的父親也受到牽連，被貶到遙遠的南方荒蠻之地交趾（今越南北部）當縣令去了。王勃追悔莫及，想到這些年跌跌撞撞的人生，不禁悲從中來。

就在王勃死到臨頭的緊要關頭，巧了，趕上皇上大赦天下。人頭暫時保住了。走出監牢的王勃有些慶幸，又有些說不上來的後怕。在虢州平復了幾天心情，王勃打算去看望自己的父親。東去，再一路南下，九月初，王勃抵達洪州（今江西南昌）。在洪州，有故人熱情招待他，並邀請他參加九月九日當天的滕王閣宴會，王勃欣然應允。

宴會是洪州新任都督閻某召集舉辦的。宴會開始後，賓主把酒言歡，王勃現場創作了〈秋日登洪府滕王閣餞別序〉。大作一出，滿座賓客無不歎服。

「落霞與孤鶩齊飛，秋水共長天一色」，絢麗的畫面，開闊的境界，美不勝收。「時運不濟，命途多舛」，回望來路，內心的感慨有誰知道？「窮且益堅，不墜青雲之志」，失意失路，依然不願消沉。

但，就是這「多舛」的人生之路，留給王勃的也所剩不多了。離開洪州，王勃繼續南行。終於到了交趾。父子相見，自是悲喜交加。一段時間後，王勃又不得不踏上北返的路程。茫茫南海上，風急浪大。站在船頭的王勃，正出神間，一個浪頭打來。船身猛地一陣顛簸，王勃不慎落水。同船的幾人忙下水救人。王勃被打撈上船後，早已沒有了呼吸。時為高宗上元三年（西元六七六年）秋，王勃年僅二十七歲。

（除了「命途多舛」外，〈滕王閣序〉一文還首創和運用了以下成語：物華天寶、人傑地靈、勝友如雲、高朋滿座、虹銷雨霽、天高地迥、興盡悲來、白首之心、躬逢盛事、好景不長、萍水相逢、起鳳騰蛟、窮途之哭、盛筵難再、水天一色、物換星移、鐘鳴鼎食、東隅已逝，桑榆非晚、飛閣流丹、馮唐易老、桂殿蘭宮、躬逢其盛、襟江帶湖、時運不濟、一介書生、雨簾雲棟、逸興遄飛）

恥居王後——楊炯：路平，心不平

【成語】恥居王後

【釋義】指在文名上恥於處在不及己者之後。

【出處】《新唐書．文藝傳上．王勃》：「勃與楊炯、盧照鄰、駱賓王皆以文章齊名，天下稱『王、楊、盧、駱』，號『四傑』。炯嘗曰：『吾愧在盧前，恥居王後。』」

大家知道楊炯這個人，一開始的時候多半不是因為他的作品，而是「初唐四傑」這一組合名稱。論其膾炙人口的詩作幾乎沒有，如果非要找一首，就只能是這首〈從軍行〉了：

烽火照西京，心中自不平。牙璋辭鳳闕，鐵騎繞龍城。
雪暗凋旗畫，風多雜鼓聲。寧為百夫長，勝作一書生。

這首詩大約寫於西元六八〇年前後。因為當時突厥部族入侵大唐西北固原、慶陽一帶，朝廷就命禮部侍郎裴行儉出征討伐。在此形勢下，武將的作用便顯得尤為突出。

當時的楊炯正處在校書郎的位子上，負責國家圖書典籍的管理和校對，沒啥實權，級別也低（正九品）。但就是這官位，也是他等了十幾年才得到的：十歲時楊炯就通過神童科考試，之後便窩在弘文館裡等待任用，直到二十六歲才當上校書郎。

楊炯對這結果自然是不怎麼滿意，再看看周圍那些腦滿腸肥、混天撩日的大小官員，內心滿是委屈的他十分生氣，很有懷才不遇之感。他總覺得那些官員就像是要把戲時披著麒麟皮的驢一樣，徒有表面風光，德能根本不配位。

邊塞不安寧，武將們開始得到重用，眼看著他們一個接一個奉命出征，楊炯的突出感覺就是「心中自不平」：當一個小軍官，也比在宮裡當一個可有可無的校書郎強——「寧為百夫長，勝作一書生」啊。

等了幾年，終於有人出來提攜楊炯。大權在握的中書侍郎薛元超很欣賞楊炯的文才，把楊炯推薦為崇文館學士，很快又提拔為詹事司直，成了太子李顯的跟班。

楊炯心中的「不平」剛剛回復「平靜」，令他「不平」的事再次發生：西元六八四年，武則天把剛即位不久的李顯廢了，轉而立李旦為帝，她自己則開始專政。李顯被廢，楊炯本可依靠的一棵大樹倒了。

接下來，徐敬業又在揚州舉兵討伐武則天，很快兵敗自殺，沒想到這也讓楊炯受到牽連。

原本徐敬業討武壓根不關楊炯的事，但作亂分子裡有個人叫楊神讓，這楊神讓是楊炯叔伯父楊德干的兒子，就因為這層堂兄弟關係，株連到了楊炯。株連的後果是：楊炯被貶到四川梓州任司法參軍。

武則天沒有善待楊炯，楊炯又能有什麼辦法？既然局面已被這個女人控制，就順著她好了。不是武將，不能幫她打仗，那就充分發揮文官的作用，寫文章，唱讚歌啊。武皇登基，有人說天上出現預示祥瑞的老人星，好運要降臨人間了，楊炯抓住時機，立即寫了篇〈老人星賦〉獻上去。文章發揮了作用：楊炯被調回洛陽，開始在習藝館裡教後宮佳麗們寫寫畫畫。

武則天登基三年後，一向崇佛的女皇在洛陽舉行盛大的盂蘭盆會，楊炯見機行事，又寫了一篇〈盂蘭盆賦〉來應景。武則天看到文章，感覺很受用。楊炯便因此有了一個行政上的實職：到吳越之地的盈川縣當縣令。這縣令不是「百夫長」，是權力更大的「百姓長」了。楊炯在盈川縣令這個位子上做得很認真，也充分展示了他性格脾氣中火爆的一面，結果在當地人心中留下為官嚴酷的印象。

只可惜楊炯在盈川沒幹幾年，就病死在任上，年僅四十來歲。一生沒有太曲折的經歷，大多數時間都是待在宮裡，雖有不順，但總體上風平浪靜，這或許是楊炯詩作成就不高的原因吧。

「王楊盧駱」這樣的排行榜剛一出爐時，楊炯很是不滿，甚至覺得羞恥：憑什麼王勃排在我的前面？抱著「恥居王後」想法的楊炯當時還年輕，正處於「心中自不平」的時期，等王勃死後，他心中的不平開始變為讚揚：在〈王子安集序〉中，他說王勃「每有一文，海內驚瞻」。其實「不平」，就是沒有平常心，時過境遷後，一切也就煙消雲散了。

【詩人簡歷】 楊炯（約西元六五〇年至六九三年），華州華陰（今屬陝西省渭南市）人，「初唐四傑」之一。代表詩作〈從軍行〉。

桑田碧海——盧照鄰：

我不是無情的人，卻把你傷得最深

【成語】**桑田碧海**

【釋義】指大海變成桑田，桑田變成大海。比喻世事變化很大。

【出處】唐．盧照鄰〈長安古意〉詩：「節物風光不相待，桑田碧海須臾改。」

「初唐四傑」都是年少時即以文采顯赫於世，王勃、楊炯、駱賓王都有神童之譽。在有關盧照鄰的古代文獻記載中，雖未出現「神童」二字，但他小時候才學過人、文章出色應該是毫無疑義。不然，十多歲跑到長安獨自闖蕩的他，是不會被鄧王李元裕（李淵第十七子）看中。

鄧王看中的，當然是盧照鄰的才華。盧天資聰明，又是大儒王義方的徒弟，且出身范陽盧氏大族，所以在京城謀個差事還是比較容易的。

盧照鄰進入鄧王府後，被授予典簽一職，平日做的大多是寫寫抄抄的工作，更多的時間他都是在府裡閒著。府裡正好有很多藏書，那就趁機瘋狂閱讀，免費充電唄。時日一長，盧照鄰的大腦就更充實，下筆也更出色，這使鄧王覺得很受用，臉上也有了光。因此，那段日子，鄧王總是自豪地對別人說：「盧照鄰就是我家的司馬相如！」

盧照鄰聽到鄧王這樣誇他，心裡自然也是喜滋滋的，他對未來充滿了美好的期待，寫詩作文更是得心應手。時光如流水。盧照鄰跟著鄧王，不知不覺過了七、八年。在長安，他見慣了王公貴族的奢華生活，也為這個欲望之都的癲狂墮落而迷亂。公子王孫、歌姬舞女、冒險少年、紫色羅裙，這就是京城，這就是宮牆外的生活！有了真實的生活體驗，盧照鄰再次出手，他拿出了一篇洋洋灑灑、一掃往日萎靡宮廷詩風的巨作：〈長安古意〉。

「玉輦縱橫過主第，金鞭絡繹向侯家」，是不是夠氣派？

「得成比目何辭死，願作鴛鴦不羨仙」，是不是夠大膽？

「娼家日暮紫羅裙，清歌一囀口氛氳」，是不是夠刺激？

「意氣由來排灌夫，專權判不容蕭相」，是不是夠無奈？

「節物風光不相待，桑田碧海須臾改」，是不是夠哲理？

詩歌易寫，世事卻難料。盧照鄰眼看就要到而立之年，年紀輕輕的鄧王卻突然染上重病，死了。盧照鄰不得不另謀生路。他離開長安，開始到四川新都去當縣尉。在新環境裡，幹的又是吃力不討好的差事，再想起以前在王府裡的種種，盧照鄰心裡很不是滋味。儘管他努力嘗試去營造一種和諧的工作氛圍，可就不知哪個環節出了問題，不得不面對「智者不我邀，愚夫余不顧」（〈贈益府群官〉）的尷尬。

就在這樣的孤獨中，他遇到了一名郭姓女子。這女子頗有些姿色，人也溫存賢淑。兩人接觸幾次之後，郭氏願以身相許，盧照鄰也表示要正式迎娶。

那一日，盧照鄰因事要去洛陽，臨行前與郭氏依依惜別，說回來便娶她。哪知他一到洛陽便得了病，還病得很重，雖請遍了附近郎中（醫師的俗稱），後又跑到長安找到藥王孫思邈救治，但最終身體仍無多大起色，以致最後連走路都成了問題。在這段期間，他的父親又去世了。面對接連而來的打擊，盧照鄰痛苦萬分，哭得撕心裂肺，嘔吐不止，甚至把服下的藥湯藥丸都吐了出來。

心灰意冷的盧照鄰獨自來到河南新鄭的具茨山下，買了一處院子和一些田地。人站不起來，手腳也不靈活，他便僱人來種地和照顧自己的起居。盧照鄰甚至讓人提前為他挖好墳墓。晴暖的日子，盧照鄰就讓人把他抬出庭院。他斜躺著，看日起日落，雲來霧去，想起兒時苦讀的情景，想起在鄧王身邊曾有的歡樂；他也會想起郭氏，想起在郭氏面前發過的誓言。誓言都還縈繞在耳畔，但現實卻如此不堪。茫然中，他只有嘆息和懊喪的份了。

病痛無情地折磨著他，他一天天一月月一年年地咬牙忍受著，在將近十年的時間裡，就這樣苟延殘喘地活著。終於，他堅持不下去了。這一日，他掙扎著爬到潁河邊，把病殘的身軀交給了冰冷的流水。「節物風光不相待，桑田碧海須臾改。」須臾間，一個生命就這樣沉入水底。

【詩人簡歷】盧照鄰（約西元六三六年至六八〇年），字升之，自號幽憂子，幽州范陽（今河北省涿州）人，「初唐四傑」之一。代表詩作〈長安古意〉、〈十五夜觀燈〉。

一生一代——駱賓王：郭氏、道士、福禍事，都在人世

【成語】一生一代

【釋義】指一輩子。同「一生一世」。

【出處】唐．駱賓王〈代女道士王靈妃贈道士李榮〉詩：「相憐相念倍相親，一生一代一雙人。」

駱賓王剛出生時，身為博昌縣令的父親對他的未來可是寄予厚望，為他取「賓王」為名，以「觀光」為字，目的就是希望能夠如《易經》中的〈觀卦〉所言：「觀國之光，利用賓於王」——長大後成為一個博學多識的人，從而能為帝王所用。

小時候的駱賓王也還真給他爹爭面子，七歲就寫出那首〈詠鵝〉小詩。如果他爹能穿越到現代，聽到連剛會說話的幼童都能流利背誦「鵝鵝鵝，曲項向天歌。白毛浮綠水，紅掌撥清波」，那這個當父親的還不驕傲得飄到天上去？

駱賓王詠了鵝，連他自己似乎也有點鵝的脾氣。長大後的駱賓王，因父親已不在世，他還不太懂得人情世故，雖然讀了不少書，卻不求上進，還被動地去參加科舉考試，又不知與人打好關係，結果自然是榜上無名。後來經人百般指點，才得到一個在道王李元慶府上做幕僚的機會。

在王府裡，駱賓王還像鵝一樣地「曲項向天」，自負到目空一切。

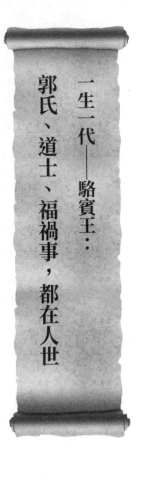

三年過去，李元慶覺得駱賓王整天這樣，說不定是肚裡有才、心裡有數，於是就準備提攜提攜他，讓他寫篇自敘狀，以便量才使用。誰知，駱賓王卻不領情，回說：要我自賣自誇，有沒有搞錯？我還要臉呢！

給個臺階都不上，就別怪人家不客氣了。結果，李元慶毫不猶豫地將駱賓王趕出道王府。一出王府，駱賓王才知外面世界很無奈。得活著啊，不進入體制內，何以為生？在過了一段狼狽的日子後，駱賓王漸漸開始面對現實。他向那些能聯繫上的大小官員寫文自薦，遇到去基層巡視的官員，也盡可能主動去套近乎，可是卻一點效果也沒有。

麟德元年（西元六六四年），高宗李治要去泰山封禪，駱賓王瞅準機會，立即寫了一篇〈請陪封禪表〉獻上。高宗看到這「表」，內心被打動，便召駱賓王入朝對策，之後還給他一個奉禮郎的職位。

兩年後，駱賓王跟隨大將薛仁貴去征西，孰料薛打了敗仗，駱賓王也沒撈到半點「軍功」。沒過多長時間，他又跟隨姚州行軍總管李義去討伐南詔。這仗打勝了，駱賓王心情不錯，回來時經過蜀地，他便在那兒逗留一段時間，看了些景，認了些人。

在蜀地新認識的人裡，有兩個女人，一個是郭氏，一個是王靈妃。兩個女人聽說他是京城來的官員，便各自先後來向他訴苦。郭氏說盧照鄰在這兒當縣尉的時候，欺騙她的感情，兩人不但同居還生了個小孩；現在盧照鄰掉頭落跑到洛陽去，也不問她的死活，前些日子，孩子也夭折了。女道士王靈妃說的也是類似的事情：一個叫李榮的道士玩弄她的感情，之後突然搞起失蹤，她一下子失去了主張。

駱賓王是認識盧照鄰的，也知道盧照鄰和李榮是朋友關係。聽完兩個倒楣女子的訴說，駱賓王氣得不行，心中罵道：好啊，一個盧照鄰，一個李榮，你們敢做不敢當，還算是男人嗎？他對郭氏和王靈妃說：妳倆別傷心了，事已至此，估計他們也不會回來了，我很同情妳們的遭遇，別的忙我也幫不上，就幫妳們各寫一首詩聲討他們吧，他們看到詩後，知道妳們的處境，說不定能回心轉意呢！

於是，駱賓王為郭氏寫了〈豔情代郭氏答盧照鄰〉：

迢迢芊路望芝田，眇眇函關恨蜀川。歸雲已落涪江外，還雁應過洛水瀍。……

又為王靈妃寫了〈代女道士王靈妃贈道士李榮〉。王靈妃是讀過書的人，當她讀到詩中那句「相憐相念倍相親，一生一代一雙人」時，不禁含淚長嘆一聲。對於她來說，哪有什麼「一生一代」的相守？眼下只有「雙枕孤眠」的哀傷。

駱賓王用詩幫兩位怨女譴責了各自的無情郎後，就回到了京城。他繼續當他的官，由明堂縣主簿到長安縣主簿，又由地方主簿到侍御史。侍御史是個容易得罪人的官職。性格耿直的駱賓王在此位上果然「不負眾望」，被誣入獄了。獄中的他，不再「詠鵝」，開始「詠蟬」（〈在獄詠蟬並序〉）：

西陸蟬聲唱，南冠客思深。不堪玄鬢影，來對白頭吟。
露重飛難進，風多響易沉。無人信高潔，誰為表予心？

一年後，駱賓王出獄。朝廷讓他去浙江臨安當縣丞。心灰意冷的他沒幹幾日便辭了官。已到晚年的駱賓王最終投到徐敬業的幕下，徐要舉兵反武則天，駱賓王便奮筆寫下那篇著名的〈為徐敬業討武曌檄〉：

偽臨朝武氏者，性非和順，地實寒微。昔充太宗下陳，曾以更衣入侍。洎乎晚節，穢亂春宮。潛隱先帝之私，陰圖後庭之嬖。入門見嫉，蛾眉不肯讓人；掩袖工讒，狐媚偏能惑主。……言猶在耳，忠豈忘心？一抔之土未乾，六尺之孤安在？倘能轉禍為福，送往事居，共立勤王之勛，無廢舊君之命，凡諸爵賞，同指山河。若其眷戀窮城，徘徊歧路，坐昧先幾之兆，必貽後至之誅。試看今日之域中，竟是誰家之天下！

武后則天可不是那麼容易討伐的。然後呢？然後駱賓王就沒有然後了。

【詩人簡歷】駱賓王（約西元六三八年至六八四年），字觀光，婺州義烏（今浙江義烏）人。曾為起兵討伐武則天的徐敬業寫〈為徐敬業討武曌檄〉，徐兵敗後，駱不知所終。「初唐四傑」之一，代表詩作〈詠鵝〉、〈於易水送人〉等。

終南捷徑——盧藏用：終南，終南，誰會想到竟是終於嶺南？

【成語】 **終南捷徑**

【釋義】 指求名利的最近便的門路。也比喻達到目的的便捷途徑。

【出處】 《新唐書．盧藏用傳》：「司馬承禎曾召至闕下，將還山，藏用指終南曰：『此中大有嘉處。』承禎徐曰『以僕視之，仕宦之捷徑耳。』藏用慚。」

在初盛唐時期，受道家思想影響，許多文人熱衷於在山中隱居，其中有十個喜歡隱居的人，被稱為「仙宗十友」，分別是：司馬承禎、李白、孟浩然、王維、賀知章、盧藏用、王適、畢構、宋之問、陳子昂。這十個人裡，有一心向道、以隱為樂的，比如司馬承禎；也有以隱為顯、伺機入仕的，比如盧藏用、李白、孟浩然等。

把隱居當成謀官手段，做得最明顯的當數盧藏用了。作為一位初唐詩人，盧藏用的名氣沒有「四傑」、「沈宋」和陳子昂來得大，詩也沒有他們寫得好，但他走出了一條入仕的捷徑，曾一度爬到吏部侍郎的位置。

景雲二年（西元七一一年），唐睿宗李旦派人將司馬承禎從天臺山請到宮中，許以要職高位，司馬承禎不為所動，堅持回山隱居。出宮時，正巧遇到在朝廷做官的盧藏用。盧藏用聽說司馬承禎要重回山裡，就用手指著城南的終南山說：「此中大有嘉處。」意即在終南山隱居，是非常美妙的事情，會有意想不到的好處。

司馬承禎和盧藏用本不是同路人，但他知道盧藏用的話外之意，於是半開玩笑地回道：「在我看來，去終南山隱居，應該是通往仕途的一條捷徑吧？」盧聽了，知道司馬承禎是在嘲諷他，當下就羞紅了臉。

這「終南捷徑」，盧藏用是如何一路走來，最終又走到一個怎樣的盡頭呢？和其他大多數唐朝詩人一樣，盧藏用也是個官二代、文二代。他大約生於唐高宗麟德元年（西元六六四年），叔祖盧承慶曾官至刑部尚書，父親盧璥做過魏州司馬。小時候的盧藏用就以才學文辭而為人所知，長大後作文、書法、琴弈等才藝皆有所精。可是，當他進士及第後，卻遲遲得不到朝廷任用，這讓他心裡很著急，很不是滋味。

一天天一年年過去，盧藏用實在等得不耐煩，乾脆轉身跑到長安城南的終南山裡隱居去了。在山裡，盧藏用一邊跟著道士們修煉道術，一邊悄悄探聽著朝廷動靜。他修道倒也修出了點門道，還苦練辟穀之術，而且還練到了一定境界，據說幾天幾夜不吃飯都可以。他這樣苦自己，是為了揚名，揚了名，皇帝才會知道他，才有可能用他啊！藏用，藏用，「藏」不就是為了「用」嗎？

在終南山隱了沒多長時間，當武則天移駕洛陽之後，盧藏用便又開始跑到嵩山隱居；隱，也要在皇上的眼皮子底下隱不是？就這樣，跑來跑去當了幾年「隨駕隱士」，盧藏用的良苦用心終於有了結果。長安年間，武則天將他請出山，授以左拾遺一職，幾年後就升到吏部侍郎。當官後，他的日子儼然是另一番景象：

天游龍輦駐城闉，上苑遲光晚更新。瑤臺半入黃山路，玉檻傍臨玄霸津。

梅香欲待歌前落，蘭氣先過酒上春。幸預柏臺稱獻壽，願陪千畝及農晨。

出入宮禁，游宴頌聖，盧藏用似乎得其所願。可是，作為一個文人，他寫像上面〈奉和立春遊苑迎春應制〉之類的讚美詩還算是得心應手，而作為一個管人事的幹部，他就有點力不從心了。

你想啊，在吏部，整日和盧藏用面對面打交道的是各級官員，而他又不是一個強勢的人，所以在工作中很容易就被那些權要左右，人家要買官賣官，你能不給開個方便之門？沒多久的時間，盧藏用就陷入官場泥潭，貪贓枉法之事也跟著做了不少。一次兩次倒也罷了，你把弄權取官當成工作常態，人家會怎麼評價你？於是，盧藏用的名聲日漸敗落，最後被調出吏部，擔任黃門侍郎，接著又轉任工部侍郎和尚書右丞。這期間，盧藏用曾主動依附太平公主，可沒少拍過人家的馬屁。

李隆基上臺後，太平公主因涉嫌謀反被賜死，盧藏用受到牽連，被流放到嶺南。開元初，朝廷又下詔讓其擔任黔州都督府長史，可沒等到動身前往，他就一命歸西了。盧藏用的官途，就這樣隨著生命的終結，終止於遙遠的嶺南之地。

【詩人簡歷】 盧藏用（約西元六六四年至七一三年），字子潛，幽州范陽（今河北涿州市）人。武則天時期，曾為彰顯名聲而隱於終南山，是唐初「仙宗十友」之一。詩文多為唱和應制之作。

更上一層樓──王之渙：看得遠，更要看得開

【成語】更上一層樓

【釋義】原意是想看得更遠，就要登得更高。後比喻在已取得的成績上再提高一步。

【出處】唐．王之渙〈登鸛雀樓〉詩：「白日依山盡，黃河入海流。欲窮千里目，更上一層樓。」

西施、王昭君、貂蟬、楊玉環是公認的中國四大美女，能戴上這個桂冠，不是因為她們真的在美色上天下無敵，主要還是因為她們都是有故事的人，並且受到文人的關注。就像傳說中的中國四大名樓一樣，不是因為蓬萊閣、滕王閣、黃鶴樓、岳陽樓這四座樓閣，在建築上多麼巍峨雄偉，而是它們都是歷代文人墨客登臨歌詠的對象，它們的名氣更多是沾了文氣的光。

還有一座樓閣，有時也被人們歸入中國四大名樓之列，它就是山西永濟的鸛雀樓。此樓沾了誰的光，恐怕連小孩子都答得出來，誰不會背那首著名的唐詩〈登鸛雀樓〉啊？

白日依山盡，黃河入海流。欲窮千里目，更上一層樓。

如果王之渙生前沒有去登鸛雀樓，或者登了樓卻沒有寫〈登鸛雀樓〉這首詩，現在知道鸛雀樓的人恐怕少之又少了吧？因為此樓建於北周時期，至元代毀於戰爭，明代之後連遺址都看不到了（現在看到的那座鸛雀樓是在一九九七年重建的）。所以說，是唐朝詩人王之渙成就了鸛雀樓的千年美名。

鸛雀樓，因一種名為鸛雀的水鳥停於其上而得名。之所以有水鳥出沒，是因為鸛雀樓位於蒲城以西的黃河東岸。鸛雀樓共有三層，到了唐代，經常會有詩人登樓賦詩。這話是北宋大學者沈括說的：「河中府鸛雀樓三層，前瞻中條，下瞰大河，唐人留詩者甚多，唯李益、王之渙、暢當三篇，能狀其景。」李益大約要比王之渙小四十歲，暢當則是中唐詩人，所以說，他倆寫鸛雀樓要比王之渙晚多了。李益的那首詩是：

鸛雀樓西百尺牆，汀洲雲樹共茫茫。漢家簫鼓隨流水，魏國山河半夕陽。
事去千年猶恨速，愁來一日即知長。風煙並在思歸處，遠目非春亦自傷。

暢當的是：

迥臨飛鳥上，高出世塵間。天勢圍平野，河流入斷山。

兩人的詩都有相當的水準。李益寫出登高而望的蒼茫感和惆悵，由懷古而思鄉；暢當寫出了居高臨下、一覽無餘的感覺，清高而奔放。而這兩首詩與王之渙的相比，少了一份胸懷和氣勢，少了那種煌煌大唐的氣象。「欲窮千里目，更上一層樓」，站得高，看得遠，真的是那麼容易的事嗎？

王之渙，出身於名門望族，少時結交的多是豪門子弟，他們整日一起或舞劍，或悲歌，或縱酒，或打獵。王之渙成年後立志讀書作文，一年後，搖身一變，成了遠近聞名的才子，他一有詩作問世就會有樂工拿去配曲，供歌女演唱。

一次，王之渙與好友王昌齡、高適在長安一家酒樓相聚，喝酒時，有歌女過來唱曲。幾人出主意說：這幾個歌女不認得咱們幾個，等會聽她們唱，誰的詩被唱的次數最多，誰就是詩界老大！

然後歌女開始唱。第一個歌女唱的是王昌齡的一首絕句，王昌齡很是得意；第二個歌女唱的是高適的一首絕句，高適也微笑著點點頭；第三個歌女唱的又是王昌齡的絕句，王昌齡就有點飄了；第四個登場的歌女最漂亮，也是唱功最棒的，三位詩人都希望她能選唱自己的詩。在靜靜的等待中，大美女開口唱了：

黃河遠上白雲間，一片孤城萬仞山。羌笛何須怨楊柳，春風不度玉門關。

接著又唱了一首，也是王之渙的。唱完後，王之渙笑笑望著王昌齡和高適兩人，眼裡的意思是：結果還用問嗎？王昌齡和高適只有向王之渙拱手認輸的份了。

這畢竟是一個傳說。再說詩作的優劣，不可一概而論，所謂「山外有山，樓外有樓」。無論是創作還是欣賞，要想不斷提升，都需要「更上一層樓」的實踐和見識。

王之渙創作的絕大多數詩歌都遺失了，這不能不說是個巨大的遺憾。不僅詩作，就連他的生平，史書記載的也少之又少：生於唐睿宗垂拱四年（西元六八八年），成名後不屑科考，當過冀州衡水主簿，但因才高氣傲，為官場所不容，很快便辭了官，之後居家十五年（此間寫了〈登鸛雀樓〉），天寶元年（西元七四二年）補文安縣尉，當年死於官舍。王之渙憑僅存的六首詩歌，讓自己成為唐詩上一顆閃耀的明星，要是沒有相當的實力，是絕對辦不到。

【詩人簡歷】王之渙（西元六八八年至七四二年），字季凌，絳州（今山西新絳縣）人。少有俠氣，性格豪放。擅寫絕句，為盛唐著名邊塞詩人，常與高適、王昌齡等相唱和。現僅存詩六首，其〈登鸛雀樓〉、〈涼州詞〉膾炙人口。

杳如黃鶴——崔顥：走了那麼久，你變了沒有？

【成語】**杳如黃鶴**

【釋義】原指傳說中仙人騎著黃鶴飛去，從此不再歸來。現比喻無影無蹤或下落不明。

【出處】唐．崔顥〈黃鶴樓〉詩：「黃鶴一去不復返，白雲千載空悠悠。」

迎面走來的，是一位貌美如花的少女，崔顥一見，自是不放過機會，立即笑嘻嘻地過去搭訕。少女又羞又怕，想躲又躲不開。抬眼望去，面前站著的，竟是一位看上去有點帥又有點可愛的少年郎。聽到少年言語輕佻但並不粗俗，少女便也回了笑容。汴州（開封）的大街上，十七歲的崔顥正匆匆趕往賭場，意外收穫了這場豔遇。

崔顥愛賭，愛美女，也愛讀書。和小夥伴在一起玩耍時，大傢伙兒往往會半真半假地對他說：你那麼有才，詩寫得那麼好，為何不去考個功名呢？書中自有顏如玉，等做了官，還愁沒有美女投懷送抱嗎？崔顥就想像了一下自己當官以後的情景，又想到父母也是屢屢勸他快去參加進士考試，便對自己說：考試算個什麼事，先玩幾年再說。

兩年後的某天，崔顥的父親一進門就滿臉興奮地對他說：「李邕大人要去陳州當刺史，前兩天他來到我們汴州，正巧從我朋友口中聽說你的詩名，說想見見你，這可是個好機會啊！」

崔顥聽了，臉上並沒露出多少激動的表情。崔父便又說：「李大人在京城可是很有名望的，他要是看中你的詩，還愁不引薦你嗎？」

在父親的極力鼓動下，崔顥帶著幾首新詩作，去了李邕的住所。面前的李邕四十多歲的樣子，一臉嚴肅，但說起話來倒還客氣。簡單聊了幾句後，李邕便讓崔顥讀首詩給他聽聽。崔顥伸手從袖裡拿出一頁紙，展開後，上面寫的是自己最近創作的一首詩：〈王家少婦〉。

「十五嫁王昌」，崔顥開口誦道。

「好，算了！」還沒等崔顥讀下一句，李邕突然大聲喊停。

崔顥一下愣住了，不明所以。

「什麼十五嫁王昌？在以前所有的文章中，王昌的形象都是女子的意中人，都是『恨不嫁』，哪有『嫁王昌』之說？」李邕氣呼呼道，「你這是篡改古典，懂嗎？簡直太無禮、太不嚴肅了！好了，你可以走了！」

崔顥愣了一下，轉身離去。在回去的路上，崔顥心中暗忖：什麼名士，什麼大人，一老頑固罷了！我根本就不稀罕你的引薦，不信我考個功名給你看。

第二年（開元十一年），崔顥果真去了長安，且一戰成功，進士及第。中舉後的崔顥沒有立即去為仕途奔走，而是忙起自己的婚姻大事。他先是看上一個小家碧玉，成家後，嫌人家太悶，很快就離了。不久又和一個胖乎乎的美女成親，婚後發現胖美人又懶又好吃，幾月後即把人休了。

第三個妻子倒是比較完美，品貌都沒話說，但沒過多久，崔顥又想換人。原因只是他又看上了第四個美女。等崔顥再求仕進時，發現那些官員多數對他避而遠之，有的甚至當面訓斥他：你這樣有才無行的人，只配坐冷板凳！

終於，崔顥和第四任妻子也各奔東西。他又成了孤家寡人。在京城待著無聊，也沒心情再回汴州老家，崔顥糾結了幾天後，便打定去漫遊的主意。他先去了淮楚，兩年後，又到江夏（今武昌）。在去江夏的船上，他曾聽到一對青年男女在他身旁交談，那對男女本來互不相識，兩人的家也離得很遠，但住在同一條江邊，所以彼此就覺得親切。

家臨九江水，來去九江側。同是長干人，生小不相識。

（〈長干行．其二〉）

崔顥心中的鄉愁一下升了起來：唉，離家經年，也不知家人可好。到了江夏，怎能不登黃鶴樓？在黃鶴樓上，看到眼前的萬頃煙波和綠樹芳草，聯想到那仙人駕鶴從此經過的傳說，崔顥頓生時光易逝之嘆，鄉愁也越來越難以紓解。發乎情，詩便水到渠成，如入化境，於是，一首千古名作在這樓上誕生了：

昔人已乘黃鶴去，此地空餘黃鶴樓。黃鶴一去不復返，白雲千載空悠悠。
晴川歷歷漢陽樹，芳草萋萋鸚鵡洲。日暮鄉關何處是？煙波江上使人愁。

崔顥當時怎麼也不會想到，他的這首〈黃鶴樓〉（又稱〈登黃鶴樓〉），竟會使晚來一步的李白生出「眼前有景道不得，崔顥題詩在上頭」的感嘆。

讓詩仙歎服並擱筆，崔顥，這次可厲害了！遊完江南，崔顥開始北上，先去了齊趙之地，之後又到東北遼西。經過近二十年的隨意遨遊，人到中年的崔顥一改年輕時的任性輕佻，走向了沉穩。見識到邊塞的苦寒，他的詩歌也有了凜然之氣：

仗劍出門去，孤城逢合圍。殺人遼水上，走馬漁陽歸。

崔顥完成了一個艱難的轉身，也終於感到累了，於是他又回到京城，從旅途轉入仕途，坐上司勛員外郎的位子，成為一名四平八穩的官員。年輕的激情，才高的任性，都像那隻傳說中的黃鶴般，一去不復返。

【詩人簡歷】崔顥（西元七〇四年至七五四年），唐朝汴州（今河南開封市）人。曾任太僕寺丞、司勛員外郎等職。代表詩作〈黃鶴樓〉。

人事代謝——孟浩然：夢裡花落知多少

【成語】人事代謝

【釋義】代謝：更疊，交替。泛指人世間的事新舊交替。

【出處】唐．孟浩然〈與諸子登峴山〉詩：「人事有代謝，往來成古今。」

說好一起在鹿門山隱居，可張子容還是沒耐得住這份寂寞，前往京城應舉考試了。孟浩然說：「你去就去吧，我送你，但要記住，金榜題名後可不要忘了我哦。」張子容這一去，竟考中了，之後，一切都改變了。成為吃皇糧的人，擺在面前的便是一條閃光的仕途，鄉親再見到張子容的家人，眼光裡盡是羨慕討好，說話的語氣裡都帶了誠惶誠恐的味道。

這讓孟浩然心裡起了小波瀾，他在努力平復心情後，對自己說：我要等，我就不信沒有識才的人。等啊等，直等到鹿門山的花兒開了又謝，謝了又開，要等的人依然杳無蹤影。又是一個春天來了，眼見著花開了，又要謝了。夜晚，下起雨來，窗外的風雨聲傳進耳中，讓人遲遲無法入睡。次日清晨出門一看，但見院中那幾棵桃樹下，落紅滿地。孟浩然心中悵然，不覺吟道：

春眠不覺曉，處處聞啼鳥。夜來風雨聲，花落知多少。

（〈春曉〉）

讀了滿肚子詩書，在這山野之地卻找不到可以交流之人。想進入文人圈子，就得去京城，可京城裡又沒有親朋。「誰能為揚雄，一薦甘泉賦？」（〈田園作〉）孟浩然在詩中發問，但無人回應。

看來，要想有人引薦，還須先去求見啊。正巧，宰相張說被貶到岳州當刺史，岳州離襄陽又不遠，孟浩然心頭一亮，即刻起程。途中，孟浩然精心打磨了一首詩——〈望洞庭湖贈張丞相〉，在見到張說，表明身分後，立即獻了這首詩：

八月湖水平，涵虛混太清。氣蒸雲夢澤，波撼岳陽城。
欲濟無舟楫，端居恥聖明。坐觀垂釣者，空有羨魚情。

張說讀完詩，連連點頭，尤對「氣蒸雲夢澤，波撼岳陽城」一聯讚賞有加，但點完讚，卻沒有打賞，因為張說身處逆境，既不能給面前這位年輕人「魚鉤」，也不能給他「魚」。孟浩然只得失望而歸，在隱身之處，繼續面對花開花落。這一年，孟浩然已經三十七歲了。一天，出蜀漫遊的李白來到襄陽，和孟浩然相遇了。當李白真實地站在這個年長自己十來歲的隱士面前，他很是激動，當場贈詩，表達對「偶像」的崇拜之情：

吾愛孟夫子，風流天下聞。紅顏棄軒冕，白首臥松雲。
醉月頻中聖，迷花不事君。高山安可仰，徒此揖清芬。

（〈贈孟浩然〉）

兩人一見如故，同遊同飲同賦詩，自是不在話下。襄陽一別，次年兩人又在江夏（今武昌）相遇，李白在黃鶴樓邊送孟浩然去揚州。在去揚州的船上，孟浩然默唸完李白送他的〈黃鶴樓送孟浩然之廣陵〉，又自語道：年輕就是本錢啊，太白說我「迷花不事君」，那是我沒有機會啊，我不能再這樣被動等下去了。開元十六年（西元七二八年），四十歲的孟浩然來到長安，他要透過考試給自己的命運一個說法。

考試結果是：落榜。之後幾日，孟浩然用一千個理由安慰自己，然後開始面對現實，嘗試走進京城的文人圈。他見到了王維，也見到了王昌齡，還得到一個去秘書省參加聯句賦詩活動的機會。那天，他的那句「微雲淡河漢，疏雨滴梧桐」可真是大大出了風采！他更沒想到的是，自己竟會見到當今皇上。

那日，孟浩然應王維之邀去翰林院玩，沒過多久，外面突報皇帝駕到。毫無準備的孟浩然，一慌就鑽到床底下去。王維對皇帝不敢隱瞞，只能如實相告。好在玄宗素聞孟浩然之名，知其詩才，便讓他出來獻詩。慌亂之中，孟浩然背了不久前寫的詩〈歲暮歸南山〉：

北闕休上書，南山歸敝廬。不才明主棄，多病故人疏。

白髮催年老，青陽逼歲除。永懷愁不寐，松月夜窗虛。

玄宗聽到「不才明主棄」一句，很不高興，便說：「你之前又沒來求過官，我如何能棄你？你這不是誣陷我嗎？我看你還是回你的南山隱居去吧！」言畢，甩手而去。一個大好的機會，就這樣被孟浩然浪費掉了。

在皇帝面前出了這麼大一個醜，孟浩然沮喪至極。他走出長安，東去南下，放逐山水。在吳越之間漫遊了兩三年，才回到襄陽老家。想想還是不甘心，在家中待了兩年後，孟浩然再次去了長安。王維還是一如既往的熱情，可他卻不再支持孟浩然入仕：「還是回家去吧，置身田園，詩酒相伴，何必來淌官場這汪渾水呢？」

連最好的朋友都這樣說，孟浩然頓生無望之感。「當路誰相假，知音世所稀」（〈留別王維〉），夢，還沒醒，但他必須再次原路返回。

還有機會嗎？有。孟浩然四十七歲這年，荊州刺史韓朝宗想推他入朝，可他卻在約定同行的當天，因飲酒而失約。機會，再次錯過了。兩年後，宰相張九齡被貶為荊州長史，孟浩然投奔他，做起了幕僚。長久以來已習慣寄情山水的生活，再入衙門，孟浩然心裡總覺得不得勁，不僅心裡不得勁，連身體也不得勁：不到一年，他的背部就長了個大瘡。

病了，該回家了。在臥床養病的日子裡，他想到那年從長安歸來後，曾與幾個朋友一起爬峴山，他輕聲誦起當時寫的那首〈與諸子登峴山〉：

人事有代謝，往來成古今。江山留勝蹟，我輩復登臨。
水落魚梁淺，天寒夢澤深。羊公碑字在，讀罷淚沾襟。

是啊，花開花又落，人事有代謝，這一切都是自然規律，人又能改變多少呢？就算爬得再高，人最後還不是得歸於塵土？想到這些，孟浩然心下釋然很多。這是開元二十八年（西元七四〇年）裡的一天，遭貶後又遇赦北歸的王昌齡突然到訪，孤獨已久的孟浩然驚喜萬分，全然忘記身體的病痛，只管與好友笑談古今，把酒言歡。不料，酒後病情加劇，不治而亡。孟浩然走了，隨他而逝的還有他的兩個夢：一個隱士夢，一個入仕夢。

【詩人簡歷】孟浩然（西元六八九年至七四〇年），名浩，字浩然，號孟山人，襄州襄陽（今湖北襄陽）人，世稱「孟襄陽」。一生多隱於家鄉鹿門山，是盛唐山水田園詩派的代表人物，與王維並稱「王孟」。代表作品〈過故人莊〉、〈春曉〉、〈宿建德江〉、〈望洞庭湖贈張丞相〉等。

紅豆相思——王維：
思念是一種很玄的東西

【成語】**紅豆相思**

【釋義】紅豆：植物名，又叫相思子。古人常用以象徵愛情。比喻男女相思。

【出處】唐・王維〈相思〉詩：「紅豆生南國，春來發幾枝，願君多採擷，此物最相思。」

又要被派出去當差了。三年前是去大西北，現在又要遠赴南國，王維內心不知是喜還是憂。自張九齡被罷相、李林甫上位之後，王維就隱隱感覺到唐朝的冬天要來臨了，從而有了退隱的打算，他甚至還希望李林甫將他排擠出朝廷。

但事情並不如他所設想的發展，王維還得繼續升官。開元二十五年（西元七三七年）他出使河西的身分是監察御史，今年（西元七四〇年）「知南選」的身分就成了殿中侍御史，他的官級連上兩個臺階。嶺南雖遠，但能遠離李林甫的小人集團，也未嘗不是一件幸事。

入冬，王維毅然踏上了南下之路。出發前，王維就盤算著這次行程會經過襄陽，到達該地時一定要找老友孟浩然痛飲一回。可到了襄陽一打聽，孟浩然竟然已在不久前離開人世了。這消息對王維來說是個不小的打擊，回想起與孟浩然初次在長安晤面的情景，想起兩人那次見到玄宗皇帝的尷尬場面，王維禁不住黯然神傷。憑弔完孟浩然之後，王維當晚就寫下〈哭孟浩然〉一詩：

故人不可見，江水日東流。借問襄陽老，江山空蔡州。

到了郢州，王維的心結依然未解，他在州刺史的亭子內畫上孟浩然的肖像，拜了幾拜，方才繼續上路。到嶺南後，因為任務不複雜，王維只作了很短一段時間的停留。第二年春天，他就開始動身北返。沒有按原路返回，走的是另一條路。

這日，王維來到江陰的顧山，在遊覽完著名的「香山觀音禪寺」時，他聽到當地一個書生講了一個帶有傳奇色彩的故事。那個江陰書生告訴他，這座香山觀音禪寺是南朝梁武帝在位時修建的，梁武帝信佛，在國內修建了數不清的寺廟。

「那寺內的文選樓，是不是為蕭統編書而修的？」王維問。

書生答：「正是！當時蕭統太子是代他父親出家來這香山寺的，住到這裡，一是為了避開宮廷裡的殘酷鬥爭，更重要的任務是編寫《文選》，在這兒主持編書，多清淨啊！」

蕭統的《文選》，王維自然讀過，當時在這裡建一座「文選樓」並不為奇。

「可是有天，蕭統太子到集市裡體察民情，偶遇一名女子，結果就有故事了！」書生故弄玄虛地說。

「怎樣的一個女子，又是怎樣的一個故事，說來聽聽！」王維也聽出了興緻。

書生便講開了。那名女子是個尼姑，年輕貌美，蕭太子自是一見傾心，主動和她搭訕後，才知道對方法號慧如。談及佛經禪理，慧如也能說得頭頭是道。蕭太子就更加愛慕她，還跟她去了她託身的草庵。接觸幾次之後，慧如也深深地愛上蕭太子。可一個是太子，一個是尼姑，談情說愛已不合常理，結為眷屬更是痴心妄想。為此慧如憂思成疾，終於病倒在床，最後滿懷著對蕭太子的一腔相思，淒然離世。太子聞訊，悲慟萬分，就在慧如住過的草庵旁種下兩顆紅豆，並為草庵題名紅豆庵。

王維被這個淒美的愛情故事深深打動，他忙問書生：「那樹還在嗎？」

「在！」書生欣喜地說，「如果你願意，我帶你去看看，可惜現在只剩下一棵了。」

王維跟著書生找到了紅豆庵，如願看到庵旁那棵高大繁茂的紅豆樹。

「等夏秋時節才能結出紅果，現在是看不到紅豆的。」書生對王維說。

沒有看到紅豆果，但王維心中已有紅豆的樣子，那紅是鮮豔得不帶雜色的紅，是相思的血和淚凝結而成的紅。「難怪紅豆被稱作『相思子』啊！」王維在心中感嘆道。

紅豆生南國，春來發幾枝。願君多採擷，此物最相思。

回到長安，王維就把這首在路上寫下的〈相思〉交給好友李龜年，讓他譜曲並在宴會上演唱。然後，王維就辭了官，在這一年餘下的時間裡，一直隱居在終南山。十多年後，安史之亂爆發，李龜年流落到江南，在潭州舉辦的一個宴會上，風光不再的他為在場的人演唱這首〈相思〉，又唱了王維的一首〈伊川曲〉後，突然昏倒，四日後離世。

【詩人簡歷】 王維（西元七〇一年至七六一年），字摩詰，號摩詰居士，河東蒲州（今山西運城）人，祖籍山西祁縣。因曾任尚書右丞，故又被稱為「王右丞」。詩畫俱佳，精通音律。其山水田園詩和邊塞軍旅詩均出色。性閒逸，樂隱居，被後人譽為「詩佛」。

柳綠桃紅——王維：
輞川就是詩和遠方

【成語】**柳綠桃紅**

【釋義】桃花嫣紅，柳枝碧綠。形容花木繁盛、色彩鮮豔的春景。

【出處】唐・王維〈田園樂〉詩：「桃紅復含宿雨，柳綠更帶春煙。」

王維「知南選」回來後，辭了官，想在終南山長期隱居下去，可到了次年春，朝廷又給他下達政令：進京任左補闕一職。王維心裡有一萬個不情願，一想到在朝堂上每天要面對口蜜腹劍的李林甫，他打從內心就感到噁心。

李林甫幾乎將全部心思都用在剷除異己、籠絡官員上。雖然他沒對王維下手，但王維心裡總是彆扭、總是犯嘀咕。就這樣，王維勉勉強強地進京上任。李林甫還是一副笑面虎的模樣，但王維能明顯感到他眼光裡的驕橫和傲慢。是啊，玄宗皇帝一頭栽進美人楊玉環的懷裡，已無暇顧及江山社稷，一切政事都交給李林甫打理。眼下，朝堂裡裡外外都是李林甫的心腹，大臣見面多說句話都得瞻前顧後。幾乎一手遮天，李林甫的感覺能不好嗎？

王維在這樣的官場環境中得過且過地應付著。雖然自己的主要職責是給皇上提意見，可現在提什麼意見皇上能聽進去？自從把楊玉環封為貴妃後，皇上甚至連早朝都懶得上了。

那日，在城南藍田北面的山麓邊，王維發現一處風景絕佳的地方，那裡還有一處已顯破舊的別墅。經打聽，這個住所原來的主人竟然是宋之問，現在宋大才子已不在，別墅就成閒置空屋了。

王維走到別墅上方的山岡上朝下看，只見清清輞水繞舍而行，遠處有小小村落掩映在綠樹紅花之中，其間還有一個澄澈如眸的小湖。再看看身後的蔥鬱山林和身邊的淙淙小溪，王維想：要是能擁有這樣一處居所，該有多好啊，到時就可以把老母親接過來，讓她老人家在這裡安心地吃齋唸佛，自己也可以隱居修禪。

回到宮裡，王維就找了玉真公主，說自己很喜歡那處輞川別墅。玉真公主說：喜歡就買下來，這事我幫你辦。在玉真公主的幫助下，王維如願買下輞川別墅。當第一次以主人身分走進別墅的那一刻，王維心裡開心得不行，竟當著書僮的面唱了幾句。

接下來的一段日子裡，王維把修繕經營別墅當成主要工作，忙得不亦樂乎。有時弟弟王縉也過來幫忙出主意、給點贊助什麼的。別墅煥然一新後，王維喜不自勝地趕回老家，把母親接了過來。自此，王維在輞川別墅開始了半官半隱的生活。

幾年後，王維剛剛步入五十歲的門檻，母親突患急病，撒手離世。最愛自己的人走了，王維哭得死去活來，幾天下來人就瘦得形銷骨立。此後三年的丁憂（古代官員請假為父母服喪），王維整天待在輞川，隨著心中哀傷漸漸減輕，他又開始像前幾年一樣，在這夢境般的地方遊賞、寫詩、作畫，有時也和一些志同道合的朋友來往唱和。

文杏館、華子岡、斤竹嶺、鹿柴、茱萸沜、竹里館、宮槐陌、臨湖亭、欹湖、柳浪、欒家瀨、金屑泉、白石灘、木蘭柴、辛夷塢、漆園、椒園……在這樣一個移步換景的地方，王維品味到桃源仙境一般的美妙，他為美景所陶醉，並歌之詠之。鹿砦（ㄓㄞˋ）讓他體會到那種空靜之美：

空山不見人，但聞人語響。返景入深林，復照青苔上。

竹里館讓他在幽靜的竹林裡找回自我：

獨坐幽篁裡，彈琴復長嘯。深林人不知，明月來相照。

辛夷塢的那朵芙蓉花讓他看到一種美豔的孤獨：

木末芙蓉花，山中發紅萼。澗戶寂無人，紛紛開且落。

這裡是安身之處，是心靈的淨地，是能夠生長快樂的田園：

桃紅復含宿雨，柳綠更帶朝煙。花落家童未掃，鶯啼山客猶眠。

（〈田園樂·其六〉）

「桃紅」是情感的美，「柳綠」是生命的真。一切都處於自然狀態，花兒靜靜開謝，鳥兒處處啼鳴。好友裴迪來了，王維心無羈絆，得意忘形間成詩一首：

寒山轉蒼翠，秋水日潺湲。倚杖柴門外，臨風聽暮蟬。渡頭餘落日，墟裡上孤煙。復值接輿醉，狂歌五柳前。

（〈輞川閒居贈裴秀才迪〉）

從四十五歲到五十五歲，住在輞川別墅裡的王維好像活在夢中一般。可到了西元七五六年六月，安祿山的軍隊來了。王維成為安祿山的俘虜，被押解到洛陽。一代田園詩人的輞川夢，從此破碎。

科頭箕踞——王維：正經，但沒正形

【成語】**科頭箕踞**

【釋義】科頭：不戴帽子；箕踞：兩腿分開而坐。不戴帽子，席地而坐。比喻舒適的隱居生活。

【出處】唐．王維〈與盧員外象過崔處士興宗林亭〉詩：「科頭箕踞長松下，白眼看他世上人。」

王維初次見崔興宗，還是和崔氏剛認識的時候。那時興宗還是個十幾歲的少年，人聰明，也愛讀書，就是有點不拘禮節。崔家父母每每對興宗生氣，怪他不循規蹈矩，仕進之心不強。

王維和崔氏成親後，崔興宗也跟著到了長安。和王維在一起時，興宗總愛問一些佛道方面的問題，聽說終南山是個隱居的好地方，他竟也有了隱居的念頭。內弟有隱居之意，王維頗能理解。想自己自十七歲時開始在終南山隱居，那樣的生活雖然清苦了些，但畢竟逍遙自在，心無罣礙。有了姊夫的默認，沒過多長時間，崔興宗就一頭扎進了終南山。崔興宗在一處山林邊蓋了一間茅屋，又建了一個亭子，從此隱居下來。

在京城當官的王維一有空就會去山裡看望他，有時也會帶朋友去賞景、喝酒、作畫、吟詩、彈琴，一起享受遠離塵俗的山水之樂。

那一日，王維還特意為興宗畫了一幅寫真。寫真上的興宗把酒臨風，逸興雲飛。

在王維的引薦下，崔興宗先後結識了王縉、盧象、裴迪、丘為等多位文朋詩友，儼然成為一個復活的陶淵明。這下崔興宗更不注重自己的外表了，整日蓬頭垢面，趿拉著一雙破舊草鞋，粗茶淡飯，放浪度日。

開元十九年（西元七三一年），崔氏因病去世，王維和崔興宗在此後很長的一段時間裡，都處於失去親人的巨大悲痛之中。因名聲在外，崔興宗於開元二十二年被請進宮。有了官銜，還跟著玄宗皇帝去了洛陽，赴洛陽前，王維前來送行並寫下〈送崔興宗〉一詩：

已恨親皆遠，誰憐友復稀。君王未西顧，遊宦盡東歸。

塞迥山河淨，天長雲樹微。方同菊花節，相待洛陽扉。

崔興宗無心當官，也不善當官，一接觸官場就覺得渾身不自在，那種虛情假意的客套和逢迎拍馬的遊戲，實在不是他能做出來的。沒過多長時間，他就請辭，重回終南山。

那年夏日，王維又來看他，一同來的還有王縉、盧象、裴迪。崔興宗正在一棵松樹下的大石頭上坐著，伸著長腿，仰著臉。看到幾個朋友來了，崔興宗也不起身，只抬手指了一下身旁的涼亭，道：「幾位坐，屋內有茶水。」

來的幾位都知道主人性格，所以他們說說笑笑地在亭子裡坐下，作畫的開始作畫，吟詩的開始吟詩，長嘯的開始長嘯。過一會，裴迪提議以〈過崔處士興宗林亭〉為題，各作一首七言絕句。大家都說好。王縉先來：

身名不問十年餘，老大誰能更讀書。林中獨酌鄰家酒，門外時聞長者車。

盧象接著：

映竹時聞轉轆轤，當窗只見網蜘蛛。主人非病常高臥，環堵蒙籠一老儒。

眾人鼓掌叫好，然後裴迪起身吟道：

喬柯門裡自成陰，散發窗中曾不簪。逍遙且喜從吾事，榮寵從來非我心。

「『逍遙且喜從吾事』，這也是我們大家的心願啊！」王維大聲感嘆道，「好，下面輪到我了。」

綠樹重陰蓋四鄰，青苔日厚自無塵。科頭箕踞長松下，白眼看他世上人。

王維剛誦完自己的事，亭內的幾人就一齊把目光投到崔興宗身上。「科頭箕踞，真的是形容得太具象了！」裴迪朗聲笑著，張開雙手比畫出一個簸箕的形狀，「摩詰兄這個詞造得好。」

崔興宗從茅屋內端著一壺酒過來，聽王維說他「科頭箕踞」，竟也是忍俊不禁。「都是性情中人，只要高興就好，儀表畢竟只是表面上的東西。」崔興宗將酒放在幾人面前的石桌上，然後自己斟了一杯，端起來吟誦道：

窮巷空林常閉關，悠然獨臥對前山。今朝忽枉嵇生駕，倒屣開門遙解顏。

「今天你的鞋沒倒穿。」崔興宗話音剛落，盧象就看著他的腳調侃。亭內自然又是一陣歡聲笑語。

多年後，崔興宗去了蜀地。一個人的時候，王維時常會想起這個知音般的內弟，想起兩人共處的一幕幕。等到再次見面，崔興宗和王維都已年過半百。王維感慨於歲月的無情和人情的複雜，寫下這首〈崔興宗寫真詠〉：

畫君年少時，如今君已老。今時新識人，知君舊時好。

陽關大道——王維：
一路向西，奔大漠

【成語】**陽關大道**

【釋義】原指古代經過陽關通向西域的大道，後泛指寬闊、光明的道路，也比喻好的出路、辦法。

【出處】唐．王維〈送劉司直赴安西〉詩：「絕域陽關道，胡沙與塞塵。」

王維的心是屬於山水和田園，屬於琴棋書畫，屬於佛和禪；他身在官場，心卻總處於不在場的狀態。他的心也不屬於邊關塞外。但不屬於並不等於完全隔絕或永無聯繫，就如他和官場的關係一般。

開元二十五年（西元七三七年）春天，三十七歲的他還不是被朝廷派往了河西？

雖然不是貶官，雖然是以監察御史的身分去，雖然河西節度使崔希逸送給他的也是滿滿的熱情，但延伸在茫茫沙漠中的西去之路，那種隨時要應對戰事發生的邊關生活，卻讓他深深體會到一種難言的絕望和孤獨：

「大漠孤煙直，長河落日圓」（〈使至塞上〉），畫面的確壯美，但卻美得讓人感到身如「飛蓬」，無所依託。

「暮雲空磧時驅馬，秋日平原好射鵰」（〈出塞作〉），平靜的表面下，危機四伏，戰爭哪會是遊戲？

「關山正飛雪，烽火斷無煙」（〈隴西行〉），漫天飛雪，連軍情緊急的烽火都不能放了。

那次，王維雖然只是到涼州（現甘肅武威），並沒有去更遠的西域，但這不到一年的經歷，卻讓他對傳說中的「陽關道」有了最直接的印象。從河西回來，王維眼裡的宮中現實離理想越來越遠，所以，三年後，再被派往嶺南時，他竟有了一種逃離的感覺。

京城，變成一個讓王維又怕又難以擺脫的地方。他已在城南山林裡選定一個隱居的地方，他盡可能將時間消磨在那裡，特別是擁有輞川別墅以後，寄情於山中日月，他更是不想上朝了。他越來越珍惜來自周圍那些稀缺的人間溫情，他享受和好友在一起的快樂時光，他討厭猜測、妒忌、算計、奉迎，討厭把生活環境弄得亂七八糟的人和事。

官道充滿凶險，而西北邊塞的形勢也是越來越緊張。更多的兵士被徵去西域，王維身邊的官員朋友也不斷地被派往安西都護府。他擔心這些朋友的安危，從內心深處希望他們能去幫助那些將帥，讓大唐邊關重返平靜。劉司直被派往安西。王維在送行時，彷彿已經看到大西北的無邊沙塵和荒寂：

絕域陽關道，胡沙與塞塵。三春時有雁，萬里少行人。
苜蓿隨天馬，葡萄逐漢臣。當令外國懼，不敢覓和親。
（〈送劉司直赴安西〉）

陽關，通往西域的必經關隘，與北面的玉門關遙相呼應。出了兩關，前面就是茫茫大漠了。去安西，必走陽關道。幾個月後，元二也要出使安西了，王維專程跑到渭城（咸陽）來相送。

早晨，剛下過一陣小雨，街邊的房頂都被雨水沖刷一新，飄搖的柳枝更柔更綠了。王維在酒館內看著面前的元二，心中充滿惆悵。好像一切都在酒裡，心情一如外面的小雨，它讓友情之樹更加純淨，也為這份情誼增加了一些濕漉漉的沉重。

「再喝一杯吧，過了陽關，可就不易再見到老朋友了！」王維在分手的最後時刻，舉杯勸道。

渭城朝雨浥輕塵，客舍青青柳色新。勸君更盡一杯酒，西出陽關無故人。

（〈送元二使安西〉）

王維用酒和詩為元二送行。在城門口，王維看著元二乘坐的馬車漸行漸遠，直至消失。而在元二面前的，是通往陽關的漫漫征途。

仙風道骨——李白：兩隻「仙鳥」來相會

【成語】仙風道骨

【釋義】骨：氣概。仙人的風度，道長的氣概。形容人的風骨神采與眾不同。

【出處】唐．李白〈大鵬賦序〉：「余昔於江陵見天臺司馬子微，謂余有仙風道骨，可與神遊八極之表，因著〈大鵬遇希有鳥賦〉以自廣。」

唐中宗神龍元年（西元七〇五年），劍南道綿州昌隆縣青蓮鄉，一個五歲的孩子在父親的指點下，開始發蒙讀書。這孩童的母親在懷孕時曾夢見太白金星，所以孩子一問世，父親李客就給兒子取了一個簡單而明亮的名字：李白。

小李白天資聰慧，認字快，讀書也快，幾乎能達到過目成誦的程度。十歲時，他已讀遍諸子百家，並逐漸顯露出過人的才華，十三四歲時，便可出口成章。讀書期間，李白不安分的一面也表現了出來，他喜歡四處遊玩，特別喜歡到離家不遠的匡山上去。李白長到十五歲，父親把他送到匡山腳下的大明寺裡讀書學習。

匡山環境清幽，李白在這裡不僅讀了《詩經》、《楚辭》和樂府詩歌，還常常在美景面前詩興大發，創作了不少詩賦。李白也喜歡跟寺裡的道士學習劍術。似乎骨子裡就有俠客的基因，李白學起劍來總是得心應手，進步神速，連教他的道士都常常自嘆不如。在吟詩和練劍時，李白腦中總會生發出一些奇幻的想像，他覺得自己就是一個救世者，是一個世外高人，一個隨時可以展翅高飛的鵬鳥。

十七歲那年，聽說匡山深處住著一位年已過百的老道士，李白就翻山越嶺去找老道士隱居的神奇地方，可惜最後沒有找到，他很是失望，賦詩〈訪戴天山道士不遇〉表達自己的心境：

犬吠水聲中，桃花帶露濃。樹深時見鹿，溪午不聞鐘。
野竹分青靄，飛泉掛碧峰。無人知所去，愁倚兩三松。

一日，寺裡新來一位和李白年齡相仿的小道士，這小道士生得眉清目秀，性格活潑健談，李白和他在一起時，總感到特別快樂。慢慢地，兩個少年成了好朋友。小道士姓元，名宗林，號丹丘，他說他認識那個名叫司馬承禎的道士高人。元丹丘還跟李白說了很多外面的奇聞，李白聽了，心動不已，有了離家遠遊的強烈衝動。

十八歲，李白開始行動。第一站去了梓州，在那裡他遇見隱士趙蕤。趙蕤在當地名氣很大，懂得多會得也多。李白拜他為師，開始學習劍術、道術和《長短經》。在讀書學劍之餘，李白還順便跟趙蕤學了點馴鳥之術。

二十歲那一年，李白再離家鄉，來到成都。春天，他見到了來此任「益州大都督府長史」的許國公蘇頲，蘇頲對李白讚賞有加，鼓勵他繼續深造。

趙蕤的教導和蘇頲的鼓勵使李白信心大增，在登遊峨眉山後，李白又帶著自己的詩作來到渝州（今重慶），他要拜見渝州太守李邕，如果一方大員對他刮目相看，那他的前途就要光明多了。可是事與願違。見面後，李邕對李白的詩作和想法竟然一點也不上心，根本沒把這個年輕人放在眼裡。受到冷遇的李白，一氣之下寫了〈上李邕〉：

大鵬一日同風起，扶搖直上九萬里。假令風歇時下來，猶能簸卻滄溟水。

世人見我恆殊調，聞餘大言皆冷笑。宣父猶能畏後生，丈夫未可輕年少。

小看我李白？看輕我年少？我是待飛的大鵬鳥你知道嗎？哼！這年冬天，李白回到自己家鄉，在匡山書院開始新一輪的閉關修煉。三年後，二十四歲的李白終於做出了「仗劍辭國，辭親遠遊」的決定：他要正式出蜀了。

曉峰如畫參差碧，藤影風搖拂檻垂。野徑來多將犬伴，人間歸晚帶樵隨。

看雲客倚啼猿樹，洗缽僧臨失鶴池。莫怪無心戀清境，已將書劍許明時。

（〈別匡山〉）

家鄉美，家鄉親，但詩人宏願在胸，他要去遠方，用熱情和才情去實現自己的夢想了。

峨眉山月半輪秋，影入平羌江水流。夜發清溪向三峽，思君不見下渝州。——（〈峨眉山月歌〉）

拋掉所有的思念和顧慮，躊躇滿志地登上江船，一路向東，出了巴東，來到古老神秘的荊楚之地。

在江陵，李白與好友元丹丘意外相遇，元丹丘告訴他一個好消息：那個資深老道司馬承禎這幾日就在江陵。天降機緣，豈能錯過！李白立即動身去尋找司馬承禎的住處。

功夫不負有心人，經過多方打聽和尋找，李白終於見到了司馬承禎。能夠站在仰慕已久的偶像面前，李白既高興又激動。對話中，兩人都感受到對方的與眾不同。

司馬承禎看見到訪的這個年輕人儀表出眾，聽其談吐也頗為不俗，禁不住發出讚歎：「仙風道骨，可神遊八極之表。」二人相談甚歡，彼此大有相見恨晚之感。

司馬承禎離開江陵後，李白越想越覺得司馬承禎就像那個《神異經》中的「希有鳥」，而自己就是「大鵬鳥」，兩隻鳥都擁有廣闊的天空，都能達到俗鳥所不能至的高度。

多年後，李白還對這次會見念念不忘，最終促成他寫了這篇《大鵬遇希有鳥賦》：

余昔於江陵，見天臺司馬子微，謂余有仙風道骨，可與神遊八極之表。因著大鵬遇希有鳥賦以自廣……

於是，在後人的心中，「仙風道骨」就成了大詩人李白的代表形象。

【詩人簡歷】李白（西元七〇一年至七六二年），字太白，號青蓮居士，又號謫仙人。祖籍隴西，出生於西域碎葉城，幼時隨父遷至劍南道綿州（今屬四川省南充市）。唐朝最著名的浪漫主義詩人，被後人譽為「詩仙」，與杜甫合稱「李杜」。詩歌奔放豪邁，意境開闊奇妙，對後世影響巨大而深遠。代表作有〈望廬山瀑布〉、〈行路難〉、〈將進酒〉、〈梁甫吟〉、〈早發白帝城〉（又作〈白帝下江陵〉）等多首。

青梅竹馬——李白：

記得那年，我們都還年幼

【成語】 **青梅竹馬**

【釋義】 青梅：青的梅子；竹馬：兒童以竹竿當馬騎。形容小兒女天真無邪玩耍遊戲的樣子。現指男女幼年時親密無間。

【出處】 唐．李白〈長干行〉詩：「郎騎竹馬來，繞床弄青梅。同居長干里，兩小無嫌猜。」

李白拜別司馬承禎，經江夏、荊門、潯陽，在廬山欣賞到「飛流直下三千尺」的瀑布奇觀，又在蕪湖看到「碧水東流至此回」的天門山美景，然後繼續順江而下，在開元十三年（西元七二五年）的秋天，來到了風流繁華地——金陵（今南京）。

金陵是李白少年時就嚮往的地方，所以他預計多待一些時日，好好體驗這個古都的文氣和王氣。這一日，他遊賞了如玉帶延展的秦淮河，之後又信步走到南邊不遠處的長干里。長干里那條街兩旁多是做生意的人家，人來人往，熱鬧非凡，吵雜中帶著獨特的鄉韻。李白瀏覽著從前沒見過的貨物和建築，也期待從那些院落和街巷中窺探到舊朝的痕跡。在長干里，李白逗留了多日。

又一日，李白來到街區盡頭的一戶人家門前，看到有一位年輕女子倚在門旁，一臉的憂鬱。此後幾天每次見到她，都是如此。在一個偶然的機會裡，李白和那女子搭上了話。誰知沒說上幾句，女子就開始向李白訴起苦來：「我現在整天提心吊膽的，夫君三年前就乘船到巴東賣貨去了，直到現在還沒有回來，這中間，我連一點他的消息也沒有聽到，你說這可怎麼辦？」

李白聽了，內心一驚，他深知這一條水路的艱險，特別是三峽那一段路程。江岸沿線，還時有強盜出沒。剛出蜀時，他就聽說在洞庭湖附近總有歹人出沒，殺人越貨之事時常發生。

「說不定你的夫君很快就會回來，路途遙遠，一來一回，也不是三月兩月的事。」李白安慰女子。

女子嘆了一口氣：「嫁入船商家，日子竟這樣難熬。小時候，我們就一塊玩耍，原以為結婚後會長相廝守，沒想到卻是聚少離多。」

「你倆從小就認識嗎？」李白有些好奇。

女子臉上漾出笑意，似乎回到美好的往事中，不久後，又像是剛從夢中醒來一般，她抬起手，指了對面的一個院門，輕聲說道：「我娘家就在那裡，年幼時，我和夫君就經常在一起遊戲，有時他來我家，有時我去他家。記得那時，他經常把竹竿當馬，『騎』著來找我，有時還騎著竹馬在街上大呼小叫。他見我喜歡小花小草，就會採好看的花草來討好我，他還會摘下青梅來逗我，圍著院裡的井欄跑，直到我追上他，他才會把手中的青梅給我。」

「你們何時結婚的呢？」李白問。

女子抬手輕撫了一下瀏海，道：「我是十四歲嫁給他，他那年十六歲。想起成婚的當晚，我在他面前羞得不敢抬頭，本來是再熟悉不過的兩個人，怎麼一成了夫妻，竟不好意思起來。他小聲喊我的小名，我坐在床邊，面對著牆角，大半天都沒有勇氣抬頭。」說這話時，女子的臉上泛起了紅暈。

李白靜靜地聽著，想像著那個洞房之夜的美好情景。「他非常愛我，我也非常愛他，我們在一起生活了一年多，每一天都開開心心的，感覺誰也離不開誰，在夜裡我們不只一次互相發誓，白頭到老，永相廝守。」女子說著，搖了搖頭，道：「可他畢竟是船商的孩子啊，到了十八歲，他就要出門掙錢去了，沒想到這一走就是這麼長時間。他走之後，夜晚我經常會夢見他，白天我就在門口等，有時也去河邊等。問歸來的船家，也都不知他的消息。有時，我腦子裡都會有很不好的想法。」

「終是會回來的。」李白以安慰的語氣說道，「妳也不用想得太多。」

女子低頭看著門前的小路，說道：「他走後，門前就好像荒了似的，地上都起了青苔，一看到青苔，我就覺得那是他以前留下的腳印生出的。看到雙飛的蝴蝶在花叢中戲舞，我就會變得傷感，覺得蝴蝶是在故意氣我。我現在多希望能看到他寄來的家信，他要是提前告知回家的消息，我會立即前去迎接他，哪怕是迎到七百里外的長風沙，我也不嫌遠！」

女子的語氣很堅決，眼眶裡似乎要溢出淚來。李白被女子的真情深深打動。晚上回到住處，李白眼前還不時浮現出那女子的模樣，又想到她生死未卜的夫君，李白很想寫一首詩。於是，就有了這首〈長干行〉：

妾髮初覆額，折花門前劇。
郎騎竹馬來，繞床弄青梅。
同居長干里，兩小無嫌猜。
十四為君婦，羞顏未嘗開。
低頭向暗壁，千喚不一回。
……

愛的最初，總是美好的。但當愛走進現實，就會生出太多的無奈和嘆息。

別有天地——李白：因為你俗，所以不懂

【成語】**別有天地**

【釋義】天地：境界。比喻另有一番境界。形容風景或藝術創作的境界引人入勝。

【出處】唐．李白〈山中問答〉詩：「桃花流水窅然去，別有天地非人間。」

在襄陽，李白終於見到崇拜已久的詩人孟浩然。孟浩然身處鹿門山，整日林泉高臥，吟風弄月，很是安閒自在，在交流和遊賞一段時間之後，兩人依依惜別，離別之際，李白寫詩相贈：

吾愛孟夫子，風流天下聞。紅顏棄軒冕，白首臥松雲。
醉月頻中聖，迷花不事君。高山安可仰，徒此揖清芬。

（〈贈孟浩然〉）

在李白的心目中，孟浩然就是一個志趣高潔、超然脫俗的隱士，而他自己也非常嚮往那種神遊物外、無拘無束的生活。好多年了，李白腦海中常常會浮現出傳說中雲夢大澤。這雲夢澤是他少時讀司馬相如的《子虛賦》後知道的。文中說那裡方圓九百里山勢高聳險峻，遮天蔽日，擁有色彩繽紛的土壤，以及奇花異草和珍禽異獸，風景美不勝收，令人無限神往。

雲夢澤位於安陸之南。拜別孟浩然後，李白直向安陸而去。這是開元十五年，李白二十七歲。到了安陸，李白如願見到雲夢大澤，眼前的雲夢澤雖然和書裡描繪的相差很大，但也是美景處處，讓人留戀。

走出雲夢澤，李白來到一座山下。在登山途中，李白體驗到那種峰迴路轉、尋幽探勝的感覺，眼前峰巒疊嶂，山谷清溪長流，處處鳥語花香。據當地人講，這山名叫碧山。李白心想：若是能在這裡長期住下來，也不失為一件美事。這樣想著，緣分就到李白身上來了。

在安陸逗留期間，李白遍訪名勝，廣交朋友，結果就被一個人瞄上了。這個人叫許梓芝，是祖居本地的一個員外，他的父親就是唐高宗時期的宰相許圉師。

許梓芝見李白相貌俊朗，才華橫溢，就想把他招為上門女婿。當中間人給李白說了這事之後，一開始李白不能接受，等見到那個名叫許紫煙的女子，李白覺得她端莊賢淑，善解人意，又想到安陸的確是一個宜居之處，於是就答應了這門婚事。

李白和許紫煙結了婚，便在安陸定居下來。定居，只是說確定了住家地址，可李白的行蹤依舊是飄忽不定的。整天待在家裡，寫詩的靈感哪裡來？又如何實現自己的遠大理想？

出遊回來，李白也不太想住在俗人聚集的地方。在安陸生活了幾年，他又在碧山桃花岩上築了一間石屋，以便自己在世俗生活以外，也能有一個體驗隱士生活的去處。在遠離人間煙火的桃花岩上，李白可對山長嘯，對水低吟，看花開花落，賞月圓月缺。如有詩友來訪，可盡情飲酒唱和，松下狂歌。

更多的時候，都是他獨來獨往，自得其樂。經常會在山下遇到幹活的農人，也會在山上碰到砍柴的樵夫，這些人每每會對迥於眾人的李白投去不解的眼光。

有一天，一個樵夫終於忍不住向李白發問：「先生，許員外在我們這兒也是個大戶人家，你不在家裡享福，整天跑到這山上來幹什麼呢？」李白正望著遠山出神，聽到問話，他客氣地給樵夫回了一個微笑，算作回答。等樵夫走遠，李白看著眼前一條叮咚遠去的小溪，沉吟片刻，一首詩便脫口而出：

問余何意棲碧山，笑而不答心自閑。桃花流水窅然去，別有天地非人間。

（〈山中問答〉）

在李白的心目中，安陸的碧山就是「別有天地」的「非人間」，是世外桃源，是仙界。

也許正是因為這座碧山的存在，李白在安陸這一站一停留就是十年。

浮生若夢——李白：
春夜桃花親情宴，杯酒歌詩頌華年

【成語①】**百代過客**
【釋義】指時間永遠流逝。

【成語②】**浮生若夢**
【釋義】浮生：空虛不實的人生；若：像。把人生當作短暫虛幻的夢境。謂世事無定，生命短促，如夢幻一般。後稱「人生」。

【成語③】**天倫之樂**
【釋義】天倫：舊指父子、兄弟等親屬關係。泛指家庭的樂趣。
【出處】唐．李白〈春夜宴從弟桃花園序〉：「光陰者，百代之過客也。而浮生若夢，為歡幾何。」、「會桃花之芳園，序天倫之樂事。」

住在安陸的日子裡，李白難免會常常想起四川老家，想起已多年不見的故鄉親朋。有時，站在碧山的桃花岩上，李白會有置身匡山的錯覺，小時在匡山大明寺讀書、學劍、研習道術的情景恍然如昨。

又是一個春天到來，桃花岩上的桃花都開了，灼灼其華，如夢似幻。

「古人無復洛城東，今人還對落花風。年年歲歲花相似，歲歲年年人不同。」傍晚時分，在一片桃林前，李白輕聲吟誦著劉希夷的詩句，心頭竟莫名地有些惆悵。

正沉吟間，忽然聽到山路上有人過來。李白定睛看著來路，很快，一個熟悉的身影出現在眼前。是山下家裡的管家，他的身後，跟著三個年輕的男子。幾人走近，李白才看出隨管家而來的原來是老家的三個堂弟。笑容，立即在李白的臉上綻開。

「啊，終於找到你，你竟然躲到這裡，過起逍遙自在的日子來了！」其中一位堂弟走近李白笑著說道。

李白忙前去迎接遠道而來的兄弟，激動得一時不知說什麼好。又見面前幾人的臉上已沒有記憶中的稚氣，李白心裡禁不住暗自感慨。

「幾位客人找到山下咱們家，我覺得這陣子你很少回去，所以就把他們帶到這兒來了。」管家道。

李白連連點頭，對管家說：「帶到這裡好，帶到這裡好！晚上我就在這裡招待我的幾位弟弟。」管家回去後，李白便領著三位堂弟登山看景。春光無限好，放眼皆美景。桃花把一個山頭都要染紅了。

「你可真會選地方啊，你住在這，家裡嫂子怎麼辦？」一位堂弟問。

李白答道：「我並不是天天都在這，隔兩天就回去，家人自有管家和下人照應，我想在這裡尋一份清淨，也想想自己以後的路該怎麼走，畢竟，已是過了而立之年的人。」

年齡最長的堂弟立即接話道：「是啊，自你上次辭家遠遊，一轉眼就快十年了，當時我們幾個還都是十來歲的孩子。老家人都說你是大才，走出去一定會宏圖大展，有所作為。受你的影響，我們三人也都開始愛上讀書寫詩。」

「讀書總是好的。但現在我習慣了雲遊和隱居的生活，能否入仕，就要看機緣了。」李白在一塊大石上站住，望著遠方說道。

不覺日已落山，暮色漸起。李白對三位堂弟道：「天色已晚，等會咱們就在我的石屋裡用餐，晚上睡覺也完全沒問題。菜都是山裡的野味，雖不豐盛，卻別具風味，酒也是安陸本地有名的米酒，非常好喝。」

三兄弟同聲叫好。石屋內，兄弟四人圍桌而坐。桌是石桌，凳是石凳，菜飯簡單而地道，酒水醇美而綿柔。

「今晚先這樣應付一下，明日帶你們去山下的酒樓，再好好享用一頓。」舉杯前，李白說道。

「這樣就很好，這裡有山下沒有的清風明月，桃花流水，吃什麼，還用太在意嗎？」大堂兄說。

四人同時舉杯。席間，三兄弟跟李白說了老家這些年的人事變化，說了來找李白這一路的艱辛。李白也向他們講述當初從老家來安陸的經過，又說到在洞庭故去的旅伴吳指南，說到在長安與那些少年浪遊的情景，說到與「五陵豪」交友的趣事。

「時間如流水，回想過去，就如做夢一般，想當年，我們是那樣的無憂無慮，現在能在這桃花岩相聚，是一件多麼快樂的事啊！其實人無論在何時何地，都應把握現在，及時行樂。」李白意味深長地說。

「是啊，豈能辜負這桃花岩，豈能辜負這大好春光。來，我們一起飲酒詠詩，誰詠不出，就罰酒三杯！」大堂兄提議道。兄弟們有此雅興，李白非常高興，他首先寫下這篇〈春夜宴從弟桃花園序〉：

夫天地者，萬物之逆旅也；光陰者，百代之過客也。而浮生若夢，為歡幾何？古人秉燭夜遊，良有以也。況陽春召我以煙景，大塊假我以文章。會桃花之芳園，序天倫之樂事。群季俊秀，皆為惠連；吾人詠歌，獨慚康樂。幽賞未已，高談轉清。開瓊筵以坐花，飛羽觴而醉月。不有佳詠，何伸雅懷？如詩不成，罰依金谷酒數。

有李白領頭，大家邊飲酒邊賦詩，酒興助著詩興，才情連著親情。小小的石屋內，不時漾起陣陣歡聲笑語。歡聚總有離別時。兩日後，三兄弟返家。送走老家兄弟，李白思前想後，自是一番感慨。幾位堂弟對未來都充滿了美好的期待，李白卻突然覺得自己的未來變得有些模糊了。

殺人如麻——李白：

詩仙的殺人詩與俠客夢

【成語】**殺人如麻**

【釋義】如麻：像亂麻一樣數不清。殺死的人多得像亂麻。形容殺的人多得數不清。

【出處】唐．李白〈蜀道難〉詩：「朝避猛虎，夕避長蛇；磨牙吮血，殺人如麻。」

劍閣崢嶸而崔嵬，一夫當關，萬夫莫開。
所守或匪親，化為狼與豺。
朝避猛虎，夕避長蛇；磨牙吮血，殺人如麻。
錦城雖云樂，不如早還家。
蜀道之難，難於上青天，側身西望長咨嗟！

這是李白〈蜀道難〉一詩的最後幾句，意思是蜀道中的劍門關非常險要，駐守此地的官員若不是信得過的人，就會占據此有利地勢圖謀造反。並且在這個地方還要整天地提防猛虎和毒蛇，牠們磨牙吮血，殺人如麻，令人膽寒。成都雖然是塊樂土，但還是早早回家的好，因為蜀道太難走了，甚至比登天還難！

李白在詩句中，用了「殺人如麻」這個成語，是想說蜀道上歹人和野獸的可怕。在這裡，「殺人者」絕對是李白懼怕和痛恨的。但對有些「殺人者」，李白則是讚賞，甚至是崇拜，不信，就請看下面他的這首〈白馬篇〉：

龍馬花雪毛，金鞍五陵豪。秋霜切玉劍，落日明珠袍。
鬥雞事萬乘，軒蓋一何高。弓摧南山虎，手接太行猱。
酒後競風采，三杯弄寶刀。殺人如剪草，劇孟同遊遨。
發憤去函谷，從軍向臨洮。叱吒經百戰，匈奴盡奔逃。
歸來使酒氣，未肯拜蕭曹。羞入原憲室，荒淫隱蓬蒿。

詩中讚頌的是一個受皇帝賞識的五陵豪俠，功夫了得，且養尊處優。他喜歡和俠客一起四處雲遊，喝酒舞刀，殺壞人就如除草一樣。當國家邊關告急時，他就報名參了軍，在戰場上勇猛殺敵，屢立戰功。得勝回來後，不去攀附權貴，也不退隱江湖，豪氣依舊，俠義不減。

其實，李白在年輕時，就很想成為這樣一個俠客。少年時期，李白就開始做俠客夢。十多歲在大匡山讀書時，他就對劍術產生濃厚的興趣，到了十八歲，李白拜梓州長平山的隱士趙蕤為師，不僅學了道術和縱橫術，還專門學了劍術。此後，李白便開始劍不離身。遇到江湖上的豪傑，能結交的也盡可能去結交。

憶昔作少年，結交趙與燕。金羈絡駿馬，錦帶橫龍泉。——（〈留別廣陵諸公〉）

整日騎著飾金的駿馬，腰佩龍泉寶劍，十足一個風光無限的翩翩少年郎。

開元十二年（西元七二四年），二十歲的李白要出蜀，走的時候自然要帶著寶劍的——「仗劍去國，辭親遠遊」。漫遊的路途絕不是一帆風順的。在蜀中，李白結識了同道吳指南，兩人一同沿江而下，一路上彼此關照，賞景對酌，可謂情投意合。不料到了洞庭後，吳指南卻突然患上重病，不治身亡。為此李白傷心極了，在好友屍體邊守了幾天後，含著悲痛將吳指南埋了。一段時間後，李白覺得當時把好友葬得有些潦草，就又專程趕過來為他改葬，這已是後話。

李白沿著長江，到了金陵，後又到了揚州。在揚州這個花花世界，李白充分展現出自己豪氣的一面，盡情玩樂，廣交朋友，不到一年時間就散金三十餘萬，以致最後到了窘迫潦倒的地步。到安陸後，李白結婚了。婚後的李白依然保留著那股俠氣，不闖蕩闖蕩，不鬧出點動靜，似乎對不起自己的大名：不鬧「白」不鬧，鬧了也「白」鬧。

開元十八年（西元七三〇年），李白來到京城長安。上文引用的〈白馬篇〉，就是李白此次來到長安後寫的。在京城，李白大概也希望自己能像詩中的五陵豪客一樣，透過玩鬥雞得到皇帝賞識，然後再參軍戍邊，建功立業。所以，他開始和城中的小混混們玩起鬥雞來。

玩著玩著，雙方就玩出了矛盾，那一天，矛盾終於白熱化，李白和對方竟然動起武來。雖然李白帶有寶劍，但對方人多，且多是亡命之徒，他們手持木棒、菜刀、石塊各種武器，將李白團團圍了起來。學過的劍術也似乎用不上，眼見李白就要吃大虧，幸好那個名叫陸調的哥們兒，及時喊來了管治安的官吏，李白才倖免於難。

三年後，李白來到襄陽，在這裡，他給荊州長史兼襄州刺史韓朝宗寫了一封信，希望受到接見並得以引薦，結果沒能如願。李白很是懊惱，到第二年，他又給在襄陽當縣尉的堂弟李皓寫了一首詩，寫詩的主要目的是求助，在求助之前，他還不忘說說自己的「當年勇」：

結髮未識事，所交盡豪雄。卻秦不受賞，擊晉寧為功。託身白刃裡，殺人紅塵中。

（〈贈從兄襄陽少府皓〉）

詩中稱自己喜歡和仗義之人結交，幫助別人也不求回報，為朋友可以兩肋插刀，也曾因此殺過人。當然，殺過人應該指的是打架鬥毆之事，如果真出了人命，估計李白也不敢這麼坦白。

儘管一次次地碰壁，一次次地遭遇挫折，也曾有過「停杯投箸不能食，拔劍四顧心茫然」的時候，但李白的俠客夢似乎一直沒有破滅。在從翰林供奉的位置上被賜金放還後，李白和杜甫相識了，兩人還一起漫遊齊魯大地。在齊州（今濟南），李白又開始重拾心中的俠客夢，還特意寫了首〈俠客行〉：

趙客縵胡纓，吳鈎霜雪明。銀鞍照白馬，颯沓如流星。
十步殺一人，千里不留行。事了拂衣去，深藏身與名。

李白想像著燕趙之地俠客們的帽子和吳鈎寶劍，想像著他們的白馬和馬背上的銀鞍，想像著馬如流星般地飛奔，想像著俠客殺人技術的高超，想像著他們灑脫來去，無牽無掛，神秘莫測。

他多麼渴望自己也能擁有這樣的快意人生，但夢終究是夢，每日要面對的是眼前的現實，是紛亂的世事和複雜的人。而人心，有時則是最具殺傷力的武器，正如李白自己所言：

心為殺人劍，淚是報恩珠。

金龜換酒——李白、賀知章：有身分的人還怕沒酒錢？

【成語】 **金龜換酒**

【釋義】 金龜：袋名，唐代官員的一種配飾。解下金龜換美酒。形容為人豁達，恣情縱酒。

【出處】 唐．李白〈對酒憶賀監詩序〉：「太子賓客賀公，於長安紫極宮一見余，呼余為『謫仙人』，因解金龜，換酒為樂。」

唐玄宗天寶元年（西元七四二年）。秋日。長安紫極宮門前。到處都是熙熙攘攘的遊人和香客。

雖是第二次來長安，但在繁華背後，李白還是感受到身在異鄉的孤獨，但念及很快就要進宮面聖，抑制不住的喜悅又瞬間襲上他的心頭。快到中午，李白打算遊完紫極宮就回客店休息，第二天一早再進宮。

正沉思間，突然看到前面過來一群人，為首的那位老者鬚髮皆白，目光深邃。

「是秘書監的賀知章賀大人來了。」李白聽到身後有個人小聲說道。

「就是賀大人！我以前在街裡見過他的，他最愛喝酒了，人家都喊他『酒仙』。」另一人應道。

一聽到賀知章的名字，李白心裡一動，馬上就想到那首著名的〈詠柳〉詩：

碧玉妝成一樹高，萬條垂下綠絲絛。不知細葉誰裁出，二月春風似剪刀。

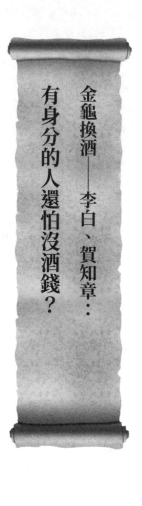

面前就是那個年過八旬的「四明狂客」，李白豈能無動於衷？

李白快速地調整一下情緒，三步並作兩步趕到賀知章面前，深深地施了一禮：「拜見賀大人。」

「一邊去，你是幹什麼的？」一位隨從對著李白喝斥。

賀知章抬手示意，讓隨從退到一邊，然後笑望眼前的這位不速之客，以和善的語氣問道：「請問你是？」

「在下李白，很榮幸能在此遇見賀大人。」李白又施一禮。

「你就是李白？那個才高八斗的李太白？」賀知章驚喜地問。

「正是在下！才高八斗不敢當。」李白謙恭地答道。

賀知章喜形於色，上下打量了李白一番，重重地點了點頭，又自言自語般地嘆道：「青蓮居士，果然名不虛傳！」

「居士的名聲在京城很響啊，只是一直沒機會再讀你的新作，今日得見，能否讓老夫開開眼？」賀知章一邊問道，一邊和李白並肩向宮觀裡走。

「在下偶有詩作，也多是隨性為之，今天身上恰巧帶有之前寫的幾首詩，既然賀大人不嫌棄，我就不揣淺陋，請您當面指教了！」李白說著，從袖口拿出一沓詩稿。

賀知章接過詩稿，展開，一首又一首地默聲讀下去，最後讀到的是〈蜀道難〉：

噫吁嚱，危乎高哉！蜀道之難，難於上青天！

蠶叢及魚鳧，開國何茫然！爾來四萬八千歲，不與秦塞通人煙。

……

錦城雖雲樂，不如早還家。蜀道之難，難於上青天，側身西望長咨嗟！

讀罷，賀知章的目光從詩卷上移開，再次細細打量李白，良久才由衷讚道：「太白太白，你簡直就是下到凡間的太白金星，你就是謫仙人啊！好，既然今日能與你幸會，那就不要錯過，中午我請你喝酒，咱們一醉方休！」於是，遊完紫極宮，李白便跟著賀知章去附近的一家酒樓。

自然是好酒好菜，自然是賓主盡歡。雖然兩人是初次見面，彼此相差四十多歲，但此時兩人卻像是心心相印的老朋友，談古論今，品詩析文，酒無盡，話無盡。不知不覺間，已是傍晚時分。兩個性情中人都明顯地帶了酒意。

李白見賀知章已坐不穩身子，就勸道：「大人，再喝咱們都要醉了，以後有的是時間，今天就到此為止吧？明日，我還要去見皇上。」

賀知章醉眼朦朧，揮手大聲說道：「不礙事，今天高興，多喝點無妨，皇上那邊我會替你美言的！」

李白只得又陪賀知章多喝幾杯，方才作罷。要結帳時，賀知章喊來店小二，一摸口袋，才發現自己沒帶銀兩來。李白見狀道：「我身上也只帶些零碎銀子，不知夠不夠？」

賀知章連忙正色道：「說好是我請客，哪用得著你付帳？沒有現錢，好辦！」

說完，賀知章就把腰間的金龜袋取下來，轉身遞到店小二手裡：「用這個作抵押，等過些天給你送酒錢，再還給我，行不行？」

店小二拿著金龜袋，「這……這……」半天，也沒說出一句完整的話來。

李白道：「這金龜袋可是大人身分的象徵，怎可隨便作抵押呢？」

賀知章道：「不要緊，就這樣！」

言畢，兩人相擁著下酒樓。後來，李白進了翰林院，成為一名翰林供奉。其間又見了賀知章幾次。兩年後，賀知章告老還鄉，不久就在老家病逝。李白聞訊，非常悲痛，在一次酒後，他滿懷深情地寫下〈對酒憶賀監〉二首〉：

四明有狂客，風流賀季真。長安一相見，呼我謫仙人。
昔好杯中物，翻為松下塵。金龜換酒處，卻憶淚沾巾。
狂客歸四明，山陰道士迎。敕賜鏡湖水，為君臺沼榮。
人亡余故宅，空有荷花生。念此杳如夢，淒然傷我情。

這「謫仙人」的美稱，和「仙風道骨」的美譽，都是別人誇李白的，如果李白不在自己詩文中挑明，別人恐怕也不會知道。從這個角度看，李白還是很自戀的。

【詩人簡歷】賀知章（約西元六五九年至七四四年），字季真，晚年自號「四明狂客」，越州永興（今浙江省杭州市蕭山區）人。擅詩文、書法，與張若虛、張旭、包融並稱「吳中四士」；好飲酒，與李白、李適之、汝陽王李璡、崔宗之、蘇晉、張旭、焦遂合稱「飲中八仙」；亦是「仙宗十友」之一。詩歌代表作有〈詠柳〉、〈回鄉偶書〉。

斗酒百篇——李白、杜甫：沒了酒興，詩興何來？

【成語】**斗酒百篇**
【釋義】飲一斗酒，作百篇詩。形容才思敏捷。
【出處】唐．杜甫〈飲中八仙歌〉：「李白一斗詩百篇，長安市上酒家眠。」

唐玄宗天寶三載（西元七四四年）的秋天，在東都洛陽的酒樓裡，杜甫意外地遇到了偶像李白。那一刻，當朋友指著對面，說那個正在與別人高談豪飲的白衣男子就是李白時，杜甫激動得差點叫了出來。然後杜甫就主動走了過去，作揖，自我介紹。

李白報以友好的微笑，並邀杜甫坐下同飲。

「太白先生，這幾年我就住在東都的陸渾莊，先生您要是不嫌棄，就到我那兒去住，遊東都，我可以當您的導遊。」喝完酒，走出酒樓，杜甫對李白發出了邀請。

李白見杜甫雖其貌不揚，但交談中感覺對方真誠且有涵養，於是便答應了他。杜甫能有這樣的機會和偶像零距離接觸，一時覺得好像是在夢中。兩人開始在東都並肩同遊。在遊賞、喝酒的過程中，杜甫總是非常專注地聽李白講那些在京城發生的奇聞逸事，也瞭解到李白來長安前經歷的一些事情。

李白在京城體驗過的翰林生活，是杜甫最願意聽的。

「其實也就是那麼回事，在皇帝身邊又怎麼樣？」李白以輕描淡寫的語氣說道。

可李白越是這樣說，杜甫對那樣的生活越是嚮往。

李白說：「皇上對我倒也客氣，我剛入翰林時，他親自給我調過湯，還在春天邀我和楊貴妃一起去興慶池賞牡丹花，我當場作了〈清平調詞三首〉，皇上看了之後的那個高興勁啊，可別提了！」

「是啊是啊，您的〈清平調〉可不是一般人能寫出來的，那真是神來之筆，難怪皇上和貴妃會那麼喜歡您呢！」說著，杜甫就搖頭晃腦地吟誦起李白的〈清平調〉來：

雲想衣裳花想容，春風拂檻露華濃。若非群玉山頭見，會向瑤臺月下逢。

杜甫剛誦完一首，李白又接著說道：

「一天，我喝得多了點，皇上要我起草詔書，我就讓楊貴妃為我磨墨，讓高力士為我脫靴子。他們兩人心裡不情願，可當著皇上的面又不好拒絕我。我就是故意刁難他們的，平時在宮裡那麼驕橫，我真是看不慣，其他大臣也都只會逢迎拍馬，與他們為伍，實在沒意思。」

「這也是你不想再待在宮裡的原因吧？」杜甫問。

李白點頭道：「除此之外，還有一個很重要的原因：在宮裡喝酒不自由啊。經常喝著喝著，皇上那邊就有事了。儘管如此，我還是儘量找時間喝酒，感覺詩興總是跟著酒興的。」

「我聽說過，秘書監的賀大人經常與你一起喝酒，是這樣嗎？」杜甫又問。

「那還有假？京城裡的人都稱賀大人為『酒仙』。初次見面，他請我喝酒，因沒帶酒錢，他就取下身上的金龜袋作抵押，之後我們就經常在一起痛飲，他醉酒後，走路就像在水上坐船似的，東倒西歪。除了賀大人之外，還有左相李適之、汝陽王李璡、崔宗之、張旭、焦遂等人，有時和他們一塊兒喝醉了，我就睡在酒店裡，皇上宣詔我也是不理的。」李白不無得意地說。

杜甫聽了，覺得簡直有點不可思議，但想到事情發生在李白身上，又覺得合情合理。杜甫對偶像的敬仰之情愈發強烈，他想問的問題也越來越多。他期待自己也能像李白那樣，有朝一日入朝為官，為國效力。

「你啥時開始喝酒的？」杜甫好奇地問。

李白皺眉想了想，答道：「去蜀之後才開始喝，在襄陽初遇孟浩然只是嘗了一點酒，到揚州才漸漸對酒上癮，以後就感覺離不開酒了。」

幾日後，兩人離開東都，前往開封。在開封又遇到高適，三人便結伴遊開封、宋城、單父等地，之後李白到任城的家，杜甫回東都。第二年，杜甫又來任城拜訪李白，兩人一同遊了曲阜、兗州、東蒙等地。這期間，杜甫對李白的酒量和詩才更加佩服了。

天寶五載（西元七四六年），三十五歲的杜甫從齊魯之地來到長安。初到京城，他總是能聽到人們談論李白的話題，說太白的詩文，說太白的嗜酒，說太白的狂傲和灑脫不羈。杜甫還聽說李白和賀知章等人被稱作「飲中八仙」。

想像「八仙」們舉杯痛飲的情景，杜甫禁不住自顧自地笑了起來，沉吟間，一首〈飲中八仙歌〉就在腦中構思完成：

知章騎馬似乘船，眼花落井水底眠。
汝陽三斗始朝天，道逢麴車口流涎，恨不移封向酒泉。
左相日興費萬錢，飲如長鯨吸百川，銜杯樂聖稱避賢。
宗之瀟灑美少年，舉觴白眼望青天，皎如玉樹臨風前。

蘇晉長齋繡佛前，醉中往往愛逃禪。
李白斗酒詩百篇，長安市上酒家眠，天子呼來不上船，自稱臣是酒中仙。
張旭三杯草聖傳，脫帽露頂王公前，揮毫落紙如雲煙。
焦遂五斗方卓然，高談雄辯驚四筵。

成詩於胸，杜甫眼前彷彿出現李白等人舉杯痛飲的情景，朦朧中，他感覺自己也彷彿成了豪飲隊伍中的一員。

天末涼風——李白、杜甫：我的快樂就是想你

【成語①】**天末涼風**

【釋義】天末：天的盡頭；涼風：特指初秋的西南風。原指杜甫因秋風起而想到流放在天末的摯友李白。後常比喻觸景生情，思念故人。

【成語②】**文章憎命**

【釋義】憎：厭惡。文章厭惡命運好的人。形容有才能的人遭遇不好。

【出處】唐．杜甫〈天末懷李白〉詩：「涼風起天末，君子意如何？」、「文章憎命達，魑魅喜人過。」

【成語③】**落月屋梁**

【釋義】比喻對朋友的懷念。

【出處】唐．杜甫〈夢李白二首〉詩：「落月滿屋梁，猶疑照顏色。」

兩年的翰林供奉生活，讓李白漸漸心生厭倦。看玄宗皇帝整日圍著貴妃轉，而朝廷官員也只會幹些逢迎拍馬之事，一些人還專門找碴挑撥，李白做出了離京漫遊的打算。他向皇上提出辭呈，皇上沒有刻意挽留，只是

簡單客套了一下，就將他「賜金放還」。

李白出了長安，感覺心頭輕鬆好多。三月，路邊的楊柳梢頭已經發綠，想到自己已是四十四歲的人，心頭又禁不住漫過一陣惆悵。向東。他準備取道洛陽、開封、宋城（今河南商丘），然後再北上任城（今山東濟寧）——那裡有他的一雙兒女。

直到秋天，他才到達洛陽，在這裡，他遇到了一個三十出頭，對他崇拜有加的小夥子，名叫杜甫。後人說這是唐朝兩個頂尖詩人一次偉大的會晤。見面那一刻的杜甫有些落魄，但是滿臉真誠。相識就是緣，兩人很快成了朋友。

李侯金閨彥，脫身事幽討。亦有梁宋游，方期拾瑤草。——（杜甫〈贈李白〉）

在杜甫眼中，李白就是金馬門（等候皇上召見之處）中的賢德之士，現在脫離朝廷的束縛，就可以自由地去尋幽探勝了。杜甫正好也有去開封、商丘一帶遊覽的念頭，兩人便可一路同行。跟謫仙人一道，說不定真的能採到傳說中的仙草呢！有了伴，李白的旅程就多了些慰藉。到了開封，兩人又碰到詩人高適。三個志同道合的人結伴而行，「氣酣登吹臺，懷古視平蕪」（杜甫〈遣懷〉），一路上飲酒作詩，互訴衷腸，倒也快活。

李白回到任城老家後的次年，杜甫又專程前來拜訪他，還邀他同遊齊魯之地。這次見面，李白還用詩跟杜甫開了個玩笑：

飯顆山頭逢杜甫，頂戴笠子日卓午。借問別來太瘦生，總為從前作詩苦。——（〈戲贈杜甫〉）

李白說杜甫戴著斗笠、頂著烈日，看上去那樣瘦，簡直就是一個「太瘦生」，是不是因為以前寫詩太辛苦才成這副模樣？

其間，兩人還騎馬至魯城北，去尋訪那位喚作「范十」的隱士：

醉眠秋共被，攜手日同行。更想幽期處，還尋北郭生。——（〈與李十二白同尋范十隱居〉）

秋天，兩人在兗州飲酒話別。杜甫再次贈詩李白：

秋來相顧尚飄蓬，未就丹砂愧葛洪。痛飲狂歌空度日，飛揚跋扈為誰雄？

兩人現在就如飛蓬一樣，遊蕩不定，杜甫覺得他和李白在學道上至今沒啥成就，真的是愧對西晉煉丹家葛洪了。每天痛飲狂歌，只能是白白浪費時光。像李白這樣豪邁的才子，不能稱雄，真的是件憾事。

李白也以詩相贈：

醉別復幾日，登臨遍池臺。何時石門路，重有金樽開。
秋波落泗水，海色明徂徠。飛蓬各自遠，且盡手中杯。

（〈魯郡東石門送杜二甫〉）

一年後，李白又踏上南下漫遊的旅程。一轉眼，近十個春秋過去了。然後，安史之亂爆發。李白慌了，他打算在這兵荒馬亂的歲月裡隱身廬山，去過那種與世無爭的「巢雲松」生活。可是，命運偏偏跟李白開了個玩笑：他收到永王李璘邀他入幕府的書信。

李璘是唐玄宗的第十六個兒子，開元十三年（西元七二五年）受封永王。安史之亂的次年七月，唐玄宗任命永王擔任山南東路、嶺南、黔中、江南西路四道節度使、江陵郡大都督，坐鎮江陵。永王的邀請，使李白心中剛要消退的雄心壯志再次被喚醒，他覺得跟著永王，說不定就能實現自己年輕時就有的建功立業的夢想。

他答應永王的邀請，信心十足地入了永王幕府。初隨永王的日子裡，他躊躇滿志，雄心萬丈。肅宗至德二年（西元七五七年），李白跟著李璘的水路大軍沿江而下，一路上寫下十多首〈永王東巡歌〉。李白怎麼也不會想到永王原來是個圖謀不軌的傢伙，其擁兵自重，原來是妄圖占據江東之地，稱霸一方。幾個月後，李璘的叛軍就被唐肅宗派出的朝廷大軍剿滅。李白，作為一個糊里糊塗的追隨者，自然不能免罪。

李白被關進了潯陽監獄，後經多方託人求情，最後被御史中丞宋若思營救。不久，又被朝廷判罪，流放夜郎。五十八歲的李白只得踏上通往夜郎的艱辛之路。走了一年多，第二年春天到達白帝城時，遇大赦，才得以免受繼續流放之苦。

而就在李白遭受此劫期間，遠在秦州（甘肅天水）的杜甫正在時刻關注著他的消息。等李白遇赦回到湖南時，時已入秋，杜甫萬分牽掛和想念老朋友，在一個夜晚，他滿懷關切之情，寫下這首〈天末懷李白〉：

涼風起天末，君子意如何？鴻雁幾時到？江湖秋水多。
文章憎命達，魑魅喜人過。應共冤魂語，投詩贈汨羅。

杜甫感慨李白的命途多舛，才有了「文章憎命達」之嘆。（其實，相對而言，杜甫的一生似乎更能詮釋「文章憎命達」這詩句的內涵。）白天掛念，夢裡也掛念。一首意猶未盡，就連寫兩首〈夢李白〉：

死別已吞聲，生別常惻惻。江南瘴癘地，逐客無消息。
故人入我夢，明我長相憶。恐非平生魂，路遠不可測。
魂來楓林青，魂返關塞黑。君今在羅網，何以有羽翼。
落月滿屋梁，猶疑照顏色。水深波浪闊，無使蛟龍得。

浮雲終日行，遊子久不至。三夜頻夢君，情親見君意。
告歸常侷促，苦道來不易。江湖多風波，舟楫恐失墜。
出門搔白首，若負平生志。冠蓋滿京華，斯人獨憔悴。
孰云網恢恢，將老身反累。千秋萬歲名，寂寞身後事。

杜甫漂泊到四川後，還是時常會想起李白。那些在成都的日子裡，他多希望李白回匡山老家，這樣兩人說不定就能見上一面：

不見李生久，佯狂真可哀。世人皆欲殺，吾意獨憐才。
敏捷詩千首，飄零酒一杯。匡山讀書處，頭白好歸來。——〈不見〉

杜甫寫完這首詩的次年，李白就去世了，十幾年前的兗州一別，成了永別。

李白、杜甫，他們有過交集，也經歷各自的坎坷人生，給後人留下無數不朽的詩篇。他們倆雖然都留下美名，但又怎能補償他們生前所遭受的挫折和打擊呢？正所謂：

千秋萬歲名，寂寞身後事。

情深潭水——李白：我喜歡這個美麗的謊言

【成語】**情深潭水，同「桃花潭水」**

【釋義】比喻友情深厚。

【出處】唐．李白〈贈汪倫〉詩：「桃花潭水深千尺，不及汪倫送我情。」

聽說詩仙李白來到秋浦郡，汪倫又開始坐不住了，他走出家門，四處打聽李白在秋浦的居所。

汪倫心想：再也不能錯過這個機會！李太白的詩我已一遍又一遍地讀過，這樣的大才真是世間少有，若能見上一面，此生無憾了！前兩年聽說他也來過秋浦，可總是在他離開了我才得到消息；這次，我得想法讓他到涇縣這裡來，相信桃花潭的美景和我的美酒不會讓他失望的。

汪倫一邊在心中盤算，一邊在街上向那些經常外出的人詢問李白的消息。街上的人對他很友好，畢竟他在這裡當了幾年的縣令，人也算得上清廉，卸任後定居此地，自然也受歡迎。熟悉他的人都知道他喜歡讀李白的詩，閒談時總要扯上李白。汪倫現在急火火地滿街「問李白」，人們雖覺可笑，但是都能理解。

有幾個人只是聽說李白人已在秋浦，但具體住在哪裡，沒人能說清楚。汪倫沒有灰心，他想如果實在問不出，就親自到秋浦郡去找。功夫不負有心人，三天後，他終於獲知李白在秋浦的確切住址。

一個剛從秋浦歸來的商人告訴他：「我親眼看到李太白在酒樓上，和幾個人一起喝酒，我還和他打了招呼呢！現在他正住在他一個朋友家裡，那個朋友的家我之前去過。」

汪倫喜不自勝，忙問：「那你何時再去秋浦？」商人說兩日後就去。汪倫拍掌叫好，道：「那勞煩你幫我捎封信給李白，見到李白，就說是一個萬分仰慕他的人給他的。」說完，汪倫就從衣間掏出那封早已準備好的信，交給對方。商人接過信，對汪倫說聲「沒問題」，就匆匆回家了。看著商人的背影，汪倫眼前彷彿浮現李白仙風道骨的身影。

在家等待的日子裡，汪倫的心情十分複雜，激動中有些焦急，興奮中又有些擔心：李白會不會來呢？李白會不會已離開秋浦了呢？那一段時間，汪倫每天都會來到桃花潭邊向對岸和上游凝望。正是春天時節，潭水清幽，遠山如笑，岸邊的各色花兒都開了。這美景中蓄著滿滿的美意。

這一天近午時分，望眼欲穿的汪倫終於看到一條船，船頭站著一個白衣飄飄的男子。是李白！汪倫心中一陣狂喜。果然是李白！船快靠岸的時候，船伕高聲對汪倫道：「汪先生，我可是把詩仙給你接來了哦，你得替我好好款待他啊！」岸上的汪倫已高興得幾近癲狂。

李白下船後，汪倫走上前深施一禮，道：「多謝青蓮先生賞臉，恭迎大駕光臨！」

李白還了禮，又回頭看看身後的青山綠水，對汪倫笑道：「汪先生，你在信裡好像沒對我說實話吧？」

汪倫就不好意思地笑了起來。

李白從袖口裡掏出那封信，一本正經地讀道：「先生好遊乎？此地有十里桃花，先生好飲乎？此地有萬家酒店……」讀到這裡，李白佯裝嚴肅地問：「哪裡有十里桃花？哪裡又有萬家酒店呢！」

汪倫又施一禮，道：「汪某確實沒對先生說實話，十里桃花只是指方圓十里的桃花潭，萬家酒店是說有個姓萬的人家開的酒店。這樣說，僅僅是想以美景和美酒來吸引您，雖然實情並不是信上說的那樣，但在這裡住上幾天，相信先生您不會失望的。」

李白笑了笑，便跟著汪倫向村裡走去。此後幾天，李白得到汪倫和村民的熱情接待，他喝到此地的佳釀，飽覽了桃花潭的勝景，也實實在在地體驗到別樣的鄉間生活。李白當然沒有怪罪汪倫說謊，這期間，他們倆漸漸成了情投意合的好朋友。

幾日後，李白要離開了，汪倫和村人前來送行。在桃花潭邊大家依依惜別。李白上船後，汪倫帶著村人在岸上踏地而歌，情真意切。李白看著岸上的汪倫和村人，情不能自已，在船緩緩前行過程中，隨口吟出：

李白乘舟將欲行，忽聞岸上踏歌聲。桃花潭水深千尺，不及汪倫送我情。

（〈贈汪淪〉）

在汪倫關注的目光中，船上的李白漸行漸遠。這是天寶十四載（西元七五五年）的春天。此時的李白怎麼也不會想到，大唐王朝，將要在這年冬天面臨一場空前浩劫。

抽刀斷水——李白：在宣城，豈能不言「謝」？

【成語】**抽刀斷水**

【釋義】抽出刀來要斬斷流水。比喻無濟於事，反而會加速事態的發展。

【出處】唐．李白〈宣州謝朓樓餞別校書叔雲〉：「抽刀斷水水更流，舉杯消愁愁更愁。」

謝朓（ㄊㄧㄠˇ），字玄暉，南朝著名山水詩人。出身名門，與「大謝」謝靈運同族，人稱「小謝」。謝朓少時就有文名，二十歲步入官場，宋明帝建武二年（西元四九五年）任宣城太守，此間創作了大量的山水詩歌，詩風清麗秀逸。後又入朝為官，因身陷殘酷的宮廷鬥爭，被誣入獄，死時年僅三十六歲。

為什麼要介紹謝朓？因為李白崇拜他啊！崇拜到什麼地步？據晚唐文人馮贄在其《雲仙雜記》一書中所載，李白在登上華山南峰時，曾發出如此感嘆：「此山最高，呼吸之氣想通天帝座矣，恨不攜謝朓驚人句來搔首問青天耳。」

要抒情，首先想到的是謝朓的「驚人句」，可見謝朓其人其詩在李白心中的位置。大概李白也覺得自己和謝朓有很多相似之處：出身好，才氣高，詩風接近，有宏偉抱負但卻難以施展。謝朓寫過〈玉階怨〉：

夕殿下珠簾，流螢飛復息。長夜縫羅衣，思君此何極。

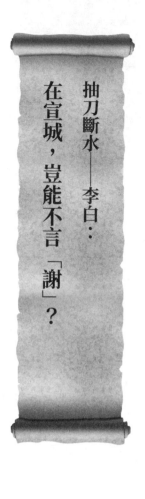

李白也寫過〈玉階怨〉：

玉階生白露，夜久侵羅襪。卻下水晶簾，玲瓏望秋月。

表面上寫的都是宮怨，但誰能說裡面沒有包含詩人的委屈和不滿呢？天寶三載（西元七四四年），李白自京城被賜金放還後，看似走得很灑脫，實際上卻是真的不想走，但宮廷太黑、太髒、太壓抑，哪能容得下他那張狂的個性？正如他在〈夢遊天姥吟留別〉中寫的：「安能摧眉折腰事權貴，使我不得開心顏。」

離開長安後，李白就開始在各地漫遊——河南、山東、揚州、金陵、吳越、廬江、幽州、邯鄲……天寶六載（西元七四七年），李白來到金陵，並開始在這裡留居。兩年後的一天晚上，他登上金陵城西樓，看到月光下的江水，想到謝朓的「澄江靜如練」詩句，於是寫下了〈金陵城西樓月下吟〉一詩：

金陵夜寂涼風發，獨上高樓望吳越。
白雲映水搖空城，白露垂珠滴秋月。
月下沉吟久不歸，古來相接眼中稀。
解道澄江靜如練，令人長憶謝玄暉。

濁世紛亂，知音難覓，所以李白只能從一向敬慕的謝朓那裡尋找寄託：「古來相接眼中稀」、「令人長憶謝玄暉」。「澄江靜如練」，是謝朓那首〈晚登三山還望京邑〉中的句子。寫這首詩時，謝朓正在宣城當太守，因為有了宣城為官這段經歷，所以，謝朓又被人稱作「謝宣城」。

天寶十二載（西元七五三年）秋，宣城長史李昭寫信邀李白去宣城玩。李昭是李白的堂弟。自家兄弟有此美意，李白欣然來到了宣城。當然，李白也是奔著「謝宣城」而去的。宣城有好景，也有謝朓生前留下的多處遺存，來到宣城的李白，想必會沿著謝朓的足跡去尋覓吧！李白住在敬亭山下，經常會效仿謝朓去各處遊覽作詩：

我家敬亭下，輒繼謝公作。相去數百年，風期宛如昨。

（〈遊敬亭寄崔侍御〉）

謝朓在宣城期間，曾在各處建了好多的亭臺樓閣，在宣城的城北建有一座「北樓」，後人為紀念他，也稱北樓為「謝公樓」。李白經常登上北樓：一為欣賞不遠處的敬亭山風景；二為懷念偶像謝朓。

來到宣城後的第二年秋天，李白再次登上北樓，寫下〈秋登宣城謝朓北樓〉一詩：

江城如畫裡，山晚望晴空。兩水夾明鏡，雙橋落彩虹。
人煙寒橘柚，秋色老梧桐。誰念北樓上，臨風懷謝公？

有時，李白會把來訪的朋友帶到謝公樓上，一同把酒、敘舊或抒懷。有時，他也會在謝朓樓不遠處的謝公亭送別友人。

秘書省校書郎李雲也來了，李白見到這個來自長安的遠房叔叔，自然是既感覺親切，又心生慨嘆。嘆的是自己竟然已離開京城十個年頭，曾經的雄心壯志，曾經的風華絕代，曾經的快意人生，轉眼間都成了浮雲流水，剩下的只有無盡的空虛和煩憂。那日，李雲要回京了，李白在謝朓樓上擺宴為之送行。臨別時，李白思緒飛揚，吟出這首〈宣州謝朓樓餞別校書叔雲〉：

棄我去者，昨日之日不可留；
亂我心者，今日之日多煩憂。
長風萬里送秋雁，對此可以酣高樓。
蓬萊文章建安骨，中間小謝又清發。
俱懷逸興壯思飛，欲上青天覽明月。
抽刀斷水水更流，舉杯銷愁愁更愁。
人生在世不稱意，明朝散髮弄扁舟。

昨日已遠走，留也留不住，留下的只有亂人心思的各樣煩憂。秋風中，北雁南飛，面對樓外美景，讓我們盡情痛飲吧。叔叔你的文章既有建安風骨，又有謝朓的清麗。我們倆都是性情中人，都有著上天攬月的豪情。但抽刀斷水，水只會流得更歡，舉杯消愁，酒醒後愁思只會更濃。人生在世，總會有太多的不如意，不如乾脆放掉一切，放浪江湖去吧。

說是這樣說，但要李白徹底地「散髮弄扁舟」，他又不甘心。

安史之亂爆發後，李白那顆不安分的心又開始蠢蠢欲動，他在設法避難的同時，也在尋覓於亂局中建功的機會，結果一不小心就上了永王李璘的賊船，差點將自己送上不歸路。

肅宗上元二年（西元七六一年），經受過牢獄之災和流放之苦的李白，再次來到宣城，年已花甲的他又登上熟悉的敬亭山。山依舊，景如昨，但李白已不再是那個豪情萬丈的李白了。看著天上的飛鳥和白雲，李白陷入深深的孤獨中：

眾鳥高飛盡，孤雲獨去閒。相看兩不厭，只有敬亭山。

（〈獨坐敬亭山〉）

謝朓也曾寫過一首〈遊敬亭山〉的詩，最後兩句是：皇恩既已矣，茲理庶無睽——皇恩既已遠去，那麼我從此寄情山水間，該不會有什麼過錯吧？

在同一座山上，李白和謝朓，兩個不同時代的人，都想到一塊兒去了。

翻雲覆雨——杜甫：
求仕，求來一肚子屈辱

【成語】**翻雲覆雨**

【釋義】形容人反覆無常或慣於耍手段。

【出處】唐．杜甫〈貧交行〉詩：「翻手為雲覆手為雨，紛紛輕薄何須數。」

天寶四載（西元七四五年）的秋天，杜甫與李白在兗州城外依依惜別。李白往東走，杜甫朝西行。杜甫要去的地方是長安，那個皇宮所在的地方。自從和李白相識，杜甫求仕的願望就更加強烈了。從李白的口中，杜甫初步瞭解到了京城的繁華，也間接感受到在皇帝身邊工作的那份榮耀和成就感。哪知道李白卻說自己過不慣那樣的生活，他更需要的是自由和酒。杜甫很羨慕李白能有那樣的機會，可李白卻不懂得珍惜，幹了兩年就走人，真叫人遺憾！要幹大事又怎能太任性？我要爭取這樣的機會，機會來了我一定會好好珍惜的。在去長安的路上，杜甫這樣對自己說。

次年十月，杜甫終於到了長安。稍作安頓，他就往汝陽王府匆匆趕去。到了王府，杜甫首先向汝陽王作自我介紹，姓名、年齡、家世，一一都說了出來。雖然杜甫申明自己是杜審言的孫子，還是齊州（濟南）司馬李之芳特意介紹過來的，但李璡在和杜甫交談時，態度卻一直是不冷不熱。

李璡如此謹慎，是有原因的。因為杜甫所說的齊州司馬李之芳是蔣王李惲的孫子，李惲是唐太宗的兒子，而汝陽王李璡則是唐玄宗的大哥李憲的兒子。如果按長幼之序，當時的皇位應該是李憲的，因為老三李隆基一向多謀善斷，又在平定韋后政變中立功，所以最後李憲只好讓位。受「玄武門之變」影響，李憲和李隆基的關係比較微妙，作為李憲兒子的李璡在宮中自然也是謹言慎行。

杜甫此番前來，很明顯是想讓李璡在功名路上扶他一把。李璡以前也讀過杜甫的詩，此次會面，杜甫還專門給他獻了詩，他清楚地知道杜甫是個人才，可除了把這個人才暫留在府中之外，又能幫什麼忙呢？杜甫就這樣在汝陽王府裡住了一年。

到了天寶六載（西元七四七年）。新的一年裡，杜甫等來的還是一場空歡喜。一開始無疑是一個喜訊：皇帝下詔，讓天下通任何一藝之人，都到京城裡來接受考核，朝廷再從中選出可用之才。這不正是杜甫多年以來夢寐以求的機會嗎？

可誰又能料到宰相李林甫會導演一齣「野無遺賢」的鬧劇？不讓參試的任何一人通過，然後再跟皇帝說：所有賢能之人都早已被皇上選拔乾淨，再選，沒有合格的了！這麼荒誕的說辭，唐玄宗竟然信了。唐玄宗一信，留給望眼欲穿的杜甫的，就只有大失所望了。

杜甫當時心裡會不會這樣想：李林甫你這個奸相，你也配用「甫」字取名？失望之餘，最好的辦法就是繼續尋找希望嘍。杜甫又找到了尚書左丞韋濟。他先是寫了兩首贈詩，懇求人家引薦自己。韋濟讀了他的詩，很高興，但也僅僅是高興高興就算了，引薦的事，人家似乎根本就沒放在心上。

杜甫鬱悶，上火，於是就有了第三首贈詩〈奉贈韋左丞丈二十二韻〉，首句就是牢騷：「紈袴不餓死，儒冠多誤身」，說自己雖然「讀書破萬卷，下筆如有神」，又有「致君堯舜上，再使風俗淳」的信念和理想，可最後還是落得「殘杯與冷炙，到處潛悲辛」的可悲下場。

詩送上去了，還是沒有效果！杜甫有點著急了，眼見已到不惑之年，可是現實卻讓自己越來越迷惑。誰還能來幫我？深切體會到世態炎涼的大詩人杜甫一臉茫然。正巧，大將高仙芝建功回朝，杜甫見高將軍成了朝中紅人，馬上寫一首詩給人家，詩的題目叫〈高都護驄馬行〉：

安西都護胡青驄，聲價欻然來向東。此馬臨陣久無敵，與人一心成大功。
功成惠養隨所致，飄飄遠自流沙至。雄姿未受伏櫪恩，猛氣猶思戰場利。
腕促蹄高如踣鐵，交河幾蹴曾冰裂。五花散作雲滿身，萬里方看汗流血。
長安壯兒不敢騎，走過掣電傾城知。青絲絡頭為君老，何由卻出橫門道。

這可是一首貨真價實的「拍馬詩」，誇馬還不是為了誇人嗎？也不知高將軍被拍舒服了沒有，反正，最後杜甫沒有得到任何回報。杜甫的處境日益窘迫。他此後每見一個權要都要承受巨大的精神壓力，那種「朝扣富兒門，暮隨肥馬塵」的生活簡直能讓人精神崩潰，有的人甚至騙他、笑他、忽悠他，先給他許個光亮，然後再一腳將他揣入無邊的黑暗。

就在杜甫準備離長安而去的時候，一個機會來了。這一年，杜甫剛好四十歲。正月，唐玄宗要舉行祭祀太清宮、太廟和天地的三大盛典，杜甫見機行事，立即寫下「三大禮賦」（〈朝獻太清宮賦〉、〈朝享太廟賦〉、〈有事於南郊賦〉）獻上。獻完賦，杜甫對結果並沒抱什麼希望。想想這些年走過堪稱屈辱的求仕之路，雖然也結交了不少人，但多是賄賂之交、勢利之交，哪如管仲和鮑叔牙般的貧賤之交深厚可靠啊！杜甫一時感慨萬千：

翻手為雲覆手雨，紛紛輕薄何須數。
君不見管鮑貧時交，此道今人棄如土。

在杜甫寫下這首〈貧交行〉的時候，他不知道自己的命運已經開始有了轉機，玄宗皇帝看到他的「三大禮賦」，感覺不錯。不久，杜甫就接到朝廷通知：先到集賢院待著，在那裡靜候佳音吧！

【詩人簡歷】 杜甫（西元七一二年至七七〇年），字子美，河南府鞏縣（今河南省鞏義市）人，自號少陵野老，人稱「杜少陵」，曾擔任過檢校工部員外郎一職，故又有「杜工部」之稱。唐朝偉大的現實主義詩人，詩風沉鬱頓挫，被後人尊為「詩聖」，其詩被稱為「詩史」。與李白合稱「李杜」。代表作有「三吏」、「三別」等。

廣文先生——杜甫：先生沒實權，先生不掙錢

【成語①】**袞袞諸公**

【釋義】袞袞：相繼不絕。舊指身居高位而無所作為的官僚們。

【成語②】**廣文先生**

【釋義】①唐杜甫稱鄭虔為「廣文先生」。②泛指清苦閒散的儒學教官。

【出處】唐．杜甫〈醉時歌〉詩：「諸公袞袞登臺省，廣文先生官獨冷。甲第紛紛厭粱肉，廣文先生飯不足。」

杜甫因進獻「三大禮賦」，得到玄宗賞識，進了集賢院。

顧名思義，這「集賢院」，就是賢能之人集結之處。而來到這裡，只是「待制」，至於職位嘛，就要看形勢的需要、皇上的心情或個人的造化了。

那就等唄。四十歲的杜甫在等待中的情緒可並不穩定：再不給個官當，俺可就老了！

日子一天天地過，杜甫一天天地鬱悶著。

鬱悶極了，他就去找那個名叫鄭虔的好朋友去玩。

鄭虔是個高人，也是當時的一個名士。他出身官宦門第、詩書之家。幼時聰穎過人，二十歲參加科舉考試，竟沒上榜，最後困居長安慈恩寺。

困在慈恩寺的鄭虔，一邊讀書，一邊苦練書法。沒錢買紙，他見寺內幾間屋子內堆滿了柿葉，乾脆就以柿葉當紙，每天習字不輟，最後竟把幾屋的柿葉都寫光了。

皇天不負苦心人，年輕的鄭虔學有所成，聲名遠播。

開元初，鄭虔終於踏上仕途。一開始只當一個專管薄書事務的小吏。宰相蘇頲見他才華出眾，便與之結為忘年交。不久，鄭虔始任左監門錄事參軍。開元中，任宮廷文藝總管協律郎。

在擔任協律郎期間，鄭虔覺得自己有滿腹的學問，不能就這樣在無聊的官場上白白浪費時日，於是他就在處理公務之餘，開始將本朝的奇聞異事編寫成書。誰知編到八十多卷時，竟有人告發他「私撰國史」。鄭虔聞訊，忙去焚燒那些草稿，可為時已晚。他因此被定罪，外貶達十年之久，天寶五載方被唐玄宗召回。

回京四年後，已年過花甲的鄭虔為玄宗創作了一幅山水畫，玄宗看到畫及上面的題詩後，很是激動，當場御筆題賜「鄭虔三絕」（詩書畫）。為表愛才之心，玄宗又在最高學府國子監下面設了一個廣文館，讓鄭虔擔任首任博士。一時間，鄭虔名聲大噪，「鄭廣文」的名號從此叫開。

也就是在這一時期，杜甫和鄭虔相識了。一個是河南鞏縣人，一個是河南滎陽人，在京城之地，算是遇到老鄉了；兩人又都是飽學之士，志趣相同，仕途上的遭遇也差不多。雖然杜甫比鄭虔小二十多歲，但年齡又是什麼問題呢？

杜甫與鄭虔一見如故，兩人一有空就相約喝酒，聊聊詩歌、文藝什麼的。杜甫待制集賢院後，見鄭虔雖然身為廣文館博士，卻也跟「待制」的境遇差不多，都是有其名無其實啊！

一天，鄭虔跟杜甫訴苦道：「你看皇上只給我個虛名，可是待遇哪？前幾天下的那場大雨，把廣文館幾間房子都給淋漏了，我讓上面派人來修，可人家卻說廣文館就是個擺設，不給修，你說氣人不氣人？現在我都不知去哪辦公！」

杜甫當然非常理解鄭虔的苦衷。想到宮中府中那些不學無術、投機鑽營之徒都爬到高高的位子上，錦衣玉食，養尊處優，他們讓官場變得骯髒不堪，卻能夠左右逢源，上下通吃。而像鄭虔這樣德才兼備、忠誠可靠的大才、通才，只能忍受清苦和孤獨。

鄭虔啊鄭虔，你沒實權，還想「掙錢」？

一次醉酒後，杜甫意緒難平，奮筆寫下這首為鄭虔，也是為自己鳴不平的〈醉時歌〉：

諸公袞袞登臺省，廣文先生官獨冷。
甲第紛紛厭粱肉，廣文先生飯不足。
先生有道出羲皇，先生有才過屈宋。
德尊一代常坎坷，名垂萬古知何用！
杜陵野客人更嗤，被褐短窄鬢如絲。
日糴（ㄉㄧˊ）太倉五升米，時赴鄭老同襟期。
得錢即相覓，沽酒不復疑。
忘形到爾汝，痛飲真吾師。
……

這詩寫於天寶十四載（西元七五五年）的春天。當時，鄭虔的職務已是著作郎。不久，安史之亂爆發，鄭虔和其他文武百官被擄往洛陽，安祿山讓鄭虔任水部郎中一職，鄭虔稱身患風溼病不能勝任，私下裡卻給肅宗秘密奏章，以示忠於大唐之心。

但在戰亂平息後，朝廷還是沒有放過鄭虔，將他以三等罪貶為臺州司戶參軍。杜甫欲送行但未趕上，只能以詩作別，為老友鳴不平：

鄭公樗（ㄕㄨ）散鬢成絲，酒後常稱老畫師。
萬里傷心嚴譴日，百年垂死中興時。
蒼惶已就長途往，邂逅無端出餞遲。
便與先生應永訣，九重泉路盡交期。

（〈送鄭十八虔貶臺州司戶傷其臨老陷賊之故闕為面別情見於詩〉）

一年多後，垂垂老矣的鄭虔到了臺州。在臺州期間，鄭虔以在衙門內設帳授課的方式，對當地人進行啟蒙教化，使民風漸淳。在這段期間，肅宗曾「大赦天下」，召鄭虔回京，但他表示人已年邁，不想回去了。

於是，這位廣文先生繼續在臺州教書育人，直至終老。

鄭虔死於代宗廣德二年（西元七六四年）。兩年後，從四川移居夔州的杜甫，常常想起與鄭虔相處的一幕幕，追憶起老友一生的遭遇，寫下〈八哀詩〉的其中一首：〈故著作郎貶臺州司戶滎陽鄭公虔〉，詩中說：

「蕭條阮咸在，出處同世網。他日訪江樓，含淒述飄蕩。」

而此時的杜甫，多災多難，晚境淒涼，怎一個「哀」字了得！

白雲蒼狗——杜甫：不是我不明白，是世界變化太快

【成語】 **白雲蒼狗**
【釋義】 蒼：灰白色。浮雲像白衣裳，頃刻又變得像蒼狗。比喻事物變化不定。
【出處】 唐·杜甫〈可嘆〉詩：「天上浮雲似白衣，斯須改變如蒼狗。」

代宗大曆元年（西元七六六年），五十五歲的杜甫從成都坐船來到夔州（今重慶奉節）。初到夔州，居無定所，想起在成都浣花溪畔那些相對快意的時光，想起去年先後去世的高適和嚴武這兩個好友，想起自己這些年所經歷的坎坷，杜甫不禁長嘆一聲，悲從中來。

第二年，在夔州都督——故交柏茂琳的幫助下，杜甫遷居夔西，暫時過上了還算穩定的生活。有時，在柏茂琳資助給他的柑橘園裡，他常常會有恍兮惚兮的感覺，心中原有的那份「致君堯舜上」的理想，似乎越來越淡了。抬頭看著天上飄忽變幻的雲朵，會讓他自然地想起多年前的好友——王季友。

那年，杜甫初到長安不久，就聽說了王季友這個名字。王季友是開元二十四年的新科狀元，年僅二十二歲就狀元及第，帶來的轟動效應是不言而喻的。

和王季友相識後，杜甫才瞭解到王季友也曾是一個苦命的人。

王季友的父親曾官至丹陽太守，王季友的童年和少年時代可說是無憂無慮。王季友結婚不久，他的父親就

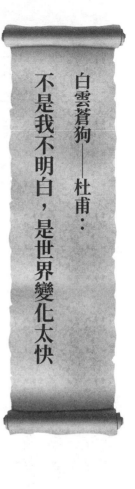

因遭遇重大變故而被削去官職，一家人只得避居豫章（南昌）東湖。

為了維持生計，王季友開始自食其力，並擔起養家餬口的重任。他做起了賣草鞋的卑微買賣。王季友的妻子姓柳，原是河東郡（在山西省）一大戶人家的小姐。王家家道中落後，柳家人見王季友太過窮酸，就強迫柳氏與王季友分道揚鑣。柳氏無奈，只好趁王季友出去賣鞋之時，留下一紙休書，狠心離去。

柳氏的離去讓王季友感受到了屈辱和痛苦，但也給他帶來讀書進取的動力。自此，他一人隱居在豐城的株山腳下，一邊躬耕一邊苦讀，並和一個能與他患難與共的陳姓女子結了婚。

幾年後，王季友參加進士考試，結果獨占鰲頭，成為江西歷史上第一個狀元。

王季友狀元及第的消息傳開後，柳家人追悔莫及。而王季友當時已經再婚，一切似乎都無法改變了。

在朝廷為官後，王季友因與李林甫之流不合，幾年後便棄官而去，重回江西過起了超然自適的隱居生活。不久，陳氏病故。

王季友沒想到柳氏會再次找上門來。

在安史之亂爆發後的一個月夜，王季友正在隱居的茅舍裡讀書，突然聽到輕輕的敲門聲，開門一看，竟然是柳氏。看著滄桑滿臉的柳氏，王季友心裡竟然連一絲恨意也沒有，他知道當初他們是彼此相愛的，他理解她當初離去是迫於家庭壓力。現在，瀰漫在這一對中年男女之間的，只有往日的柔情。

王季友與柳氏重歸於好。

……

王季友的經歷讓晚年的杜甫非常感慨。他想，王季友最困難、最痛苦的應該就是柳氏離他而去之後的那段日子吧？王季友事後曾對杜甫說，當時周圍的人們不僅不同情他，還嘲笑他，甚至胡亂編排他，說他窮得都賣草鞋了，還在外頭找女人，要不是有外遇，柳氏怎麼會棄他而去呢？

「人之多言，亦可畏也！」想到二十多年前王季友的處境，杜甫頓感心中鬱結，接著又是一聲長嘆，「那個時候，誰會承認王季友是個有情義的人？誰會發現他是一個未來的人才？」

再次抬頭看著天上的雲朵，杜甫覺得自己的一雙老眼昏花得更厲害了，他想：歲月不饒人，而人言也常常是非常可畏的，複雜的人間事，其對與錯、黑與白，誰能一下就看清呢？就如天上的雲，你知道它會怎麼改變形狀？看著雲，想著王季友，一首詩在杜甫心中漸漸成形：

天上浮雲似白衣，斯須改變如蒼狗。
古往今來共一時，人生萬事無不有。
近者抉眼去其夫，河東女兒身姓柳。
丈夫正色動引經，豐城客子王季友。
群書萬卷常暗誦，《孝經》一通看在手。
貧窮老瘦家賣屨，好事就之為攜酒。
……
死為星辰終不滅，致君堯舜焉肯朽。
吾輩碌碌飽飯行，風后力牧長迴首。

「此詩的題目就叫〈可嘆〉吧。」杜甫在心中默念道。

炙手可熱——杜甫：楊花飛滿天，美人在水邊

【成語】炙手可熱

【釋義】手一靠近就感覺很燙。比喻氣焰盛、權勢大。

【出處】唐．杜甫〈麗人行〉詩：「炙手可熱勢絕倫，慎莫近前丞相嗔。」

楊玉環憑著自己的美色和才藝征服唐玄宗後，唐玄宗就再也離不開她啦。兩人不但在宮裡整日廝混，唐玄宗外出巡幸，楊玉環也不離半步，是最光彩照人、最咄咄逼人的隨從人員。撒嬌啊、任性啊、發怒啊、賣萌啊，無論楊玉環弄出什麼動靜，唐玄宗都覺得可愛，都買帳。

楊玉環說：我要吃荔枝，新鮮的！

唐玄宗立即答應：好的，寶貝，我馬上派人以最快的速度去南方辦這事。

楊玉環說：我有三位堂姐，現在還都在老家呢，平時我可想她們了。

唐玄宗說：這好辦，親，把她們仨都叫到京城來陪妳就是了！

楊玉環說：我還有個堂兄叫楊釗，現在還只是個小縣尉。

唐玄宗說：噢，也喊到宮裡，我來安排。

這樣，楊玉環成了貴妃後，她的三位堂姐都被接到長安，唐玄宗稱她們為「姨」，不僅賜給她們豪宅和數

量可觀的脂粉錢，還分別賜以封號：大姨為韓國夫人，三姨為虢國夫人，八姨為秦國夫人。

三位夫人也個個都是美人，其中尤以虢國夫人最美，也最驕橫。虢國夫人看中京城中的一處民宅，就直接帶人闖入要買下來。宅主不願賣，她就指揮幾十個隨從上房揭瓦。宅主見惹她不起，只好將大半個宅子讓給了她。虢國夫人得到新宅後，大興土木，將其修建成全京城最為醒目、最為豪奢的一處府第。

不僅跟人家爭房子，虢國夫人還想跟貴妃妹妹爭寵呢。入京之後，只要進宮，虢國夫人總要尋找機會去接近皇上，搔首弄姿、擠眉弄眼什麼的，估計也沒少做。努力就有回報，皇上還真注意到她，並且也動了心思。一天，唐玄宗帶著楊貴妃和三位國夫人去曲江遊玩。舉行酒宴的過程中，唐玄宗與虢國夫人偷偷跑了出去，找了個隱秘的地方歡愛起來，結果卻被楊貴妃抓個正著。

楊貴妃就鬧，要死要活地鬧，還說了許多不好聽的話。唐玄宗心想：我一個皇上偶爾偷個腥算啥事啊，妳鬧什麼勁呢？一生氣，玄宗就把楊貴妃趕出宮。畢竟楊家三姊妹還要靠這個貴妃妹妹在宮中立足，並且貴妃的堂兄楊釗也到了宮中，還把名字改成楊國忠。如果楊貴妃失寵，後果可想而知。

再說，楊貴妃比虢國夫人畢竟年輕且色藝俱佳，很快，玄宗就開始思念楊貴妃並派人將她接回來。而虢國夫人也不再明目張膽地引誘皇上，當楊國忠登上相位後，她就和楊國忠勾搭上了。風騷的虢國夫人並不迴避她和楊國忠的關係，就是在上朝的路上兩人也總是並駕齊驅，互相調笑，旁若無人。人們看到，除了側目，沒有敢說三道四的。

天寶十二年（西元七五三年）三月三日，三位國夫人又要來曲江遊玩。

這曲江，可不是江，也不是河，它是因名叫曲江的池子而得名的遊覽休閒區，它位於皇宮的東南角，景區內有亭臺水榭，有樓舍館閣，有奇花異草，有小橋流水。每年的春天，這裡遊人比肩，抬眼處，皆是芳草彩帳，舉目瞧，滿眼寶馬香車。

三位國夫人在曲江池邊風景最佳的地方停駐下來，她們要在那裡舉行酒宴。

這時，我們的大詩人杜甫正在不遠處賞景，三位美女的到來，讓他不自覺地將目光轉移過來。他倒要看看這三位楊家姊妹是如何的美、如何的不可一世。這一看，果然名不虛傳。真的都是美人，真的不可一世。

每一個的身材都是勻稱的，每一個的容顏都是照人的，每一個的皮膚都是細滑的，每一個的衣著都是華麗的，每一個的意態都是嫻雅的。她們都穿著綾羅華服，上面有金絲繡成的孔雀圖案和銀絲繡成的麒麟圖案。她們頭上戴著翡翠做成的花飾，背後的裙腰上也能看到閃亮的寶玉。

她們坐下來，開始吃起東西。擺在她們面前的，有從青黑色蒸鍋裡端出的褐色駝峰，有用水晶圓盤送過來的鮮美白鱗魚。對著面前的珍饈美味，她們卻懶得動筷子，因為這些東西，她們早已吃膩了。還不斷有新的山珍海味送過來，服侍的宦官騎馬來去，但卻不敢揚起一點灰塵。

一旁還有樂隊，樂工們奏出婉轉動人的樂曲，身為達官顯貴的賓客們，個個都露出志得意滿的神色。正當大家陶醉於美妙的樂曲中時，又有一個人騎著高頭大馬，耀武揚威地過來，他下了馬，從繡毯上旁若無人地走進帳門。

他，就是宰相楊國忠啊！人家是來參加宴會，也是來會自己的女友虢國夫人的。此時，旁觀的人可要知趣，破壞了楊相國的興緻，人家可是要動怒的哦！

楊花紛紛揚揚地飄著，一朵朵落在水面的浮萍上。杜甫看著眼前的一切，心想：大唐恐怕就要壞在這驕縱荒淫的楊家兄妹身上了。皇上沉迷美色，置江山社稷於不顧，任憑楊家人胡作非為，這如何得了啊！

從曲江回來後，杜甫依然心緒難平。夜裡回想起白天看到的情景，又聯想到自己入京以來的遭遇，他輕輕吟出這首〈麗人行〉：

三月三日天氣新，長安水邊多麗人。
態濃意遠淑且真，肌理細膩骨肉勻。
繡羅衣裳照暮春，蹙金孔雀銀麒麟。
頭上何所有？翠微盍葉垂鬢唇。
背後何所見？珠壓腰衱穩稱身。
就中雲幕椒房親，賜名大國虢與秦。
紫駝之峰出翠釜，水精之盤行素鱗。
犀箸厭飫久未下，鸞刀縷切空紛綸。
黃門飛鞚不動塵，御廚絡繹送八珍。
簫鼓哀吟感鬼神，賓從雜遝實要津。
後來鞍馬何逡巡，當軒下馬入錦茵。
楊花雪落覆白蘋，青鳥飛去銜紅巾。
炙手可熱勢絕倫，慎莫近前丞相嗔！

兩年後，安史之亂就爆發了，唐玄宗從長安倉皇出逃。至馬嵬坡時，憤怒的將士處死了楊國忠，然後又逼唐玄宗殺了楊玉環。萬般無奈的唐玄宗只好下達賜死令，讓楊玉環用一根白綾終結自己的生命。楊家兄妹及其曾有的榮華富貴，自此煙消雲散。

又過了兩年，杜甫要投奔在靈武即位的肅宗，不料半路上卻被安史叛軍捉了回來。那個春日，杜甫再次來到曲江邊。繁華不再，騎塵滿城，滿心哀痛的杜甫寫了〈哀江頭〉一詩。在詩中，詩人這樣寫道：

明眸皓齒今何在？血污遊魂歸不得。

是的，美人遭遇仇恨和殺戮，其美貌終會變成一灘血污。這一刻炙手可熱，下一刻也可能立馬冷卻。

放歌縱酒——杜甫：戰亂八載，快意一刻

【成語】**放歌縱酒**

【釋義】放歌：高聲歌唱；縱酒：任意飲酒，不加節制。盡情地歌唱，放量地飲酒。形容開懷暢飲盡興歡樂。

【出處】唐．杜甫〈聞官軍收河南河北〉詩：「白日放歌須縱酒，青春作伴好還鄉。」

天寶十三載（西元七五四年），杜甫把家從洛陽搬到長安。家搬來了，可編制問題卻還是沒落實。而京城是個高消費的地區，偏巧這年秋天，長安鬧雨災，莊稼歉收，物價飛漲，沒啥收入的杜甫過不下去了，只好又帶著妻兒，舉家搬往百里外的奉先縣（今陝西蒲城）。

到了第二年，杜甫的公務員身分終於塵埃落定：右衛率府胄曹參軍（管理太子護衛隊的官吏）。當年十月，杜甫趕往奉先縣去探望妻兒。途經華清宮時，想到唐玄宗此時正帶著楊貴妃在此處尋歡作樂，而滿朝文武又大多是荒淫貪婪之徒，他們窮奢極欲，根本不顧及民生疾苦和社稷安危，杜甫禁不住憂心忡忡。

等到了家，杜甫驚呆了，一家人正在號啕大哭，原來小兒子已經活活餓死！還有什麼比喪子之痛更令人悲傷的呢？從路上的見聞和自家的遭遇，杜甫隱隱感覺大唐正進入一種可怕的危局，因此，他在〈自京赴奉先縣詠懷五百字〉詩裡發出了「朱門酒肉臭，路有凍死骨」的控訴，表明了「疑是崆峒來，恐觸天柱折」的憂慮。

實際上，當時安祿山已經在北方起兵。不久叛軍就攻陷長安，唐玄宗隨後逃往四川，杜甫的官路一下被攔腰掐斷了。京城一帶不能去，杜甫只好帶家人逃往鄜州（今陝西鄜縣），在一個叫羌村的地方住了下來。

聽說太子李亨已在靈武即位後，杜甫立即動身北上去追隨新皇帝。萬萬想不到的是，竟然會在半路上遭遇賊兵，結果，杜甫又被押回長安。剛當上官，誰料轉眼卻成了俘虜。此時的杜甫，糟糕的心境可想而知！那個月夜，杜甫想到了遠在鄜州的妻兒，在淚眼矇矓中，他寫下〈月夜〉這首飽含深情的詩作：

今夜鄜州月，閨中只獨看。遙憐小兒女，未解憶長安。
香霧雲鬟濕，清輝玉臂寒。何時倚虛幌，雙照淚痕乾。

本來可以和妻子一起賞月，現在只能一個人看月思人了。兒女們都還小，他們還不懂大人思念中的辛酸。此刻，想是夜霧已經打溼了妻子的頭髮，寒冷的月光正映照在她的手臂上。何時才能共倚窗帷，在月光下互相為對方拭去思念的淚水呢？

又一個春天到來了，杜甫看到的不是明媚春光，而是破敗和荒涼的景象。美麗的花朵都帶著傷感的色彩，小鳥的叫聲也讓人心痛不已。愁啊愁，愁得白了頭，他多麼希望這兵亂能早日平息啊。

國破山河在，城春草木深。感時花濺淚，恨別鳥驚心。
烽火連三月，家書抵萬金。白頭搔更短，渾欲不勝簪。

（〈春望〉）

只是發愁和被動地等待，又有什麼用呢？杜甫開始尋找出逃的機會。四月裡的一天，乘人不備，他終於逃了出來。他知道新皇上肅宗已在鳳翔，於是不顧千辛萬苦，心無旁鶩地直往那兒趕去。

見到肅宗後，杜甫喜極而泣，連寫三首〈喜達行在所〉（「行在所」是指皇帝巡行所到的地方）。肅宗念杜甫忠心可嘉，立即授予他左拾遺一職。有了新職務，杜甫就又有了一定程度上的話語權。結果，因為上疏替宰相房琯說話，杜甫上任剛一年，就栽了個跟頭。

因為房琯在領兵平叛時指揮不當，導致唐軍在陳陶斜一戰中損失慘重，肅宗要依規處罰房琯。杜甫和房琯私交甚好，主動出來為房琯脫罪，結果就惹惱了肅宗。不管肅宗高興不高興，杜甫依然堅持己見。肅宗煩了，再見到杜甫，就沒好臉色。杜甫便開始去曲江頭喝酒賞景，即使沒錢，典當衣服、賒欠也要買酒喝——人生短暫，又被冷落，那就及時行樂吧：

朝回日日典春衣，每日江頭盡醉歸。
酒債尋常行處有，人生七十古來稀。
穿花蛺蝶深深見，點水蜻蜓款款飛。
傳語風光共流轉，暫時相賞莫相違。

（〈曲江二首．其二〉）

在朝中待著，只會自討沒趣，杜甫便請假要回鄜州探親，肅宗說：去吧。

探親路上看到的自然是山河破碎的景象，到家後，家中情形也令杜甫感到辛酸。他盼望著大家和平、小家安定，回京後就寫了一首一百四十句的長詩〈北征〉，期望肅宗能帶著臣民，實現「煌煌太宗業，樹立甚宏達」的理想。

但杜甫還是被貶了官，去華州（今屬陝西渭南市）當司功參軍（地方文教負責人）。赴任的路上，杜甫再次目睹戰亂給民眾帶來的苦難，感慨悲憤之餘，寫下「三吏」（〈新安吏〉、〈石壕吏〉、〈潼關吏〉）和「三別」（〈垂老別〉、〈新婚別〉、〈無家別〉）這六首詩作。到任後，煩瑣的公務讓杜甫忙得不可開交。勞累不說，關鍵是生活條件極為惡劣，並且不久之後還遭遇了大饑荒。

杜甫實在受不了，一咬牙棄了官，一路向北投奔在秦州（今甘肅天水）的弟弟。到了秦州，杜甫的生活沒有絲毫改觀，有時還會餓得到野地裡挖野菜充飢。這樣的時刻，杜甫難免會心生感慨：我這樣一個忠心耿耿的人，落到如此地步，多像是一個美女被遮住了容顏啊！

絕代有佳人，幽居在空谷。
自云良家女，零落依草木。
……
但見新人笑，那聞舊人哭。
在山泉水清，出山泉水濁。
侍婢賣珠迴，牽蘿補茅屋。
摘花不插鬢，采柏動盈掬。
天寒翠袖薄，日暮倚修竹。

秦州也待不下去，杜甫便又帶著家人，一路跋山涉水地來到四川。

到了四川，一開始有彭州刺史、詩人高適的資助，後又有節度使嚴武的幫助，杜甫的境況開始有所改善。在別人的贊助下，杜甫在成都郊區的浣花溪畔蓋了一處房子，這就是「杜甫草堂」。當然，這草堂的主建築也只是間茅屋，屋裡的陳設也是簡陋至極，不然，杜甫就不會寫出那首〈茅屋為秋風所破歌〉。

畢竟衣食無憂了，還有了安頓身心之所，住處周邊的風景也不錯，杜甫心情因此好了很多，寫出的很多首詩歌帶上了小清新之風，比如〈堂成〉、〈江村〉、〈春夜喜雨〉、〈春夜喜雨〉、〈江畔獨步尋花〉、〈水檻遣心〉等等。

可他鄉再好，畢竟不是故鄉。靜下來的時候，杜甫還是希望戰亂能儘早結束，以便自己能回歸故土，與家人共享天倫。在當時寫的〈恨別〉一詩中，他就抒寫出這樣的感慨：

洛城一別四千里，胡騎長驅五六年。
草木變衰行劍外，兵戈阻絕老江邊。
思家步月清宵立，憶弟看雲白日眠。
聞道河陽近乘勝，司徒急為破幽燕。

寶應元年（西元七六二年）的冬天，唐軍收復了洛陽和鄭（今河南鄭州）、汴（今河南開封）等州，叛軍首領紛紛投降。次年正月，正在梓州的杜甫聽到這一消息後，彷彿看到唐軍全面勝利的曙光，於是在欣喜若狂之餘，揮筆寫下他的「生平第一快詩」——〈聞官軍收河南河北〉：

劍外忽傳收薊北，初聞涕淚滿衣裳。
卻看妻子愁何在，漫卷詩書喜欲狂。
白日放歌須縱酒，青春作伴好還鄉。
即從巴峽穿巫峽，便下襄陽向洛陽。

歷時八年之久的安史之亂終於結束，但「放歌縱酒」後的杜甫，並沒能如願回到自己的家鄉洛陽。等待他的，依然是漂泊。

窮困潦倒——杜甫：詩聖的登高人生

【成語①】**稻粱謀**

【釋義】謀：謀求。禽鳥尋找食物。比喻人謀求衣食。

【出處】唐．杜甫〈同諸公登慈恩寺塔〉詩：「君看隨陽雁，各有稻粱謀。」

【成語②】**窮困潦倒**

【釋義】窮困：貧窮、困難；潦倒：失意。生活貧困，失意頹喪。

【出處】唐．杜甫〈登高〉詩：「艱難苦恨繁霜鬢，潦倒新停濁酒杯。」

杜甫從少年時就開始到秦晉和吳越等地漫遊。漫遊期間，賞景、讀書兩不誤，既為開眼界，也為自己的未來做好知識和能力上的儲備。

開元二十三年（西元七三五年），二十四歲的杜甫來到東都洛陽，他要考進士。考試結果未能如願，落第了。科場受挫，杜甫便又開始新一輪漫遊——方向：東；地點：齊魯和燕趙之地。在齊魯大地漫遊期間，他登上東嶽泰山，並寫下〈望嶽〉一詩：

岱宗夫如何？齊魯青未了。造化鍾神秀，陰陽割昏曉。
盪胸生曾雲，決眥入歸鳥。會當凌絕頂，一覽眾山小。

詩寫得開闊、大氣，字裡行間透露出一個青年才俊的豪情壯志。

本篇要寫的內容，都跟「登高」有關。

幾年後，自齊趙之地歸來，杜甫把家安在洛陽。

天寶三年（西元七四四年）的夏天，杜甫和李白在洛陽相識，於是兩人結伴東遊，期間高適又入夥，三人同遊梁（今開封）宋（今商丘）。後杜甫又跟李白同遊齊魯大地。此次東遊，當然也是見山上山，見臺登臺。「氣酣登吹臺，懷古視平蕪」（〈遣懷〉），很有指點江山、激揚文字的氣勢。

杜甫和李白分別後，杜甫就來到了京城長安，準備一試身手，大展宏圖。但子美子美，只是他自己想得美，現實確實不如看上去那麼美。在京城求爺爺告奶奶，還給皇上和朝廷一篇又一篇地獻賦，折騰了幾年，才落得個「待制集賢院」的名分。

這「待制」的時間有點長，兩年過去了，還沒得以授官。杜甫心想：我老有才了，你們都把那些平庸之輩選上去，為何總也想不到我呢？

天寶十一年（西元七五二年）的一個秋日，杜甫同高適、薛據、岑參、儲光羲四人，一起登上慈恩寺塔（今大雁塔），然後每人各寫一首詩，杜甫寫的是〈同諸公登慈恩寺塔〉，詩的後幾句是這樣的：

回首叫虞舜，蒼梧雲正愁。惜哉瑤池飲，日晏崑崙丘。
黃鵠去不息，哀鳴何所投。君看隨陽雁，各有稻粱謀。

回過頭去呼喚虞舜那樣的英主，可九泉之下的虞舜也在為當世發愁啊。想當年穆王與王母在瑤池飲酒作樂，竟然喝到夜幕降臨到崑崙山頭，想想真是令人痛惜！像黃鵠一樣的賢能之士一個個遠走高飛，哀鳴不止，不知所終。只剩下趨炎附勢之徒，在朝中追名逐利，在為一己之利奔忙。

玄宗皇上只顧享樂，任憑平庸奸邪之臣禍亂朝綱，杜甫看在眼裡，急在心裡，他為自己著急，也為朝廷著急。果然，三年後，安祿山就帶著亂軍打來了。好容易步入官場的杜甫，立即踏上險惡的逃亡之路。

至德二年（西元七五七年），杜甫因追隨新皇帝唐肅宗而官拜左拾遺，結果卻又因為宰相房琯脫罪而遭貶官。在華州司功參軍任上，杜甫心內鬱結，常常眺望不遠處的西嶽華山，一任思緒飛到天上，於是便有了他的第二首〈望嶽〉：

西嶽崚嶒竦處尊，諸峰羅立似兒孫。安得仙人九節杖，拄到玉女洗頭盆。
車箱入谷無歸路，箭栝通天有一門。稍待秋風涼冷後，高尋白帝問真源。

在杜甫的眼中，華山是那樣的高，那樣的險，四周的山峰都好像是它的兒孫。沒有仙人九節杖，要想登上頂峰，是難上加難的事。山上的峽谷非常險，就如一根箭桿直插到天上，車子進來便很難回去。等到秋風過後，就登上山巔，到白帝那兒，訪求成仙之道去。

再沒了年輕時登泰山的豪情，杜甫開始徬徨無措，甚至有點心灰意冷。不久，杜甫就棄了官，北上秦州（今甘肅天水），後又南下四川。初到四川那幾年，在彭州刺史高適等人的幫助下，杜甫的生活有了起色，過得也算順心。

代宗廣德元年（西元七六三年）正月，聞聽唐軍收復河南河北的消息，杜甫欣喜若狂，並有了回歸家鄉洛陽的打算。然後，杜甫欲東下游吳楚。次年在閬州時，又聽說好友嚴武來任成都府尹兼劍南節度使，杜甫立即放棄東遊吳楚的念頭，馬上跑回成都來追隨嚴武。

嚴武念及舊情，把杜甫招入自己的幕府中，還給了他一個「檢校工部員外郎」的職務。在成都當差期間，雖安史之亂已平息，可京城並不安定，因為吐蕃隨後又乘機鬧事。一天，杜甫登樓北望，寫下了這首〈登樓〉詩：

花近高樓傷客心，萬方多難此登臨。
錦江春色來天地，玉壘浮雲變古今。
北極朝廷終不改，西山寇盜莫相侵。
可憐後主還祠廟，日暮聊為梁甫吟。

之所以「萬方多難」、「寇盜相侵」，只是因為皇上不聖明啊！在這樣的形勢下，杜甫也只能寫寫詩，像隱居時的諸葛亮吟誦一下〈梁甫吟〉罷了。

嚴武脾氣很差，所以杜甫這個「檢校工部員外郎」的差事幹得並不順心。一年後，杜甫辭了職。不久，嚴武去世。之後，杜甫又來到夔州（今重慶奉節）討生活。在夔州都督柏茂琳的幫助下，杜甫雖然吃穿不愁，可畢竟長期漂泊，加上年齡已大，他終於被病魔纏上，眼花，耳聾，又有肺病，生活品質是每況愈下。

代宗大曆二年（西元七六七年）秋，五十六歲的杜甫再次登高，並賦〈登高〉詩：

風急天高猿嘯哀，渚清沙白鳥飛迴。
無邊落木蕭蕭下，不盡長江滾滾來。
萬里悲秋常作客，百年多病獨登臺。

艱難苦恨繁霜鬢，潦倒新停濁酒杯。

滿眼的蕭條，滿身的病痛，滿腹的惆悵。曾經「窮年憂黎元，嘆息腸內熱」的杜甫，只能在追懷故人和往事中，艱難度日了。在夔州生活三年後，杜甫又開始東下，來到岳州，他登上了岳陽樓：

昔聞洞庭水，今上岳陽樓。吳楚東南坼，乾坤日夜浮。
親朋無一字，老病有孤舟。戎馬關山北，憑軒涕泗流。
（〈登岳陽樓〉）

孤苦無助，漂泊無依，拖著病軀站在岳陽樓上，詩人哭了。接著，杜甫又來到衡州。在這裡，他見到南嶽衡山，不知當時他登山了沒有，反正他又完成他的第三首〈望嶽〉，這詩主要突顯衡山的神異，還用很多文字對祭祀之禮發表議論，最後兩句是：

牲璧忍衰俗，神其思降祥。

意思是說，祭祀之玉要忍耐衰敗的世俗，但神會藉著它而降福人間。

唐朝在走下坡路，杜甫也已步入衰朽的暮年。所謂的福分，只有拜天所賜了。

杜甫後又來到潭州（今長沙），遇兵變，於是出城避亂，至耒陽又遇水災，被困十多天。傳說耒陽縣令聞訊後，派人給杜甫送來酒和牛肉。因吃得太多、太急，一代詩聖竟被撐死。詩人倒下了，他再也不會登高了。而他留下的詩歌，卻成為後人心目中難以企及的高度。

請長纓——祖詠：考試不多寫一字，仕途止在一開始

【成語】請長纓

【釋義】指立志報國，降服強敵。自告奮勇請求殺敵。

【出處】唐．祖詠〈望薊門〉詩：「少小雖非投筆吏，論功還欲請長纓。」

其實「請長纓」這個典故，最初跟祖詠並無關係。說的是漢代有個叫終軍的朝官，曾向漢武帝請示，要親赴南越（今廣東、廣西、越南北部一帶），用一根長繩子綁縛南越王回來，使其歸順。

祖詠只是在他的〈望薊門〉一詩中用了這個典故，並首次將其歸納為「請長纓」。

薊門，在今天的北京西南，唐朝為範陽道所轄，是當時的邊防重地。

祖詠是盛唐時的一位山水田園詩人，他為何要寫〈望薊門〉這首邊塞詩，還要表達「請長纓」的志向？自然是有原因的。祖詠大約生於武周聖曆二年（西元六九九年），洛陽人。開元九年（西元七二一年），他到長安參加進士考試，沒考上。

尚書省公布考試結果那天，得知自己榜上無名，祖詠當然會失落，但他並不喪氣，因為他知道不是自己才氣不夠，更多的是運氣不佳，機會沒到。當看到落第者一個個失魂落魄地散去，又見上榜者志得意滿的樣子，祖詠心裡不屑地「哼」了一聲，小聲念出幾句：

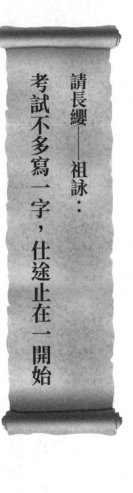

落去他，兩兩三三戴帽子。日暮祖侯吟一聲，長安竹柏皆枯死。

（〈尚書省門吟〉）

祖詠想說的是：落第就落第吧，畢竟能上榜的只是少數。我祖詠可是有實力的，傍晚時候我要是在長安大街上隨便吟句詩，兩旁的竹柏都會被我的才氣逼死。

你看，祖詠還是挺狂的吧？三年後，這位不服氣的祖才子又來到京城，二進考場。進行到現場作詩，詩題是〈終南山望餘雪〉。這應試詩是有嚴格要求的：必須寫成五言排律，限定六韻十二句，不能多一句也不能少一句。

祖詠看到詩題，抬頭向南望了望窗外的終南山，但見山上的積雪在落日的餘暉下，顯得那麼光亮，卻分明又給人寒氣逼人的感覺。

祖詠感覺遠山上的寒意正陣陣向自己襲來，他下意識抖了一下，然後不加思索地揮筆寫下了以下四句：

終南陰嶺秀，積雪浮雲端。林表明霽色，城中增暮寒。

寫畢，祖詠又默讀了一遍，覺得再沒什麼可寫的，於是交卷。

考卷交上去，主考官一看上面只有四句，就立即喊住他問：哎，你怎麼沒寫完，要寫十二句的不是嗎？

祖詠面帶微笑地回答了兩個字：「意盡。」意思是：該說的都在那二十個字上，再多寫就是廢話了。

主考官再回看祖詠的詩，覺得確實是「意盡」了，詩的水準也是相當高，便無話可說。

雖然祖詠在作詩時沒按套路出牌，但主考官卻因欣賞其才，破格錄取了他。祖詠以這種冒險的方式，獲得進士身分。而之後的仕途，他就不是那麼順了。

考中進士的第二年，祖詠前往齊州（今濟南）赴任，在濟州（今屬菏澤）遇到了因被貶而在那裡任職的少時好友王維。兩人同吃同住幾天後，王維親自將祖詠送到了齊州。

因為祖詠受宰相張說的賞識，張說被罷相後，祖詠便也立即被罷了官，他再次回到家鄉，在汝水畔一個名叫汝墳的地方住了下來。

失路農為業，移家到汝墳。獨愁常廢卷，多病久離群。
鳥雀垂窗柳，虹霓出澗雲。山中無外事，樵唱有時聞。

（〈汝墳別業〉）

雖然有了屬於自己的別墅，居住環境也不錯，但這可不是祖詠想要的活法，因而他常常陷入「獨愁」、「多病」的狀態。那一階段，正巧詩人王翰被貶為汝州長史，祖詠便和他聯繫上了，兩人自此密集來往，不是王翰來汝墳別業找祖詠，就是祖詠去汝州官署找王翰，一聚就是縱情喝酒，高談闊論，寫詩唱和自然也是少不了。

光這樣揮霍時光總不是個事兒，祖詠覺得自己要主動出去尋找機會，總得給自己的人生一個說法吧？於是，在之後的一二十年，他多次走出汝墳，向南，渡淮河，過長江，在吳越之地尋尋覓覓。見在江南無人買他的帳，他又轉頭，一路向北，直達幽燕之地。

在邊塞，他親眼見識了壯美的塞北風光，也親身體驗了戍邊戰士的生活。他多希望自己像過去的邊關名將一樣，能勒石燕然，用武功來成就輝煌人生。那日，面對著薊門，祖詠激情澎湃，想像自己疆場立功的情景，當場吟出了〈望薊門〉一詩：

燕臺一望客心驚，笳鼓喧喧漢將營。
萬里寒光生積雪，三邊曙色動危旌。
沙場烽火侵胡月，海畔雲山擁薊城。
少小雖非投筆吏，論功還欲請長纓。

做不到像班超的投筆從戎，「請長纓」的機會終也沒能尋到。祖詠最後又回到他的汝墳別墅，直至終老。

我們可以想像祖詠南下北上去追尋人生意義的情景，他那麼輕狂，那麼不拘一格，有哪座「廟」願意留他這個「和尚」呢？也難怪他一直沉淪下僚、壯志難酬了。

【詩人簡歷】 祖詠（約西元六九九年至七四六年），洛陽人，盛唐時期山水田園詩人，曾與王維交好。因不拘一格的應試詩〈望終南餘雪〉而出名，代表作還有〈望薊門〉、〈汝墳別業〉等。

曲徑通幽——常建：心安之處即吾鄉

【成語①】曲徑通幽

【釋義】彎曲的小路，通到幽深僻靜的地方。用來形容風景幽雅別緻。

【成語②】萬籟俱寂

【釋義】籟，從孔穴裡發出的聲音；寂，靜。形容周圍環境非常安靜，一點兒聲音也沒有。

【出處】唐．常建〈題破山寺後禪院〉詩：「曲徑通幽處，禪房花木深。」、「萬籟此俱寂，但餘鐘磬音。」

到盱眙去做縣尉，常建心裡怎麼也高興不起來。一個小縣尉，級別低不說，平日都幹的什麼活啊？整天困在那些糾纏不清的世俗事務中，直接面對最基層的矛盾，好心情都被磨完了，常建心想：我苦讀這麼多年的聖賢書，難道就是為了過上這樣的生活？

常建感覺頭有點大，想不通，他就去找王昌齡。

「少伯（昌齡字）兄，你看咱們一塊中進士，你現在雖然只是校書郎，但好歹留在了京城。我倒好，被一腳踢到盱眙當縣尉！」常建一見到王昌齡，就這樣抱怨道。

王昌齡苦笑了一下，應道：「還能怎麼辦？朝中無人，你還想找個好差事？其實大多數跟我們一樣的人，還不是從最下層的角色做起，再說，有人連個小差事也沒混上呢！我比你大幾歲，都三十了，我也耗不起，只能認了。」

常建皺皺眉，沉默了一會兒，又小聲道：「其實我挺討厭做官的，若不是為滿足父母和族人的期待，我根本不會來考這個進士。我現在就覺得，考了兩次，畢竟這次考中了，也算沒給祖宗丟臉，當官的事，只能走著看了。」

王昌齡拍了下常建的肩膀道：「官還是要當的，前些年，我曾在石門山隱居，可就算隱到死又能怎樣呢？你看我不還得來求取功名？」

「反正，我是覺得隱居更適合我，要不，咱倆再一塊隱居去吧！」常建試探。

王昌齡呵呵笑了起來，對常建搖搖頭。

常建有些失望，告別王昌齡後，他邊走邊自語道：我得先去附近的山中待一陣子，然後再去盱眙上任。他去了太白山。在山林裡，他搭了一間茅房，過起臨時隱居的生活。一天晚上，他做了個夢，夢見自己去山谷採藥時，遇到一個奇怪的女子，那女子渾身長滿綠毛，髮如飛蓬，活脫脫一個野人模樣。和那女子搭上話，才知她是秦朝人，為逃當時戰亂，跑到深山中，平時靠吃松葉度日，松葉雖不好吃，但只要唸一個秘訣就能不餓不冷，還不衰老。

常建醒來，就想夢裡是不是有仙人來給他傳授養生之術。天明後，他還記得女子夢中告訴他的秘訣，於是，每次進餐前，他就先念叨一番，一段時間下來，並無明顯效果。

在山中隱了幾個月，常建才動身去盱眙赴任。到地方時已是初秋。在盱眙的第一天，常建乘船來到一家客棧住下，夜晚看著月光照進窗內，聽著外面淮河水拍擊岸邊的聲音，他想起了邢州老家和久別的親朋，心中惆悵。

上任後，常建便一直不在狀況中，為此縣令沒少說他，連縣丞和主簿也總是跟他鬧彆扭。常建煩到了極點。不到一年，他乾脆辭官，走人了。從盱眙出發，一路南行。這日，常建到了常熟。在一個天氣晴好的早晨，他走進破山寺。

破山寺的後禪院真是個清幽之地，禪房被蔥翠茂密的花木掩映著，竹林間有一條彎曲悠長的小路，每轉一個彎，都有耳目一新的感覺。有一水潭，水清如鏡。有悅耳的鳥鳴聲不時從寺院外的山林中傳來。這一切的一切，讓人心靜且心淨，再無世俗雜念困擾。寺裡的鐘聲響了，一首詩也在常建心中成型：

清晨入古寺，初日照高林。曲徑通幽處，禪房花木深。
山光悅鳥性，潭影空人心。萬籟此俱寂，但餘鐘磬音。
（〈題破山寺後禪院〉）

禪院再好，終歸不是隱身之地。常建走出破山寺，幾日後又離開常熟，繼續漫遊尋找。途中，打聽到江夏（今武昌）的樊山（西山）是個歸隱的好去處，於是，他跋山涉水地往那兒趕去。

經過安徽含山縣時，常建想起王昌齡曾在此地的石門山隱居過，便順路去了石門山。在山坡上，常建找到了王昌齡曾隱居的小院，見天色已晚，他就沒急著趕路，決定先在小屋內住上一夜再走。

常建見院裡有不少花草，其中還有一些藥草，想是王昌齡走前栽種的，院前有一棵大松樹，鬱鬱蒼蒼。院外有小溪從院旁流過，直到山林深處。

夜幕降臨，月亮升起來了，清輝無聲地籠罩著山上的一切。常建想像王昌齡之前在此隱居的一幕幕，想像自己以後就要面對的隱居生活，他對著月光下的大山輕吟道：

清溪深不測，隱處唯孤雲。松際露微月，清光猶為君。
茅亭宿花影，藥院滋苔紋。余亦謝時去，西山鸞鶴群。

（〈宿王昌齡隱居〉）

數日後，常建趕到了心中的聖地：西山。在西山安頓下來後，他對自己說：走再遠的路，還不是為了尋找這份幽靜？是的，就是這兒了。常建從此在西山隱居起來，直至終老。

【詩人簡歷】 常建（生卒年代不詳），唐朝邢州（今邢臺）人。一生多在漫遊中度過，後隱居。詩多寫山水風光，以〈題破山寺後禪院〉一詩被後人熟知。

冰心玉壺——王昌齡：清者自清，真的嗎？

【成語】**冰心玉壺，亦作玉壺冰心**

【釋義】比喻人的純潔清白的情操。

【出處】唐．王昌齡〈芙蓉樓送辛漸〉詩：「洛陽親友如相問，一片冰心在玉壺。」

大漠。雪山。關塞。冷月。兵甲。烽煙。到了西北邊塞，王昌齡被眼前的景象深深地震撼了。他體驗到曠遠和荒涼，親眼見證了為國守疆的邊關將士的一腔熱血，也感受到生命的渺小和無助。

秦時明月漢時關，萬里長征人未還。但使龍城飛將在，不教胡馬度陰山。

（〈出塞〉）

王昌齡來到邊關，心中自有雄心壯志，他希望自己能成為一名軍中將帥，他渴盼在這樣的戎馬生活中建功立業。而現實情況是，他只是一名書生。一年多的邊關之行使他意識到：必須回去，像自己這樣的貧寒人家子弟，要想改變命運，還得走科舉這條路。

從塞外回來，王昌齡沒有立即去京城，他先去了石門山，隱居幾個月。隱居期間，回顧自己年少苦讀、嵩山學道以及此次邊關之行的經歷，又對未來的人生作了簡單的規劃，王昌齡方起身進京應試。

開元十五年（西元七二七年），王昌齡進士及第。這一年，他三十歲。然後他就有了官職：秘書省校書郎。在朝廷做官，王昌齡長長地鬆了一口氣。他覺得只要認真做事，真誠待人，就能擁有一個光明的未來。能一塊共事就是緣分，有緣就是朋友，心思單純的王昌齡對身邊的每一個人都是熱情相待，知無不言，不耍心眼，從而贏得多數人的信任。有時，他也會對寂寞的宮女投去關注的目光：

平陽歌舞新承寵，簾外春寒賜錦袍。——〈春宮曲〉

西宮夜靜百花香，欲捲珠簾春恨長。——〈西宮春怨〉

玉顏不及寒鴉色，猶帶昭陽日影來。——〈長信秋詞五首．其二〉

失寵的宮女孤眠不寐，讓人同情。宮女有怨，然而王昌齡在校書郎這小小職位上一坐七八年不動，他何嘗沒有怨言呢？皇上哦，難道我就只值這個價？

越想心裡越不平衡，王昌齡決定再次用考試來證明自己。開元二十二年，他參加了「博學宏辭科」的制科考試。考試過關，他的職位終於有了變化：任河南汜水（今滎陽市境內）縣尉。

級別沒變（從九品），還離開了京城，王昌齡心中的鬱悶可想而知：考哪門子博學宏辭科呢？我這不是跟自己過不去嗎？可汜水縣尉也不是那麼好當的。一上任，王昌齡就體會到當初常建為何不想當盱眙縣尉了。儘管如此，王昌齡還像以往那樣口無遮攔，與人為善，該幹活就幹活，該交友就交友，想作詩就作詩。

有才，當然就出類拔萃，出類拔萃就會受到忌恨。然後，就有人開始在背後說他壞話，說他言行隨便，目無朝廷，甚至不把皇上放在眼裡。這樣的話傳到了吏部，最後又傳到皇上耳中。皇上眉頭一皺，也沒多想，給了個處理意見：貶他！王昌齡便被一腳踢到嶺南，在嶺南一待就是四五年，直到開元二十七年（西元七三九年）遇赦北還。

回去的途中，王昌齡在巴陵（今岳陽市）遇到李白，在襄陽拜訪了孟浩然，分別與二位喝酒、賦詩。可王昌齡不知道當時的孟浩然有病在身，兩人喝酒後不久，孟浩然便病發身亡。回到長安，王昌齡從吏部那兒又領到一個新職位：江寧（今南京）縣丞。

轉身南下，開元二十九年（西元七四一年）初，王昌齡到江寧任上，又開啟一個地方縣丞的生活。在新的職位上，他對上次被貶嶺南一事依然耿耿於懷——沒犯什麼錯，卻要受如此大的懲罰，為什麼？也許是自己平時心直口快，有時話題會涉及朝廷內部的事，但也只是點到為止，再說周圍的人也並不忌諱這樣的話題，可為何獨獨自個兒會被定罪呢？

兩年後，好友辛漸來江寧，王昌齡見到他，又提及被貶一事，並稱自己對朝廷可是別無二心，即使偶有微詞也是為了江山社稷著想，絕無私心惡意。

辛漸信任王昌齡，他對王昌齡的心情表示理解。幾日後，辛漸要回洛陽，王昌齡正好有事要去潤州（今鎮江），於是，兩人同行。到了潤州，王昌齡和辛漸一起登上芙蓉樓，在綿綿寒雨中眺望吳地江天。滿懷離愁別緒的王昌齡在無限感慨中，賦詩一首與辛漸作別：

寒雨連江夜入吳，平明送客楚山孤。洛陽親友如相問，一片冰心在玉壺。

王昌齡兩年後又回了一次長安，見到李白和王維，他再次向兩人訴說隱衷，兩人都表示理解並給予寬慰。好像就是有人故意要找王昌齡的碴兒，天寶七年（西元七四八年），他又幾乎以同樣的理由被貶為龍標（今湖南懷化一帶）縣尉。王昌齡欲辯無言，欲哭無淚。不久之後，連遠在揚州的李白都寫下〈聞王昌齡左遷龍標遙有此寄〉，算是從遠方送給好友的安慰：

楊花落盡子規啼，聞道龍標過五溪。我寄愁心與明月，隨風直到夜郎西。

倒楣的王昌齡在龍標待了八個年頭，任期終於滿了，他也該回來了。可是他終於沒能回來。當他路過亳州時，竟出人意料地死於亳州刺史閭丘曉之手。個中原因，至今成謎。

【詩人簡歷】王昌齡（西元六九八年至七五七年），字少伯，曾任江寧丞，故又稱「王江寧」。河東晉陽（今山西太原）人，一說京兆長安人（今西安）人。盛唐著名邊塞詩人，擅寫七絕，有「七絕聖手」之譽。代表作有〈從軍行七首〉、〈出塞〉等。

愁雲慘淡——岑參：
我是藤，我想攀高枝

【成語】**愁雲慘淡**

【釋義】慘淡：暗淡。原指陰沉沉的雲層遮得天色暗淡無光。也用來形容使人感到憂愁、壓抑的景象或氣氛。

【出處】唐．岑參〈白雪歌送武判官歸京〉詩：「瀚海闌干百丈冰，愁雲慘淡萬里凝。」

石上生孤藤，弱蔓依石長。不逢高枝引，未得凌空上。何處堪託身，為君長萬丈。

這首題為〈石上藤〉的小詩，是岑參早年寫的，詩句的意思也不難懂：有一根籐條沿石生長，可石頭太低，不好攀緣爬高，如果有大樹在近旁，就可以靠著高枝向上爬了。

為何岑參要寫這首詩？因為他把自己比作石上藤，他想攀高枝啊。

岑參出身名門望族，曾祖岑文本、伯祖父岑長倩和伯父岑羲都曾官至宰相，他們的家族是名副其實的「一門三相」。岑參出生後，為相的幾個長輩都已不在世；他的父親岑植雖做到晉州刺史一職，但在他十來歲的時候就去世了。因此，岑參要想出人頭地，除了好好讀書，還得尋一個「高枝」，以便「託身」、「凌空上」。於是，岑參就在二十歲時，走出隱居多年的嵩陽之地，來到京城長安。此後的近十年裡，他一直頻繁奔波於長安和洛陽之間，一次又一次地給各級官員獻書、獻詩，以求引薦，可最終都是禿子頭上盤辮子——白忙活。

人到三十，岑參越來越沉不住氣，他在天寶二年（西元七四三年）的冬天寫了篇〈感舊賦〉，抒發感慨，便於次年赴舉去了。畢竟有實力，岑參一考就拿下第二名。進士及第後，就有官員身分：右內率府兵冑曹參軍。在京城當一個從八品小官，雖衣食無憂，但並沒多少成就感，一天天過去，岑參看不出自己有什麼可以上臺階的跡象，他又有點沉不住氣了：「丈夫三十未富貴，安能終日守筆硯？」（〈銀山磧西館〉）

好友顏真卿要去出使河隴，岑參送行並贈詩，回來後，岑參就有了主意：去西北邊塞！立了軍功，何愁不升？正巧第二年安西四鎮節度使高仙芝回朝，岑參抓住機會，得到一個掌書記的身分，跟著高仙芝去了安西。但軍功不是想立就能立。岑參踏上西行的大道，走到半路就被眼前的荒寂和曠遠驚住，他開始想家了，見到一個回京的使者，心有感觸，寫下〈逢入京使〉：

故園東望路漫漫，雙袖龍鍾淚不乾。馬上相逢無紙筆，憑君傳語報平安。

經過神妙奇特的火焰山，見到了雄偉壯麗的天山，岑參來到高仙芝的幕府中。在幕府中給高仙芝當副手的是一個名叫封常清的人，他的身分是節度判官。高仙芝對封常清很看重，而對新來的岑參則並不怎麼在意。頂頭上司雖姓高，卻不是可以依靠和攀緣的「高枝」，岑參慢慢有了失落感，他開始想家了。等五年任期一滿，岑參便如釋重負地回歸長安，擔起了大理評事一職。又開始在京城待著，依然是沒有高升的跡象。不過岑參倒和杜甫、高適等幾個詩友登過一次「高」——爬慈恩寺塔（大雁塔），爬完各寫下一首詩就下來了，身分依舊。

兩年後，封常清入朝。這次再見到的封常清已不是幾年前的封常清了，人家已是皇帝親封的正三品御史大夫。看著老同事一副風光無限、志得意滿的樣子，岑參心下嘆道：還是在部隊立功升得快啊！上次我著急回來是不是太沉不住氣了？

當得知皇上讓封常清暫任北庭都護、伊西節度使，需再次北征後，岑參立即表現出也想參與北征的熱情，結果他如了願，且身兼大理評事、監察御史、北庭節度判官等數職。看來，岑參要走上一條前程似錦的陽關大道了。

岑判官來了，原先的武判官要另行高就了。在中原還只是深秋天氣，可是在西北胡天，卻已下起大雪。岑參頂風冒雪把武判官送到輪臺東門，看著前任的身影漸漸消失在雪野之中，岑參剎那間竟悵然若失，忽而思緒又隨著漫天雪花飛舞起來：

> **北風捲地白草折，胡天八月即飛雪。忽如一夜春風來，千樹萬樹梨花開。**
> **散入珠簾濕羅幕，狐裘不暖錦衾薄。將軍角弓不得控，都護鐵衣冷難著。**
> **瀚海闌干百丈冰，愁雲慘淡萬里凝。中軍置酒飲歸客，胡琴琵琶與羌笛。**
> **紛紛暮雪下轅門，風掣紅旗凍不翻。輪臺東門送君去，去時雪滿天山路。**
> **山迴路轉不見君，雪上空留馬行處。**——（〈白雪歌送武判官歸京〉）

等「慘淡」的「愁雲」褪去後，岑參的心情也隨之晴朗起來，他開始跟著封常清一次又一次地出征，一次又一次地宴飲，一次又一次地登高，他感覺到自己在封節度使心中的分量，他覺得自己這個籐條真的攀到高枝了。可是，就在岑參沉浸於對自己未來的美好想像中時，安史之亂爆發了。然後封常清就和高仙芝一起回長安勤王去了，然後兩人都打了敗仗，然後玄宗就把封、高兩人的腦袋砍了。

封常清被砍，岑參攀附的高枝也就斷了。至德元年（西元七五七年），四十三歲的岑參又去攀肅宗的高枝，結果領了個右補闕的官職，兩年後的三月，升為起居舍人，四月始任虢州長史。四十八歲時回長安，任太子中允，之後幾年又不斷換官位，直到五十一歲時升為嘉州（樂山）刺史，因遇蜀地兵亂，當年沒法赴任。永泰二年（西元七六六年），岑參又隨杜鴻漸的軍隊去平定蜀亂，在成都逗留一段時間，第二年開始前往嘉州，上任不到一年，卻被莫名罷官。兵荒馬亂中，岑參再次來到成都。

成都是個美麗的地方，但被困住的岑參已無欣賞風景的好心情，「久客厭江月，罷官思早歸。眼看春光老，羞見梨花飛」（〈送綿州李司馬秩滿歸京，因呈李兵部〉），窗外春光明媚，而岑參的心卻是一片「愁雲慘淡」。大曆五年（西元七七〇年）正月裡的一天，一心北歸的岑參在成都困居一年多後，於一間旅舍內永遠閉上眼睛。

【詩人簡歷】 岑參（約西元七一五年至七七〇年），荊州江陵（今湖北江陵）人。唐朝著名邊塞詩人，與高適並稱「高岑」。代表作有〈走馬川行奉送封大夫出師西征〉、〈輪臺歌奉送封大夫出師西征〉、〈白雪歌送武判官歸京〉等。

付諸東流——高適：
五十年的期盼，十年的燦爛

【成語】付諸東流

【釋義】付：交給；諸：之於。扔在東流的水裡沖走。比喻希望落空，成果喪失，前功盡棄，好像隨著流水沖走一樣。

【出自】唐．高適〈封丘作〉詩：「生事應須南畝田，世情盡付東流水。」

有個成語叫「無所適從」，這裡的「適」是「往」、「到……去」的意思。按此解釋，「高適」可理解為「適高」，也就是「到高處去」之意。高適的字叫「達夫」，「達」和「適」的含義應該是差不多。所以，不妨給「高適」這位唐代詩人的名字來個通俗的解讀：人往高處走。這也是自古以來，大多數人的自覺行動。有理想有抱負的高適當然也是這麼想、這麼做的，並且他真的走到了很高的地方。

這「高」指的是官銜高、待遇高。

好，我們就來看看他曾坐過的官位：左拾遺、監察御史、侍御史、諫議大夫、御史大夫、揚州大都督長史、淮南節度使、太子詹事、彭州刺史、蜀州刺史、劍南節度使、刑部侍郎、散騎常侍、渤海縣侯。當高適被授予左拾遺一職時，他已經五十二歲。左拾遺是從八品的小官，而上面所列的御史大夫則是正三品的大員，高適完成這個過渡僅僅用不到一年的時間。這樣快、這樣大的人生跨越，稱得上是火箭式的速度了。

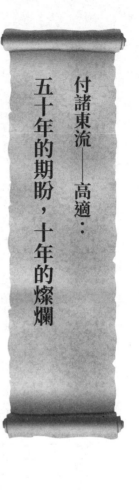

高適為何升得如此神速？因為他在朝廷最需要的時候，及時出現且發揮了關鍵性的作用。也可以說，是安史之亂成就了高適。安史之亂一爆發，高適就隨哥舒翰進京討賊，他的身分也由哥舒翰的掌書記升為左拾遺，很快又以監察御史身分輔佐哥舒翰守潼關。雖然最終潼關失守，但高適見機行事，忙跑回宮裡獻好，讓玄宗跑往四川避難。玄宗贊同並採納，順便將高適提拔為侍御史。高適繼續幫玄宗分析形勢、出主意、想辦法，玄宗一高興，很快又把他封為諫議大夫。

當唐肅宗掌控全局時，永王李璘想搞獨立。高適及時趕到，君臣之間又是一場分析權衡。唐肅宗很欣賞高適的眼光和能力，便將他破格提拔為御史大夫，又讓他兼任揚州大都督長史和淮南節度史，領兵討伐李璘。結果大勝而歸，還連帶把追隨李璘的「詩仙」李白也俘獲了。

高適這次立下大功，卻沒有升職，原因是：宮中紅人李輔國在皇上跟前使壞。唐肅宗聽信讒言，把高適貶為太子詹事。不久，高適就去了四川，先當彭州刺史，再是蜀州刺史、劍南節度史。廣德二年（西元七六四年），高適被唐代宗李豫召回宮。高適當太子詹事時的太子就是李豫，所以李豫上臺後，對高適很是關照，很快將他提為正三品的左散騎侍郎。

看這趨勢，高適真的是往天上升的節奏。次年，他倒真的升上天——駕鶴西去了。

高適的最後十年享受著高官厚祿，榮耀風光。那他五十歲之前的生活是怎樣的呢？概括地說就是：東奔西跑，寫詩科考，當過縣尉，心情不好。

二十歲時從老家滄州跑到京城長安，後在開封、宋州一帶漫遊並定居宋城。三十歲左右開始北遊燕趙。

去長安，當然是求人引薦。「舉頭望君門，屈指取公卿」（〈別韋將軍〉），本來是自信滿滿的，一到京城，高適才慢慢意識到自己之前的想法太單純，一個沒有背景的窮小子，想躋身公卿，談何容易！

求靠無路，只得暫離京城，找個地方躬耕自濟。在梁宋客遊時，高適也會主動結交地方官員，可那些小官多數都是認錢不認人的主兒，高適把僅有的錢財花光，也沒買到真心幫他的人。

幾年後，高適又有了從軍的想法。他開始北遊燕趙，想到信安王幕府效力，雖然最終未能如願，可他見識到東北邊塞將士的真實生活，也親眼看到將軍們好大喜功而又醉生夢死的真相。這一切，促成了高適那首邊塞詩傑作〈燕歌行〉的問世，「戰士軍前半死生，美人帳前猶歌舞！」寫下了鮮明的對比，殘酷的現實！

邊塞同樣令人沮喪，高適又回到宋州。天寶三年（西元七四四年），高適在開封與李白、杜甫相遇，三大詩人攜手同遊，一直遊到齊魯。三年後，吏部尚書房琯被貶出京，他的門客——著名琴師董庭蘭也隨之離開長安。這年冬天，董庭蘭和高適在宋州相遇。一個是失落的音樂聖手，一個是茫然的浪遊才子，兩人一見如故，惺惺相惜，分手之際，下起了大雪，高適便為董庭蘭獻上那首〈別董大〉：

千里黃雲白日曛，北風吹雁雪紛紛。莫愁前路無知己，天下誰人不識君。

天寶八年（西元七四九年），四十六歲的高適在宋州刺史張九皋的薦舉下，參加了有道舉考試，中第後，被授以封丘縣尉一職。也算是做官了，可一到任上，高適就頭大了，這哪是人幹的差事啊：對待長官得彎腰屈膝，時時處處得謹言慎行；對待老百姓必須疾言厲色，昧著良心去執行不得人心的公務。跟之前預期差距太大，高適失望極了，他只能用詩歌來表現心中的矛盾和煩憂：

我本漁樵孟諸野，一生自是悠悠者。乍可狂歌草澤中，寧堪作吏風塵下？
只言小邑無所為，公門百事皆有期。拜迎長官心欲碎，鞭撻黎庶令人悲。
歸來向家問妻子，舉家盡笑今如此。生事應須南畝田，世情盡付東流水。
夢想舊山安在哉，為銜君命且遲迴。乃知梅福徒為爾，轉憶陶潛歸去來。

（〈封丘作〉）

「生事應須南畝田，世情盡付東流水。」田園歸隱，拋卻一切煩人的人情世故，高適思前想後，辭官了。

接著，他去了西域，得到隴右、河西節度使哥舒翰的賞識，入了哥舒翰的幕府。

三年後，安史之亂爆發。高適自此平步青雲。

【詩人簡歷】 高適（西元七〇四年至七六五年），字達夫，一字仲武，渤海（今河北滄州）人，後遷居宋州宋城（今河南商丘），擔任過左散騎常侍一職，世稱「高常侍」。盛唐邊塞詩人，與岑參齊名。代表作有〈別董大〉、〈燕歌行〉等。

春風得意——孟郊：一朝春風得意，一生寒風吹徹

【成語①】**春風得意**

【釋義】和暖的春風很適合人的心情，後形容人做事順利，志得意滿的神情。

【成語②】**走馬觀花**

【釋義】走馬：騎著馬跑。騎在奔跑的馬上看花。原形容事情如意，心境愉快。後多指大略地觀察一下。

【出處】唐．孟郊〈登科後〉詩：「春風得意馬蹄疾，一日看盡長安花。」

【成語③】**寸草春暉**

【釋義】寸草：小草；春暉：春天的陽光。小草微薄的心意報答不了春日陽光的深情。比喻父母的恩情，難報萬一。

【出處】唐．孟郊〈遊子吟〉詩：「誰言寸草心，報得三春暉。」

孟郊剛懂事不久，他的父親孟庭玢就因病去世了。孟庭玢生前只在崑山做過很短一段時間的縣尉，一家五口都靠他一人的微薄收入度日，日子過得很是艱難。孟庭玢的三個兒子中，孟郊好像一直是鬱鬱寡歡的一個。

父親去世後，孟郊就更少言語了。苦讀之餘，他總是望著一個地方發呆。只有待在母親身邊的時候，孟郊的臉上才會出現難得一見的笑容。他會專注地看母親為他縫補衣服，也會輕聲聊些書上讀來的故事和心得。看著母親因整日操勞而粗糙不堪的雙手，他的心上會生出隱隱的痛。

有時，他也會主動幫助母親做事，母親每每會阻止他：「郊兒，你是個聰明的孩子，你只要好好讀書就行了，以後考上個功名，這比什麼都好。」孟郊記住母親的話，從此讀書越發用功，他對自己說：要走出去，要出人頭地，只有如此，才能做成大事，一滴水要是不去融入大海，又怎能掀起衝天浪濤呢？

二十歲那年，孟郊告別母親和兩兄弟，隻身一人從家鄉湖州奔京城而去。半路上，他想到自己一寒門子弟，倘若直接應舉，上榜的可能性太小，他想先隱居，等有了名聲，再作打算。因此等走到河南嵩山下，他就暫停腳步，找地方住了下來。

隱居期間，孟郊努力改變自己，偶爾會硬著頭皮去接近當地一些官員，結果次次是灰頭土臉而歸。身心疲憊地過了幾年，他思家的念頭越來越強烈。窮愁無路，只有回到母親的身旁才是最好的安慰。到家見到母親，母親沒有責怪他，只是勸他先成家，科考的事等等再說。

一年後，孟郊結婚了。妻子是一位柔弱溫順的女子，可是和孟郊一起生活剛兩年，她就不幸病逝了。喪妻之痛過後，孟郊再次一頭扎進書堆中。時光匆匆，轉眼已近而立之年，孟郊眼見家裡境況日益不堪，他決意再次外出。去了河南，去了江西，去了蘇州，去了好多地方，他渴求被引薦，期盼一步到位。但當時的藩鎮割據愈演愈烈，時局似乎越來越亂，官員在互相傾軋，人民在底層掙扎，孟郊看到這一切，漸漸心灰意冷。荒廢了十年光陰，轉了一大圈，他再次回到自己的家。到家後不久，他又和一個姓鄭的女子成親。母親仍堅持讓他考取功名。

德宗貞元七年（西元七九一年），年過四十的孟郊通過湖州鄉試，於第二年去長安應進士第，結果落榜了，唯一值得欣慰的是，他的才情得到韓愈的賞識。次年再考，依然落榜。兩次受挫讓孟郊的心開始流血，夜晚醒來，常常愁腸百結，嘆息不已：

一夕九起嗟，夢短不到家。兩度長安陌，空將淚見花。

（〈再下第〉）

連聽到猿的叫聲，內心都會被深深觸動：「時聞喪侶猿，一叫千愁並」（〈下第東南行〉）。

又過了三年，在母親的規勸下，孟郊再赴長安應試。這次，他考中了！這一年，他已四十六歲。終於能夠給老母親一個交代，終於有了一個生命中的轉機。壓抑數十年的內心終於有了一個釋放的機會，孟郊走到了一生之中最為得意的時刻：

昔日齷齪不足誇，今朝放蕩思無涯。春風得意馬蹄疾，一日看盡長安花。

（〈登科後〉）

往日的貧窮和窘迫真的不值一提，今日金榜題名，心中瞬間雲開霧散。但是，好不容易登科的孟郊，卻並沒迎來他想像的生活。又等了四年，他才等到一個溧陽縣尉的官位。儘管不滿意，但畢竟有了薪俸。上任後，為了能更好地照顧母親，他把辛勞大半輩子的老人家接到身邊。

每天的公務，瑣碎而讓人生厭，只有回到母親身旁，孟郊的心中才會得到一些慰藉。每次出門，母親都會對他再三叮囑，彷彿他還是個孩子似的。這晚，孟郊看著床前為他縫衣的母親，內心禁不住一陣酸楚，想到小時候在老家的一幕幕，想到母親的慈愛，想到官場的複雜和人世的無奈，他輕聲誦出一首詩：

慈母手中線，遊子身上衣。

臨行密密縫，意恐遲遲歸。
誰言寸草心，報得三春暉。
（〈遊子吟〉）

這是遊子的吟唱，母愛的頌歌。官場現狀與人生理想的巨大差距，讓縣尉孟郊的心總處於痛苦的撕裂狀態。他不願去做那些無聊、無情、無緒的差事，有時索性跑到附近山林裡，飲酒彈琴，賞景吟詩。為此縣令大光其火，乾脆求上級派人來代孟郊處理公務，俸祿只發他一半。

孟郊也不計較，等母親去世後，他便斷然辭官。然後，孟郊便陷入更大的困頓之中。家中，鄭氏為他生的孩子也夭折了。

病叟無子孫，獨立猶束柴。——（〈杏殤〉）

老無所依，貧病交加。「今天的我，在寒夜裡隨風飄過」，倔強可憐的孟郊終於混到了一無所有的地步。唐憲宗元和九年（西元八一四年），孟郊的最後一個機會來了：興元節度使給皇帝上書，推薦孟郊擔任幕府參謀，見習大理評事，得到許可。六十四歲的孟郊聞命後，從洛陽趕去赴任，當年八月，行至河南閿鄉縣（今河南靈寶）時，不幸暴病身亡。

【詩人簡歷】孟郊（西元七五一年至八一四年），字東野，唐朝湖州武康（今浙江省德清縣）人。科舉不順，詩多反映人世悲辛，故有「詩囚」之稱。與賈島詩風接近，兩人並稱「郊寒島瘦」。代表作有〈登科後〉、〈遊子吟〉等。

改頭換面——寒山子：寒岩心不冷，深山得重生

【成語】改頭換面

【釋義】原指人的容貌發生了改變。現多比喻只改外表和形式，內容實質不變。

【出自】唐．寒山〈詩三百三首〉第二一四首：「改頭換面孔，不離舊時人。」

寒山子曾經有過不錯的家庭條件，仕宦門第，養尊處優。少年時，他曾騎著白馬，攜鷹遊獵，也曾博覽群書，胸懷大志。飽讀詩書之後，開始躊躇滿志地去走科舉之路，可是未能如願，第一次失敗，第二次也失敗了。自那時起，家人開始嫌棄他，親戚都來抱怨他，朋友們也冷落他。他不服氣，帶著妻子從京城來到鄉下，在隱居中溫習攻讀，可還是每考必敗。

年過三十，第五次落榜後，他的妻子終於沉不住氣了。他每次從書堆裡抬起頭來，看到的都是妻子冰冷的面孔，聽到的也是怪罪的話語。他想：我要是一輩子考不上，難道以後就得這樣憋屈地過下去？反思幾天後，他終於做出一個決定：不考了！世態炎涼如此，整日受閒氣，哪如我一人雲遊四海來得逍遙自在。

寒山子真的離家出走了。孤身一人，風餐露宿，見山登山，見水玩水，穿過滾滾紅塵，識遍人情世故。最後，他來到浙東的天臺山。這裡山清水秀，林密谷深，人跡罕至，石奇洞幽，正是隱居的好地方。在山上的寒岩，找到一處合適的山洞，他將自己安頓了下來。

出生三十年，嘗遊千萬里。今日歸寒山，枕流兼洗耳。

他真的成了一個隱士。賞景、靜坐、讀書、寫詩，有時，他也會下山和人交流。可他更喜歡和放牛的小孩子相處，因為小孩子不會問他世俗的問題，不會用怪異的眼光打量他。有了感受和想法，他就會寫詩。那些詩，有的刻在石頭上，有的刻在樹身上，也有的刻在牆壁上。題了詩，留什麼名好呢？他不想留自己的真名，那個名字已屬於過去。現在既然隱在這寒岩之上，就叫自己寒山或寒山子吧。

假如寒山子突然出現在你面前，你看到的會是這樣一副尊容：戴著一頂樹皮做成的帽子，穿著一件已看不出底色的破布衣衫，腳踏一雙木鞋，滿臉憔悴，鬍子蓬亂。你要跟他談「儒」，他會樂意奉陪。你要跟他談「道」，他會語出驚人。你要跟他談「佛」，不誇張地說，他幾乎能將你領進佛門。

因為寒山在隱居期間，對佛家經典讀得最多，悟得最深。他和住處附近國清寺的豐干禪師和拾得和尚來往密切，他雖然沒有正式皈依佛門，但絕對算得上是個得道的禪師。但你要是一個世俗之人，對不起，就別交流了，因為你會看不起他，他也瞧不起你。用他自己的詩來說就是：

智者君拋我，愚者我拋君。非愚亦非智，從此斷相聞。

若有哪個官員認為他是個人才，想邀他下山，那對不起，給錢，他也不會去：

秉志不可卷，須知我匪席。浪造山林中，獨臥盤陀石。
辯士來勸余，速令受金璧。鑿牆植蓬蒿，若此非有益。

相傳，那個叫閭丘胤的地方刺史曾專程來找他，他哈哈大笑著轉身入洞，竟沒理會人家。

當然，寒山有他自己的人生觀，他常常寫詩勸誡世人，要勤勞不要懶惰啊，要寡慾不要貪婪啊，要清心啊，不要吃肉啊什麼的。他懼怕三界輪迴之苦，嚮往著不生不滅的涅槃境界：

可畏輪迴苦，往復似翻塵。蟻巡環未息，六道亂紛紛。
改頭換面孔，不離舊時人。速了黑暗獄，無令心性昏。

在天、人、畜生、阿修羅、餓鬼、地獄這六道中反覆地「改頭換面」，是多麼痛苦的事情。而寒山在山中隱居悟道，正是為了擺脫恐怖的「黑暗獄」啊！但寒山並未能完全進入物我兩忘、四大皆空的境界，有時候，他還會想起心中未了的塵緣，他會想念自己的妻子：

昨夜夢還家，見婦機中織。駐梭如有思，擎梭似無力。
呼之回面視，況復不相識。應是別多年，鬢毛非舊色。

也會想念家中的弟兄：

去年春鳥鳴，此時思弟兄。今年秋菊爛，此時思發生。
綠水千腸咽，黃雲四面平。哀哉百年內，腸斷憶咸京！

還會想念家鄉人，感嘆時光易逝：

一向寒山坐，淹留三十年。昨來訪親友，太半入黃泉。
漸減如殘燭，長流似逝川。今朝對孤影，不覺淚雙懸。

但想念歸想念，過去的已然回不去，故鄉也回不去了！寒岩，才是他最終的歸宿：

一住寒山萬事休，更無雜念掛心頭。閒於石壁題詩句，任運還同不繫舟。

有大自然的景緻，有禪心和詩情，何況，他還有一個知音：拾得和尚，其他的，還需要什麼呢？拾得會給他帶來一些吃的，儘管那些只是國清寺的剩飯剩菜。能填飽肚子就行，管什麼剩不剩，好不好吃呢？

寒山更在乎的，是能和拾得一起談佛論詩。有次，寒山問拾得一個問題：「世間有人謗我、欺我、辱我、笑我、輕我、賤我、惡我、騙我，如何處置乎？」

拾得回答道：「只是忍他、讓他、由他、避他、耐他、敬他、不要理他，再待幾年，你且看他。」

寒山找到了這樣一個人生答案，所以才能以苦為樂，才能在「啾啾常有鳥，寂寂更無人」的地方成就自己的人生大智慧。在天臺山，寒山共隱居七十多年。七十多年間，他先後題寫了六百多首詩，後經有心人蒐集整理，保留下來三百餘首。自己的詩歌在當世不被人接受，但將會流傳後世，對此寒山是充滿信心的：

有人笑我詩，我詩合典雅。
不煩鄭氏箋，豈用毛公解。
不恨會人稀，只為知音寡。
若遣趁宮商，余病莫能罷。
忽遇明眼人，即自流天下。

寒山詩真的流傳下來了，他和拾得兩人，也以「和合二仙（聖）」的形象，在民間受人們廣泛尊崇和供奉。在二十世紀，他的詩還曾流傳到日、美、英、法等國，他本人也曾被一些人群奉為精神偶像。

吾心似秋月，碧潭清皎潔。
無物堪比倫，教我如何說。

有詩為證，無須解釋。

【詩人簡歷】寒山子（生卒不詳），亦稱寒山，唐代長安（今陝西西安）人。三十多歲時因科考不第而出家，隱於浙東天臺山數十年，曾與另兩寺僧拾得、豐干為友。詩歌通俗而富禪意哲理，後人輯有《寒山子詩集》。

月落烏啼——張繼：那一夜的不眠，是一種成全

【成語】**月落烏啼**

【釋義】形容天色將明未明時的景象。

【出處】唐．張繼〈楓橋夜泊〉詩：「月落烏啼霜滿天，江楓漁火對愁眠。」

站在進士榜前，張繼的心情忐忑到了極點。看著榜單上那一行行的人名，他的眼睛竟瞬間有些模糊起來。想起上次落第的情景，張繼心裡又是猛然一驚。調整呼吸，努力讓自己平靜下來。張繼將目光對準榜單，從第一個名字看下去。

第一個不是。第二個不是。第三個不是。第四、五、六……都不是。張繼的思緒又開始混亂起來，他輕輕地晃了一下腦袋，好像要把干擾他情緒的東西晃到一邊似的。

張繼！

終於，在榜單中間，他看到自己的名字。不相信眼睛，那就再看一遍，再看一遍，是的，沒錯，就是跟了自己三十多年，既熟悉又陌生的兩個字：張繼。此時，張繼才注意到身邊那些舉子們的舉動。中榜的自然喜笑顏開，落榜的只有黯然轉身。

有人過來向張繼表示祝賀，張繼這才回過神來，故作鎮靜地回以微笑，還禮，然後便與兩個熟悉的舉子一起去街裡喝酒去。

正是二月，京城的天氣依然很冷，但張繼的心裡卻暖暖的。這是天寶十二年（西元七五三年），張繼進士及第了。經歷一段日子的登科風光之後，張繼的心慢慢平靜下來，他要等待吏部的銓選，畢竟登科還是為了入仕。等啊等，這等待真的如同煎熬。等了兩年，總算等到結果，但這結果卻讓張繼的熱情一下子降到冰點：落選！雖然之前已有心理準備，但事到臨頭的一刻，還是覺得難以承受。

調與時人背，心將靜者論。終年帝城裡，不識五侯門。——〈感懷〉

沒有顯赫背景，又不想在公卿面前搖尾乞憐，在京城那麼多年，不隨波追流，不趨炎附勢，落選，又能怪誰呢？茫然地走回住所，張繼覺得自己已成了一具行屍走肉。

當張繼做出回鄉打算之後，他又聽到一個令他萬分震驚的消息：范陽節度使安祿山反了，很快就會打到京城。這是國家的災難！與之相比，個人的失意算不上什麼。長安城內已是人心惶惶，更令人心中沒底的是，連唐明皇都跑到蜀地去了。

那就走吧。城中的許多權貴和文人士子都已紛紛去江南避難，張繼也不想再在此處逗留了，他要先去江南吳越地暫避一下，然後再回老家襄陽。這個秋夜，張繼乘著客船來到姑蘇城外。船行吳淞江面上，周圍的一切都顯得異常安靜。

天色將明，張繼依然一點睡意都沒有。他在船內斜躺著，茫然地望著窗外。月已落，朦朧中不時會聽到樹上烏鴉發出的粗啞叫聲。能隱約看到遠處江面上的漁火，江畔一叢叢黑黑的樹木，應該就是白天在來路的岸上見到的楓樹吧？漁火就如心中的希望那樣，微弱且總在遠處。人生不幸，而今國又有難，作為一個有抱負、有良知的讀書人，如何不愁？如何能在這樣的夜晚安然入睡呢？

有鐘聲穿過濃重的寒氣，一陣陣傳來，張繼猜想，鐘聲一定是發自赫赫有名的寒山寺。寒山，一個多麼冷硬又孤傲的名字，要是真能達到詩僧寒山那樣的境界，心中哪還會有這麼多世俗煩惱？

鐘聲敲完最後一下，餘音中，張繼覺得這鐘又好像是安祿山為大唐王朝敲的。客船在江面上繼續緩慢前行，最後停泊在楓橋邊。不眠的張繼沒有睡意，卻有了詩情：

月落烏啼霜滿天，江楓漁火對愁眠。姑蘇城外寒山寺，夜半鐘聲到客船。——（〈楓橋夜泊〉）

天明時分，古老而又繁華的姑蘇城便呈現在張繼面前。一個不眠的夜晚，成就了一首唐詩佳作，也成就了千年張繼。幾年後，在朝廷大軍收復東西兩都後，張繼才得以走上仕途：做了洪州（今南昌）的鹽鐵判官。在任上，張繼公私分明，清正廉明，可惜不到一年便病逝。為此，他的知己劉長卿寫詩悼曰：

世難愁歸路，家貧緩葬期。舊賓傷未散，夕臨咽常遲。——（〈哭張員外繼〉）

因為家貧，連葬期都得推遲，張繼的清廉，由此可見一斑。

【詩人簡歷】 張繼（生卒不詳），字懿孫，唐朝湖北襄州（今湖北襄陽）人。他的詩爽朗激越，不事雕琢，比興幽深，事理雙切，對後世頗有影響。代表詩作〈楓橋夜泊〉。

章臺楊柳——韓翃：身如楊柳情似金

【成語①】**章臺楊柳**

【釋義】比喻窈窕美麗的女子。

【出處】唐．韓翃詩曰「章臺柳，章臺柳，昔日青青今在否？」

【成語②】**五侯蠟燭**

【釋義】舊俗寒食節禁火，而宮中傳燭分火於五侯之家，貴寵可見。後用以形容豪門權勢的顯赫景象。

【出處】唐．韓翃〈寒食〉詩：「日暮漢宮傳蠟燭，輕煙散入五侯家。」

韓翃來長安已半年有餘，在等待科考的日子裡，他的心中既有些期待又有些迷茫。繁華的都城，讓他眼界大開，也讓他品味到身在異鄉的孤獨。那日，他在客舍中正獨自沉思，一陌生男子來訪，對方問他是不是名叫韓翃，是不是寫過一首關於仙遊觀的詩。韓翃不知來者何意，只是漠然地點了下頭。

「哎呀，真的是韓公子你呀，太好了！」來人喜上眉梢，連忙拉住韓翃的手道，「李宏，你知道嗎？我是他朋友，他讀了你的詩後，非常欣賞你的才華，就想和你結交，聽說你已在京城，他就委託我打聽你的消息，沒想到，這麼快就找到你了。」

韓翃沒見過李宏，但卻不只一次聽過他的大名。有錢有才有情義，這便是韓翃從別人口中聽到對李宏的評價。既然李宏主動求交往，豈有拒絕之理？

韓翃就這樣被領到了李宏面前。兩人一見面，李宏就讚歎道：「韓先生詩寫得好，沒想到人也是玉樹臨風啊，幸會幸會！」然後李宏就當場吟誦了韓翃的那首〈同題仙游觀〉：

仙臺下見五城樓，風物淒淒宿雨收。山色遙連秦樹晚，砧聲近報漢宮秋。
疏松影落空壇靜，細草香閒小洞幽。何用別尋方外去，人間亦自有丹丘。

韓翃初入豪門大院，心中不禁為眼前的景象暗暗驚嘆。因為分神，李宏恭維他的話也沒全聽到。到客廳落坐，韓翃發現李宏也是一表人才。通過交談，又知對方也是剛過弱冠之年，和自己是同齡人。中午，李宏在家設宴招待韓翃。席間，韓翃品嚐到之前從未見過的美酒佳餚，更令他精神為之一振的是，李宏家中還有一美豔歌姬。

歌姬名叫柳搖金，李宏喚她，她即從屏風後面走出來，剛一露面，韓翃便被驚住了。面容姣好，丰姿綽約，真的如風拂楊柳。李宏說：「讓她給咱唱個曲助興。」柳搖金坐下，輕啟朱唇對韓翃淡然一笑，韓翃瞬間覺得自己在朦朧中遇到一個仙女。人美，歌聲也美。一曲唱罷，柳搖金過來斟酒。她走到韓翃身邊，韓翃嗅到如蘭的香氣，讓他迷醉。

柳搖金的性格很好，總是笑著，也會順著李宏的意思說些戲謔之語，很得體，很明朗。每次和柳搖金目光觸碰，他的心都會蕩一下，他感到她的眼波也似乎滿是柔情。當李宏邀請韓翃搬到李府來住時，韓翃自然是求之不得，第二日便搬了過來。從此，韓翃與李宏整日詩酒唱和，共遊同樂。

韓翃與柳搖金有了更多的接觸機會，他為她的美色和歌藝而傾倒，她為他的才華和人品而折服。這一切，都被李宏看在眼裡。李宏是個慷慨的人，既然朋友和歌姬彼此鍾情，那就成全他們好了。李宏當著兩人的面表明態度：你倆在一起，我全力支持。韓翃和柳搖金自是欣喜又感激。在李宏的資助下，兩個有情人結成了眷屬。

婚後的千般恩愛自是不必細說。情場得意的韓翃走進了考場。這是天寶十三年（西元七五四年），韓翃在考場同樣得意：榜上有名，進士及第。雙喜臨門，夫妻二人感到好得不能再好。過了一些時日，韓翃覺得來京已久，眼下成了家，也登了科，該回老家看一看了。於是，他就讓柳搖金暫留長安，和李宏告別後，踏上返回老家的路。

韓翃到老家沒多久，安史之亂就爆發了，兩京先後淪陷。

長安是一時回不去了，想到留守京城的新婚妻子，韓翃著急上火，卻無計可施。他曾試圖回京，但總是被阻。無奈，他只好先在淄州節度使侯希逸幕府中做掌書記，想等到局勢安定下來，再設法與愛妻團聚。

而在京中的柳搖金眼見賊兵攻入城中，燒殺搶掠，無惡之作，她又急又怕，為免落入賊兵之手，她一狠心剪掉頭髮，又故意弄汙面容，然後偷跑到法靈寺當了尼姑。她在寺中耐心地等待，只盼心上人有朝一日能再到身邊相伴。

一年後，兩京被先後收復。韓翃聞信，忙派人帶著一袋黃金和他寫的一首詩來京尋找柳搖金。使者輾轉多日，才在法靈寺見到柳搖金。柳搖金從信封中抽出了那張詩箋，只見上面寫著：

章臺柳，章臺柳！昔日青青今在否？
縱使長條似舊垂，也應攀折他人手。

讀罷，柳搖金立刻淚濕眼眶，詩中有郎君對她的關懷，也透著幾分不信任。但她是清白的，她渴盼郎君早日歸來。想到這裡，她立即寫下一首〈楊柳枝〉：

楊柳枝，芳菲節。可恨年年贈離別。
一葉隨風忽報秋，縱使君來豈堪折。

我在想著你啊，郎君，再不來，我就老給你看！

她讓使者將回詩帶給韓翃，使者走後，她的思念越發濃烈。誰又能想到這個節骨眼上會節外生枝呢？誰能想到賊兵被趕走，那些幫助唐軍打仗的回紇將士又會居功自傲、胡作非為呢？

那天，柳搖金剛一走出寺院，就被名叫沙吒利的蕃將看上。沙吒利不容分說將她抓了回去，占為己有，專房寵之。柳搖金傷心欲絕，在嚴密看護下，求死不得，逃跑無門。

終於，侯希逸要來京城覲見肅宗，韓翃趁機也跟了過來。剛到京城的韓翃就聽到了柳搖金被蕃將霸占的消息，在惱恨之餘，他決定把柳搖金奪回來，畢竟，他是深愛著她的。

韓翃把情況告訴了侯希逸，侯希逸又找到肅宗那兒。肅宗就下詔，讓沙吒利將柳搖金歸還給韓翃，然後又派人給沙吒利送些財物，算作安撫。

一對有情人終於破鏡重圓。在一起的日子，恩愛如初。情有所歸，但仕途卻一直不順。侯希逸回去後，韓翃沒再跟隨，他想留在長安，再謀他位。一等，就是十年。十年之間，宮中宦官專權愈演愈烈，韓翃為此很是憂慮。唐德宗剛上位的那個寒食節，韓翃見權貴享有特權，可以破例在夜晚點蠟燭，於是就寫了一首題為〈寒食〉的詩：

春城無處不飛花，寒食東風御柳斜。日暮漢宮傳蠟燭，輕煙散入五侯家。

德宗痛恨宦官專權，所以他一讀到這首〈寒食〉詩，就特別喜歡，因而韓翃也得到了他的賞識。就這樣，韓翃有了駕部郎中的官位，自此，步步高陞，直至當上德宗的機要秘書：中書舍人。

【詩人簡歷】 韓翃（西元七一九年至七八八年），字君平，唐代南陽（今河南南陽）人，「大曆十才子」之一。代表詩作有〈寒食〉等。

雲交雨合——李益：最愛的人傷我最深

【成語】 雲交雨合

【釋義】 指相會，重逢。

【出處】 唐．李益〈古別離〉詩：「江回漢轉兩不見，雲交雨合知何年。」

唐代宗大曆四年（西元七六九年），剛剛二十歲的李益進士及第了。年輕、有才、顏值高，春風得意的李益一時間聲名遠播。主動前來和他結交的人越來越多。他的詩作成了搶手貨，每有新作，總會被人爭相傳閱。更有教坊樂工以重金相求，得其新詩後便馬上譜曲，供歌姬傳唱。

一個住在平康坊的藝妓，名叫霍小玉，她唱過李益的詩，也聽同坊姐妹說起過李益其人。這一日，她又學唱了李益的一首新詩：

微風驚暮坐，臨牖思悠哉。開門復動竹，疑是故人來。

（〈竹窗聞風寄苗發司空曙〉）

詩句讓霍小玉心有所動：作者李公子應該是位多情郎君，連風中思友都寫得如此傳神，若是能與這樣的才子相遇，一定是美事一樁。也就巧了，李益偏就在幾日後來到平康坊。新科進士大駕光臨，作為頭牌的霍小玉自然要出門迎客。

李益和霍小玉甫一見面，兩人都呆住了。明眸皓齒、身段婀娜的霍小玉讓李益為之驚豔，舉止瀟脫、眉目含情的李益讓霍小玉一見傾心。

當確定眼前的公子就是大家口口相傳的李益時，霍小玉不覺臉紅心跳起來，這樣的激動和羞澀，在之前的見客經歷中是從來沒有過的。歡愛之後，兩人都有了難分難捨之感。自此以後，李益便經常來平康坊找霍小玉。

交往中，李益知道霍小玉原是玄宗時期霍王府上一個婢女的女兒，因在安史之亂中，霍王戰死，霍小玉和母親便被趕出了王府，幾經輾轉，霍小玉被賣到平康坊，淪落風塵。李益非常同情霍小玉的遭遇，一段時日的相處也堅定了自己對她的愛，看到她對自己也是情有獨鍾，李益做出了一個大膽的決定：把霍小玉娶回家！

這一晚，李益當著霍小玉的面說出自己的打算。霍小玉非常感動，她低頭沉思了一會兒，便柔聲說道：「李公子，你的前程似錦，我這身分根本配不上你，既然我們兩情相悅，那我只有一個心願，願你能再陪我幾年，等你到了而立之年，再去找個名門閨秀成家，而我則會出家為尼，再無其他想法。」

李益連連搖頭道：「不要幾年，我要一輩子，請相信我。」

霍小玉淚盈雙眸，點頭答應。

第二年，李益參加制科考試，登第不久便被授予鄭縣（今陝西華縣）主簿一職。赴任前一天，李益去找霍小玉，一番溫存後，李益對霍小玉起誓道：「陽春三月，迎娶佳人，鄭縣團聚，永不分離。」當時雖是冬天，可在霍小玉的心裡，春天已經來了。

誰料，李益這一走，卻再也沒有回來。原來，李益的父母在得知兒子及第後，就在老家為他物色了一個女子，女子姓盧，出身大戶大家，其父勢傾一方。聽說婚事已定，李益極力反對，怎奈父母態度堅定，又加上怯於盧家勢力，改變已無可能。想到霍小玉還在長安痴痴地等著他，李益心急如焚，心痛欲碎。

然而李益一向孝順，儘管內心掙扎，最終還是接受了眼前的婚姻。他沒有把自己和霍小玉之間的事說出來，因為即使毀了和盧家的婚約，父母也絕不會讓他娶一名青樓女子進門。

霍小玉在那邊會怎麼想？和盧氏成親後，李益總是不自覺地思考這個問題。有時，他會站在霍小玉的立場上，狠狠地譴責自己。他猜想霍小玉一定會罵他無情無義吧，一定會把他看成一個負心漢吧？過了段時間，小玉說不定就認命了，也不會再以淚洗面。那段日子，他暗地裡替霍小玉連寫兩首詩，一首〈寫情〉：

水紋珍簟思悠悠，千里佳期一夕休。
從此無心愛良夜，任他明月下西樓。

一首〈古別離〉：

雙劍欲別風淒然，雌沉水底雄上天。
江回漢轉兩不見，雲交雨合知何年。
古來萬事皆由命，何用臨岐苦涕漣。

他盼望與霍小玉「雲交雨合」的一天，可那天是不會到來了。

在鄭縣主簿任期結束不久，李益就聽到從長安歸來的人說到了霍小玉的消息。他們說霍小玉因為思念他，在無望的等待中患了相思之疾，已經不在人世了。無邊的悲痛襲上李益的心頭，他恨自己，認定是自己害死了霍小玉。

霍小玉的死讓李益內心飽受折磨，到家見到盧氏時，他會莫名地發脾氣，甚至故意讓盧氏難堪。一度，他神思恍惚，甚至覺得盧氏有出軌之嫌，離家時，他就把盧氏綁在床上，鎖上門後，還要在門口灑上草木灰。

在李益以後的歲月中，無論是入鳳翔節度使李抱玉之幕府，在靈武「夜上受降城聞笛」，還是年過半百回京擔任要職，直至八十歲臨終之前，霍小玉始終都是他的一塊心病。多少年來，一直有人指責他，說他負心、無信，他從不爭辯。背後的汙名，內心的陰影，李益都認為是自找的。

「江回漢轉兩不見，雲交雨合知何年。」當誓言無法兌現，相識和相愛就會變成殘忍的傷害。

【詩人簡歷】 李益（約西元七五〇年至八三〇年），字君虞，祖籍涼州（今甘肅武威市），後遷河南鄭州。詩作多為邊塞題材，代表作有〈塞下曲三首〉、〈夜上受降城聞笛〉等。

人面桃花——崔護：難以抗拒你的容顏

【成語】 **人面桃花**

【釋義】 形容男女邂逅鍾情，隨即分離之後，男子追念舊事的情形。

【出處】 唐．崔護〈題都城南莊〉詩：「去年今日此門中，人面桃花相映紅。」

清明時節，沒有雨。在長安城的一間客棧內，名叫崔護的書生，一直坐在書案前，不時長吁短嘆。窗外是明媚的陽光，院前的桃樹也已是繁花滿枝，灼灼其華，而這景象卻未讓崔護的心情變得燦爛起來。是清明懷人嗎？是身體不適嗎？都不是。讓崔護糾結的是這次進士考試的結果：落榜了。

自看榜之後，這麼多天了，崔護還是沒能走出失敗的陰影。不想回家，他準備在京城等下去，閉門溫故，明年再考。以前他在家中讀書時，到七、八歲就顯現出過人的天賦，鄉親見他皆誇讚不已，說他相貌不凡，才思敏捷，以後一定會金榜題名，出人頭地。誰能想到一入考場，竟考砸了呢？

室內還是有些涼，崔護的內心似乎更涼。他拿起書，卻怎麼也讀不下去。不能這樣，要出去走走，畢竟明年還要從頭再來。崔護在心裡勸著自己。門外，陽光和花兒讓崔護炫目，他抬頭望了望天空，半天方回過神來。

順著小街向城南走去。出了城，便覺眼前是綠樹鮮花的世界，踏青的人紛至沓來，每個人的臉上都寫著歡悅，看不出清明時節的憂傷。一片紅豔的桃花，一片雪白的梨花，腳下還有數不清的繽紛野花，抬眼望，前面的山頭又青又潤，滿是秀色。崔護的心敞亮了一些，他順著鋪花的小路，朝著南山走去。

太陽已升得很高，真的是個很溫暖的日子。等崔護走到山腳下的時候，他感覺胸和背上已經有汗滲出。一條小溪從山上流下來，嘩嘩的流水聲讓人心生愉悅。聽到流水聲，崔護才感覺到自己有些口渴。他想走到溪邊掬一捧清水解渴，一抬頭，卻見不遠的樹林間有戶人家。

不如到那裡討碗茶水來喝。崔護想著，便徑向林中小屋走去。邊走邊自語：沒想到這郊外山野竟也有人住。走近看，小屋也不過是兩間茅舍，茅舍周圍用竹籬圍成一個小院，院裡有棵很大的桃樹，樹上的桃花開得毫無保留，讓整個院子都成了風景。

崔護見院門敞著，就敲了下門，喊道：「有人嗎？」

很快，有一個老者從茅舍內走了出來。老者來到院中，笑問崔護：「請問公子何事？」

崔護施了一禮，應道：「小生趕路，口渴了，想向老人家討口水喝。」

老者連說兩聲「好」，然後轉身對茅舍喝：「絳娘，倒碗水來，這位公子口渴了。」

老者吩咐完，又對崔護說：「小女馬上就給你端水來，你坐在這裡慢用，我要出去砍點柴。」

老者示意崔護在院中的石桌旁坐下，便匆匆出門。崔護見老者舉止得體，言談不俗，心想：看上去不像個山野粗人，怎麼會在這裡住呢？崔護面對著茅舍門，滿腹疑惑地坐在石桌旁的石凳上。剛落坐，就見從茅舍裡走出一位女子，她托著一茶盤，款步向崔護走來。

女子看到崔護，臉上立即浮上笑意。崔護覺得院子瞬間亮堂起來，也覺得整個世界一下子安靜下來。向自己走來的女子面若桃花，不，比桃花還嬌豔。含笑的眼睛帶著幾分羞澀，步態輕盈卻讓崔護心旌搖盪。

「巧笑倩兮，美目盼兮。」崔護覺得《詩經》中的美人在面前現身了。想必她就是老者的女兒絳娘了，如此美豔女子在此處安身，也真委屈她。崔護打內心替這個初次見面的女子抱屈。見絳娘走近，崔護忙起身施禮。絳娘將茶盤放到石桌上，對崔護頷首，道了一聲：「公子，請慢用。」言畢，就退到身後的桃樹下，含笑而立。崔護坐下，只看著絳娘，似乎忘了面前的茶水。

絳娘被盯得不好意思，嬌羞地笑了笑，又道：「公子，請用茶。」

崔護端起杯，輕輕啜了一口茶水，然後問道：「請問娘子，你們父女二人為何跑到這山野居住？」

絳娘伸手將身旁的一枝桃花拉到面前，欲言又止。

崔護見絳娘似有隱衷，就沒再追問，便換個問題：芳齡幾何？

「十七。」絳娘答道。絳娘問了崔護的名字，崔護如實作答，還表明自己的舉子身分。

在桃花的映襯下，樹下的絳娘面容越發紅潤動人。崔護覺得自己的心頭一下子天朗氣清起來，原先落第的煩惱被一掃而空。當和絳娘四目相對時，崔護的心又開始澎湃起來。

以前只專注於經卷，如今佳人在側，崔護風情始解。容顏勝花，眉目含情。崔護在這大好春光中，深深淪陷。崔護和絳娘的心中應該都藏著同樣的一句話，但都沒有勇氣說出來。喝完一杯茶，崔護心中雖有不捨，但還得告辭。畢竟，迎接明年的考試才是要緊事。崔護走了很遠，一轉頭，發現絳娘還在門口望著他。

回到城中住處，一連幾天，崔護在讀書時都會走神，腦中總會浮現絳娘的如花笑顏。他強迫自己收心，一段日子下來，才能專心攻讀。轉身到了第二年。春天到來的時候，崔護的心花也開放了——進士及第。崔護沉浸在巨大的喜悅中。又至清明時節，崔護又想起深藏在心底的絳娘。讓她也分享一下我的喜悅吧。想到此，崔護立即出門，向城南匆匆趕去。萬紫千紅，蝶舞蜂喧，一切都是如此美好！

等趕到那個熟悉的小院前，崔護傻眼了：大門緊鎖。前去敲門，無人響應。

崔護失望極了。他站在門口呆望了一會兒，腦中滿是絳娘的如花笑顏，情不自禁中，他對著院內的那株桃花，吟出一首詩：

去年今日此門中，人面桃花相映紅。人面不知何處去，桃花依舊笑春風。

吟畢，見門旁有一紅泥塊，崔護便拿起來，將詩和自己的名字題寫在門上。沒有見到絳娘，崔護回城後，心裡越發想念。幾日後，他實在忍不住，決定再去一看究竟。這次，家裡有人了。因為崔護還沒進門就聽到一陣蒼老的哭聲。

有人哭？崔護疑問頓生，忙推開門，快步而入。

茅舍內，老者正伏在床邊哭泣，崔護一眼就看到床上躺著的正是自己朝思暮想的絳娘。他心下一沉，忙走上前去問：「老人家，絳娘她，怎麼了？」

老者聽人問話，忙轉過頭，抬手擦了淚水，怔怔地看了看崔護一會兒，然後問道：「敢問你是？」

崔護連忙報出自己的名字。

老者聞聽，便吃力地站了起來，一臉哀痛地對崔護說：「你可害苦我女兒了，去年在我家見了你一面後，絳娘的魂就好像被你帶走了，人沒以前開朗，整天心事重重的，有時還會在紙上寫你的名字。昨日，我帶著她從親戚家散心回來，本以為她會從此好轉，哪料到一到家門前，看到你在門上題的詩，她讀後，進了門，就昏倒在床上了！怎麼喊也不醒。就這一個寶貝女兒與我相依為命，現在到這地步，可讓我怎麼過啊！」

崔護一聽，大驚失聲，忙到床前喊：「絳娘」、「絳娘」……沒有反應。

崔護又安撫了老者，然後就迴轉身，蹲在床邊，在絳娘身邊柔聲說道：「絳娘，我是崔護啊，我來看妳了。」

連叫了幾遍，崔護發現絳娘逐漸有動靜，先是輕輕呼出一口氣，再是緩緩睜開眼睛。絳娘甦醒了！當看到床前伏著的就是盼了一年的崔護時，絳娘的眼淚一下子湧了出來。崔護更是喜極而泣。兩個痴情的人擁在一起。院內，那樹桃花正開得恣意爛漫。

……

崔護和絳娘終於在一起了。後來崔護步入仕途，直至三十多年後官至廣南節度使，他和絳娘兩人依然恩愛如初。

【詩人簡歷】 崔護（西元七七二年至八四六年），字殷功，唐朝博陵（今河北定州）人。以一首〈題都護南莊〉留下詩名。

古調不彈——劉長卿：我有一把琴，彈給誰來聽？

【成語①】**古調不彈**

【釋義】古調：古代的曲調。陳調不再彈。比喻過時的東西不受歡迎。

【出處】唐．劉長卿〈聽彈琴〉詩：「古調雖自愛，今人多不彈。」

【成語②】**古調獨彈**

【釋義】獨彈：獨自彈。曲調古雅，沒有人能相附和。比喻人的行為不合時宜，難覓知音同道。

【出處】唐．劉長卿〈客舍贈別〉詩：「清琴有古調，更向何人操。」

京城好熱鬧，宮廷上下，到處是一派歌舞昇平的景象。

那些來自西域和外邦的音樂，讓初入長安的劉長卿覺得很是刺耳。

身邊的好多官員們陶醉於胡音之中，有的還興奮地向劉長卿介紹：這個曲是龜茲的，這個曲是西涼的，還有高昌和疏勒等地來的……

再看樂工們演奏的樂器，看上去那麼陌生，聽上去嘈雜鬧騰。

有官員問他好不好聽，他搖搖頭，皺皺眉，意思是說：這算什麼玩意兒！

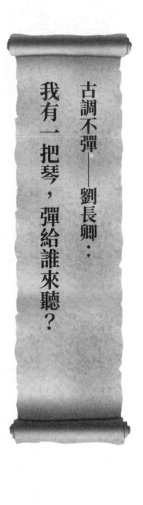

問話的官員衝他翻了個白眼。

劉長卿在跟另一個關係較好的官員朋友閒談時，不屑地說：「這都哪兒來的黃腔怪調，我不明白為何大家會如此著迷！」

朋友答曰：「這你就不懂了，皇家有胡人血統你不知道嗎？當今皇上就是喜歡聽胡笳、羌笛、羯鼓和觱篥那些玩意兒，特別是羯鼓，他都喜歡到著魔的地步了。一天，一個琴師彈琴給他聽，剛開始彈，他就把人家攆走，然後叫人立即把那個叫花奴的鼓手喊來，為他演奏羯鼓。」

劉長卿鼻子裡「哼」了一聲。

朋友又說：「就為了學習打羯鼓，皇上打斷的鼓槌都堆滿了幾個櫃子，你說他都迷到什麼地步了。」

劉長卿哀嘆道：「可我還是覺得古琴好聽，什麼曲子都不如〈廣陵散〉、〈高山流水〉、〈風入松〉這些名曲。」

「要跟上形勢啊，端皇家的碗，還能不服皇家的管？胳膊哪能擰得過大腿？皇上的喜好就是臣子的喜好，你想不合時宜地雅，就會雅到沒朋友。」朋友語重心長地對劉長卿說，「再者，你要改改你的脾氣，你現在中了進士，今後會走進官場，如果啥事都較真，你會吃大虧的！」

劉長卿不解地望著朋友道：「仁兄何出此言？官不盡責何以為官？既然是吃皇糧的人了，就要為大唐王朝擔起責任來。」

朋友笑了，臨分手時對劉長卿道：「你還年輕，以後你就會懂的。」

這邊，玄宗皇帝還在皇宮內沉醉於楊貴妃的玉體和外音胡曲；那邊，安祿山就在范陽起兵了——安史之亂開始，唐朝從此開始走入下坡之路。

戰亂伊始，劉長卿來到蘇州的長洲，開始以縣尉的角色步入仕途。官職雖小，他做得卻盡心竭力，看不慣的就說，說不通的就扭著幹，不結黨，亦不合群。

一切都不是想像中的那樣，劉長卿覺得自己在和一群人作對，且覺得縣衙中的所有人也在和他作對。為何人心不古？為何世風日下？為何書中說和現實世界差距如此大？

這個秋日，他行至山下，在一個僻靜的寺院門口，聽到有清越的琴聲從院中房間飄來，彈的曲子正是〈風入松〉，那聲音讓人安靜，使人迷失。劉長卿停下腳步，側耳靜聽，好像一動步就會踩斷琴絃似的。

沒看到彈琴的人，他也不想走進去打擾人家，但他已把那個不曾謀面的琴主當成知音。琴聲停了的時候，他繼續向前走去，大腦中還在迴旋著剛才的琴聲：

泠泠七弦上，靜聽松風寒。

古調雖自愛，今人多不彈。

（〈聽彈琴〉）

回到縣衙，劉長卿還在不管不顧地「彈」著自己的「琴」，結果不到兩年，他就「彈」出了麻煩，被貶為潘州南巴（今廣州茂名南）縣尉，三年後方得以北還，到蘇州繼續待官。

劉長卿始終覺得自己沒錯，他心中的「琴聲」才是主旋律，才是正能量。一時知音難覓，他就開始在江南遊蕩，用山光水色來消解內心孤獨。

有時，他會寄居在別人家裡。在潤州（今鎮江）芙蓉山的一戶人家，一個冷冷的雪夜成就了他的名作〈逢雪宿芙蓉山主人〉：

日暮蒼山遠，天寒白屋貧。

柴門聞犬吠，風雪夜歸人。

「古琴之愛」一如既往。那天在客舍送朋友赴任，他依然用「琴」表達清高之意：

迢遞兩鄉別，殷勤一寶刀。
清琴有古調，更向何人操。
（〈客舍贈別韋九建赴任河南韋十七造赴任鄭縣就便覲省〉）

代宗大曆年間，劉長卿再次步入官場，官至監察御史、轉運使判官、淮西鄂岳轉運使留後。

在擔任淮西鄂岳轉運使留後一職時，劉長卿再遭不測：被鄂岳觀察史吳仲儒誣陷，鋃鐺入獄。幸有仗義執言的官員為他辯護，他才被就近安置為睦州（今淳安一帶）司馬。

世道亂，官場黑，人心險，行路難。劉長卿後來升任隨州刺史時，心曲依舊，剛性不改。

直至日暮之年，那把意念中的古琴，還一直在他的心頭泠泠作響。

【詩人簡歷】劉長卿（約西元七二六年至七八六年），字文房，唐朝宣城（今屬安徽）人，後遷居洛陽。官終隨州刺史，世稱劉隨州。長於五言詩，自稱「五言長城」。代表作有〈逢雪宿芙蓉山主人〉等。

朝雲暮雨——李冶：你的出現是美麗錯誤

【成語①】**朝雲暮雨**
【釋義】早上是雲，晚上是雨。原指古代神話傳說巫山神女興雲降雨的事。比喻男女的情愛與歡會。
【出處】典出戰國・楚・宋玉〈高唐賦〉，語出唐・李冶〈感興〉詩：「朝雲暮雨鎮相隨，去雁來人有返期。」

【成語②】**蹉跎歲月**
【釋義】蹉跎：時光白白過去。白白地耽誤時光。指虛度光陰。
【出處】唐・李冶〈寄校書七兄〉詩：「無事烏程縣，蹉跎歲月餘。」

唐開元年間。春日。在湖州吳興的一戶人家裡，一位中年男子領著年僅六歲的女兒，在自家花園裡散步。見牆邊的一叢薔薇已枝條紛披，男子便讓女兒作一首「詠薔薇」的詩。小女孩略作沉吟，隨即誦道：

經時未架卻，心緒亂縱橫

沒等女兒唸完，當父親的心裡就吃驚了；一是吃驚於女兒的才思，二是吃驚於女兒的心思：「架卻」分明是「嫁卻」啊，幾歲的小丫頭就能道出女人出嫁前的煩亂心情，這也太早熟了吧？因此，這位當父親的，後來私下就對女孩母親說：咱閨女以後是塊寫詩文的料，可她長大後恐怕會成為一個不太穩當的女子。

女孩名叫李冶，字季蘭，不僅長得容貌俊美，而且聰明活潑。自那次作了〈薔薇詩〉之後，她父親心中原有的驕傲就多了一層隱憂。見李冶越長大越俊俏，父親的顧慮就越來越重。考慮再三，他乾脆把女兒送入附近的開元寺，讓她當起女道士。

可大唐又是一個多麼開放的朝代啊！李冶在寺裡學道、讀書、寫詩、彈琴之餘，她的心思卻是一點都沒有收。花季之年，她的春心開始萌動了。那麼多的人在寺裡來來去去。她那麼美，又那麼愛笑，見到她的男子總忍不住要多看她一眼，有人跟她調笑，她卻並不惱，有時會還以媚笑，更讓人家想入非非。見到令她怦然心動的男子，她會陷入相思的煩惱之中：

人道海水深，不抵相思半。海水尚有涯，相思渺無畔。——（〈相思怨〉）

終於，那個叫朱放的男子走進了她的視線。

朱放從漢水之濱來剡溪畔隱居，一個偶然的機會，兩人相遇相識，彼此心生愛慕，開啟了一段令人刻骨銘心的戀愛時光。後來，朱放奉召要去江西做官，兩人難分難捨，揮淚告別之際，朱放以〈別李季蘭〉一詩相贈：

古岸新花開一枝，岸傍花下有分離。莫將羅袖拂花落，便是行人腸斷時。

不久，李冶便回贈〈寄朱放〉一詩：

望水試登山，山高湖又闊。相思無曉夕，相望經年月。
鬱鬱山木榮，綿綿野花發。別後無限情，相逢一時說。

但朱放這一走，卻再也沒回來，也沒再給李冶遞新消息。李冶在等待中，只有將無限的相思付諸詩句：

朝雲暮雨鎮相隨，去雁來人有返期。玉枕只知長下淚，銀燈空照不眠時。
仰看明月翻含意，俯眄流波欲寄詞。卻憶初聞鳳樓曲，教人寂寞復相思。

朱放走了，然後閻伯鈞來了。

一開始，閻伯鈞同樣讓李冶感受到愛的美好。兩情相悅，風花雪月，短暫分離後，李冶心中的相思依然：

離人無語月無聲，明月有光人有情。別後相思人似月，雲間水上到層城。——（〈明月夜留別〉）

閻伯鈞要去剡縣，李冶在送別詩中告訴他：「歸來重相訪，莫學阮郎迷。」意思是說，可別學傳說中的阮郎那樣，一去他鄉，久久不返。李冶與閻伯鈞的感情甚至發展到了談婚論嫁的地步，可最後閻伯鈞還是一去不返。李冶在失落之餘，終於學會放下，也有了自己的頓悟：

至近至遠東西，至深至淺清溪。至高至明日月，至親至疏夫妻。——（〈八至〉）

從此之後，李冶和男人的相處就更放得開了。韓揆來了，蕭叔子來了，陸羽也來了……陸羽懂茶，卻不太懂風情，人又長得不好看，李冶一直把他當作自家兄長一般看待。

一個叫皎然的僧人是陸羽的好友，兩人經常在一起品茗吟詩。李冶見了皎然第一面後，就對這位有才有貌的僧人有了感覺。見皎然整天一副一本正經的樣子，李冶便想撩撩他，反正閒著也是閒著。可是無論是遞秋波、說情話，還是觸肌膚、送野花，人家一概不配合，還以詩作答：

天女來相試，將花欲染衣。禪心竟不起，還捧舊花歸。

（〈答李季蘭〉）

李冶暗笑，心裡罵了句「禿驢」，卻又不得不佩服人家的定力。就這樣，身為女道士的李冶在男人河裡趟了一天又一天。時光如流水，風流俊美的李冶在無情的歲月裡，漸漸老去了。

當那個被喚作「七哥」的老鄉要去當校書郎時，李冶在贈詩開頭感嘆道：「無事烏程縣，蹉跎歲月餘。」歲數大了，開起玩笑來卻也更加肆無忌憚。那日，詩人劉長卿來了。聽說劉詩人患有疝氣，李冶便笑問：「山氣日夕佳？」（意即你的疝氣現在怎麼樣了？）劉長卿自然聽出話中意思，以陶淵明詩句對曰：「眾（重）鳥欣有托。」（意思說那傢伙雖因病變重、變大，幸好還有布袋兜著呢！）

李冶遲暮之年，雖風韻猶存，但總是遭受疾病的困擾。曾經在她面前花言巧語、大獻慇勤的男人們，眼下是越來越少了，只有執著的陸羽會時常來探望她，這讓她在寂寞中感受到一絲溫暖，「相逢仍臥病，欲語淚先垂」。年過半百的時候，沒想到德宗皇帝竟會宣她入宮。

無才多病分龍鍾，不料虛名達九重。仰愧彈冠上華髮，多慚拂鏡理衰容。

（〈恩命追入，留別廣陵故人〉）

行將進宮的李冶再也沒有年少時的輕狂。入宮不久，她便遭遇了一次軍事政變。政變平息後，德宗皇帝返京。因李冶曾經給叛亂中稱帝的朱泚獻詩，德宗認為其罪不可赦，便命人將她棒殺了。李冶一生都在取悅男人。最後，她用詩去取悅一個男人，卻被另一個男人取了性命。

【詩人簡歷】李冶（?—西元七八四年），字季蘭，烏程（今浙江吳興）人。與薛濤、魚玄機、劉采春並稱「唐代四大女詩人」，其詩以五言擅長，多酬贈遣懷之作。代表作有〈八至〉、〈寄校書七兄〉等。

斜風細雨——張志和：
遠離風波，寄身煙波

【成語】**斜風細雨**

【釋義】斜風：細細微微的小風；細雨：小雨。形容小的風雨。

【出處】唐．張志和〈漁歌子〉詩：「青箬笠，綠蓑衣，斜風細雨不須歸。」

李氏發覺自己又懷了身孕，她對丈夫張朝游說：懷孕前，我曾夢見有一棵楓樹長在我的肚子上，看來這孩子不是一般來頭。已有松齡和鶴齡兩個兒子，妻子懷著的已是第三胎。張朝游聽完妻子說夢，笑笑，並沒顯出特別的高興，只順口說道：「要還是兒子，就叫龜齡好了。」

小龜齡順利來到世間，三年後，其過人天賦就漸漸顯山露水了：三歲，能認字讀書。六歲，下筆成文。八歲，隨父親在翰林院遊玩，有學士拿一文集讓他讀，能過目成誦。玄宗聞後，親自出題考之，竟對答如流，玄宗即讓他入翰林院，享受特別優待。十六歲，因長於道術，受太子李亨賞識，成為太學生。

年至弱冠，太學結業，李亨為張龜齡賜名張志和，字子同。張志和當年又參加明經科考試，登第，自此走上仕途。先是在宮中任左金吾衛錄事參軍事，一年後回湖州老家省親。安史之亂爆發後，隨太子李亨轉戰靈武一帶，任朔方招討使，等李亨即位，張志和因獻策有功，被提升為左金吾衛大將軍。

至德二年（西元七五七年），張志和回到京城長安，受封金光祿大夫，享受正三品待遇。因向肅宗直言進諫，結果觸犯龍顏，不久就被降官為南浦（今重慶萬州區）縣尉。

張志和頓感宦海沉浮，風波不定，唯上是從，身不由己。禍不單行，在這樣的節骨眼上，父母和妻子又先後故去。張志和一時間情緒低迷，心灰意冷。此時，官場和家對於他來說，已沒有多大意義。他辭了官，離了家，開始浪跡天涯的生活。唐肅宗念及舊情，賜給他一奴一婢。張志和為奴取名「漁童」，為婢取名「樵青」。

在漁童和樵青的陪伴下，張志和隱居於太湖流域的山水間，或煙波垂釣，或呼嘯山林，或吟詩作畫，或訪友問道，漁樵為樂，自有游離於世俗生活之外的逍遙。

有時，他會陶醉於西塞山前的美景，會在青山綠水間流連忘返。

有時，他會乘著一葉扁舟，在江面上乘流縱槳，任意東西。

有時，他會與江畔的漁夫共飲，醉了，乾脆就在船上睡一宿。

有時，他會在霅（ㄓㄚˊ）溪灣裡看漁翁垂釣，體會粗衣破衫「不嘆窮」的情懷。

有時，他還會和詩僧皎然一起舉杯同醉，吟風弄月。

有時，他會深居山中寫書，先寫〈玄真子〉，再寫〈太易〉。

這樣的時光，就像不息的江水一樣，流逝得很快，不知不覺十多年就過去了。這一年，顏真卿來到湖州刺史的任上。都有文藝氣質，互相欣賞，張志和順理成章成了顏真卿幕中的座上客。

張志和對顏真卿說：我現有的這條小船已經很破了，說不定哪天就沉了，你能不能幫我弄條新的？

顏真卿不假思索地說：沒問題，包在顏某身上！

幾日後，一條嶄新的小船果然擺在張志和面前。在顏真卿特意操持的贈船儀式上，僧皎然還興高采烈地寫了一首詩：〈奉和顏魯公真卿落玄真子舴艋舟歌〉，詩中說張志和「得道身不繫，無機舟亦閒。從水遠逝兮任風還，朝五湖兮夕三山」。

張志和駕著新的舴艋舟，江上任逍遙，自是不在話下。

又一日，顏真卿對張志和說：你的畫作也是一絕，是否能為我畫一幅？張志和同樣爽快答應。張志和開始畫畫，只是，他作畫的動靜有點大——

酒至半酣之際，只見他醉醺醺地站起身，先在畫案上擺好絹布，然後讓樂工奏起〈破陣〉曲，鼓樂聲中，張志和右手拿筆，背對畫案，腳踏著樂曲的節拍，先閉雙眼沉思一會兒，忽然睜開眼，猛一轉身，凝神蘸墨，下筆如風，縱橫揮灑。須臾之間，一幅形神畢備的〈洞庭三山圖〉就大功告成。

眾人皆歎為觀止。在場的皎然自然是忍不住賦詩一首，詩曰：

手援毫，足蹈節，披縑灑墨稱麗絕。
石文亂點急管催，雲態徐揮慢歌發。
樂縱酒酣狂更好，攢峰若雨縱橫掃。
（〈奉應顏尚書真卿觀玄真子置酒張樂舞破陣畫洞〉）

顏真卿的幕中是文人雅集之處，酒會也是詩會，是才藝展示大會。又一個詩會上，在場的顏真卿、陸鴻漸、徐士衡、李成矩、張志和，每人都作了五首〈漁歌〉。張志和寫的第一首〈漁歌〉，就是我們熟知的那首〈漁歌子〉（宋時，漁歌子成為詞牌名）：

西塞山前白鷺飛，桃花流水鱖魚肥。
青箬笠，綠蓑衣，斜風細雨不須歸。

斜風細雨中，張志和沉醉於山光水色，他真的不想回到官場，回到世俗生活中。那日，他又喝醉，不慎跌入湖中，再也沒有上來。有人說，玄真子張志和不是溺亡的，他是鋪席於水面上飲酒，有雲中鶴下來馱他飛走：他得了道，成了仙。

總之，張志和遵守自己「不須歸」的諾言，實現了「煙波終身」的願望。他是真正的隱士，是名不虛傳的「煙波釣徒」。

【詩人簡歷】張志和（約西元七三〇年至八一〇年），字子同，初名龜齡，唐朝婺州（今浙江金華）人。一生多半隱居山水間，自號「煙波釣徒」，又號「玄真子」。代表作有〈漁歌子〉、〈漁父詞〉等。

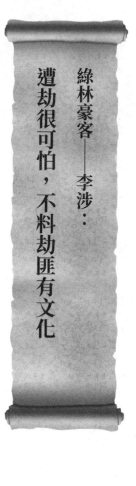

綠林豪客——李涉：
遭劫很可怕，不料劫匪有文化

【成語】**綠林豪客**

【釋義】綠林：西漢王匡、王鳳為首的「綠林軍」。指聚集山林、反抗官府的武力，後指傷害人民的群盜股匪。

【出處】唐．李涉〈井欄砂宿遇夜客〉詩：「暮雨瀟瀟江上村，綠林豪客夜知聞。」

多年以後，李涉還會經常回憶起在江邊看牧童放牛的情景：把牛放在江灣的草地上，自己則躺在一旁，悠閒自得地吹響蘆笛，春雨綿綿中，披上蓑衣，有時還會將樹枝蓬蒿胡亂地插滿全身，有了「武器裝備」，感覺遇到猛虎也不怕。

朝牧牛，牧牛下江曲。夜牧牛，牧牛度村谷。
荷蓑出林春雨細，蘆管臥吹莎草綠。
亂插蓬蒿箭滿腰，不怕猛虎欺黃犢。

（〈牧童詞〉）

那時，為了逃避戰亂，他和弟弟從老家洛陽來到江南，開始隱於廬山五老峰下讀書。弟弟李渤養了一頭白鹿，這樣，他們的隱居之處似乎有了一些仙氣，「白鹿洞」自此得名。

兩兄弟讀書都讀出了名氣，不久，哥哥李涉就先出山，先是做許州節度使劉昌裔的幕僚，很快就以詩名做上太子通事舍人的位置。就在這個位置上，李涉因為投書為罪臣吐突承璀喊冤並向主事官員行賄，結果事發遭貶，灰溜溜地來到了峽州（今宜昌），當了司倉參軍，成為一個管倉庫的小官。

在峽州，李涉一待就是十年。這十年裡，他窮愁潦倒，困窘不堪，萬般無奈之下，便開始透過求佛問道來尋找精神安慰，整日待在寺廟裡跟一幫僧人混在一起。家是養不起了，他只得動員自己的老婆出家為尼，有〈送妻入道〉一詩為證：

人無回意似波瀾，琴有離聲為一彈。縱使空門再相見，還如秋月水中看。

當貶官十年，遇赦北還後，李涉心中唯一的感受就是：往事不堪回首！途經岳陽，他遇到詩人張祜，談及峽州那段歲月，他感慨萬千：

十年蹭蹬為逐臣，鬢毛白盡巴江春。——（〈岳陽別張祜〉）

李涉回來之後，便跑到少室山裡隱居起來。可隱了沒多長時間，又有人來請他：穆宗李恆要他去國子監教書。因此，他再次出山，當起了「博士」。一時間，「李博士」的大名天下皆知。

長慶二年（西元八二二年），李涉前往江州（今九江），想看望時為江州刺史的弟弟李渤。可當船行至皖口的井欄砂村，剛要靠岸，不料從暗處竄出一群盜賊。十多個賊人手持刀槍登上他的船，要打劫。

賊首見李涉不像江湖闖蕩之人，就問道：「你是做什麼的？」

李涉答道：「我是李涉。」

「就是國子監的李博士！」船伕趕忙補充道。

一聽面前站的就是鼎鼎大名的李博士，賊首忙示意手下停止打劫，然後將信將疑地對李涉說：「如果真是李博士，那就當場給我作首詩吧，寫出了詩，我們就不劫財，要是寫不出，那就對不住囉。」

李涉聽了，笑著從隨身攜帶的布袋中掏出紙、墨、筆、硯。一切準備就緒，李涉奮筆直書，一首〈井欄砂宿遇夜客〉一揮而就：

暮雨瀟瀟江上村，綠林豪客夜知聞。他時不用逃名姓，世上如今半是君。

賊首拿到詩，立即喜笑顏開，他搖頭晃腦讀了兩遍後，便對李涉拱了一下手，帶著手下遁入瀟瀟夜雨中。賊人走了，李涉對船伕嘆道：「這世道亂糟糟的，賊人是越來越多了，不過這伙賊還算不錯，最起碼他們還是尊重像我這樣的文人。」

到江州見過弟弟後，李涉重回京城，繼續當他的博士。教書之餘，李涉和名相裴度的那位名叫武昭的門吏過從甚密。在裴度受到宰相李逢吉排擠後，武昭揚言要殺了李逢吉，最後卻被李逢吉所殺。李涉受到牽連，再次遭貶，流官至康州（今廣東德慶縣）。李涉在康州剛落腳，便給弟弟李渤寄去一首詩：

唯將直道信蒼蒼，可料無名抵憲章。陰騭卻應先有謂，已交鴻雁早隨陽。

（〈謫康州先寄弟渤〉）

牢騷，感慨，終歸不能解決什麼問題，活著，總有太多的無奈。時運不濟，連記憶中一向可愛的牧童也都改變形象：

無奈牧童何，放牛吃我竹。隔林呼不應，叫笑如生鹿。欲報田舍翁，更深不歸屋。

（〈山中〉）

幾年後，李涉才得以北還。春末時節，他來到潤州（今鎮江）的鶴林寺，在竹林掩映的寺院中，一位高僧的幾句話讓他茅塞頓開，心結暫解。下山前，他在寺壁上題下一首詩〈題鶴林寺僧舍〉：

終日昏昏醉夢間，忽聞春盡強登山。因過竹院逢僧話，偷得浮生半日閒。

在回京的餘路上，李涉感覺輕鬆好多，麻木已久的心也似乎慢慢活泛起來。

【詩人簡歷】 李涉（生卒不詳），自號清溪子，洛陽人。唐文宗大和年間，曾任國子博士，世稱「李博士」。代表作有〈題鶴林寺僧舍〉等。

不平則鳴——韓愈：
一代文宗，一生常鳴

【成語①】不平則鳴
【釋義】指受到委屈和壓迫就要發出不滿和反抗的呼聲。
【出處】唐．韓愈〈送孟東野序〉：「大凡物不得其平則鳴。」

【成語②】蚍蜉撼樹
【釋義】蚍蜉：很大的螞蟻。比喻其力量很小，卻妄想動搖強大的事物，不自量力。
【出處】唐．韓愈〈調張籍〉詩：「蚍蜉撼大樹，可笑不自量。」

小時候的韓愈，可是個小可憐啊。還沒懂事，父母就雙雙離世，孤苦伶仃的他只好跟著兄嫂過活。十二歲時，兄長韓會病逝。十四歲時，遇到兵亂，又隨嫂鄭氏從老家河陽（今河南孟州）遷到宣城去住。整個童年和少年時期，小韓愈就在鄭氏的引導和陪伴下識字讀書。

小韓愈很自覺，很刻苦，悟性高，七歲會讀，十三歲就能提筆成文了。唐德宗貞元二年（西元七八六年），十九歲的韓愈告別了鄭氏，孤身一人來到京城長安。他準備投靠族兄韓弇，然後再全力以赴參加科舉考試。不幸的是，韓愈到長安時，韓弇卻因公務去了河中（今山西永濟）後遇害。走投無路之下，韓愈只好去投靠韓弇的上司——北平王馬燧。

有了暫時的依靠，韓愈便信心十足地走向考場。首考，便遭遇當頭一棒：落第！再考，又是一棒。三考，仍是一棒。三棒雖然讓韓愈很受傷，但沒將他擊倒。貞元八年（西元七九二年），四入考場之後，韓愈終於登科。

這次與他一同考試的人當中，有已經四十二歲的孟郊。孟郊沒考中，很失望。韓愈理解孟郊的感受，就寫詩安慰他，並與之結為好友。既然登了科，接下來如果通過吏部銓選，就能謀個官職，正式登堂入室了。

次年，韓愈便趁熱打鐵去參加吏部的博學宏辭科考試。

首考，不中。再考，不中。三考，不中。連續三年，又是當頭三大棒，這可把韓愈考急了。他不再考了，他要給宰相上書自薦！連上三次書：《上宰相書》、《後十九日覆上宰相書》、《後廿九日覆上宰相書》。沒有一封有回音。韓愈著急上火，想親自找宰相討說法，卻被人家無情地拒之門外。茫然無措中，他只好給朋友崔立之寫信表達心中不滿：什麼博學？什麼宏辭科？就是屈原、孟子、司馬遷、揚雄他們來，恐怕也會以參加這樣的考試為羞恥吧？

雖然給趙憬、賈耽、盧邁這三個宰相上書沒人理，但一年後，名叫董晉的宰相卻給了他一個機會。那陣子汴州發生動亂，朝廷就讓董晉以宣武軍節度使身分去平亂，走時，董晉請示朝廷，讓韓愈隨之前往。韓愈便有了生平第一個官銜：秘書省校書郎。到汴州後，他就在董晉幕中當起觀察推官。在這裡，他結識了一個很重要的人物——朝廷派來的監軍、宦官俱文珍。

五年後，董晉病逝。汴州節度府發生喋血事件，亂作一團。韓愈只好另外擇枝而棲，跑到武寧軍節度使（治徐州）張建封那兒當起幕僚。在張建封幕中，他過得並不愉快。鬱悶中，他想到已在京城的俱文珍。那就給俱大人寫封信吧，說說好話。

這招還真管用！韓愈跟俱文珍說好話，俱文珍便替韓愈在朝廷說好話。然後，韓愈就被調回京城，當起了太常寺協律郎。不懂音樂，卻要去當一個管音樂的官，韓愈覺得朝廷沒把他用到正經地方，也沒能給他一個充分施展才能的平臺。因此，他就寫了一篇〈馬說〉告訴人家：我是一隻被埋沒的千里馬呀！你要是伯樂，就知道韓某我有多厲害。

兩年後，韓愈的職位和級別有了提升，當上國子監的四門博士。不管音樂，開始教書。在教書過程中韓愈發現許多官員和士人自以為是，恥於從師，覺得很有必要糾正這種錯誤的觀念，〈師說〉一文便應運而生。老師是為大家「道，授業，解惑」的，怎能不拿老師當回事呢？

當了兩年多的老師，韓愈又坐上監察御史的位子。期間，好友孟郊找他訴苦，說進士及第幾年後才給個溧陽尉的職務，太鬱悶了。韓愈在送行之際便寫了篇〈送孟東野序〉，文章開頭便說：「大凡物不得其平則鳴。」他為孟郊鳴不平，也對他進行勸慰。

韓愈不僅為自己和好友鳴不平，在官位上，他也為天下蒼生鳴不平。貞元十九年（西元八〇三年），關中大旱，韓愈親眼看到京城周圍百姓遭災後的慘狀，心痛不已。而當地官員卻徵斂依舊，根本不把百姓生死放在心上。韓愈因此憤而上疏：《御史臺上論天旱人饑狀》，結果得罪朝中的王伾、王叔文一黨，隨即遭貶，改任陽山（今廣東連州市）縣令。

永貞元年（西元八〇五年），憲宗即位後，韓愈的境況開始有了轉機，先是平調到江陵任法曹參軍，不到一年就調回京城任國子博士，再至洛陽，三年後做到河南令。

元和七年（西元八一二年）正月，韓愈的倔脾氣又犯了，聽說華陰縣令柳澗被華州刺史誣告，便上疏為柳鳴不平，結果不僅沒如願，還連帶倒楣，再次被貶，重回國子博士之位。

韓愈自然不服，便帶著怨氣教書，於是就有了〈進學解〉一文，他在文中讓學生替他抱屈，實際上是他自己心裡不爽啊！不過，韓愈很快又進入到升職狀態，三年後便坐上中書舍人之位，之後，又任太子右庶子、裴度的行軍司馬、刑部侍郎。

在處理公務的同時，韓愈發現文人圈裡有人對李白、杜甫頗有微詞，甚至公然寫文譏諷或貶低他們的詩文，他馬上挺身而出，在〈調張籍〉一詩開頭直接開火：

李杜文章在，光焰萬丈長。不知群兒愚，那用故謗傷。蚍蜉撼大樹，可笑不自量。

轟完文壇「群兒」，過了幾年，韓愈又將炮口對準皇上。

元和十四年（西元八一九年）正月，信佛的憲宗皇帝想做一件事：迎接鳳翔法門寺送來的佛骨，且要在宮中供養三日。韓愈聽說後，極力反對，還寫了一篇言辭激烈的〈諫迎佛骨表〉，文中說：佛教不過是從西方傳來、上不了檯面的一種法術，你看，自漢朝佛教傳入以來，信佛的皇帝有哪個是長壽的嗎？所以想以佛求福，最終只能給自己帶來災禍。

文中的語句帶上了詛咒的語氣，皇上自然是很生氣，生氣的後果很嚴重：韓愈被一竿子捅到潮州那個蠻荒之地當刺史。踏上南下之路時，韓愈心裡又悔又怕。到了藍關，侄孫韓湘來看他，他心情沉重地寫下這首〈左遷至藍關示侄孫湘〉：

一封朝奏九重天，夕貶潮陽路八千。欲為聖明除弊事，肯將衰朽惜殘年！
雲橫秦嶺家何在？雪擁藍關馬不前。知汝遠來應有意，好收吾骨瘴江邊。

韓愈為迎佛骨而「鳴」付出的代價很大，他的四女兒因經不起折騰，結果死在了去潮州途中。

一路跋涉趕到潮州後，韓愈趕緊給憲宗上書作檢討、賠罪，憲宗看了信後，心一軟，便將韓愈調往條件相對好的袁州（今宜春）當刺史。次年，韓愈被召回朝，升為國子祭酒。

到袁州沒幾個月，新皇帝穆宗李恆便登基了。韓愈做太子右庶子時，服務的那個太子就是李恆，有這樣一層關係，韓愈的仕途就開始順溜多了：兵部侍郎、吏部侍郎、京兆尹兼御史大夫。

這段時間，韓愈心中的不平少了很多，也基本不「鳴」了。只是有時會和御史中丞李紳吵吵嘴，有次把穆宗吵煩了，便把他們都降職，旋即又讓他們官復原職。

長慶四年（西元八二四年）十二月，一生常「鳴」的「文章巨公」停止了呼吸，享年五十七歲。

不平則鳴，終成為韓愈所倡導的「古文運動」的一個重要標籤。

【詩人簡歷】 韓愈（西元七六八年至八二四年），字退之，河陽（今河南省焦作市）人。祖籍河北昌黎，世稱「韓昌黎」。晚年任吏部侍郎，又稱「韓吏部」。謚號「文」，又稱「韓文公」。他與柳宗元同為唐代古文運動的倡導者，兩人並稱「韓柳」。「唐宋八大家」之一，有「文章巨公」和「百代文宗」之名，亦有「文起八代之衰」（蘇軾語）之譽。代表詩作有〈早春呈水部張十八員外二首〉、〈左遷至藍關示侄孫湘〉、〈晚春〉等。

秋風落葉——賈島：法號「無本」的苦行僧

【成語①】**秋風落葉**

【釋義】原指秋風掃盡了落葉，一片淒涼的場景，現多比喻為一掃而光。

【出處】唐．賈島〈憶江上吳處士〉詩：「秋風生渭水，落葉滿長安。」

【成語②】**十年磨劍**

【釋義】比喻多年刻苦磨煉。

【出處】唐．賈島〈劍客〉詩：「十年磨一劍，霜刃未曾試。」

提到賈島，必提「推敲」的故事。

某日，賈島從一位名叫李凝的朋友那兒返回京城後，準備寫首〈題李凝幽居〉的詩，構思完成，他想將頷聯「鳥宿池邊樹，僧推月下門」中的「推」改為「敲」字，過會兒又覺得用「推」好，如此反覆，著了魔一般，整個人都陷入「推」與「敲」的情境變化中。

當時賈島騎在一頭老驢上，雙眉緊鎖，口中唸唸有詞，還不時伸手做出「推」和「敲」的動作，旁邊的人都覺得他精神病犯了。

賈島只把精力用在詞句上，結果身下的老驢跑偏了方向，走著走著，一頭扎進迎面而來的儀仗隊中。儀仗隊正中端坐的正是京兆尹韓愈。當兵士把衝撞隊伍的賈島押到他面前時，他就問賈島為何如此沒眼色。賈島只得如實相告，並說自己光想著鍊句，沒注意到儀仗隊伍到來。韓愈聽後，不僅沒有為難賈島，還給他一個標準答案：用「敲」字好！

賈島吃了定心丸，就對韓愈表示感謝。兩人遂並駕齊驅，結為詩友。

又一年的一日，賈島騎著那頭老驢在京城大街前行，秋風中，他忽然思念起一個月前送走的吳處士，他想：吳要去的是遙遠的閩中，現在應該還在江上吧？

「閩國揚帆去，蟾蜍虧復團。」他輕聲吟道。

看到秋風吹落一片片的黃葉，他立即想到一句：「落葉滿長安。」

「可用哪一句來對『落葉滿長安』呢？」賈島陷入沉思中。

「嗯，有了，用『秋風生渭水』來對呀！」突然想到了對句，賈島欣喜若狂。

沉浸在得句成功喜悅中的賈島，身下的驢一時無所適從，結果衝犯了京兆尹劉棲楚的人馬。劉棲楚可不像韓愈那樣善待詩人，他二話不說就讓人把賈島抓起來，並拘留一晚上。當然，上面兩個關於賈島衝撞兩個京兆尹的故事都只是傳說，但「推敲」和「秋風落葉」兩個典故卻是真的跟他有關。

韓愈當京兆尹時是長慶三年（西元八二三年），其實那一年他已和賈島認識十多年了。

代宗大曆十四年（西元七七九年），賈島出生於范陽的一個貧寒之家，早年因孤苦無依，只好出家做和尚，法號無本。

憲宗元和五年（西元八一〇年），賈島雲遊到洛陽、長安，因喜歡作詩，所以交往的人也多是詩人，其中關係最好的就是張籍、韓愈、孟郊三人。

韓愈認識賈島之後，很欣賞他的詩才，經過一段時間的往來，韓愈就對賈島說：「當什麼和尚呢？還俗吧，考個功名，多好！」賈島還真信了韓愈的話，不僅還了俗，而且要正式參加科舉考試。對於入仕做事業，賈島是信心滿滿的，這裡有他的〈劍客〉一詩為證：

十年磨一劍，霜刃未曾試。今日把示君，誰有不平事？

賈島的心裡話是：我苦讀那麼多年，還從未在考場上一試身手呢！今天我要亮亮我的實力，各位看官可要看好了！看官都看好了，可賈島卻演砸了。賈島不服，來年再考，結果依舊。

繼續考，繼續考，繼續考……

不中，不中，不中……

本來賈島就是個性格孤僻的人，考場上的連年慘敗就更讓他萬念俱灰了。在無數個獨處的日子裡，他的眼中只有瘦硬、淒冷，所有的熱鬧和繁華都似乎跟他毫無關係。他幾乎把「苦吟」當成餘生的事業。

一日不作詩，心源如廢井。筆硯為轆轤，吟詠作縻綆。
朝來重汲引，依舊得清冷。書贈同懷人，詞中多苦辛。
（〈戲贈友人〉）

他把自己的詩當成一口深井，如果不去寫詩，「心井」也就廢了。他選擇交往的人，也更多僧人和隱士了。有次，他寫了一首〈送無可上人〉的詩，其中「獨行潭底影，數息樹邊身」一聯是他最得意的，他還在這一聯下用一首絕句作注：

二句三年得，一吟雙淚流。知音如不賞，歸臥故山秋。

賈島對朋友說：我寫詩寫得這麼辛苦，作為知音的你如果也不欣賞的話，那我只有去隱居了。

形單影隻中，滿懷詩情的賈島，眼裡看到的總是「寒水」、「落日」、「怪鳥」、「蒲根」、「行蛇」等，一行行詩句中透著瘦硬的寒意。他期盼的「及第」，多像他詩中的「隱者」，連個面也不給見：

松下問童子，言師採藥去。只在此山中，雲深不知處。——（〈尋隱者不遇〉）

尋隱者不遇，而令賈島最感無望的是懷才不遇。傳說中，賈島還是有一「遇」的。

某日，唐宣宗李忱微服出行，到了賈島寄身的法乾寺。宣宗見鐘樓書案上有賈島的詩卷，便隨手翻閱起來。賈島一把奪下詩卷，斜眼望著宣宗，厲聲說道：你看你人五人六的，一看就不缺吃不缺穿，還讀什麼詩？宣宗啥也沒說就下樓走了。賈島後來聽說那位看他詩的人就是當今皇上，感到非常害怕，立即跑到皇宮前面，跪伏臺階下等待治罪。結果皇上就把他貶為長江（今四川大英縣）主簿，三年後又升為普州（今四川安岳縣）司倉參軍。武宗會昌三年（西元八四三年），賈島死在任上。

因在長江縣做過官，所以賈島又有「賈長江」之稱。他字曰閬仙（一作浪仙），其實他身上幾乎沒啥仙氣，他只是詩的「奴」，他就是「詩奴」。

你要是問：在當長江主簿前，賈島到底考中進士了沒有？

答案：不知道。

【詩人簡歷】賈島（西元七七九年至八四三年），字閬仙，唐朝河北道幽州范陽縣（今河北省涿州）人。人稱「詩奴」，與孟郊合稱「郊寒島瘦」，自號「碣石山人」。代表詩作有〈題李凝幽居〉、〈劍客〉等。

八面玲瓏——盧綸：朋友多了路好走

【成語】八面玲瓏

【釋義】玲瓏：精巧細緻，指人靈活、敏捷。本指窗戶明亮軒敞。後用來形容人處世圓滑，待人接物面面俱到。

【出處】唐．盧綸〈賦得彭祖樓送楊德宗歸徐州幕〉詩：「四戶八窗明，玲瓏逼上清。」

在唐朝，有一個大貪官，名叫元載。元載貪到什麼程度呢？僅舉一例：他倒臺被抄家時，光在住處搜出的胡椒，就有八百石之多（相當於今天的六十四噸）。胡椒，在今天看來只是尋常之物；可在唐代，作為一個外來品種，它可算是頂級的奢侈品。再奢侈，再稀有，胡椒也只是種調味料，六十四噸，哪輩子能吃完？元載之貪，由此可見一斑。

元載是在代宗時期晉身宰相之位的，他在相位上如何弄權貪贓的事就不說了，在這裡只說他和一個詩人的關係。詩人名叫盧綸，來自河北涿州，天寶初來到長安，當時只有二十來歲。他和其他大多數唐代才子一樣，來京城只為應舉，求取個功名。可他沒錢沒靠山，世道也一直不太平，他考了幾次，次次落第，因此榜上題名的願望也落空了。幾次考試期間，他在終南山隱居過，還隨舅舅在鄱陽生活一段時間。

唐代宗即位後，盧綸再次來到京城應試，可最終還是沒能擺脫落第的命運。考場總是失意，可盧綸並沒有像賈島那樣就此沉淪下去，除了繼續讀書寫詩，他還抽出大把的時間在人際交往上——既結交志同道合的文人，也積極主動地同各路權貴顯要套關係，透過廣泛聯絡，用心經營出屬於自己的人脈。

在文人圈，盧綸牽頭，與吉中孚、韓翃、錢起、司空曙、苗發、崔峒、耿諱、夏侯審、李端等詩人一起，互相唱和，打響了「大曆十才子」的品牌。更重要的，盧綸要在高官和名門子弟面前混個臉熟。

透過積極走動，他和認識到的封疆大吏或大權在握的人物，各個打得火熱，鮑防、黎干、盧甚、皇甫溫、張建封、韋渠牟、裴延齡、王延昌、徐浩、薛邕、趙涓、李紓、包佶、肖昕……均是他朋友圈裡的人脈資源。宰相級的人物，更是能攀則攀，常袞、李勉、齊映、陸贄、賈耽、令狐楚、裴均……都跟盧綸有過來往。這類人中，還有兩個舉足輕重的人物，一個就是文章開頭提到的元載，再一個就是大詩人王維的弟弟：王縉。也不知道盧綸是透過何種管道，以何種方式進入元載的視野，反正，元載知道有盧綸這麼一個人，並且也很欣賞盧綸的詩歌。

大曆六年（西元七七一年）的某天，元載就把盧綸其人其詩在代宗面前作了推薦。代宗覺得既然是個人才，就給他個官當唄，於是，盧綸就在未中舉的情況下直接入仕，被授予閿鄉尉一職。另一宰相王縉也給予助力、提攜，盧綸的職位隨之逐步提升：集賢學士、秘書省校書郎、監察御史、密縣縣令。可是好景不長，大曆十二年，元載倒臺遭賜死，王縉獲罪被貶，盧綸作為關聯人物，也被關入大牢。雖不久就被釋放，但他的官路卻因此中斷了。直到德宗李適上臺後，盧綸才重新被起用。

咸寧郡王渾瑊出鎮河中（今山西永濟縣蒲州鎮）時，盧綸就被請去當元帥府的判官。獨特的邊關生活體驗，讓盧綸寫出一首首風格別樣的邊塞詩作，其中最為膾炙人口的兩首是：

林暗草驚風，將軍夜引弓。平明尋白羽，沒在石棱中。

（〈塞下曲．其二〉）

月黑雁飛高，單于夜遁逃。欲將輕騎逐，大雪滿弓刀。

（〈塞下曲．其三〉）

從河中府回京，盧綸繼續做官，等做到檢校戶部郎時，他的生命也到了盡頭。盧綸未中舉，卻能在權貴的幫助下在宦海弄潮，在很大程度上得益於他善交際、有眼色，會獻殷勤，不然的話，哪個高官會把他這樣一個微不足道的書生放在眼裡呢？翻看盧綸的詩集，你會發現他的詩作中，題目以「送」、「別」作開頭的占了相當大的比重，由此可知他的交際面之廣，結交者之多。在這些送別詩中，有一首題為〈賦得彭祖樓送楊德宗歸徐州幕〉，詩中寫道：

四戶八窗明，玲瓏逼上清。外欄黃鵠下，中柱紫芝生。
每帶雲霞色，時聞簫管聲。望君兼有月，幢蓋儼層城。

此詩的首聯「四戶八窗明，玲瓏逼上清」，演繹出「八面玲瓏」這個成語，本用來形容窗戶明亮，後指人處世圓滑，面面俱到。盧綸發明了「八面玲瓏」，他應該不會想到，後人會把這個成語當成貶義詞，並套用在人身上。那我們是否可以其人之詞定其人之性：盧綸就是個八面玲瓏的人？

【詩人簡歷】盧綸（約西元七三七年至七九九年），字允言，河中蒲（今山西省永濟縣）人，一說河北保定人。唐朝「大曆十才子」之一，代表詩作有〈塞下曲六首〉等。

紅葉題詩——顧況：深秋．深宮．深情

【成語】**紅葉題詩**

【釋義】唐代宮女良緣巧合的故事。用來比喻姻緣的巧合。

【出處】唐．孟棨《本事詩》第一章〈情感〉之六：「帝城不禁東流水，葉上題詩欲寄誰？」

唐天寶年間，年輕的顧況來到東都洛陽。繁華滿眼，走在大街上的顧況有些目眩神迷。正是秋天，街兩邊的柳樹已黃了葉子。午後的陽光灑在高大的建築和樹木上，看了讓人心生暖意。

顧況想到家鄉海鹽，那裡有海、有湖、有父老鄉親、有熟悉的風景。可是那裡沒有宮殿、沒有洛水、沒有熱鬧的街坊、沒有富貴的氣場，沒有隨時會遇到改變命運的機會。

二十多歲了，總該給自己製造一點驚喜。顧況對自己說，要去應舉、要走仕途、要讓才華變現。在來時的路上，顧況曾遇到一個落第東歸的舉子，那人失魂落魄，滿腹怨言，在他眼裡彷彿世道已崩壞，天也要塌了一般。不給自己一個交代，我是不會回去的。顧況自語道。

傍晚時分，他找到了寄身之處。次日，便開始尋找詩友，拜訪公卿。他是個愛說愛笑的人，有點「自來熟」。一段日子下來，身邊也聚了幾個能一起唱和的詩人。但他們都是平常人家的子弟，都在做懷才不遇之嘆呢，所以，一塊喝酒吟詩可以，幫忙向上層引薦？辦不到。顧況一人回到住處時，常常會陷入孤獨境地。出人頭地，真的不是一件容易實現的事情。

那個夜晚，躺在床上，他輾轉反側，失眠了。

又是一個午後，和友人在酒肆喝完酒，顧況獨自一人順著洛水北岸向西走，不覺走到了上陽宮的東面。上陽宮，多麼華美的一處宮殿，且又是一個多麼神秘的地方啊！高高的宮牆內，該有多少絕色美女，在無望的等待中，耗盡了青春年華，荒廢了大好時光？上陽宮，對於裡面的大多數女子來說，哪有什麼「陽」啊？一個陰氣重、怨氣濃的幽禁之地罷了。顧況覺得上陽宮的美色極像自己的滿腹才華，無人欣賞，無人垂憐。

有一條小渠穿過宮牆根，渠內的水無聲地向東流去。顧況猜想這水一定是從上陽宮內流出來，那水該不是宮女們的眼淚匯成的吧？水上面不時會漂來一兩片樹葉，落葉打著旋，不由自主地漸漂漸遠。

顧況搖了一下頭，剛要離開，突見一片紅葉從牆根下漂來，在水面上那麼醒目，乍一看，上面還似乎寫有文字。緊走幾步，來到渠邊，顧況彎腰撿起那片紅葉。拿近一看，紅葉上題的竟是一首詩：

一入深宮裡，年年不見春。
聊題一片葉，寄與有情人。

看到題詩，顧況的心瞬間被觸動了。他想，這無疑是裡面的一位宮女所為。題詩的該是一個怎樣的女子？她已在宮內度過多少個春秋？她內心又該鬱結幾多難解的愁思？

在這個偶然的機會裡，竟然意外地看到這片題了詩的紅葉，難道這不是緣分嗎？見到題詩，不就成了詩中寫的「有情人」嗎？顧況將紅葉輕輕放進袖中，心一下子變得柔軟起來。

走在路上，顧況想了好多，眼前也不時浮現出一個美麗女子的模樣。要是也用一枚紅葉回覆題詩者，說不定人家就能收到呢。顧況邊走邊想。來到自己住處，顧況在院中找到一片形狀相仿的紅葉，回到屋裡，構思一番，然後鄭重其事地在葉上題寫了回詩：

花落深宮鶯亦悲，上陽宮女斷腸時。帝城不禁東流水，葉上題詩欲寄誰？

（〈葉上題詩從苑中流出〉）

晚上，顧況反覆地審閱宮中和自己題詩的兩片紅葉，朦朧中，竟與想像中的宮女相會了。

第二天上午，顧況匆匆來到上陽宮的西面，把手中的紅葉輕輕投入水渠的上游。看著紅葉隨水緩緩漂入宮牆內，顧況便匆匆趕往東牆下面，在昨天發現紅葉的渠邊靜靜等候。等到日暮時分，再沒見紅葉漂來。顧況有些失望，覺得自己也許想多了。

幾天後，顧況似乎把這事忘了。又過十多天，在和詩友聚會時，一人煞有介事地說，前幾日他和幾位朋友去上陽宮附近的園林遊玩，竟然從上陽宮的下水渠裡發現一片紅葉，上面還題了一首詩。

顧況聽後，立即警覺起來，忙問：此話當真？

詩友發誓說是真的，又說紅葉已被毀，但上面的詩卻記得清清楚楚，寫的是：

一葉題詩出禁城，誰人酬和獨含情？自嗟不及波中葉，蕩漾乘春取次行。

詩友誦完詩，顧況暗暗激動起來：這不正是宮中那女子給自己的回覆嗎？這都秋天了，怎麼還說「蕩漾乘春」呢？顧況故作鎮定地問。詩友笑道：宮女懷春了唄！那一刻，顧況覺得春天真的來了。可對方卻被禁在深宮，想，也只能是白想。顧況心下又黯然起來。

沒想到，不久之後安史之亂爆發。東都淪陷後，上陽宮也不再是禁地。戰亂中，顧況突然想起紅葉題詩之事，於是趁亂去尋找那個宮女。雖然費了一些周折，但最後，兩個有情人竟真的聯繫上。

那宮女一看到顧況保存完好的那片題詩紅葉，立即羞紅了臉。當她拿出顧況題的那片紅葉時，兩人情不能自已，喜極而泣。宮女貌美如花，又有才華，顧況自是一見傾心。啥也別說，在一起吧！亂世，成就了一對多情鴛鴦的恩愛傳奇。

【詩人簡歷】 顧況（約西元七二七年至八一五年），字逋翁，號華陽真逸，晚年自號悲翁，蘇州海鹽橫山（今屬浙江海寧）人，唐朝詩人、畫家。代表詩作有〈宮詞〉、〈洛陽早春〉等。

老態龍鍾——李端：遠離長安，我欲成仙

【成語】**老態龍鍾**

【釋義】龍鍾：行動不靈便的樣子。形容年老體衰，行動不靈便。

【出處】唐．李端〈贈薛戴〉詩：「交結慚時輩，龍鍾似老翁。」

要能像神仙那樣，天上人間，無拘無束地自由來去就好了。小時候的李端經常望著天空，如此天真地想。

十五、六歲的時候，聽說有很多法術高明的道士在嵩山裡隱居修煉，李端便開始有了前去拜師學習修仙的想法。十八歲那一年，安史之亂開始了，整個世界一下子亂了套。李端一咬牙，告別家鄉，從趙州（今河北趙縣）出發，一路跋涉到嵩山。一入嵩山，才發現那裡的道士並不像外面傳說的神乎其神，神仙術也只是一個虛無縹緲的傳說，修煉成仙，談何容易？在嵩山迷迷糊糊地過了兩年，覺得升仙無望，李端便決定換地方。

二十歲上，他到了廬山。廬山是個好地方，風景美，環境幽，更關鍵的是，李端在這裡遇到一個十分有才的高僧：皎然。李端在老家讀書時，就學會了作詩和彈琴。皎然是詩人，還特別喜歡聽人彈琴。當李端要投到皎然門下時，皎然自然是樂意的。

李端拜皎然為師，學習佛經、禪理和茶道，兩人常常切磋詩藝。品茶和作詩都不是什麼難事，但參透禪理好像就不是那麼容易了。跟皎然熏了幾年，李端悟得頭痛，也總是不能達到師傅那種清靜虛無的境界。難道我就只配做個俗人?神仙術弄不懂，佛經也只能一知半解。李端很為自己著急。

一天，李端到山下辦事，夜宿客棧，一開窗，看見對面一戶人家的一位女子，打開門出來，下了臺階就開始舉手拜月，口中還似乎在喃喃自語。

是許願，還是對心上人說話?李端坐下來，一邊揣摩那女子的心思，一邊拿出紙筆寫下一首詩：

開簾見新月，即便下階拜。細語人不聞，北風吹裙帶。

（〈拜新月〉）

李端寫完詩，又看著窗外天空的那彎新月，不禁自語道：月亮月亮告訴我，禪理到底是什麼?

春去秋來多少年，李端總是找不到法門，無奈之下，他又想入世了。

代宗永泰初年，年近三十的李端來到京城長安。首善之地，花花世界。李端的心開始有些躁動。那麼多的詩人，敢情都聚到這兒來了。盧綸、司空曙、錢起、韓翃……一個個都才氣逼人，自高自大。李端與他們一起唱和，好多日子下來，也沒能找到自己的優越感。在這種心態下，他誠惶誠恐地參加了大曆元年的進士考試，結果自然是落第，一年後再去考，還是落第。

在他遭遇了兩次失敗後，有人就對他說：還是要找人引薦，否則，很難。

李端問：找誰?

答曰：官階大的，有頭臉的，在皇帝面前說得上話的。

李端猶豫了幾天後，便展開干謁行動，先後拜訪了宰相王縉和元載，拜訪了太尉杜鴻漸，拜訪了元載的次子元季能……但都沒有實質上的幫助。李端感到有些心力交瘁，他想自己這樣一個原本有可能得道成仙的人，現在卻陷入如此低三下四的境地，實在讓人難以接受。在贈給朋友薛戴的詩中，他禁不住感慨：

……

遂矜丘室重，不料阮途窮。交結慚時輩，龍鍾似老翁。機非鄙夫正，懶是平生性。

……

才三十多歲，李端覺得自個兒已被現實折騰成老態龍鍾的模樣。幸虧他終於遇到駙馬郭曖。郭曖是大將郭子儀的幼子，他的媳婦是代宗皇帝的二女兒昇平公主。

郭曖讀了李端的詩後，讚道：好！不是一般的好，我喜歡！

昇平公主讀了，臉也笑成一朵花：我也喜歡！

得到如此肯定，李端覺得郭曖真應該改名為郭暖——暖男哪！

一天，郭曖大擺筵席慶祝自己升官，席間請了很多詩人前來助興，李端當然也是受邀嘉賓之一。酒過三巡，昇平公主就對李端說：「在這美好時刻，你來帶頭作首詩吧。」李端也沒推辭，稍作思考，便開口獻詩：

青春都尉最風流，二十功成便拜侯。金距鬥雞過上苑，玉鞭騎馬出長楸。
薰香荀令偏憐少，傅粉何郎不解愁。日暮吹簫楊柳陌，路人遙指鳳凰樓。

（〈贈郭駙馬〉）

一詩誦罷，郭曖夫婦皆拍掌叫好，眾嘉賓也齊聲喝采。

正在這時，詩人錢起卻提出異議：「你這詩明顯是事先準備好的，你要說不是，那就當場以我的『錢』姓為韻，再作一首詩。」錢起一找碴兒，全場立即安靜下來。李端在錢起帶有嚴重挑釁意味的眼光逼視下，沒有表現出絲毫慌亂，他略作沉吟，便又有了：

方塘似鏡草芊芊，初月如鉤未上弦。新開金埒看調馬，舊賜銅山許鑄錢。
楊柳入樓吹玉笛，芙蓉出水妒花鈿。今朝都尉如相顧，原脫長裾學少年。

完美。真實。痛快。全場掌聲如雷。錢起無話可說。自此，李端在整個京城名聲大噪。

大曆五年，李端又來參加進士考試。過！沒有懸念。考試通過後，李端也馬上有了官銜：秘書省校書郎。

私下裡，李端覺得能有今日，還得承人家郭曖駙馬的情。所以，一有合適的機會，他就去郭駙馬家走動走動。話說郭駙馬家有個婢女，彈得一手好琴，人也長得好看。李端去做客時，只要婢女彈琴，李端就會聚精會神地聽。一次李端只顧和郭曖說話，沒怎麼注意聽琴，婢女就故意彈錯一段旋律。等李端回過神來，她才正式彈奏。一連幾次都是這樣。

郭曖終於發現了兩人之間的小秘密，於是就笑著對李端說：「以〈鳴箏〉為題寫首詩吧，寫好了，這美女就贈給你。」

李端應道：「我怎能奪人所愛呢？人我不要，但詩還是可以獻的。」言畢，李端即刻獻詩：

鳴箏金粟柱，素手玉房前。欲得周郎顧，時時誤拂弦。

「『曲有誤，周郎顧』，嗯，李兄果然機智有才！」郭曖連連點頭稱讚。

可是，正式進入官場，面對日常公務和煩人的人事糾葛，李端發現自己還是適合去山裡做神仙夢。因此，在秘書郎的位置上沒坐多久，他就受不了了，然後便聲稱體弱多病，無法勝任工作，辭官走人。

李端一口氣跑到江南，在衡山隱居起來。幾年後復出做杭州司馬，旋即又回到山中。

在琴聲和山色裡，在現實和夢想間，李端一天天蒼老下去……

【詩人簡歷】李端（約西元七三七年至七八四年），字正己，趙州（今河北趙縣）人，唐朝「大曆十才子」之一。代表作有〈聽箏〉、〈閨情〉、〈拜新月〉等。

曲終人散——錢起：來了就來了，散了就散了

【成語】**曲終人散**

【釋義】曲子結束，聽曲的人就都散了。意思是萬事萬物都有消亡的一刻，或比喻天下沒有不散的筵席。

【出處】唐．錢起〈省試湘靈鼓瑟〉詩：「曲終人不見，江上數峰青。」

錢起也和多數唐代詩人一樣，自小就聰明有才氣，讀了好多的書，能寫很棒的詩；長大後就去參加進士考試，也是遭遇不順，連考幾年都沒過關。猜想那時的錢起一定挺沮喪，他或許曾想過要和自己的侄子（懷素）一樣出家當和尚吧？但錢起畢竟是錢起，以「起」為名，豈能消沉下去呢？他鼓勵自己說：錢起，快起來，你行的！

錢起振作起精神，在天寶十年（西元七五一年），重新走進會試的考場。就從頭再一項項地考唄。到了考「帖經」項目，錢起一看試帖詩的題目是〈湘靈鼓瑟〉，心想：熟悉的典故，固定的套路，並沒什麼難的。動筆前，錢起很自然地想起《楚辭》中〈遠遊〉的詩句：

使湘靈鼓瑟兮，令海若舞馮夷。

那個美麗的傳說在錢起腦海中漸漸清晰起來：那一年，舜帝死了，葬在蒼梧山，他的愛妃傷心極了，天天以淚洗面，都哭得吐血。最後妃子實在受不了相思之苦，便投入湘水自盡，化為湘水女神。湘妃成神後，常常在湘水畔彈瑟，用悠悠的瑟聲來傳遞心中無限的哀思。想像著湘妃鼓瑟、河神起舞的情景，錢起提筆開始寫：

善鼓雲和瑟，常聞帝子靈。

馮夷空自舞，楚客不堪聽。

苦調淒金石，清音入杳冥。

蒼梧來怨慕，白芷動芳馨。

流水傳瀟湘，悲風過洞庭。

五聯十句，一氣呵成。當寫完「悲風過洞庭」時，錢起停住筆，皺起眉頭：按照「六韻十二句」的試帖詩要求，還剩最後的「一韻兩句」，該寫什麼？如何寫？怎樣結尾才能收到令人拍案的效果？

錢起再次陷入沉思。驀地，他想起十來歲時經歷的一件怪事。

那天，他跟著一位親戚，從老家吳興（今浙江湖州）來到京口（今江蘇鎮江）。晚上，住在旅店裡，他總是睡不著。半夜時分，窗外月光如水，讓床上無眠的他思緒紛飛。正在錢起胡思亂想之際，窗外突然傳來一人誦詩的聲音，那聲音顯得悠遠而神秘。錢起側耳細聽，那人卻只是在反覆地吟誦著兩句：

曲終人不見，江上數峰青。

這是誰？為何要在半夜吟詩且只吟兩句？吟這兩句又想表達什麼意思？

那年輕的錢起忍不住內心的好奇，趕忙悄悄下床，想出門一探究竟。可是，等開門一看，室外靜悄悄的，明亮的月光下，一個人影也沒有，而那個誦詩的聲音也一下消失了。回到屋內，錢起又驚又怕，整整一夜，耳畔都在迴響著「曲終人不見，江上數峰青」的吟詩聲。好多年後，再想起那晚的經歷，錢起依然還會心有餘悸。

現在，在進士考場上，往日情景又重現，那個神秘人吟誦的詩句，在錢起的腦海中有如靈光一現：對呀，就用那兩句收尾呀！錢起默唸著，臉上浮現出得意的笑容，然後揮筆寫下：曲終人不見，江上數峰青。

意猶未盡，意味深長，意境非凡。錢起又從頭讀了兩遍，感覺特好。交卷。這首詩，終於讓錢起在眾多士子中脫穎而出。特別是「曲終人不見，江上數峰青」兩句，甫一傳出，立即征服整個京城詩壇，連當時的詩壇大佬王維也不得不伸出大拇指點讚。

兩句成名，有如神助。

於是，進士及第後的錢起立即紅了。他的仕途開始一帆風順，秘書省校書郎、藍田縣尉、司勛員外郎、考功郎中、翰林學士，平步青雲，一路風光。

「大曆十才子」中，他是大夥公認的老大。許多重要的儀式和活動上，都少不了錢起在現場賦詩助興，能請到他的人都覺得倍有面子，請不到的都會大失所望。在眾星捧月般的榮耀中，錢起開始迷失自我，漸漸膨脹。

當聽人將他和另一位名叫郎士元的詩人並稱「錢郎」時，他很有意見：郎士元有什麼資格和我並列？他配嗎？當李端在郭駙馬的酒宴上即興賦詩，贏得滿堂彩後，錢起立即起身表示不服：你不可能是現場做出來的，你是早先準備好的！

錢起當時大概不會想到「江山代有才人出」的道理，他以為他會永遠地風光下去。他也沒想到「曲終人不見」會演變成一個「曲終人散」的成語，也不會想到此成語會延伸出另一層含義：天下沒有不散的筵席！

當唐朝成為過去，在大多數後人的眼中，錢起漸漸成了一個陌生的人名，他的詩，更是很少有人知道了。

【詩人簡歷】錢起（約西元七二二年至七八〇年），字仲文，吳興（今浙江湖州市）人，書法家懷素和尚的叔叔，唐朝「大曆十才子」之一。曾任考功郎中，故世稱「錢考功」。與同時代的另一詩人郎士元齊名，合稱「錢郎」。代表詩作〈省試湘靈鼓瑟〉。

黔驢技窮——柳宗元：
害我去國投荒，你們這幫可惡的禽獸！

【成語】黔驢技窮
【釋義】比喻有限的一點本領也已經用完了。
【出處】唐．柳宗元〈三戒．黔之驢〉：「驢不勝怒，蹄之。虎因喜，計之曰：『技止此耳！』」

唐德宗貞元九年（西元七九三年），柳宗元的名字上了進士榜，這一年，他二十一歲，與他一同上榜的還有劉禹錫。

柳宗元的高興勁兒還沒緩過來，他的父親柳鎮卻突然病故了。由喜入悲，然後開始三年的丁憂。丁憂期滿，柳宗元遵照父親的遺願，和禮部侍郎楊憑的女兒楊氏成了親。結婚一年後，柳宗元又順利通過博學宏辭科考試，並立即被吏部授官：集賢殿書院正字（校書郎）。三年後，調往陝西藍田，任縣尉。

做了兩年縣尉，柳宗元回京，以見習身分坐上監察御史職位。這期間，翰林院的王伾、王叔文大權在握，意圖幫助新上位的順宗李誦實行「永貞革新」，因柳宗元、劉禹錫與「二王」交好，所以柳、劉就被拉進了革新陣營，柳宗元也火速升職為禮部員外郎。

可惜中了風的順宗沒能將革新進行到底，僅僅維持一百多天，順宗便在以宦官俱文珍為首的反對派的逼迫下宣告退位，反對派擁戴的太子李純上臺，是為唐憲宗。

憲宗一上臺，柳宗元的噩夢就開始了。「二王」及包括柳、劉在內的革新集團八位骨幹成員，均被貶為邊遠地區的州司馬，原來的「永貞革新」也就變成了「二王八司馬事件」。起先，柳宗元是被貶到邵州（今湖南邵陽）當刺史，可走到半道，又改為永州司馬。柳宗元原本還想在邵州刺史位上有一番作為，這一背上司馬頭銜，有其名而不謀實事，心中的願望便一下子落空了。

柳宗元帶著老母親和從弟宗一、表弟盧遵等人來到永州，當起了異鄉裡的異客。永州治所位於湘粵交界處，初來此地時，由於官舍不夠，柳宗元他們只能住在龍興寺中。因水土不服和擔心受怕，柳宗元的母親不久就病死於龍興寺。原配妻子楊氏在柳宗元任藍田縣尉之前，就因難產去世。第二年，柳宗元有了一非婚女兒，到永州後，這個女兒也病死了。

柳宗元在永州待了一年後，憲宗大赦天下，但唯有「八司馬」卻享受不了這個待遇。本來就內心鬱結的柳宗元，其心頭的失望和痛苦可想而知。在這樣的煎熬中，柳宗元開始向附近的山水風景尋求解脫。好在他有大把的空閒時間，好在總能尋到宜人的去處。他在冉溪邊流連，他在西山宴游，他在小石潭邊遐想，他在袁家渴畔感嘆……每遊完一個賞心悅目的景點，他就會寫一篇遊記，八處好景催生出他的《永州八記》。

柳宗元很羨慕隱於山水之間的漁翁，他有時能從他們的身影中讀到孤獨和虛無。

千山鳥飛絕，萬徑人蹤滅。孤舟蓑笠翁，獨釣寒江雪。

（〈江雪〉）

千，萬，孤，獨。雖在眼前，卻分明遠離塵世。景，是那麼縹緲，人，是那麼孤傲。

漁翁夜傍西巖宿，曉汲清湘燃楚竹。
煙銷日出不見人，欸乃一聲山水綠。
迴看天際下中流，巖上無心雲相逐。

（〈漁翁〉）

看似心情輕鬆，實則有難以擺脫的沉重。他寫〈弔屈原文〉、〈弔樂毅文〉、〈牛賦〉等文表明理想和操守。他寫〈封建論〉，表達個人的政治觀和歷史觀。他寫〈捕蛇者說〉，抨擊「猛於虎」的「苛政」。

他寫〈三戒〉，以動物為喻，嘲諷宮中當權者——臨江之麋：作為一隻被飼養的鹿，可以與主人的狗親近，出門後，生狗對牠可就不會那麼客氣了。黔之驢：一頭驢，除了有個空架子和大嗓門外，還能有啥本領？用蹄子踢老虎，那是找死！永某氏之鼠：主人屬鼠，才偏愛老鼠，並讓牠們在室內橫行。一旦換了主人，老鼠們便都完蛋了。

總之，離開了倚仗的勢力，那些看似炙手可熱的權貴，便如黔地的驢子一樣，立即「技窮」，不得不接受最終滅亡的命運。

在永州的第五年春天，柳宗元在冉溪畔西小丘蓋了一處房子，還找了一個窮苦人家的女子為妻，並生了兒女。山水雖好，但看山水者卻是一個罪人的身分，你想想看，被「囚」在永州的柳宗元，是多麼渴望能踏上北歸的路途啊！因此，他特意寫了篇〈夢歸賦〉以示心跡。聽到黃鸝鳴叫，他也似乎聽到了催歸的信號：

倦聞子規朝暮聲，不意忽有黃鸝鳴。一聲夢斷楚江曲，滿眼故園春意生。

（〈聞黃鸝〉）

等啊盼啊，元和十年（西元八一五年），在永州困了十個年頭的柳宗元，終於被調回京城。柳宗元本以為從此可以歲月靜好，可是等待他的卻是另一個沉重打擊。也許是朝廷死結難解，也許是朝中當權派嫉妒他的文名，回京不到三個月，他又被貶往柳州當刺史。柳宗元只得再次轉身，千里迢迢來到柳州。心情自然是非常不好，在贈給同時被貶的劉禹錫等四人的詩中，柳宗元這樣寫道：

城上高樓接大荒，海天愁思正茫茫。驚風亂颭芙蓉水，密雨斜侵薜荔牆。嶺樹重遮千里目，江流曲似九迴腸。共來百越文身地，猶自音書滯一鄉。

（〈登柳州城樓寄漳汀封連四州〉）

九曲迴腸，哪裡僅僅是彎曲的江流，分明是內心的糾結啊！

雖然滿懷愁思，但身為刺史的柳宗元，不再是一個徒有其名的司馬，他有了實權，他要為柳州百姓做些實事。他發展生產，興辦教育，廢除陋習，展開植樹造林運動，實施一系列惠民利民的德政。他還在柳州城的西北角種了兩百棵柑橘樹，他想「坐待成林」，以林果養老。

可是，他等不到了。柳宗元身體本來就不好，再加上操勞過度，無藥治病，在柳州只待四年多，年僅四十七歲便走完人生全程。「若為化得身千億，散上峰頭望故鄉」，柳宗元帶著他的遺憾和傷痛走了，而給後人留下的卻是美名、美德和美文。

（除黔驢技窮外，柳宗元還創造了如下成語：垂涎欲滴、背道而馳、臭不可聞、垂涎三尺、掉以輕心、汗牛充棟、雞犬不寧、慷慨激昂、銘心鏤骨、狂犬吠日、南征北戰、龐然大物、呶呶不休、蜀犬吠日、繡口錦心、披肝瀝血、汪洋恣肆、按行自抑、抵瑕蹈隙、林林總總、比肩疊跡、不亦善夫、車擊舟連、尺寸千里、創巨痛仍、流言蜚語、末大不掉、深山窮林、誓死不渝、月落參橫、遵道秉義、風馬雲車、力蹙勢窮、瓦釜之鳴、犬牙差互、化被萬方、邁越常流、視白成黑、煢煢孤立、家人父子、懸斷是非、清瑩秀徹、朝不圖夕、戴頭而來、比肩疊跡、諫屍謗屠、臭不可當、鬥折蛇行、紛紅駭綠、庚癸之呼、抗顏為師、考績幽明、狂吠狴犴、駢四儷六、粵犬吠雪、齒少心銳、齒牙之猾、抽黃對白、斂發謹飭、披霄決漢、橐駝之技、心凝形釋、炫玉賈石、元戎啟行、鏃礪括羽、炳炳烺烺、逞工炫巧、抵瑕陷厄、蟻潰鼠駭、以售其伎、出位僭言、掩耳蹙頞、銜勇韜力、清酌庶羞、窺伺效慕、榛榛狉狉）

【詩人簡歷】柳宗元（西元七七三年至八一九年），字子厚，唐朝河東（現山西運城永濟一帶）人，世稱「柳河東」、「河東先生」，因官終柳州刺史，又稱「柳柳州」。「唐宋八大家」之一，與韓愈並稱「韓柳」，與劉禹錫並稱「劉柳」，與王維、孟浩然、韋應物並稱「王孟韋柳」。詩歌代表作有〈江雪〉、〈漁翁〉、〈登柳州城樓寄漳汀封連四州〉等。

大放厥詞——韓愈、柳宗元：都過去了，還計較什麼呢？

【成語】大放厥詞

【釋義】原指鋪張辭藻，施展文才。後用來形容誇誇其談，大發議論。

【出處】唐．韓愈〈祭柳子厚文〉：「玉珮瓊琚，大放厥詞。」

柳宗元和誰是鐵哥兒們？當然是劉禹錫啦！

先找兩人相似點：年齡相仿——柳生於西元七七三年，劉生於西元七七二年，彼此只差一歲；同一年考中進士，又一同做過監察御史；都屬「二王」一派、「永貞革新」的骨幹成員；一同被貶為邊遠州的司馬，回京後，再一同被貶為邊遠州的刺史。還有一點，兩人的老母親竟然都是盧姓。

兩人在京為官、參與革新時，一唱一和，配合默契，該以誰為友，該與誰為敵，兩人心照不宣，一拍即合。永貞革新失敗，兩人瞬間失勢，一被貶為永州司馬，一被貶為朗州（今湖南常德）司馬。雖分隔兩地，相信兩人的心還是在互相牽掛著。

柳宗元在永州寫〈天說〉，拋出觀點：天沒有意志，它怎能對人進行賞罰呢？劉禹錫馬上在朗州寫〈天論〉三篇以回應：兄弟你說得都對，我再來補充幾句。

同病又相憐，你表態我聲援。

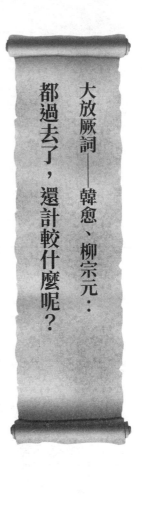

十年後，柳、劉二人在京城見了面，短暫的歡樂時光過後，兩人再陷深淵：柳被貶往柳州任刺史，劉被貶往播州（今貴州遵義）任刺史。雖同為南方荒蠻之地，但比較而言，播州的條件要更差些，乃「非人所居」之地。

柳宗元不愧以「子厚」為字——為人厚道啊。他此時要出來替朋友說話了：夢得去那麼惡劣的地方，還要帶著年邁的老母親，怎麼可以？不如這樣，我去播州，讓夢得去柳州。此言一出，立即感動了一幫大臣，於是，就有人在朝堂上替劉禹錫說情，結果，劉禹錫的貶所就被改成連州（今廣東連縣）。

再沒啥可爭的了，那就走吧。於是，柳宗元、劉禹錫這一對難兄難弟開始並肩攜手、一路向南，至江陵，下長江，入洞庭，進湘江，到了衡陽，該分手了。捨不得啊！兩人心裡都不好受，千言萬語，就匯成臨別的贈詩吧。柳宗元先寫〈衡陽與夢得分路贈別〉：

十年憔悴到秦京，誰料翻為嶺外行。伏波故道風煙在，翁仲遺墟草樹平。
直以慵疏招物議，休將文字占時名。今朝不用臨河別，垂淚行行便濯纓。

臨別時的眼淚都能把帽帶子打濕，雖有點言過其實，但傷心總是難免的。劉禹錫立即以〈再授連州至衡陽酬柳柳州贈別〉一詩作為回應：

去國十年同赴召，渡湘千里又分歧。重臨事異黃丞相，三黜名慚柳士師。
歸目並隨回雁盡，愁腸正遇斷猿時。桂江東過連山下，相望長吟有所思。

還是依依不捨，那就繼續寫詩。柳宗元寫〈重別夢得〉：

二十年來萬事同，今朝岐路忽西東。皇恩若許歸田去，晚歲當為鄰舍翁。

等到了晚年，隱居也要隱在一處。看來真的是不想分開哦。劉禹錫便寫〈重答柳柳州〉：

弱冠同懷長者憂，臨岐回想盡悠悠。耦耕若便遺身老，黃髮相看萬事休。

重要的贈詩寫三首，柳宗元寫〈三贈劉員外〉：

信書成自誤，經事漸知非。今日臨岐別，何年待汝歸。

劉以〈答柳子厚〉回之：

年方伯玉早，恨比四愁多。會待休車騎，相隨出罻羅。

詩不過三，再寫就沒完沒了，再見吧！誰知，這一別竟是永別。四年後，柳宗元在柳州去世，劉禹錫回家丁母憂，在衡陽聽到這一消息後，立即號啕大哭，「如得狂病」。悲痛過後，他開始整理柳宗元遺稿，又寫詩文表達痛惜哀悼之情，還收養柳的一個幼子。

柳、劉關係怎麼樣？沒啥說的吧！而柳宗元與韓愈，也常被人並稱「韓柳」。要說他們兩人之間的關係，有些複雜。之所以將韓、柳並稱，多半是因為兩人在唐朝古文運動中所做的巨大貢獻，韓愈是領頭人、倡導者，柳宗元則是積極參與者。至於私交嘛，那還得從「永貞革新」談起。

你看，韓愈是大宦官俱文珍的人，而柳宗元則跟王伾、王叔文走得近。在「二王」的照應下，柳宗元很快坐上了禮部員外郎的位置，和劉禹錫等七人一起，協助「二王」搞永貞革新。柳宗元、劉禹錫春風得意時，韓愈卻被貶到廣東陽山當縣令。韓愈心裡不服啊，「同官盡才俊，偏善柳與劉」（〈赴江陵途中寄贈王二十補闕李十一拾遺李二十六員外翰林三學士〉），憑什麼？在〈永貞行〉一詩中，韓愈還對柳宗元等人的升官程序提出質疑：

夜作詔書朝拜官，超資越序曾無難。

意思是：升這麼快，程序合法嗎？走後門了吧？而永貞革新的一個主要目的，就是打擊宦官勢力。你想，作為俱文珍一黨的韓愈能擁護這項改革嗎？當然，永貞革新很快就以失敗告終，韓愈和柳宗元的命運也都因此發生重大改變。

畢竟，韓愈還算是一個正直的文人，特別在經歷潮州之貶後，他心中對柳宗元原有的芥蒂也漸漸消除了。柳宗元則積極主動地和韓愈共同舉起「文章復古」這面大旗，兩人有了更多思想上的共鳴和心靈上的感應。因此，當柳宗元在柳州病逝後，時在袁州刺史位上的韓愈也是悲從中來，連寫了〈祭柳子厚文〉、〈柳子厚墓誌銘〉、〈柳州羅池廟碑〉三篇文章，極力稱頌柳宗元為文、為人和為官的諸般好處，表達心中哀思。

在〈祭柳子厚文〉中，韓愈感慨：「人之生世，如夢一覺；其間厲害，竟亦何校？」又說柳宗元的文章是「玉珮瓊琚，大放厥詞」。這裡的「大放厥詞」是指會用詞、有文采的意思，相信這是韓愈發自內心的讚美，而柳宗元的文章也是當之無愧的。

前塵往事，已成雲煙，還有什麼放不下的呢？

前度劉郎——劉禹錫：有一種桃花叫新貴

【成語】**前度劉郎**

【釋義】度：次，回。比喻離去後又回來的人。

【出處】唐．劉禹錫〈再遊玄都觀〉詩：「種桃道士歸何處？前度劉郎今又來。」

劉禹錫考進士是非常順利的，貞元九年（西元七九三年）進考場，一次過。趁勢打鐵，他又去考博學宏辭科，也是一次過。然後，劉禹錫就正式進入官場。剛當一年太子校書，他的父親就去世了。丁憂三年後，他便入徐泗節度使杜佑的幕府，成了掌書記。幹了兩年，又改任渭南縣主簿。次年，老上司杜佑回京做宰相，劉禹錫便順勢升為監察御史。

當時，不僅杜佑喜歡劉禹錫，京兆水運使薛謇、翰林待詔兼度支使王叔文也喜歡劉禹錫，結果，薛謇把愛女許配給劉禹錫，王叔文則把劉禹錫和柳宗元等人拉過去，推行永貞革新，還把劉的職務提升為屯田員外郎。

沒想到的是，支持革新的唐順宗僅在位八個月，就被一幫宦官逼下了臺。接著憲宗李純上位，憲宗受宦官操控，自然是反對革新的。

永貞革新失敗，「二王」也徹底沒戲了。劉禹錫隨即被貶，作為「八司馬」之一，他被朝中新勢力一下子拋到朗州（今湖南常德）。打死也想不到是這樣的結果！三十出頭，俊才一個，有精力，會做事，卻要到遙遠的南方「享清福」，劉禹錫的心，承受的是個多麼大的落差啊？想到不久前，王叔文還誇他有宰相之才，劉禹錫禁不住苦笑了起來：宰什麼相？現在像是被人「宰」了！

但事已至此，就面對現實吧。

到朗州的第二年，在朗州城東的招屈亭旁定居後，劉禹錫便開始四處尋山問水，觀景探幽。也時常深入民間，聽民歌，學民歌，寫帶有民歌風的詩歌。當然，對於憲宗及其寵信的宦官大臣們，劉禹錫雖心懷有恨但又無可奈何。意緒難平，那就用詩歌進行鞭撻和嘲諷。

〈昏鏡詞〉、〈聚蚊謠〉、〈百舌吟〉、〈飛鳶操〉……一首首寓言詩，揭開了得勢權貴的醜惡嘴臉和無恥行徑。失意的日子裡，劉禹錫時常會鼓勵自己：我劉夢得不是這麼容易被打敗的！秋天來了，秋風起了，秋葉落成堆，劉禹錫看到的卻不是蕭條和肅殺，他用〈秋詞〉發出宣言：

自古逢秋悲寂寥，我言秋日勝春朝。
晴空一鶴排雲上，便引詩情到碧霄。

在朗州委屈了十年，朝中終於有裴度那樣的權臣替劉禹錫說話了。憲宗心一軟，劉禹錫便被召回京。回來了！劉禹錫心中該是一派春暖花開的景象吧？

這是元和十年（西元八一六年）的陽春三月，歸京不久的劉禹錫滿懷興緻地去城內的玄都觀問道訪友。在去時的路上，迎面而來的人成群結隊，一問，都說是從玄都觀裡看花回來的。

劉禹錫不禁加快腳步，邊走邊想：十年前我曾來過這道觀，當時觀裡哪有什麼桃花？帶著滿腹疑問和好奇，劉禹錫跨進了玄都觀的大門，但見桃花灼灼，如霞飄落，遊人無數，往來如梭。

劉禹錫很是感慨，想不到十年間竟有這麼大的變化。又想：這些桃樹不正像前幾年那些得勢的新貴嗎？看花的人也就好比是那些趨炎附勢之徒。要不是把我排擠走，哪又能顯著你們這些小人呢？劉禹錫忽然就來了創作靈感，從玄都觀回去後，一首〈元和十年自朗州至京戲贈看花諸君子〉的詩就問世了：

紫陌紅塵拂面來，無人不道看花回。
玄都觀裡花千樹，盡是劉郎去後栽。

詩出來了，效果也馬上有了：有細心的對手開始對號入座，認為這是劉禹錫在公然侮辱和蔑視，詩中夾槍帶棍，不懷好意，必須繼續對他進行懲罰。老政敵們的讒言向憲宗一進，劉禹錫立即被打回原形：到播州（今貴州遵義）當刺史。

裴度對憲宗說：你看播州那地方，可是猿猴的家，哪是人待的地方？劉夢得還帶著個老娘，去那能受得了嗎？憲宗不屑地回應：知道自己要照顧老娘，還胡亂說什麼？

隔天，被貶為柳州刺史的柳宗元出了主意：要不，我和夢得換？柳州總比播州強。經柳宗元和部分官員的求情，朝廷就給劉禹錫換了個條件相對好點的地方：連州（今廣東連縣）。劉禹錫在連州刺史任上興學重教，關心百姓疾苦，自是辦了不少好事，四年多後，母喪，離任。

丁憂期滿，年近半百的劉禹錫換了個地方，成為夔州（今重州奉節）刺史，三年後又調任和州（今安徽和縣）刺史。

無論在夔州還是和州，劉禹錫基本上都能保持平常心。在夔州，他繼續走群眾路線，公務之餘與當地人且歌且舞，並創作出〈竹枝詞〉、〈踏歌行〉等十多首民歌體詩歌；在和縣，他還特意蓋了一間茅屋，還為此創作〈陋室銘〉一文。

外出途中，見到古蹟名勝，就懷懷古，抒抒情，先後寫了〈蜀先主廟〉、〈西塞山懷古〉、〈金陵懷古〉、

〈烏衣巷〉等名作。雖有平常心，可劉禹錫還是想回京啊。在和州，他用一首〈望夫山〉表達思歸之情：

終日望夫夫不歸，化為孤石苦相思。
望來已是幾千載，只似當時初望時。

唐敬宗寶曆二年（西元八二六年），不忘初心的劉禹錫，苦日子終於到頭了，他奉調回到洛陽，開始在東都尚書省上班。在回洛陽的途中，劉禹錫與白居易在揚州相遇。酒宴上，白居易賦詩一首，感嘆於劉禹錫這二十多年間的遭遇，劉禹錫當場以一首〈酬樂天揚州初逢席上見贈〉作答：

巴山楚水淒涼地，二十三年棄置身。
懷舊空吟聞笛賦，到鄉翻似爛柯人。
沉舟側畔千帆過，病樹前頭萬木春。
今日聽君歌一曲，暫憑杯酒長精神。

二十三年都過去了，啥也別說，喝酒提精神，從頭再來吧。

一年後劉禹錫調到長安。唐文宗大和二年（西元八二八年），劉禹錫升任主客郎中。枯木逢春，萬事向好。陽春三月，劉禹錫要故地重遊，他再次來到玄都觀。沒想到十多年後的玄都觀，呈現的卻是另一番景象：原先的廣場都長滿青苔，一棵桃樹也沒有，地上種滿了菜花。看花的人沒了蹤影，種樹的道士也不知去了何方。

此情此景，讓劉禹錫感慨萬千，想想這些年的宮廷風雲，想想自己這麼多年的艱難苦辛，劉禹錫情不能自已，他回來後，即寫下這首〈再遊玄都觀〉：

百畝庭中半是苔，桃花淨盡菜花開。
種桃道士歸何處？前度劉郎今又來。

是啊，我劉夢得又回來了，那些曾經猖狂一時、不可一世的人們啊，你們現在又在哪裡呢？

所以啊，保持不屈和樂觀，才會笑得更久，不是嗎？

【詩人簡歷】劉禹錫（西元七七二年至八四二年），字夢得，唐朝洛陽人，有「詩豪」之譽。與柳宗元並稱「劉柳」，與韋應物、白居易合稱「三傑」，並與白居易合稱「劉白」，詩歌代表作有〈竹枝詞〉、〈楊柳枝詞〉、〈烏衣巷〉、〈酬樂天揚州初逢席上見贈〉、〈秋詞〉等。

司空見慣——劉禹錫：
無情亦有情，他鄉即故鄉

【成語①】**平地風波**
【釋義】指平地上起風浪。比喻突然發生意料不到的糾紛或事故。
【出處】唐．劉禹錫〈竹枝詞九首．其七〉詩：「長恨人心不如水，等閒平地起波瀾。」

【成語②】**一波未平，一波又起**
【釋義】比喻事情波折不斷，一個問題還沒有解決，另一個問題又發生了。
【出處】唐．劉禹錫〈浪淘沙〉詩：「流水淘沙不暫停，前波未滅後波生。」

【成語③】**司空見慣**
【釋義】司空：古代官名。指某事常見，不足為奇。
【出處】唐．孟棨〈本事詩．情感〉載劉禹錫詩：「司空見慣渾閒事，斷盡江南刺史腸。」

心寬的人，就算在逆境中也能找到樂事。劉禹錫就是這樣的人。貶官期間，無論在朗州、連州，還是在夔州、和州，儘管心有不平，可他會找平衡，調適內心。實在不行，就多到外面走走，看看異鄉風光，感受不同的人情。以積極心態面對，總是好的。

初到連州時，劉禹錫經常會微服下鄉，看農人們勞作，和他們聊天。這一天，他走到鄉下，見農婦農夫們在一處水田內一邊插稻一邊說笑，就想：農家的生活真是簡單快樂。

就在這時，路上過來一個男子，劉禹錫一看他那身「烏帽衫袖長」的裝扮，就知道他是一個「計吏」（地方派到朝廷辦公事的書吏）。計吏站在路旁，面對田裡幹活的人，擺出一臉的優越感。

有農人見計吏那副德性，就用嘲諷的語氣跟他搭訕：「喲，去了趟長安，回來就不認人啦？是不是就快要升官了？」

計吏恬不知恥地回道：「那是！長安那麼大呀，樓房那麼高呀，人馬那樣多呀，不是你們能想像出來的。我到那辦事，見了好多高官。現在我已打點好了，要不了兩、三年，我就真的去官府上任啦。」

劉禹錫聽到計吏如此不顧廉恥地吹噓，心裡禁不住罵了句：這樣的人都能買個官當，官場真的要成王八池子了！因此，更多時候，劉禹錫還是願意接近純樸的老百姓。

到了夔州後，劉禹錫很喜歡聽當地人唱民歌，最喜歡聽的就是竹枝詞。青年男女在笛子和鼓的伴奏下邊歌邊舞，歌聲婉轉，舞姿優美，劉禹錫每每會為之沉醉。有時，劉禹錫也會興高采烈地加入歌舞隊伍中，時日一長，不僅學會了唱和跳，而且還嘗試創作民歌體詩歌。有感於一位少女的純美初戀，他寫了一首〈竹枝詞〉：

楊柳青青江水平，聞郎江上踏歌聲。東邊日出西邊雨，道是無晴卻有晴。

驚嘆於瞿塘峽的艱險，他寫了另一首〈竹枝詞〉：

瞿塘嘈嘈十二灘，此中道路古來難。長恨人心不如水，等閒平地起波瀾。

瞿塘峽裡波浪翻滾，是因為水下有石灘，是被迫的，而人心卻連水都不如，平白無故就會生出事端。劉禹錫這樣感慨，一定是聯想到自身遭遇了吧？看到一群婦女在江邊淘金，劉禹錫又有感觸，然後就寫出了一首首的〈浪淘沙〉：

日照澄洲江霧開，淘金女伴滿江隈。美人首飾侯王印，盡是沙中浪底來。

權貴們的首飾金印哪裡來的？還不是淘金女迎著風浪，在水中一點點淘來的！

莫道讒言如浪深，莫言遷客似沙沉。千淘萬漉雖辛苦，吹盡狂沙始到金。

只要堅持，沉入水底沙堆中的金子，總還會有發光的一天。

流水淘沙不暫停，前波未滅後波生。令人忽憶瀟湘渚，回唱迎神三兩聲。

是啊，人生總有不平事，一波未平，一波又起，起伏不定。

劉禹錫的人生不就是「前波未滅後波生」嗎？因參與革新被貶朗州，因寫一首「桃花詩」被貶連州。可他就是不屈服，從和州調回京後，他再寫一首「桃花詩」向權貴叫板，結果又被外放到蘇州。

蘇州就蘇州，蘇州還是人間天堂呢！

大和五年（西元八三一年）十月，劉禹錫赴蘇州，走到洛陽時，時為河南尹的白居易熱情接待了他。在洛陽前後待了十五天，劉禹錫吃好喝好玩好之餘，還對白居易家中的一名少女動了心思。那女子名叫樊素，十三、四歲，是白居易的家妓。白居易設酒宴招待劉禹錫時，樊素就負責在一旁歌舞助興。

劉禹錫初次看到樊素，心就動了，雖已年近花甲，他卻有了枯木逢春的感覺。

不僅心裡想，他還要寫詩贈人家：

花面丫頭十三四，春來綽約向人時。終須買取名春草，處處將行步步隨。

（〈寄贈小樊〉）

看人長得好，劉禹錫還想把她從白居易手中買過來，改名春草，日日相伴。想得倒美，只是白居易捨不得啊。劉禹錫到蘇州之後，在與白居易寄詩唱和的過程中，對小樊還是念念不忘。

大和七年（西元八三三年），那個曾寫過〈鋤禾〉的李紳來到了蘇州。李紳當時是越州長史兼浙東觀察史，他於當年七月在蘇州建了座樓，用來設宴待客。

這一日，李紳要請劉禹錫。劉禹錫知道李紳曾在朝中任過司空的虛職，人稱「李司空」，也聽說過其人在當官後生活豪奢，特別講究排場。

在赴了李紳的席宴後，劉禹錫才真正見識什麼是「講究」：富麗堂皇的房間不說，少見的山珍海味不說，單是那一眾絕色歌伎就讓他瞠目結舌了。

歌伎們歌聲悠揚，一曲〈杜韋娘〉唱得讓人心顫；曼妙的舞姿讓劉禹錫的一雙老眼花上加花。其中有一歌伎，讓他想起了白居易家的小樊。在酒勁的助推下，劉禹錫當場寫了一首詩：

高髻雲鬟宮樣妝，春風一曲杜韋娘。司空見慣渾閒事，斷盡蘇州刺史腸。

寫完，他把詩稿交給李紳，並道：「這樣的美女，這樣的場面，你是習以為常，我可是頭回見呀！你看這些美女，多惹人愛憐，等回去後我可要把腸子想斷了。」

李紳看了詩，就醉眼矇矓地指著歌伎對劉禹錫說：「我老李是爽快人，你要是喜歡哪一個，領走！」

劉禹錫一聽，喜出望外，問：「當真？」

李紳又是連連點頭。結果，席宴一結束，劉禹錫便帶上那個很像小樊的歌女，歡天喜地回去了。

當然，作為一個官員，在蘇州任上，劉禹錫是很盡責的，因在救災賑災方面業績突出，他還獲得過朝廷「恩賜金紫」的獎勵呢。

在蘇州做了將近三年的時間，之後又去汝州、同州（今渭南大荔縣）兩年。開成元年（西元八三六年），他回到洛陽，任分司東都的太子賓客。

雖然人老了，任的又是閒職，可劉禹錫的心中還是有想法的，他在〈酬樂天詠老見示〉一詩中寫道：

人誰不願老，老去有誰憐。身瘦帶頻減，髮稀冠自偏。
廢書緣惜眼，多炙為隨年。經事還諳事，閱人如閱川。
細思皆幸矣，下此便翛然。莫道桑榆晚，為霞尚滿天。

經過了，看透了，心下便釋然了。不再能呼風喚雨，那就當一片妝點天空的晚霞吧。

暮年的劉禹錫安居洛陽，波瀾不驚，直至會昌二年（西元八四二年）病逝。

被後人稱作「劉賓客」的劉禹錫，雖大半生身不由己，客居他鄉，但他一直是自己那顆心的主人，愛憎分明，表裡如一，收放自如，高傲不羈。

搜腸潤吻——盧仝：成仙七碗茶，赴死一根釘

【成語①】**搜腸潤吻**

【釋義】謂飲茶潤澤喉吻，促進文思。極言飲茶的樂趣。

【成語②】**搜索枯腸**

【釋義】搜索：搜查；枯腸：比喻才思苦窘。形容寫作時苦思苦想。

【出處】唐．盧仝〈走筆謝孟諫議寄新茶〉詩：「一碗喉吻潤，二碗破孤悶，三碗搜枯腸，唯有文字五千卷。」

憲宗元和五年（西元八一〇年）十一月十四日夜，三更時分。在東都洛陽的一個茅屋內，有個人遲遲不能入睡。他叫盧仝。為了一句詩，他起坐徘徊，絞盡腦汁，也沒能得到理想的結果。

茶，已經喝光好幾杯。清醒著，卻找不到靈感，這是多麼痛苦的事情！那到外面走走吧。

盧仝披衣來到院中。月光滿院，如水瀉地。天上的月，圓如銀盤，看上去遙遠又神秘。茅屋，在月光下更顯破敗和冷清。但這畢竟是自己辛苦經營起來的家，在東都洛陽，能有房有院，已經很不錯了。

想到前幾日，宮中第二次派人來，力邀他去朝廷做官，且許了明確的官職。盧仝當時的確也動了心：身分如此一變，不僅可以去施展抱負，還可以改善家裡的生活條件。畢竟，他還是這個十多口人之家的頂梁柱啊。可一想到憲宗皇上正在被宦官集團操控，想到官場一團亂七八糟的景象，盧仝又猶豫了：到朝中還不是得看宦官們的臉？跟他們鬥，消耗精力不說，又能有多少勝算？最後，盧仝拒絕去朝廷做官的邀請。

盧仝收回思緒，突然感覺眼前似乎變得黯淡了，抬頭看，原來那輪圓月被一塊黑雲遮住了邊緣……再細看，哪是什麼黑雲遮月，分明是發生月食了！盧仝驚奇萬分，這可是難得一見的奇觀啊！他立住身子，開始聚精會神地觀察月亮的變化。

月亮一點點被「蠶食」，院子裡的光線一點點暗下去，暗下去，直至整個世界完全陷入黑暗。盧仝在黑暗中，思潮洶湧：這月食多像殘酷的宮鬥！這黑暗多像無情的官場！傳說月食是因為有蛤蟆精吞食了月亮，那蛤蟆精是怎麼煉成的？為虎作倀的「邪星」又為什麼能夠如此猖獗？代表正義的「官星」為何不去盡責，以振朝綱？

面對天空，盧仝腦中浮現出一個個朝廷官員的模樣。他開始為憲宗擔心，也為李唐王朝擔心。慢慢地，天上的月亮又一點點地露出面目。月食結束，世界重回光明。

但願邪能勝正，光明永存。盧仝頓覺新靈感已來，他心中升起了難以抑制的興奮之情。回到房間，展紙提筆，鄭重地寫下詩題：〈月蝕詩〉。（唐代詩詞中「月蝕」即為現在的「月食」。）凌晨時分，一首一千六百餘字的長詩，終於大功告成：

新天子即位五年，歲次庚寅，
斗柄插子，律調黃鐘。
森森萬木夜僵立，寒氣贔屭頑無風。

爛銀盤從海底出，出來照我草屋東。
天色紺滑凝不流，冰光交貫寒曈曨。
初疑白蓮花，浮出龍王宮。
八月十五夜，比並不可雙。
此時怪事發，有物吞食來。
輪如壯士斧斫壞，桂似雪山風拉摧。
百煉鏡，照見膽，平地埋寒灰。
火龍珠，飛出腦，卻入蚌蛤胎。
摧環破壁眼看盡，當天一搭如煤炱。
磨蹤滅跡須臾間，便似萬古不可開。
……
願天完兩目，照下萬方士，
萬古更不瞽，萬萬古，
更不瞽，照萬古。

幾日後，盧仝將修改定稿後的〈月蝕詩〉拿給好友韓愈過目，韓愈讀完拍案叫絕，連稱「極其工」，之後還忍不住作了〈月蝕詩效玉川子作〉七古一首以回應。

玉川子是盧仝的號，因家鄉是河南濟源，濟源古名即為玉川。盧仝少時從老家跑到少室山隱居，年過而立，便又從少室山來到洛陽定居。來到洛陽最大的收穫就是結識了河南令韓愈。他們常常一起作詩，一起喝茶。見盧仝的住處只是幾間破屋，家裡人口又多，生活很是困難，韓愈經常用自己的俸祿去幫助他。

這一天，韓愈來到盧仝家門口，見到一個一臉惡相的少年正在和他們一家人爭吵。盧仝氣得直跺腳，他妻子懷抱著不滿一歲名喚「添丁」的小兒子、手牽著名喚「抱孫」的大兒子，講著蒼白無力的道理，鬍子蓬亂的老家奴和光著雙腳的老婢女更是不敢吭聲。

韓愈過去勸走那名少年，然後進屋詢問原因。盧仝便說那少年是鄰居，無賴又霸道，是個亡命之徒，平時經常欺負盧家人。韓愈很是氣憤，表示哪天帶幾個小吏來收拾收拾那惡少。

盧仝連忙阻止：「多謝你的好意，今天你來，他知你是縣令，應該是怕了，再說你要是帶人來收拾他，又不能讓他坐牢，得罪他反而對你我不好，我看還是算了吧。以後我小心點就是。」

韓愈就嘆口氣說：「你總是為別人著想。而你平時多數時間都待在家裡，也不怎麼和外人接觸，其實外面也不是如你想像的那樣糟；如果你想進官場，機會也是很多的，你現在就可以去見見河南尹，他一直很認可你。」

盧仝搖搖頭，道：「你喝茶！」

「要改變現狀，只是你一轉念的事。」韓愈繼續勸道。

「改天我請你到我老家桃花泉，喝好茶去！」盧仝繼續岔開話題。

韓愈見盧仝無意入仕，只談喝茶，便不再勸，把話題轉到茶上面來。

又過了一些時日，盧仝興高采烈地來到韓愈住處，取出一個紙包擺到韓愈面前道：「這是孟簡從常州那裡託人給我送來的新茶，真的很好喝，等你有空時，咱們約幾個人，就去桃花泉那兒煮茶品茶去。」

言畢，盧仝拿出一詩稿道：「這是我為孟簡的新茶而寫的。」韓愈接過詩稿，先是默念，接著就興奮地出聲誦讀起來：

一碗喉吻潤，二碗破孤悶。
三碗搜枯腸，唯有文字五千卷。
四碗發輕汗，平生不平事，盡向毛孔散。
五碗肌骨清，六碗通仙靈。
七碗吃不得也，唯覺兩腋習習清風生。
蓬萊山，在何處？
玉川子，乘此清風欲歸去。
……

「七碗茶，七碗茶，真的好極了！」韓愈讚道，「知茶者，玉川子也！」

這孟簡是詩人孟郊的一個從叔，與盧仝交好，原在京城任諫議大夫，寄新茶時正在常州當刺史，所以盧仝這七碗茶詩的全名是〈走筆謝孟諫議寄新茶〉。後來，盧仝還跟孟簡去常州玩了一段時間。回來後，他就專心讀書、寫詩、品茶，批注《春秋》，編寫《茶譜》，除偶爾和韓愈、孟郊、賈島等幾人交遊外，基本上成了一個隱士。

不知不覺間，二十多年就過去了。

這一年，唐文宗大和九年（西元八三五年），盧仝年已花甲。十一月二十一日，宮中突發駭人聽聞的「甘露之變」。（即唐文宗和宰相李訓等人為剷除宦官勢力而策劃的一次事變，最後以失敗告終。因事變以唐文宗帶仇士良等人去金吾左仗院內觀看祥瑞之兆——石榴樹上的「甘露」為幌子，故曰「甘露之變」。）是夜，盧仝恰巧在宰相王涯的相府書館中，與王的幾位幕僚聚餐後留宿，宦官頭目仇士良派來的吏卒深夜趕到，便把盧仝當成王涯的人一塊抓捕了。

盧仝辯解：「我是個隱士，跟宰相素無來往，跟你們也無瓜葛，抓我做啥？」

吏卒斥道：「既是隱居之人，現在跑到相府幹什麼？想必有事！」

不容分說，盧仝就被抓走，且很快被定了死罪。

行刑時，需要把犯人的頭髮散開，繫在後面的柱子上便於砍頭，而盧仝因為年紀大，頭髮都掉光，所以太監就在他腦後的木板上，釘上一顆大釘子，以充當頭髮的作用。盧仝死後，有人說：他有個兒子名叫「添丁」，「添丁」讀起來不是「添釘」嗎？這不是一語成讖嗎？一輩子都在躲避官場紛爭的盧仝，最終卻莫名其妙遭遇「甘露」之禍而亡。他是冤死鬼，也是後人心目中的「茶仙」。

【詩人簡歷】 盧仝（約西元七九五年至八三五年），祖籍范陽（今河北省涿州市），生於河南濟源，早年隱少室山，後遷居洛陽，自號玉川子。「初唐四傑」之盧照鄰嫡系子孫。博覽經史，不願仕進；嗜茶，以茶詩聞名，被尊稱為「茶仙」。代表作品《茶譜》等。

掃眉才子——薛濤：女人花，搖曳在紅塵中

【成語】掃眉才子

【釋義】掃眉：婦女畫眉毛。舊指有才華的女子。

【出處】唐・王建〈寄蜀中薛濤校書〉詩：「掃眉才子知多少，管領春風總不如。」

前面寫過「唐代四大才女」之一的李冶，傳說她六歲時就作了一首頗顯早熟、令她父親很是擔憂的〈薔薇詩〉。而這篇介紹的薛濤，也是「四大才女」之一，她竟然與李冶有相似的童年傳說。

話說在薛濤八歲那年的夏日，父親薛鄖帶著她在家院中乘涼，有學識有才華的父親看到梧桐樹高大茂盛，頓時有了詩興，隨口吟道：「庭除一古桐，聳幹入雲中。」

就在薛鄖構思著下面的詩句時，誰知身邊的小薛濤卻脫口而出：「枝迎南北鳥，葉送往來風。」

薛鄖一聽，心中自是得意：有女聰明如此，夫復何求？薛鄖默唸兩遍「枝迎南北鳥，葉送往來風」，心裡一揣摩，又覺這詩句出自女孩之口，總有點不對勁。看著女兒俊俏的臉蛋，薛鄖心頭竟掠過一絲隱憂。

薛鄖當時正在京城為官，因看不慣官場潛規則，直言敢說而得罪當朝權貴。不久，薛鄖就被貶到四川，幾年後，竟一病不起，走了。

失去了依靠，薛濤母女倆的生活立即陷入困頓。人在他鄉，舉目無親，萬般無奈之下，十六歲的薛濤主動

加入樂籍，成了一名樂伎。薛濤人美、有才，會作詩、寫得一手好字、能言善辯且通曉音律，因此，她一入風月場，立即聲名遠颺。那麼多的顯貴和士子，都以能與薛濤結識為榮。薛濤的世界開始喧囂起來，可她在強顏歡笑的同時，內心感受到的卻是無邊的寂寞。

等到她十八歲時，韋皋來了。韋皋身為中書令，奉命來四川出任劍南西川節度使。在他剛到任的歡迎酒宴上，薛濤奉命前來陪酒。席間，韋皋見薛濤笑顏如花，又妙語連珠，就說：「聽說妳詩書俱佳，可否現場展示一下？」薛濤未作推辭，提筆寫了首〈謁巫山廟〉：

亂猿啼處訪高唐，路入煙霞草木香。山色未能忘宋玉，水聲猶是哭襄王。
朝朝夜夜陽臺下，為雨為雲楚國亡。惆悵廟前多少柳，春來空斗畫眉長。

韋皋讀罷，心中嘆道：能將「巫山雲雨」寫得如此詩情畫意，又有思古懷古之幽情，這豈是一般的才華？豈是一般的女子？韋皋自此就將薛濤留在自己的幕府中。

陪酒，寫公文，與韋皋談情說愛，成了薛濤生活中的三個重心。有薛濤在場，韋皋的酒宴上總是香風陣陣，笑語歡歌，那氣氛、那情調，自是相當地令人心搖神蕩。

在一次酒宴上，有人提議行〈千字文〉的酒令，要求：說出〈千字文〉中的一句，句中需有「禽獸魚鳥」其中一字，說不出來或說錯的要罰酒。

行令開始，一個頗為自負的官員立即說道：「有虞陶唐。」大家一聽，不對啊，沒那四字啊，又想，大概行令者把「虞」當成「魚」了吧？又因那官員是名尊貴的客人，所以在座的人都給他面子，沒當場指正。

輪到薛濤時，她開口就說：「佐時阿衡。」話音剛落，那個「有虞陶唐」的官員便哈哈大笑起來，然後說：「妳這句沒規定的字，該罰酒。」

薛濤立即應道：「大人，我說的這句，那個『衡』字中間多少還有條小魚，你剛才說的那句可是連個魚鱗也沒有啊！」

眾人這才笑出聲來，都在心裡歎服薛濤的機智。那官員回味過來，當場鬧了個大紅臉。

韋皋愈加欣賞薛濤，他甚至親自給唐德宗寫信，奏請皇上給薛濤授官，讓她當秘書省校書郎。因無先例，薛濤的校書郎這一官位沒得到，不過官名倒是得到了。

薛濤成了韋皋身邊的大紅人。有很多來求韋皋辦事的人，就把薛濤當成突破口。他們給她送財物，讓她再給韋皋吹「枕邊風」。薛濤也不客氣，人送就收，送多少收多少。但是她並不愛財，來人走後，她就把錢物毫無保留地交給韋皋。

次數一多，韋皋就有點不樂意了：這不是有意敗壞我的名聲嗎？在薛濤又一次接受賄賂後，韋皋一怒之下採取了懲戒措施：到偏遠荒涼的松州（今四川松潘）玩去，看妳還這樣任性不！

薛濤沒料到韋皋會生如此大的氣。在去松州的路上，眼見路途越來越艱險，環境越來越惡劣，想到韋皋的好和曾經的繁華，薛濤既傷心又懊悔，她開始邊走邊寫詩：

馴擾朱門四五年，毛香足淨主人憐。無端咬著親情客，不得紅絲毯上眠。

（〈犬離主〉）

你看，她把自己當成韋皋的寵物狗。到松州後，她共寫了十首詩，亦即〈十離詩〉。不久，〈十離詩〉就傳到韋皋手中。韋皋被詩句感動，馬上回心轉意，把薛濤召了回來。

但回來後的薛濤卻不想在韋皋的眼皮底下討生活了，她雖然愛韋皋，但也知道兩人並不會有什麼結果，她想要更自由的生活。然後，薛濤就主動脫離樂籍，在成都西郊的浣花溪畔蓋了房子，過上自己想要的生活。

她的院子裡種滿了枇杷花，院門旁邊就是向東北通往長安的大道。那麼多的男人都慕薛濤之名，來浣花溪畔尋覓芳蹤。薛濤與他們逢場作戲，但其情始終沒有所鍾。一晃，二十年就如流水般匆匆過去。

元和四年（西元八〇九年）三月，帥氣又多情的元稹公子來到四川。他是以監察御史的身分，奉命來此查案。久聞薛濤大名，元稹自是不願放過這次豔遇的機會。在梓州，他約見了薛濤。

都是有才有貌，都是風華絕代，儘管薛濤比元稹年長十歲，但兩人還是一見傾心，很快墜入愛河。但他們墜河的深度是不一樣的。元稹只是在愛河上浮著，薛濤則潛入了水中。初次相見，薛濤就感到自己被喚回了青春，找到了歸宿。她動情地寫下〈池上雙鳥〉：

雙棲綠池上，朝暮共飛還。更憶將雛日，同心蓮葉間。

一場轟轟烈烈的「姐弟戀」，在浣花溪畔拉開序幕。薛濤以為找對人，結果她錯了。幾個月後，元稹要回長安，薛濤問他：「你還會回來找我嗎？」「一定會。」元稹發誓道。可元稹走後，再沒回來，這段期間，倒是給薛濤寄來一首詩：

錦江滑膩蛾眉秀，幻出文君與薛濤。言語巧偷鸚鵡舌，文章分得鳳凰毛。
紛紛辭客多停筆，個個公卿欲夢刀。別後相思隔煙水，菖蒲花發五雲高。

（〈寄贈薛濤〉）

元稹的詩歌把薛濤誇了一通，還說自己也正被相思困擾呢。

薛濤迷了，也信了，她開始給元稹一封封地寫詩、寄詩。為此，她還對本地造紙工藝進行加工改造，製作出一種桃紅色的小巧信箋，這就是後人所稱的「薛濤箋」。

冬去春來，遠方的元稹再無消息。

又到楊柳絮飄飛的時節，薛濤觸景生景，看清了情如柳絮的本質：

二月楊花輕復微，春風搖盪惹人衣。他家本是無情物，一任南飛又北飛。

爾後，薛濤對世間情再無留戀，心中反而有了許多的釋然。多年後，她將住處從浣花溪畔移到相對僻靜的碧雞坊，在自築的「吟詩樓」裡獨享暮年時光。

她遠離人群，但卻帶不走她留給人們的多彩記憶，正如詩人王建在〈寄蜀中薛濤校書〉中寫道：

萬里橋邊女校書，枇杷花裡閉門居。掃眉才子於今少，管領春風總不如。

唐文宗大和六年（西元八三二年），「掃眉才子」薛濤，這朵曾經備受矚目的女人花終於枯萎，徹底停止了在人世間的搖曳。

【詩人簡歷】薛濤（約西元七六八年至八三二年），字洪度，唐朝京兆長安（今陝西西安）人。「唐代四大女詩人」之一，又與卓文君、花蕊夫人、黃娥並稱為「蜀中四大才女」。

金枝玉葉——王建：
我是婦女之友，我為女性代言

【成語】**金枝玉葉**

【釋義】原形容花木枝葉美好。後多指皇族子孫。現也比喻出身高貴或嬌嫩柔弱的人。

【出處】唐．王建〈調笑令．胡蝶〉詞：「胡蝶，胡蝶，飛上金枝玉葉。」

王建為美女薛濤創造了一個「掃眉才子」的成語，這只是他對一個女子的整體評價。細讀王建的詩，你會有一個印象：他很願去寫女人，而且很懂女人的心思。

王建的一生很不得意。剛來世間就被打上底層人口印記，年輕時「終日憂家貧」，為生活所迫不得已離家從軍，直到四十多歲，才經人舉薦，當上縣丞、縣尉之類的小官，穆宗時期當過秘書丞，文宗時期當過陝州（今陝縣）司馬。

在做官前的二十餘年時光裡，王建的足跡遍及江南塞上，在這些地方，他跟底層勞動者頻繁接觸，所以深知他們的艱辛，並對他們的遭遇和苦難報以同情。在〈水夫謠〉中，王建寫出一個縴夫在水上服役時的痛苦：

……

逆風上水萬斛重，前驛迢迢後淼淼。
半夜緣堤雪和雨，受他驅遣還復去。

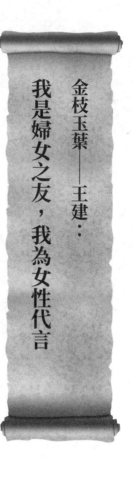

夜寒衣濕披短蓑，臆穿足裂忍痛何！

……

在〈田家行〉中，他用這樣的詩句揭露橫徵暴斂給農民帶來的重壓：

不望入口復上身，且免向城賣黃犢。

田家衣食無厚薄，不見縣門身即樂。

又有〈渡遼水〉揭示戰爭的殘酷：

渡遼水，此去咸陽五千里。

來時父母知隔生，重著衣裳如送死。

亦有白骨歸咸陽，營家各與題本鄉。

身在應無回渡日，駐馬相看遼水傍。

而在王建所有的詩中，最著名的應該就是那首短短的〈新嫁娘詞三首．其一〉了吧？

三日入廚下，洗手作羹湯。未諳姑食性，先遣小姑嘗。

一個過門才三天的小媳婦，要開始動手為婆家做飯。等飯做好，又不知合不合婆家人的口味，就讓幫忙做飯的小姑子先嚐嚐吧。你看，一個平常的生活細節，在王建的筆下，成就了一個小有心計的女子形象。「女人的心思男人你別猜」，可王建偏偏要猜，猜還要猜深、猜透、猜明白。王建哪怕是在客居他鄉時，也不忘去關注陌生女子，如〈江館〉：

水面細風生，菱歌慢慢聲。客亭臨小市，燈火夜妝明。

唱「菱歌」的是女子，著「夜妝」的是女子。美聲入耳，美色入目，旅館夜宿的王建一定會有所思吧？就是在行旅途中，看到那塊傳說中的「望夫石」，王建也要揣摩一下「石頭女人」的心思：

望夫處，江悠悠。化為石，不回頭。山頭日日風復雨，行人歸來石應語。

（〈望夫石〉）

日思夜想的人歸來後，望夫石會迎上前說哪些話？當然要問王建，他知道。對於現實中那些窮苦不幸的婦女，王建更願設身處地為她們著想。

嘆息復嘆息，園中有棗行人食。
貧家女為富家織，翁母隔牆不得力。
水寒手澀絲脆斷，續來續去心腸爛。
草蟲促促機下啼，兩日催成一匹半。
輸官上頂有零落，姑未得衣身不著。
當窗卻羨青樓倡，十指不動衣盈箱。

（〈當窗織〉）

一個為富人家織布的貧家女子，付出那麼多，得到那麼少，嘆息之餘，她甚至開始羨慕不勞而獲的青樓女子，心中的無奈悲涼為何？

某地有女子婚後「長住娘家」的惡俗，於是，王建就在〈促刺詞〉中替她們代言：

少年雖嫁不得歸，頭白猶著父母衣。
田邊舊宅非所有，我身不及逐雞飛。
出門若有歸死處，猛虎當衢向前去。

過了門，還不讓去婆家與夫君在一起，這日子過得還有啥意思？不如去死！

當然，你還可以去讀王建的〈鏡聽詞〉、〈鞦韆詞〉、〈春燕詞〉、〈失釵怨〉、〈兩頭纖纖〉、〈去婦〉等樂府詩，你會發現王建對各個年齡層、社會各界的女性都有關注，他真的稱得上是「婦女問題專家」了。

直到穆宗長慶元年（西元八二一年）春，年過四十的王建才得以進京為官。在京城，他依然發揮自己的強項：猜女人的心思。因為接近皇宮，要寫的首先就是宮女。不瞭解宮女生活？好辦！不是有個大宦官王守澄嗎？跟他套套近乎，聊一聊，後宮生活不就有了嗎？於是，〈宮詞一百首〉就這樣誕生了，試看其中一首：

樹頭樹底覓殘紅，一片西飛一片東。自是桃花貪結子，錯教人恨五更風。

連桃樹都能開花結子，可是作為人的宮女呢？她們人生的春天在哪裡？

除了完成〈宮詞一百首〉，王建在長安期間還寫過一些諸如〈調笑令〉（一作〈宮中調笑〉）、〈宮中三臺〉等反映宮女生活的小令，讀來既有情趣，也讓人體味到一種辛酸：

胡蝶，胡蝶，飛上金枝玉葉。君前對舞春風，
百葉桃花樹紅。紅樹，紅樹，燕語鶯啼日暮。

「金枝玉葉」既指宮中之景，也指宮女的頭飾，但寂寞的宮女們更多的是渴望能擁有金枝玉葉的身分吧？

王建就是這樣，走到哪裡，就把對女性的關心帶到哪，他才是名副其實的「婦女之友」。

王建也有一個非常要好的男性朋友，叫張籍，後人將他們並稱「張王」。

【詩人簡歷】　王建（約西元七六八年至八三〇年），字仲初，唐朝潁川（今河南許昌）人。出身寒微，曾任陝州司馬，世稱王司馬；與張籍友善，世稱「張王」。代表作有〈水夫謠〉、〈羽林行〉、〈新嫁娘詞三首〉謠等。

床頭金盡——張籍：窮時不移心志，順時成人之美

【成語】床頭金盡

【釋義】床頭錢財耗盡，比喻錢財用完了，生活受困。形容陷入貧困的境地。

【出處】唐．張籍〈行路難〉詩：「君不見床頭黃金盡，壯士無顏色。」

春天到了，要提起寫春色的古詩，我們會很容易想到下面這首吧：

天街小雨潤如酥，草色遙看近卻無。
最是一年春好處，絕勝煙柳滿皇都。

詩的作者是韓愈，題目是〈早春呈水部張十八員外〉，「張十八」是指張籍，「十八」是張籍在家裡的排行。詩寫於唐穆宗長慶三年（西元八二三年），當時張籍的官職是水部員外郎，所以韓愈就以「張十八員外」稱之，而韓愈本人當時是吏部侍郎。

韓愈為何要給張籍寫這樣一首詩呢？據說是因為那天韓愈想約張籍一塊去遊春，而張籍才到水部任職不久，就以公務繁忙且歲數大為由婉拒了。韓愈遊春結束，就寫了兩首絕句送給張籍，除了上面一首，另外還有一首：

莫道官忙身老大，即無年少逐春心。
憑君先到江頭看，柳色如今深未深。

韓愈在詩中對張籍說：不要動不動就說什麼官事繁雜，什麼人也老了，什麼已經沒有年少時那份追趕春天的心情了。請你不妨到曲江池畔走走，看看眼下的柳色是否已經很深。

其實韓愈和張籍是同齡人，當年都已五十好幾，張籍為何沒隨韓愈一同遊春，我們根本沒必要細究。如果兩人同去，也許韓愈就寫不出「草色遙看近卻無」的佳句了。

張籍做了一年多的水部員外郎，第二年就升職，成為水部郎中。這年的十二月，韓愈便去世了。張籍從此再沒有和韓愈一同賞春的機會了。在水部員外郎的位子上，張籍成就了韓愈的一首名詩；而在水部郎中的位子上，張籍也成就了另一個人的一首名詩。那個人叫朱慶餘。

朱慶餘也是一個詩人，他也想走科舉入仕這條路。在參加科考之前，他已經和張籍很熟了，兩人還互贈過詩作。唐敬宗寶曆二年（西元八二六年）年初的一天，朱慶餘如釋重負地走出進士考場。對於考題和考試過程中的個人發揮，朱慶餘還是滿意的。可轉念一想，自己滿意有什麼用呢？改卷子的又不是自己。越想，心裡越沒有底。

朱慶餘想到了張籍，畢竟張郎中算是詩壇元老，他在朝中的影響力是不容小覷的。那就寫首詩給他看，先從側面探個虛實吧。幾天後，再見到張籍，朱慶餘就遞上這首新作〈閨意獻張水部〉：

洞房昨夜停紅燭，待曉堂前拜舅姑。
妝罷低聲問夫婿，畫眉深淺入時無。

朱慶餘表面上寫的是一個新媳婦在拜見公婆前，那種誠惶誠恐的舉動和心情，實際上表現的是自己在發榜前的不安和期待：我在考場寫的詩文，就像是新娘子在頭晚的新妝，入時不入時，入眼不入眼，都要等當家的來作決定。

張籍讀了朱慶餘的詩，自然一下就看出詩中的言外之意。他覺得眼前的這位才子，應該是很有希望的，於是當場就回詩〈酬朱慶餘〉：

越女新妝出鏡心，自知明豔更沉吟。
齊紈未足時人貴，一曲菱歌敵萬金。

張籍是這樣安慰朱慶餘的：你就像那個美麗又會打扮的越女，因為過分愛美，才對自己要求更高。那些身著齊地出產的精美綢緞的女子，並不值得世人所看重，越女一曲美妙的菱歌就能把她們甩好幾條街。意指：放心吧，你沒問題的，我看好你！

朱慶餘拿著張籍的答詩，興高采烈地告辭而去。發榜的日子到了，朱慶餘果然榜上有名，成了一名春風得意的新科進士。因為有了〈閨意獻張水部〉這首詩，朱慶餘才得以進入後來的《唐詩三百首》。張水部，你又做了一件成全他人的好事。

張籍在官場上沒有大起大落，特別五十歲之後，仕途一直比較平順，但在此之前，他還是經歷過不少挫折。張籍原是蘇州人，十七歲時開始去南方的鵲山、漳水一帶求學，這一去就是十年。十年裡，張籍的生活一度非常窘迫，他在後來寫了一首〈行路難〉，描寫當時的處境：

湘東行人長嘆息，十年離家歸未得。

弊裘羸馬苦難行，僮僕饑寒少筋力。
君不見床頭黃金盡，壯士無顏色。
龍蟠泥中未有雲，不能生彼升天翼。

俗話說，一分錢難倒英雄漢，「床頭黃金盡」，那跟龍陷泥潭有何不同？

十年後，張籍北上長安，然後再次南下，並把家安在和州（今安徽和縣）。之後又在孟郊的引薦下，北上汴州，結識了韓愈，直到貞元十五年（西元七九九年），已經三十二歲的張籍，才在韓愈的推薦下，考中進士。之後幾年，張籍先在家居喪三年，接著就開始在長安、洛陽等地奔走。求仕的日子也是不太好過的，遠離故鄉，難免會想家。

有段時間，他一直待在洛陽，一個秋日，他寫好一封家書，剛要讓人寄走，卻又感到意猶未盡，於是又從捎信的行人手中要回來，拆開信封，重新讀了一遍。等捎信人走後，他還是覺得信裡有說得不好的地方，沉思中，不覺吟出了一首〈秋思〉：

洛陽城裡見秋風，欲作家書意萬重。
復恐匆匆說不盡，行人臨發又開封。

雖然渴望做官，但張籍卻是有原則的，並不是什麼官他都願意做。這期間，平盧節度使李師道曾向張籍拋出橄欖枝，希望張籍到節度使幕府中任職。張籍心想：我是準備為朝廷服務的，你是個妄圖割據一方的人，我怎能聽命於你？於是，張籍就寫了一首〈節婦吟〉，委婉地拒絕了李師道的好意：

君知妾有夫，贈妾雙明珠。

感君纏綿意，繫在紅羅襦。
妾家高樓連苑起，良人執戟明光裡。
知君用心如日月，事夫誓擬同生死。
還君明珠雙淚垂，恨不相逢未嫁時。

張籍在詩中將李師道比作「君」，自個兒比作「妾」，意思很明了：我已心有所屬，且無法更改，謝謝你的美意！「恨不相逢未嫁時」，只不過是一個託詞罷了。即使真的未嫁，張籍這個「妾」，也不會接受李師道這個「君」的「求婚」。

直到三十九歲，張籍才得以入朝為官：被授予秘書省校書郎一職，很快又被調任太常寺太祝，成了一個管祭祀的小官。這一管就是五、六年，期間張籍眼睛出了問題，還頗嚴重，都要瞎了。有孟郊〈寄張籍〉的詩句為證：

西明寺後窮瞎張太祝，縱爾有眼誰爾珍。天子咫尺不得見，不如閉眼且養真。

又窮又瞎，夠悲催的！張籍也不得不因病辭官。

三年後，眼初癒，張籍的身分也變了，由太常寺太祝改任國子助教，直至五十歲之後，又在十多年的時間內，歷任廣文博士、國子博士、水部員外郎、水部郎中、主客郎中，官終國子司業。

【詩人簡歷】張籍（約西元七六七年至八三〇年），字文昌，唐朝和州烏江（今安徽和縣）人。因曾任太常寺太祝、水部員外郎、水部郎中、國子司業等職，世稱「張太祝」、「張水部」、「張司業」。代表作有〈野老歌〉、〈猛虎行〉、〈節婦吟〉等。

真金不鍍——李紳：「選邊站」這件事，好辛苦！

【成語】真金不鍍

【釋義】真正的黃金用不著再鍍金。比喻有真才實學之人用不到裝飾。

【出處】唐．李紳〈答章孝標〉詩：「假金只用真金鍍，若是真金不鍍金。」

想要別人愛惜糧食，你首先想到的應是下面這首〈鋤禾〉詩吧？

鋤禾日當午，汗滴禾下土。誰知盤中餐，粒粒皆辛苦。

這詩是唐朝一位名叫李紳的詩人寫的，他的另一首短詩比較有名：

春種一粒粟，秋收萬顆子。四海無閒田，農夫猶餓死。

這兩首短詩合起來又叫〈憫農．二首〉或〈古風．二首〉。那麼，李紳是在什麼情況下寫了這兩首詩呢？其實，李紳是名門之後，他的曾祖李敬玄曾官至宰相，到他父親李晤一輩，他的家族已不太顯赫，但仍處社會上層。不幸的是，李紳年僅六歲時，他父親就死了，就這樣，李紳開始和母親盧氏在無錫（他父親生前做官之地）相依為命，因而他很早就見識了世態炎涼，體驗到生活的艱辛。

在母親的教導下，李紳慢慢成長為一個有學識有擔當的青年人，儘管個頭「短小精悍」，可他總要走出家門，撐起屬於自己的一片天空。

在漫遊江南的過程中，李紳開闊了眼界，親眼見到農人們在朝廷推行「兩稅法」後遭受到的苦難，因而就有了〈憫農．二首〉的問世。然後李紳就帶著這兩首詩，來到京城，拜謁一個名叫呂溫的京官，得到賞識，也因此漸漸有了名氣。接著，李紳就開始參加進士考試。考了兩年才及第，那時，他已經三十五歲。

進士及第後的李紳在南下潤州（今鎮江）時，遇到鎮海軍節度使李錡，並成了李錡幕下的掌書記。

李錡是個恃寵而驕的傢伙，有獨霸一方的野心，皇帝召他入朝，他不想去，就讓李紳代為起草奏章。李紳知李錡心中有鬼，便在寫字時裝出很害怕的樣子，寫寫塗塗，抖抖索索，李錡看出李紳不想寫，還演戲，一怒之下，將其關入大牢。直至李錡因叛亂被殺，李紳才被放出。

等到元和四年（西元八〇九年），李紳有了校書郎一職，他的官途才正式鋪開；在詩歌創作上，李紳也開始和元稹、白居易一起拉開「新樂府運動」的序幕。可是，他一踏上官途，朝中的「牛李黨爭」就開始了，而他作為「李黨」中的一員，註定此後要在你死我活的宮廷黨爭中起起浮浮。

元和十四年（西元八一九年），李紳升任右拾遺，次年入翰林，與李德裕、元稹一起被譽為「翰林三俊」。正在李紳春風得意之時，「黨爭」之禍降臨到他的身上。

唐穆宗長慶三年（西元八二三年），拜相半年的李逢吉，為排擠同樣有望登上相位的李德裕，就在皇上面前竭力推薦牛僧儒為相，又把李德裕外放為浙西觀察史。

李逢吉在朝中弄權耍橫，打擊異己，多數人不敢吭聲，只有李紳不買他的帳。於是李逢吉就千方百計想把李紳擠出朝廷。不能明著來，那就用計。李逢吉知道李紳是個愛較真的傢伙，而韓愈也是這樣的人。因此，李逢吉就讓李紳當御史中丞，這樣李紳就成了御史臺的臺官，按唐規，外任節度、觀察、經略以及京兆尹及其屬官在入朝或赴鎮之際必須去參拜臺官。韓愈要到京兆尹任上，按理要去參拜李紳這個臺官，可韓愈沒去，因為他覺得自己雖是京兆尹，但還身兼御史大夫，雖說御史大夫是個虛職，可名義上還是御史中丞的上級，再說，韓愈自認為比李紳歲數大，不拜也罷。但李紳不這麼認為，他說要按制度辦事，不拜就不行。李紳與韓愈之間就有了一場各說各有理的「臺參之爭」。見兩人都上了套，李逢吉馬上出來主持「正義」：說李紳、韓愈沒有大局觀，特別是李紳，還受過韓愈提攜，現在如此計較，人品不是有點太「那個」了？

結果李紳和韓愈雙雙被貶官，李紳由御史中丞貶為江西觀察史，好在穆宗覺得這樣就貶人家不像回事，所以很快又把李紳提為戶部侍郎。

次年，穆宗死了，敬宗即位。李逢吉趁勢又藉機聯絡張又新、李虞等一幫宵小之輩，集中精力打擊李紳，終致李紳被無端擠走：由戶部侍郎貶為端州（今廣東肇慶）司馬。

從此，李紳的官運就與「李黨」頭子李德裕的官運，緊緊地綁在一起。

到端州的第二年，遇大赦，李紳在「牛黨」繼續得勢的情形下，沒得到返京機會，開始調任江州刺史，後又任滁州刺史、壽州（今安徽淮南）刺史。

唐文宗太和七年（西元八三三年），剛登相位的李德裕，立即起用李紳為浙東觀察史。開成元年（西元八三六年）起，李紳先後任河南尹、宣武（今河南省東部）軍節度使、淮南節度使等職。開成五年（西元八四〇年），入京拜相，直至會昌四年（西元八四四年）因中風辭位，後只擔任淮南節度使一職，會昌六年（西元八四六年）在揚州病逝，終年七十五歲。

不久，「牛黨」再次壓倒「李黨」，「牛黨」在反攻倒算的過程中，並沒放過死去的李紳，他們以李紳生前錯判「吳湘案」為由，逼迫朝廷下詔追削李紳所有的官銜，且剝奪其子孫做官的權利。

縱觀李紳一生，作為一個浮沉於黨派之爭的政治人物，我們確實不好為之定調。單從〈憫農・二首〉來看，李紳是一個悲天憫人的才子。從對李錡、李逢吉之流的態度來看，李紳又是一個剛直不屈的漢子。而作為「黨爭」中的骨幹分子，為權力而鬥，是好是壞又怎麼確定呢？

他自己寫文說，在浙東離任時，有萬人相送。在壽州霍山縣，他還親自帶領官民「打老虎」，那可是真正的猛虎哦。這樣看，他算是一個為民辦實事的好官。可也有些史料，把他寫成一個並不是那麼光彩的人。比如他為官之地鬧了蝗災，他竟上奏說：蝗蟲到我轄的地界是不吃莊稼的。他還曾讓百姓在大冬天下水撈文蛤以進貢，又命人把偷魚的和尚扔進湖裡，把不願替舉子過河趕考的船伕丟進河中……。作為一個官員，他很懂得利用職權去享受，不然，就不會有劉禹錫的「司空見慣尋常事」一說了。

劉禹錫垂涎於李紳的家妓，他便慷慨地將家妓贈給人家。他和劉禹錫一樣，對白居易家的樊素也是念念不忘，在六十二歲時，還曾寄給那小女子一件舞衫呢，白居易有詩記錄此事。

對朋友如此，對曾經的政敵，李紳也是比較講究的。比如那個曾配合李逢吉整過他的張又新，在牛黨失勢後被一貶再貶，二十年後，此人罷官回鄉，坐船遇風，兩個兒子被當場淹死。萬般無奈之下，張又新便給時任淮南節度使的李紳寫信求助。李紳不計前嫌，兩人重歸於好。

一日，張又新來李紳家中做客，而席間一個陪酒的歌伎竟是張的舊日相好，多年之後，兩人在此見面，四目相對卻不能表白。就在李紳中間離席的短暫工夫，張又新便用手指蘸上酒水，在酒盤上寫了一首情詩給女子看。李紳回來，見兩人眼神不對，便讓女子唱歌。結果女子唱的就是張又新寫的那首詩：

雲雨分飛二十年，當時求夢不曾眠。今來頭白重相見，還上襄王玳瑁筵。

（〈贈廣陵妓〉）

唱完，李紳一下子就明白了：敢情是分開二十年的恩愛老鴛鴦啊！看兩人舊情復燃的樣子，李紳當場成全兩人，讓張又新把老情人領回家。大方，又不計前嫌，這是李紳的另一面。

在李紳剛走上右拾遺之位時，有一個叫章孝標的人進士及第，看榜後，章進士立馬寫詩一首向李紳炫耀：

及第全勝十政官，金湯鍍了出長安。馬頭漸入揚州郭，為報時人洗眼看。

（〈及第後寄廣陵故人〉）

中個進士就等於自己身上「鍍金」，還讓人「洗眼」看他，李紳很看不起這種「小人得志」的態度，因此，立即以一首〈答章孝標〉回應：

假金只用真金鍍，若是真金不鍍金。十載長安得一第，何須空腹用高心。

如果是塊真金子，何須要用真金去鍍呢？李紳以嘲諷的語氣把章進士狠狠地教育了一番。

真金不鍍，如果單從學識才華來看，李紳的確稱得上是一塊真金。那他的人品到底是「真金」還是「假金」？不妨你來做個判斷吧。

【詩人簡歷】 李紳（西元七七二年至八四六年），字公垂，唐朝無錫人，祖籍安徽亳州。與元稹、白居易友善，是中唐新樂府運動的參與者。代表作為〈憫農．二首〉。

寶馬香車——韋應物：

一個京城惡少的華麗轉身

【成語①】**寶馬香車**

【釋義】珍貴的寶馬，華麗的車子。指考究的車騎。

【出處】唐．韋應物〈長安道〉詩：「寶馬橫來下建章，香車卻轉避馳道。」

【成語②】**山珍海味**

【釋義】指山野和海裡出產的各種珍貴食品。泛指豐富的菜餚。

【出處】唐．韋應物〈長安道〉詩：「山珍海錯棄藩籬，烹犢炰羔如折葵。」

【成語③】**堅貞不屈**

【釋義】堅：堅定；貞：有節操；屈：屈服、低頭。意志堅定，決不屈服。

【出處】唐．韋應物〈江州集．睢陽感懷〉詩：「甘從鋒刃斃，莫奪堅貞志。」

【成語④】**風雨對床**

【釋義】指兄弟或親友久別後重逢，共處一室傾心交談的歡樂之情。

【出處】唐·韋應物〈示全真元常〉詩：「寧知風雪夜，復此對床眠。」

安史之亂，在韋應物的心中，絕對是一個揮之不去的夢魘。多年以後，他還記著「長安亂」中的一幕幕。他痛恨興兵作亂的賊子，也厭惡那些借「平亂」之機而發了戰爭財的新貴：

春雨依微春尚早，長安貴遊愛芳草。
寶馬橫來下建章，香車卻轉避馳道。
貴遊誰最貴，衛霍世難比。
……
麗人綺閣情飄颻，頭上鴛釵雙翠翹。
低鬟曳袖回春雪，聚黛一聲愁碧霄。
山珍海錯棄藩籬，烹犢炰羔如折葵。
（〈長安道〉）

坐著「寶馬香車」、「山珍海錯」都吃膩了，新貴族們耀武揚威，不可一世，還不是因為「邊塵起」才有的「立功」機會？

而對忠誠衛國，甚至為國捐軀的將士們，韋應物還是從內心懷念、敬仰他們的，在〈睢陽感懷〉一詩中，這樣寫道：

饑喉待危巢，懸命中路墜。

甘從鋒刃斃，莫奪堅貞志。
宿將降賊庭，儒生獨全義。
空城唯白骨，同往無賤貴。
哀哉豈獨今，千載當歔欷。

至德二年（西元七五七年），在保衛睢陽（今河南商丘）城的戰鬥中，張巡、許遠帶領不足一萬的士兵，對抗十餘萬賊兵，雖在歷經數百次戰役後，城陷了，人也死了，但其「堅貞不屈」的表現卻令人動容。

安史之亂最終被平定，但大唐盛世卻一去不復返。

韋應物懷念盛唐歲月，但他不喜歡那時的自己，因為記憶中的盛唐歲月，既是他的「光輝歲月」，也是他的「荒唐歲月」。

作為一個「離天尺五」的名門望族後人，一個根深蒂固的宮廷「官二代」，少年韋應物可是要風得風，要雨得雨。不必去用心讀書，也不要去參加什麼科舉考試，十四、五歲就沾門第之光，進身「右千牛衛」（皇帝內圍貼身衛兵）之列，整天跟在玄宗皇帝和楊貴妃身後，到處耀武揚威，所謂的「香車寶馬」、「山珍海味」的生活早已習以為常。

年少輕狂的韋侍衛，自以為是皇帝身邊的人，所以離開皇帝的眼，他就感覺天下是他的了，整天糾集一幫惡少，打架鬥毆，強取豪奪，喝酒賭博，欺男霸女，反正是盡最大的努力去幹些能想到的壞事。

有恃無恐，因為沒人敢管他。

等到安賊一起事，京城再也沒有往日的和平景象，玄宗皇帝也跑到蜀地避難去。

肅宗乾元二年（西元七五九年），二十三歲的韋應物沒了用武之地，他脫去御前侍衛的服裝，一反常態地走進太學的大門。

或是突變的世事震動了他，或是賢慧的妻子元蘋感化了他，青年韋應物像換了一個人似的，開始刻苦攻讀，他身上的無賴習性似乎一夜間蕩然無存。

原來，安靜下來的韋應物就是一個地道的書生啊！不僅用功讀書，他也開始用心寫詩。舞棒弄槍的手，耍起筆桿子來，竟也是出神入化。

廣德元年（西元七六三年），韋應物要去做地方官。他先到洛陽丞的位子上，兩年後又改任河南軍曹。在軍曹任上，韋應物因用過激手段懲治一位犯事的軍士，結果被人投訴，一氣之下，他乾脆辭了官，在洛陽閒居下來。

約十年後，年近四十的韋應物再次走進官場，從唐代宗大曆九年（西元七七四年）到唐德宗貞元七年（西元七九一年）客死蘇州這十多年時間內，他歷任京兆府功曹、鄠縣令、櫟陽縣令、比部員外郎、滁州刺史、江州刺史、左司郎中、蘇州刺史等職。

韋應物是一個盡責稱職的官員，可他有時還會擔心做得不夠好。在任滁州刺史時，他曾寫詩寄贈李儋、元錫兩位朋友：

去年花裡逢君別，今日花開又一年
世事茫茫難自料，春愁黯黯獨成眠。
身多疾病思田里，邑有流亡愧俸錢。
聞道欲來相問訊，西樓望月幾回圓。

（〈寄李儋元錫〉）

看到管轄之地還有人流亡，韋應物心生愧疚，感覺拿了俸薪卻沒能盡到責任。他想把公務做好，可內心裡又有歸隱的念頭，可想而知，當時的他是多麼矛盾。

在滁州西澗閒居期間，他種樹、栽藥、賞景、觀鳥，體驗著一種閒適的孤獨：

獨憐幽草澗邊生，上有黃鸝深樹鳴。
春潮帶雨晚來急，野渡無人舟自橫。

（〈滁州西澗〉）

在遠離京城的地方，韋應物更加珍視親情和友情。他一首首地給弟弟、外甥、昔日好友等人寄贈詩歌，用清新淡遠的詩句，慰藉彼此的心靈。還是在滁州，韋應物的兩個外甥沈全真和趙伉（字元常）來看他，他寫了〈示全真元常〉一詩來表達感受：

余辭郡符去，爾為外事牽。
寧知風雪夜，復此對床眠。
始話南池飲，更詠西樓篇。
無將一會易，歲月坐推遷。

「風雨對床」，是寒世中的人情之暖，是歲月推移中的歡樂會面，唯有珍惜時光，珍惜親情，才能更好地活在當下。

就像他給另一個叫「盧陟」的外甥寫的一首詩所說：

澗樹含朝雨，山鳥哢餘春。
我有一瓢酒，可以慰風塵。
（〈簡盧陟〉）

身在外地，韋應物自然也會想念遠在京城的弟弟們，〈寒食寄京師諸弟〉：

雨中禁火空齋冷，江上流鶯獨坐聽。
把酒看花想諸弟，杜陵寒食草青青。

韋應物還經常和道士、僧人來往。年輕時在武功縣避亂時，就住在寶意寺，在洛陽時曾住同德精舍，當京兆府功曹時住善福精舍，蘇州罷官後住永定寺。

韋應物的隱逸意識，讓他主動與佛、道結緣，或者說，佛、道之緣催生了他的隱逸思想。在蘇州的那個秋夜，他開始思念隱居學道的丘丹：

懷君屬秋夜，散步詠涼天。
山空松子落，幽人應未眠。
（〈秋雨寄丘二十二員外〉）

靜靜的夜，涼涼的天，不眠的人，空寂的山，思念不要那麼多，只要一點點。

韋應物的心是乾淨的，曾經身居官場的他，手也是乾淨的——蘇州刺史任期結束後，他竟然窮得連回京候選的路費都沒有！一個曾經的京城惡少，最終成長為一個有情有義、清廉自守的高士。這樣的轉身，能不讓人驚奇和讚歎嗎？

【詩人簡歷】韋應物（約西元七三七年至七九一年），唐朝長安（今陝西西安）人。因曾任江州刺史和蘇州刺史，又有「韋江州」、「韋蘇州」之稱。以田園風光詩而著名，代表作有〈滁州西澗〉、〈寄全椒山中道士〉等。

黑雲壓城城欲摧——李賀：背景有點遠，應舉被「避嫌」

【成語①】**嘔心瀝血**

【釋義】嘔：吐；瀝：一滴一滴。比喻用盡心思。多用來形容為事業、工作、文藝創作等用心的艱苦。

【出處】唐．李商隱〈李長吉小傳〉：「是兒要當嘔出心乃已爾。」

【成語②】**黑雲壓城城欲摧**

【釋義】敵軍已到達城門，好像要把城牆壓塌似的。比喻惡勢力一時囂張造成的緊張局面。

【出處】唐．李賀〈雁門太守行〉詩：「黑雲壓城城欲摧，甲光向日金鱗開。」

【成語③】**天荒地老**

【釋義】天荒穢，地衰老。指經歷的時間極久遠。常用於人們的愛情宣言。

【出處】唐．李賀〈致酒行〉詩：「吾聞馬周昔作新豐客，天荒地老無人識。」

在講究門第出身的唐代，很多詩人在介紹自己時，總要把那些曾經功勳卓著或聲名赫赫的先人拉出來，以充當個人閃亮傲人的背景。李賀也不能免俗，成年後，他念念不忘的就是自個兒乃「唐諸王孫」。

的確，李賀的遠祖是唐高祖李淵的叔父：大鄭王李亮。但到了李賀這一輩，身上的那點皇家血脈也就淡到幾乎沒有了，作為一個沒落貴族的子弟，李賀想沾皇家宗室的光，也只能是痴心妄想。

李賀的父親名叫李晉肅，晚年當過縣令之類的小官。但李賀尚未成年，父親就死了。李賀兄弟倆和他們的姊姊就跟著母親守在河南昌谷（今河南省宜陽縣西），艱難度日。雖然窮，但李賀卻有一個富有的大腦。他酷愛讀書，七歲時，就能像模像樣地寫詩作文了。李賀慢慢長大，身體瘦小，手指細長，寫字奇快。他的兩眉連在一起，看上去很是與眾不同。

成年後，幾乎每一天，他都會騎著一匹瘦馬，出門尋詩覓句去。他讓剃著光頭的小僕人背著一個布袋子跟在他後面，每想出新詩句，他就會及時記下，放進小僕人的袋子裡。一天晚上，李賀的母親讓婢女倒出他袋子裡的東西，見都是兒子寫的詩句，她就生氣又心疼地說：「這孩子是要把心嘔出來才肯罷休啊！」

十八歲時，李賀已是當地很有名氣的詩人了。

這一年，李賀帶著自己的詩稿，去東都洛陽拜謁國子博士韓愈。結果，韓愈讀到了這首〈雁門太守行〉：

黑雲壓城城欲摧，甲光向日金鱗開。角聲滿天秋色裡，塞上燕脂凝夜紫。
半卷紅旗臨易水，霜重鼓寒聲不起。報君黃金臺上意，提攜玉龍為君死。

寫得太好了！讀完，韓愈讚歎不已。一年後，韓愈又和學生皇甫湜一起去昌谷回訪李賀。李賀激動萬分，揮筆寫下〈高軒過〉：

華裾織翠青如蔥，金環壓轡搖玲瓏。
馬蹄隱耳聲隆隆，入門下馬氣如虹。

雲是東京才子，文章巨公。
二十八宿羅心胸，九精照耀貫當中。
殿前作賦聲摩空，筆補造化天無功。
龐眉書客感秋蓬，誰知死草生華風。
我今垂翅附冥鴻，他日不羞蛇作龍。

此詩把韓愈、皇甫湜兩人猛誇一通，又說自己是個有抱負的好青年，懇請二位名公給予引薦提攜。這次造訪，讓李賀的才華在韓愈心中得到了進一步的確認。

元和五年（西元八一〇年），李賀在家中收到韓愈讓他參加進士考試的信。這年初冬，二十一歲的李賀如約參加了河南府試，得中後，又馬不停蹄地趕往長安，準備應進士舉。

就在李賀到了長安，躊躇滿志地應考時，麻煩來了。有考生舉報說：李賀的父親名叫李晉肅，「晉」與「進」同音，應「避嫌名」，因此，李賀不能參加進士考試。李賀一聽，當時就蒙了：這哪跟哪啊？

韓愈聞知此事，立即寫〈諱辯〉一文為李賀辯解，說：「父名中有『晉』，兒子就不能參加進士考試，照此說法，父名中若有『仁』字，那兒子就不能當人了？」

韓愈發聲，依然無濟於事。最終，李賀未能參加那次進士考試。被嫉妒他才華的舉子黑了，李賀的天空也黑了，一如「黑雲壓城城欲摧」般的壓抑。留在長安的日子，都成了「困居」。

京城已是傷心地，回家吧。途中，李賀在一客棧落腳，客棧主人知他大名，聽說他的遭遇後，不僅請他喝酒，還友好地對他進行開導：你看漢武帝時的主父偃，西行入關，不得志，又沒錢，屢遭白眼。再看唐初的名臣馬周，年輕時總被地方官欺侮得抬不起頭，在去京城時，途中投宿新豐，旅館主人卻待他連商販都不如。可最後馬周還不是憑「兩行書」得到皇帝賞識而時來運轉？所以，一時倒楣並不等於一世倒楣，不定哪一天就迎來你的出頭之日呢！

客棧主人的一席話，讓李賀心裡稍稍舒坦了些。晚上，他在房間內寫下〈致酒行〉一詩：

零落棲遲一杯酒，主人奉觴客長壽。
主父西遊困不歸，家人折斷門前柳。
吾聞馬周昔作新豐客，天荒地老無人識。
空將箋上兩行書，直犯龍顏請恩澤。
我有迷魂招不得，雄雞一聲天下白。
少年心事當拿雲，誰念幽寒坐嗚呃。

寫罷，李賀放下筆，抬眼望著窗外。黑啊。

【詩人簡歷】李賀（西元七九〇年至八一六年），字長吉，福昌（今河南洛陽宜陽縣）人，家居福昌昌谷，後世稱「李昌谷」。因詩歌想像豐富，多用神話傳說，又有「詩鬼」之稱。「長吉體」詩歌開創者，代表作有〈雁門太守行〉、〈李憑箜篌引〉、〈南園十三首〉、〈馬詩二十三首〉等。

石破天驚——李賀：眼前天地人，筆下「神」、「馬」、「鬼」

【成語①】石破天驚

【釋義】原形容箜篌的聲音，忽而高亢，忽而低沉，出人意料，有難以形容的奇境。現形容文章議論新奇驚人。

【出處】唐．李賀〈李憑箜篌引〉詩：「女媧煉石補天處，石破天驚逗秋雨。」

【成語②】牛鬼蛇神

【釋義】牛頭的鬼，蛇身的神。形容作品虛幻怪誕。比喻形形色色的壞人。

【出處】唐．杜牧〈李賀集序〉：「鯨吸鰲擲，牛鬼蛇神，不足為其虛荒誕幻也。」

【成語③】玉樓赴召

【釋義】文人早死的婉詞。

【出處】唐．李商隱〈李賀小傳〉詩：「長吉將死時，忽晝見一緋衣人，駕赤虬，持一板書，若太古篆或霹靂石文者……緋衣人笑曰：『帝成白玉樓，立召君為記。』」

未能參加進士考試，李賀只得心灰意冷地回到了老家昌谷。

但李賀畢竟是個人才，如果就這樣被埋沒，豈不是太可惜了？

元和六年（西元八一一年）五月，在韓愈等人的極力推薦下，李賀被再次召回到長安。經吏部考核後，他有了奉禮郎的官職。這奉禮郎是一個從九品的小官，日常工作主要是在祭祀時為皇帝及皇親國戚、王公大臣們提供相應的服務，比如排排君臣位次、主持祭祀音樂的演奏、引導巡陵等。

這樣的工作煩瑣而無聊，李賀做得很壓抑。如果要說有什麼收穫，那就是這個官位讓他知道「宮廷」是怎麼回事，也讓他結交了一些志同道合的官場朋友，使他對社會的黑暗面有了更深刻的認識。

耳畔整天充斥著那些單調的祭祀音樂，偶爾，李賀也會聽到技藝高超的梨園弟子的宮廷演奏，其中最讓他讚賞的，就是李憑演奏箜篌了。

吳絲蜀桐張高秋，空山凝雲頹不流。
江娥啼竹素女愁，李憑中國彈箜篌。
崑山玉碎鳳凰叫，芙蓉泣露香蘭笑。
十二門前融冷光，二十三絲動紫皇。
女媧煉石補天處，石破天驚逗秋雨。
夢入神山教神嫗，老魚跳波瘦蛟舞。
吳質不眠倚桂樹，露腳斜飛濕寒兔。

（〈李憑箜篌引〉）

李憑的演奏讓李賀的思緒上天入地，產生了「石破天驚」的藝術效果。但這樣的快樂總是短暫的，絕大多數時候，李賀還得對著那些冷硬的牌位、陵墓、祭品等，日復一日地做著單調乏味的工作。

他想換個職位，更想向上邁個臺階。可是一年過去了，又一年過去了，一切照舊。李賀終於受不了，到了元和八年（西元八一三年）的春天，他稱病回了家。在由京赴洛的路上，李賀百感交集，寫下〈金銅仙人辭漢歌並序〉：

茂陵劉郎秋風客，夜聞馬嘶曉無跡。
畫欄桂樹懸秋香，三十六宮土花碧。
魏官牽車指千里，東關酸風射眸子。
空將漢月出宮門，憶君清淚如鉛水。
衰蘭送客咸陽道，天若有情天亦老。
攜盤獨出月荒涼，渭城已遠波聲小。

「金銅仙人」建造於漢武帝時期，到魏明帝時又被強行拆離漢宮，李賀藉此事表明自己不捨離京的心情，抒寫了家國之痛和身世之悲。曾有凌雲志，久存報國心。可惜現實太無奈，無用武之地不說，身體也似乎一下子垮了下來。在昌谷，在自己的這個生身之地，他慨嘆著時光易逝和時運不濟，也用詩歌抒寫內心的痛楚和憤激之情。

男兒何不帶吳鉤，收取關山五十州？請君暫上凌煙閣，若個書生萬戶侯？

（〈南園十三首．其五〉）

尋章摘句老彫蟲，曉月當簾挂玉弓。不見年年遼海上，文章何處哭秋風？

（〈南園十三首．其六〉）

儘管心有怨言，李賀依然是不甘沉淪的。在昌谷臥養一段時間後，他又動身南下，意欲在吳越之地一展才華，最終事與願違。無奈之下，他又回到長安，於次年（西元八一四年）辭去奉禮郎的職務。

回到老家後，李賀還是不死心，於是他又跋山涉水地來到潞州（今山西長治），在好友張徹的舉薦下，做了昭義軍節度使郗士美的幕僚。

元和十一年（西元八一六），郗士美因討伐藩鎮割據勢力沒有成效，便託病回家休養，張徹也趁機回了長安。走投無路的李賀只得拖著病體回到昌谷，不久就離開了人世。

李賀短暫的一生，活得痛苦又壓抑。當他的夢徹底破碎，他就開始有意識地去逃離現實世界，任由想像的翅膀翱翔在奇幻的仙界或直接飛入暗黑的鬼域。在〈夢天〉中，李賀夢入天堂，下望人間，感慨人事滄桑：

老兔寒蟾泣天色，雲樓半開壁斜白。玉輪軋露濕團光，鸞珮相逢桂香陌。
黃塵清水三山下，更變千年如走馬。遙望齊州九點煙，一泓海水杯中瀉。

在〈天上謠〉中，李賀虛構了一個完美的仙境，表達他對自由美好世界的嚮往：

天河夜轉漂回星，銀浦流雲學水聲。玉宮桂樹花未落，仙妾採香垂佩纓。
秦妃捲簾北窗曉，窗前植桐青鳳小。王子吹笙鵝管長，呼龍耕煙種瑤草。
粉霞紅綬藕絲裙，青洲步拾蘭苕春。東指羲和能走馬，海塵新生石山下。

李賀寫神仙，也寫鬼怪。在〈蘇小小墓〉中，李賀覺得自己就和名妓蘇小小一樣，「無物結同心」，只能在無情的世界裡，接受「風吹雨」的冰冷現實。

秋夜，走在南山的田野間，他聽到的是「石脈水流泉滴沙」（〈南山田中行〉），看到的是「鬼燈如漆點鬆花」。冷，陰森可怖的冷。有時，李賀會借馬的形象來抒寫心情，表明志向：

此馬非凡馬，房星本是星。向前敲瘦骨，猶自帶銅聲。

（〈馬詩二十三首‧其四〉）

李賀多麼渴望自己能有「快馬踏清秋」般的時刻啊！當心火燃盡，剩下的就只有空虛寂寞冷了。

杜牧說李賀的詩歌「鯨吸鰲擲，牛鬼蛇神，不足為其虛荒誕幻也」，這除了性格上的原因，在很大程度上，得歸咎於李賀於現實的挫敗吧！

李賀死時年僅二十七歲。人們痛惜於其英年早逝，於是就編了「玉樓赴召」的故事，說李賀走得這麼早，是因為天帝新蓋一座白玉樓，召他上天，要他去為樓寫記文。

但這故事就如李賀（字長吉）的名字一樣，都只是一種美好願望的寄託罷了。

曾經滄海——元稹：還將舊時意，憐取眼前人

【成語】**曾經滄海**

【釋義】曾經：經歷過；滄海：大海。比喻曾見過大世面，不把平常事物放在眼裡。

【出處】唐．元稹〈離思〉詩：「曾經滄海難為水，除卻巫山不是雲。」

儘管十五歲就已經明經及第了，但元稹覺得自己年齡尚小，不如再考個進士，好讓自己日後能更順利地得以授官。於是，他回到家，繼續刻苦攻讀。剛過二十歲時，他來到蒲州（今山西永濟），住在母親一個遠親的家裡，還在河中府找了個差使，算是當官前的實習。

在實習期間，元稹認識了一個名叫雙文的女子。雙文的家和他的住處離得並不遠，兩人一見鍾情。男女都是才貌雙全，又彼此情投意合，自然很快進入熱戀狀態。該說的都說了，該做的也都做了。

雙文對元稹說：「你要對我負責。」

元稹說：「必須的！考完進士後我就娶妳。」

貞元十七年（西元八〇一年），二十三歲的元稹來京考試，可惜未考中。雖然失落，但在之後的日子裡，他積累了一些京城人脈。尤為關鍵的是，京兆尹韋夏卿認識了他，且對他頗有好感。

有人就對元稹說：「你看韋大人這麼喜歡你，他又有個女兒叫韋叢，這你心裡還沒有數嗎？」

韋叢給元稹的印象的確不錯，端莊賢淑，善解人意。要是能與她結合，不僅會收穫個賢妻，還會攀上個有用的老丈人。韋夏卿和元稹見過幾次面後，也有了把女兒許配給元稹的意思。然後，這門親事就定下來了。第二年，元稹毫無懸念地通過了制科考試，並被授予秘書省校書郎一職。官位有了，前途有了，可以結婚了。可，那個初戀怎麼辦？元稹心裡權衡了一番，最終還是放棄了雙文。二十五歲的元稹和二十歲的韋叢成親了。

婚後，因岳父要到洛陽上班，而韋叢又是岳父最疼愛的小女兒，所以元稹夫婦就把家安在了洛陽。此後的一段日子裡，元稹便常在長安和洛陽兩地之間來回。元稹在長安住於靖安里第，一個人的時候，他常常會想起雙文姑娘，心裡很是愧疚。

做校書郎不久，元稹認識了來京應舉的李紳。李紳寄居他家期間，他就把自己和雙文的故事講給李紳聽，還把故事中雙文的名字改成了鶯鶯。

李紳被元稹的愛情故事所打動，很快為之創作了一首〈鶯鶯歌〉。接著，元稹自己又寫了一篇〈鶯鶯傳〉。

過去的事就讓它過去吧，現在有了靠山，有了家，元稹準備在官場上一展身手。

當了兩年校書郎，元稹登上左拾遺的職位。在其位則謀其政，元稹開始頻繁地給皇上提意見、挑毛病，結果就得罪朝中的一些權臣。權臣們一生氣，就開始反挑元稹的毛病。等韋夏卿一病故，元稹便被貶為河南縣丞。被貶的詔書剛下來，老家又傳來消息：母親鄭氏去世了。元稹要回家丁憂，縣丞之任不能赴。

韋叢也陪著一同回去。居喪期間，家裡窮得簡直揭不開鍋。幸虧，當年一同登科的白居易借錢來資助；幸虧，妻子韋叢是個通情達理、能夠與丈夫同甘共苦的女子。要不然，元稹恐怕真要撐不下去了。

看到元稹衣服要換洗，韋叢就翻箱倒櫃去找，看看還有沒有稍微新一點的；元稹想喝點小酒，沒錢買，韋叢就拔下頭上的金釵去換錢；家裡只有豆葉吃，可韋叢卻吃得津津有味；家裡沒柴禾了，韋叢就仰臉看著門前的那棵老槐樹，希望多飄下點落葉用來燒火。

很多時候，元稹會在一旁默默地看著妻子做針線活或整理妝容，心中滿是憐愛。有一次，元稹突然談到「誰先走」這個話題，沒說兩句，韋叢就慌忙摀住他的嘴。這樣的日子雖苦，但元稹感受到的卻是妻子帶給他的濃濃愛意。

三年服喪期滿，元稹在新任宰相的關照下，升為監察御史，並被安排到東川（今四川東部）負責查案。辦案期間，元稹結識了蜀中名妓薛濤，上演了一齣年齡相差十歲的「姐弟戀」。薛濤動了真情，但元稹只是逢場作戲，在他心中，還是韋叢值得相守終生，所以，一回京，他就用一首贈給薛濤的詩，為兩人的關係作了小總結。

在監察御史任上，元稹的待遇大幅提高。可家中的好日子剛要開頭，韋叢卻病故了。這突然的打擊讓元稹哀痛萬分，愛妻僅僅和自己相守七年，還沒嚐到多少生活的甜頭，就撇下一個女兒走了。

此後多年內，每想到韋叢的音容笑貌和兩人在一起的生活細節，元稹都會黯然神傷。

元和五年（西元八一〇年），元稹在出差途中，因和偶遇的大宦官仇士良爭奪旅館「上廳」而被打，到京告狀沒贏不說，還被那個寵宦官的憲宗貶為江陵士曹參軍。到了江陵，他自是不爽，傷心往事一齊湧上心頭。那就用一首首悼念亡妻的詩來「遣悲懷」吧：

謝公最小偏憐女，自嫁黔婁百事乖。顧我無衣搜藎篋，泥他沽酒拔金釵。
野蔬充膳甘長藿，落葉添薪仰古槐。今日俸錢過十萬，與君營奠復營齋。

昔日戲言身後事，今朝都到眼前來。衣裳已施行看盡，針線猶存未忍開。
尚想舊情憐婢僕，也曾因夢送錢財。誠知此恨人人有，貧賤夫妻百事哀。

閑坐悲君亦自悲，百年都是幾多時。鄧攸無子尋知命，潘岳悼亡猶費詞。
同穴窅冥何所望，他生緣會更難期。惟將終夜長開眼，報答平生未展眉。
（〈遣悲懷三首〉）

走的人永遠地走了，留下的只是生者無邊的相思。

曾經滄海難為水，除卻巫山不是雲。取次花叢懶回顧，半緣修道半緣君。
（〈離思五首．其四〉）

元稹想：哪個女子還能比韋叢好呢？自此之後，誰還會走進我的心中？一天，元稹和一位朋友一起喝酒，說起了韋叢，不覺就醉倒了。醒來後，元稹見朋友淚濕眼眶，驚問原因，友答：你醉時，嘴裡還不斷喊著韋叢的名字，念叨著你們以前相處的事情。

也許，真的沒有別的女人能走進元稹心裡了，但並不等於他不容許別的女人走進他的生活啊！在江陵這個陌生地方生活了幾個月，美男子元稹終於沒耐住寂寞，他要納妾了。所納之妾姓安，元稹為之取名安仙嬪。安仙嬪為元稹留下一子一女後，就病死了。

元和十年（西元八一五年），元稹調任為通州（今四川達縣）司馬。剛到通州，他就大病了一場，差點送了小命。好在大難不死，病癒後又被前涪州刺史裴鄖的女兒看上，於是元大才子梅開三度，娶了名叫裴淑的女子。

元和十三年（西元八一八年），元稹又開始連年升官，先後任虢州長史，膳食員外郎，祠部郎中，中書舍人，工部侍郎，同中書門下平章事（宰相）。在宰相位僅三個月，元稹便被排擠出朝，先任同州（今陝西大荔縣）刺史，兩年後又任越州刺史、御史大夫兼浙東觀察史。

到越州時的元稹，已經四十好幾了，但一見到美女，多情又風流的他怎能不演繹點故事出來呢？

此時，元稹已和老相好薛濤聯繫上，還準備將人家接過來呢！可他又遇到歌女劉采春了，元稹一比較，還是劉采春的優勢明顯，年輕又漂亮，還多才多藝。薛濤？那算了。因此，一見到劉采春，元稹便準備「采春」了。儘管對方有丈夫，但這又有什麼問題呢？先贈詩讚美：

新妝巧樣畫雙蛾，謾裡常州透額羅。正面偷勻光滑笏，緩行輕踏破紋波。
言辭雅措風流足，舉止低回秀媚多。更有惱人腸斷處，選詞能唱望夫歌。

（〈贈劉采春〉）

然後，就是暗通款曲了。說好的「報答平生未展眉」呢？說好的「取次花叢懶回顧」呢？這問題得讓元稹的好友白居易來回答：

男兒若喪婦，能不暫傷情？
應似門前柳，逢春易發榮。
風吹一枝折，還有一枝生。

（〈婦人苦〉）

元稹在越州任上做了六年後，唐文宗把他調入京城任尚書左丞，在朝中又受排擠，被貶為武昌軍節度使，直至一年後暴病而死，年五十三歲。

元稹愛美女，也被美女愛。他懂得欣賞，心存感念，也會快速移情別戀。他深知沒愛的人生是可悲的，所以他見到上陽宮那些白髮宮女們，才會寫出〈行宮〉這樣短小精悍而又意味悠長的「哀怨」之詩：

寥落古行宮，宮花寂寞紅。
白頭宮女在，閒坐說玄宗。

【詩人簡歷】元稹（西元七七九年至八三一年），字微之，唐朝洛陽（今河南洛陽）人。與白居易關係親密，同為新樂府運動倡導者，世稱「元白」。代表作有〈遣悲懷三首〉、〈行宮〉、〈離思五首〉、〈連昌宮詞〉等。

侯門似海——崔郊：把我的愛情還給我

【成語】**侯門似海**

【釋義】王公貴族的門庭像大海一般深邃。用來比喻過去相識的人，後因地位懸殊而疏遠隔絕。

【出處】唐．崔郊〈贈去婢〉詩：「侯門一入深似海，從此蕭郎是路人。」

自考中秀才後，崔郊就開始寄居在姑姑家。姑姑所在的小村依山傍水，真是個風景絕佳的地方。在這兒讀書也好，養心也好，都是不錯的選擇。明年就走出這裏陽地界，去參加省試，然後再去京城考進士，金榜題名之日，便是報答姑姑之時。崔郊常常暗下決心。

可是，這幾日，他的心思開始紛亂起來，讀書時總是走神。他想努力控制自己，可心神就是不受管束。這一切皆因為那名叫紅袖的婢女。

其實一開始他並沒有在意紅袖。剛入姑姑家時，紅袖低著頭站在一旁，他進門來也沒多看她一眼，所以對她並沒什麼具體的印象。那天下午，他正坐在自己的房間裡讀書，紅袖進來為他送茶。當她把茶杯放到書案上，提醒他喝茶時，他抬頭看了她一眼。

這一眼，讓崔郊頓時心跳加快——那是一張多麼精緻的臉，美得無可挑剔，明亮的雙眸，分明是在說話。見崔郊呆痴的模樣，紅袖輕笑了一下，離開了。好半天，崔郊的大腦都是空蕩蕩的。此後，他的面前時不時就會出現紅袖的容顏，心神總是難以收攏。再見到紅袖，心情也沒有了以前的平靜。

又一個和暖的春日。院子裡的桃花都開了。崔郊在院中踱步吟詩，見紅袖走過，他竟開口喊了她一聲：紅袖！紅袖聞聲走到他面前，驚問何事。

崔郊一時語塞，半晌，方回首指著身後的桃樹曰：我看桃花那麼紅，就想到妳的名字了。紅袖臉上升起紅暈，抬手看了看袖子，笑而不言。見姑姑、姑父都沒在家，崔郊突然很想和紅袖說說話。紅袖的眼睛裡也似乎有很多話要說。

崔郊問了紅袖「家住哪裡」、「何時到姑姑家裡來的」等問題，紅袖笑著一一作答。紅袖的言語輕柔、得體，每一句都如一縷春風吹進崔郊心裡。以後的日子裡，兩人一有機會就互奏心曲，不見的時候，也都會互相想著。

崔郊有時會把自己剛寫好的詩讀給紅袖聽，紅袖雖不全懂，可她懂他的那份情意。崔郊還給紅袖講西晉婢女綠珠的故事，綠珠美麗重情還忠誠，可惜後來被逼跳樓了，結局真是很慘。春深時節，崔郊終於向紅袖表白：我要娶妳！

這當然是紅袖想要聽的話。可想聽的話聽到了，紅袖卻又搖了搖頭。她知道她只是崔郊姑姑家的一個婢女，她和崔郊兩人最終走到一起的可能性不大。畢竟愛了，珍惜眼前人吧。未來暫且交給未來。

崔郊和紅袖就這樣偷偷沉浸在熱戀之中。

哪知姑姑家竟突遭橫禍——姑父乘船外出，不慎溺水而亡。姑父是個生意人，一家人全靠他掙錢養家餬口。他這一走，姑姑家的天瞬間塌了。往下的日子，一天不如一天。幾個月後，便到了連吃飯都成問題的地步。崔郊忙著應考，內心雖著急，卻幫不上什麼忙。

那天，姑姑帶著紅袖進城。回來時，卻只有姑姑一人。

崔郊滿腹疑惑，忙問：紅袖呢？

姑姑嘆了口氣道：賣了。

賣了！賣給誰了？崔郊簡直不敢相信自己的耳朵。

姑姑又嘆了幾口氣，道：不賣紅袖，你看能行嗎？現在你姑父不在了，我怎麼也得讓咱這一家人活下去啊，也好讓你安心讀書。前些日子，我帶紅袖進城，正巧碰到襄州城的連帥于頔（ㄉㄧˊ）大人，他看中了紅袖，當時就跟我說想買她。我當時捨不得，就沒立即答應。現在看，不賣是不行了。所以今天就把她賣給了于大人，換到四十萬錢。

崔郊聽完，大聲道：怎麼能把紅袖給賣了呢？

姑姑見崔郊的表現有點異常，就說：一個婢女，賣了就賣了，再說，紅袖到于大人那裡不比在咱家強？你急什麼呢？

崔郊轉身進了屋子，整個人似乎一下子垮了。紅袖這一走，也把崔郊的心全部帶走了。在家悶了一些時日，崔郊去了襄州城，他找到于連帥的府第，開始在大門外來回觀望，他不信見不到紅袖。

隔幾日，崔郊就會到連帥府前守望。半年過去了，竟連紅袖的影子也沒見到。那天，崔郊聽到路人閒談，說于連帥新買了一個名叫紅袖的婢女，人長得那是花容月貌，連帥很是喜歡她，還讓人教她學會了彈琴和跳舞。崔郊既為紅袖高興，也為她擔心，見她的心情也更加迫切。

一天晚上，崔郊翻來覆去睡不著，他想：可能從此以後，再也沒有和紅袖相見的機會了。想到此，他很是傷感，眼前也滿是紅袖的笑顏。閉上眼，一首詩在心中慢慢成形。等詩在心中定稿，崔郊便起身，在書案上鋪開一張紙，揮筆而就：

公子王孫逐後塵，綠珠垂淚滴羅巾。
侯門一入深如海，從此蕭郎是路人。
（〈贈去婢〉）

轉眼到了寒食節。這天上午，崔郊帶著那首為紅袖寫的詩，又來到連帥府門口。沒過多會，就見緊閉的大門忽然打開了，裡面的家丁、婢女、主人依次出了門，上了早已停放在門前的幾輛車子。

崔郊一眼就看到了紅袖，可他不敢喊她。車子漸次駛向城東。崔郊聽街上人說，于大人一家是去東郊桃園遊玩。崔郊便隨著車隊，直奔桃園。

到了地方，崔郊發現桃園裡遊人並不是太多，一進園他就看到站在一棵桃樹下的紅袖。崔郊突然出現在紅袖視線裡，紅袖很是驚訝，她張了張口，又看了看左右，一時不知如何是好。崔郊反而鎮靜下來，他悄悄走到紅袖身邊，趁其他人不注意，將那首詩遞到紅袖手中。然後，崔郊快步離開了桃園。

遊園回來沒幾天，崔郊贈給紅袖的詩還是被于連帥家人發現了。很快，那首詩就交到了于頔手上。紅袖害怕極了。她為自己擔心，更為崔郊擔心。于頔把紅袖喊了過去。出乎意料的是，一向暴躁的于連帥竟然沒有動怒，而是和顏悅色地問詩從何來。

紅袖沒敢隱瞞，照實說了。然後，崔郊就被召到了連帥府。

于頔問崔郊為何將這樣一首詩送給自己的婢女。崔郊雖驚慌，但還是如實的交代。

于頔聽完以後，突然哈哈大笑起來。笑畢，他拿起那詩稿，朗聲道：好個「侯門一入深似海，從此蕭郎是路人」！這樣的好詩要比我買紅袖的四十萬錢有分量多了！既然你們兩人一個有情一個有意，那我今天就成全你們。

崔郊不知真假，一時忐忑萬分。只見于頔走到崔郊身邊，爽快地說：崔公子如此有才又有情，紅袖與你相伴也是一種福分呢！今天，你就可以把紅袖領走，擇日成親，首飾嫁妝的費用我全包了，另贈錢一萬貫作為你們以後的費用。

說完，于頔就讓家人將紅袖領到了崔郊面前。

眼前發生的一切，恍若在夢中，崔郊一時幸福得有些暈眩。

從此「蕭郎」不再是路人。走出「侯門」，崔郊和紅袖雙雙沐浴在暖暖的春風中……

【詩人簡歷】崔郊，唐朝元和年間的秀才，今僅存其〈贈去婢〉詩一首。

居大不易——白居易：先安心，再安居

【成語】居大不易

【釋義】本為唐代詩人顧況以白居易的名字開玩笑。後比喻居住在大城市，生活不容易維持。

【出處】唐．張固《幽閒鼓吹》：「白尚書應舉，初至京，以詩謁著作。顧睹姓名，熟視白公曰：『米價方貴，居亦弗易。』」

因為父親白季庚在外地做官，所以白居易在十歲之前，一直在出生地新鄭東郭宅，和母親陳氏一起生活。直到德宗建中三年（西元七八二年），十一歲的他才跟著時任徐州別駕的父親白季庚，來到符離這個地方住下。

來符離本是為躲避河南的藩鎮之亂，但到了符離後，兩河（河北道與河南道）用兵仍然猛烈，且隨時會波及徐州。為了確保孩子安全，白季庚便把幾個孩子分別送到幾個相對安全的地方避難。在父親的安排下，白居易到了越中，投奔在那裡當縣尉的堂兄。

在美麗的吳越之鄉，在叔父和堂兄的照應下，白居易度過了四年多衣食無憂的時光。他以一個少年的眼光打量著這個世界，看到了煙雨江南的美，看到了底層勞動者的艱辛。

少年白居易也體驗到了一種身在異鄉的孤獨感。他讀書學詩更加賣力刻苦，他想用苦學來排解寂寞，也為以後科場勝出作準備。

聽說如果進士及第就可以進身官場後，白居易的學習就近乎瘋狂，一天天下來，他的身體漸漸出了毛病，除了虛弱之外，因用眼過度，視力也開始模糊；天天不斷握筆寫字的手指也磨出繭子。

他打定主意：要當官，就當一個正直無私、真心為民辦事的好官，用手中的權力將勞苦的民眾從水火中解救出來。

一天，他來到野外，看到遍地返青的野草，聯想到自己住在新鄭和符離時，時常會在冬天和小夥伴一起去田野燒荒的情景，枯草雖被燒了，但來年春天，原來的地方依然會草青花豔。

回到住處，十六歲的白居易腦中作著參加科舉考試的設想，提筆寫下這首〈賦得古原草送別〉：

離離原上草，一歲一枯榮。
野火燒不盡，春風吹又生。
遠芳侵古道，晴翠接荒城。
又送王孫去，萋萋滿別情。

寫完這首詩，白居易告別了堂兄，隻身來到京城長安。

一入長安，白居易才見識到什麼是繁華，什麼是希望。

來京之前，有人告訴他，要想在京城立足，詩文寫得好只是其一，最關鍵的還得要有人舉薦。

所以，到長安後，白居易就開始打聽京城官員和文人的名字和住處。

他聽得最多的名字是：顧況。

顧況眼下最受宰相李泌的賞識，已被引薦入朝，任著作郎。

經人指點，白居易找到了顧況的住處。

這日，白居易揣著那首〈賦得古原草送別〉，來到顧況的府中。

年近花甲的顧況，見一稚氣未脫的少年冒冒失失地前來拜訪，就笑問：「叫什麼名字啊？」

「白居易。」白居易怯怯地答道。

顧況一聽白居易報上名字，就笑了，他重複了兩遍「居易」，然後就用嘲諷的語氣道：「長安米貴，居大不易啊！」

白居易羞羞地笑了下，沒作回應。

「既然來了，那就看看你的本事吧。帶詩文來了嗎？」顧況伸手道。

白居易立即掏出那首〈賦得古原草送別〉，恭敬地遞上去。

不讀不要緊，這一讀，顧老先生臉上的表情慢慢就變了，由不屑，到疑惑，到驚訝，最後到大喜。

「野火燒不盡，春風吹又生。」顧況出聲唸完這兩句詩後，又指著詩稿，大聲對白居易說，「能寫出這樣的詩，別說居長安，就是居天下都不是一件難事！老夫剛才說的『居大不易』，你就當是玩笑話好了。」

顧況這一誇，立即讓白居易的詩名在京城四處傳播開來。

因為還不具備參加進士考試的資格，加上身體又出了狀況，面見顧況後，白居易很快就回到江南。

次年，白居易的父親轉任衢州別駕，白居易隨父到了衢州。其後，他經歷了父亡、守喪、移家洛陽等事，直到貞元十五年（西元七九九年）二十八歲時，才到長安參加進士考試，次年二月以第四名登第。

三十三歲，白居易通過書判拔萃科試，與元稹同被授予秘書省校書郎一職。

終於做官了，有了穩定的薪俸收入，白居易的基本生活有了保障，且上班又不忙，他對這樣的狀態還是比較滿意的：

小才難大用，典校在秘書。
三旬兩入省，因得養頑疏。
茅屋四五間，一馬二僕夫。
俸錢萬六千，月給亦有餘。
既無衣食牽，亦少人事拘。
遂使少年心，日日常晏如。
（〈常樂裡閒居偶題十六韻〉）

剛開始工作，要想在京城買房，那還是不切實際的，所以白居易只能在新安里租了四、五間茅屋來住。

在此後的四十餘年時間裡，白居易一直在升官，工資待遇也一直在提高。可自從有了元和十年（西元八一五年）那次因上疏而被貶為江州司馬的經歷，又親眼見證過「牛李黨爭」的互相傾軋，白居易逐漸認識到現實的黑暗和鬥爭的殘酷，也充分看清了「人在官場，身不由己」的實際情況。因此，他開始主動避開京城，遠離鬥爭漩渦，盡可能在相對平靜的環境中，做一個獨善其身的樂天派。

白居易結束在江州、忠州兩地的貶謫生活，回到京城當主客郎中，當時既受賜緋魚袋，又在不久之後被皇上賜予上柱國勛號，一時風光無限。

有了條件，當然要買房。所買房子位於大雁塔附近的昭國坊。住進屬於自己的新房，白居易算是了卻心中的一個夙願，他在〈卜居〉一詩中感慨道：

遊宦京都二十春，貧中無處可安貧。
長羨蝸牛猶有舍，不如碩鼠解藏身。

且求容立錐頭地，免似漂流木偶人。
但道吾廬心便足，敢辭湫隘與囂塵。

文宗大和三年（西元八二九年），白居易始任太子賓客分司東都，這一年起，他開始在洛陽履道里第安家並著手經營自己的宅院。

六年後，宮中又發生了甘露事變，看透了時局的白居易，終於要選擇徹底退出朝政了：

禍福茫茫不可期，大都早退似先知。
當君白首同歸日，是我青山獨往時。
（〈九年十一月二十一日感事而作〉）

退居二線的白居易沒有「獨往青山」，而是悠然回到洛陽的小家，享受天倫之樂去了。這正如他的〈池上篇〉所言：

十畝之宅，五畝之園。有水一池，有竹千竿。勿謂土狹，勿謂地偏。足以容膝，足以息肩。有堂有庭，有橋有船。有書有酒，有歌有弦。有叟在中，白鬚飄然。識分知足，外無求焉。如鳥擇木，姑務巢安。如龜居坎，不知海寬。靈鶴怪石，紫菱白蓮。皆吾所好，盡在吾前。時飲一杯，或吟一篇。妻孥熙熙，雞犬閒閒。優哉游哉，吾將終老乎其間。

連「宅」帶「園」，共十五畝，真正實現了「居大」、「居易」的目標。雖然不是在長安，只是在東都，但白居易是滿足的，是逍遙自在的。而他在為官期間又沒有主動或被動害人，坦然面世，這或許是他最後能活到七十五歲高齡的原因吧。

【詩人簡歷】白居易（西元七七二年至八四六年），字樂天，晚號香山居士、醉吟先生。祖籍太原，後遷居下邽（今陝西渭南）。是與李白、杜甫並列的唐代三大詩人之一。與元稹共同倡導新樂府運動，世稱「元白」，與劉禹錫並稱「劉白」。在文學上主張「文章合為時而著，歌詩合為事而作」，其詩歌語言通俗易懂，代表作有〈賦得古原草送別〉、〈琵琶行〉、〈長恨歌〉、〈賣炭翁〉〈上陽白髮人〉、〈錢塘湖春行〉等。

此恨綿綿——白居易：有個女孩名叫湘靈

【成語①】比翼連枝

【釋義】比翼：鳥名。傳說此鳥一目一翼，須兩兩齊飛。比喻夫婦親密不離。

【出處】唐．白居易〈長恨歌〉詩：「在天願作比翼鳥，在地願為連理枝。」

【成語②】此恨綿綿

【釋義】綿綿：延續不斷的樣子。這種遺恨纏繞心頭，永遠不能逝去。

【出處】唐．白居易〈長恨歌〉詩：「天長地久有時盡，此恨綿綿無絕期。」

憲宗元和元年（西元八〇六年）裡的一天，時任盩厔（今陝西盩厔縣）縣尉的白居易，與友人陳鴻、王質夫前往馬嵬驛附近的仙遊寺遊賞。遊賞期間，三人談起了唐玄宗李隆基與楊貴妃的情事。

白居易覺得：唐玄宗與楊貴妃雖是導致安史之亂的禍首，但他們兩人的愛情故事卻是可歌可泣的。本是恩愛無比的一對，卻被生生拆散，陰陽兩隔，這不能不說是一個悲劇。相愛，卻不能在一起，是一件多麼無奈的事情。白居易對此是深有感觸的，這讓他想起了一個女子——湘靈。

湘靈的模樣重新占據他的腦海，揮之難去。遊寺回來，回想他和湘靈那些年相處的一幕幕，又聯繫到李隆基與楊貴妃的傳說，他再也抑制不住內心的情感，連夜寫出了〈長恨歌〉這首長詩。

在天願作比翼鳥，在地願為連理枝。天長地久有時盡，此恨綿綿無絕期。

在詩的最後，白居易表達了一種要和心上人「比翼連枝」的願望，又表達了在希望破滅之後的「綿綿」之「恨」。這「長恨」存於李隆基和楊貴妃心中，也存於他和湘靈兩人的心中。

初識湘靈時，白居易才十一歲。那年，他跟著父親從新鄭老家來到名叫符離的地方。一開始，他很不習慣這裡的生活，人生地不熟的，連個玩伴也沒有。好在，很快就有一個可愛的小女孩，出現在他的面前。

女孩叫湘靈，比他小四歲，是附近一戶農家的女兒。湘靈有俊秀的臉龐，也有著活潑開朗的性格。讀書累了的時候，白居易就常常走出室外和湘靈一起玩耍。湘靈會教他玩農家孩子常玩的遊戲，也教他辨認路邊和田間的野草。湘靈也會唱歌，她的嗓音真動聽。只要和湘靈在一起，白居易總會覺得時間過得太快。

可兩人相處不到一年時間，白居易便被父親送到越中去躲戰亂。十七歲，他又隨父親到了衢州。從衢州再回符離，白居易已經十九歲，而湘靈也已是十五歲的大女孩了。八年之後再見面，兩人目光相觸的剎那，內心竟都有了異樣的感覺。那感覺朦朧又美妙，是彼此以前從未體驗過的。

可來也匆匆，去也匆匆，兩人沒來得及互訴衷腸，白居易便又要回南方去了。告別了湘靈，回到衢州，白居易腦中還是湘靈美麗可人的形象，在思念的驅使下，他寫下〈鄰女〉一詩：

娉婷十五勝天仙，白日姮娥旱地蓮。何處閒教鸚鵡語，碧紗窗下繡床前。

貞元十年（西元七九四年），父親白季庚在襄州別駕的官舍突然病逝，二十三歲的白居易只好和兄弟一起將父親的遺體運到符離，開始了三年的守喪生活。守喪期間，湘靈經常會來寬慰白居易，有時也會幫他料理一些家務。

面前的湘靈亭亭玉立，賢淑大方，白居易越看越喜歡。兩人每一次的目光相觸，都有難以言表的美妙體驗。三年服孝期滿，白居易心中那份失去親人的傷痛漸漸淡了，他開始主動去接近湘靈。

兩個心心相印的人，雙雙墜入情網。白居易把心中所戀說與母親，並懇求母親答應他娶湘靈過門。結果母親兜頭給他潑了一盆涼水：想都別想！你一個官家的孩子，怎能和農家女成親？你以後要進官場，總得要找個門當戶對的吧？

無論怎麼求，都是沒用。一年後，在母親的督促下，白居易開始到江南去投奔叔父白季康，以備應舉。離開符離，白居易心中最難割捨的當然是湘靈了，但母命難違，只能以詩來傳遞內心的不捨：

淚眼凌寒凍不流，每經高處即回頭。遙知別後西樓上，應憑欄干獨自愁。

（〈寄湘靈〉）

他還想像著湘靈一人獨守寒夜的淒涼：

夜半衾裯冷，孤眠懶未能。籠香銷盡火，巾淚滴成冰。為惜影相伴，通宵不滅燈。

（〈寒閨夜〉）

白居易也在遠方猜著心上人的心思：

十五即相識，今年二十三。有如女蘿草，生在松之側。

蔓短枝苦高，縈迴上不得。人言人有願，願至天必成。

願作遠方獸，步步比肩行。願作深山木，枝枝連理生。

（〈長相思〉）

情場不如意，卻迎來了科場上的得意：貞元十六年（西元八〇〇年），二十八歲的白居易終於進士及第。在展望美好前程的同時，白居易又開始哀求母親成全他和湘靈的婚事，但母親態度依舊。

一邊是親情，一邊是愛情。左右為難的白居易陷入深深的痛苦之中，無奈之下寫了〈生離別〉：

食檗不易食梅難，檗能苦兮梅能酸。
未如生別之為難，苦在心兮酸在肝。
晨雞再鳴殘月沒，征馬連嘶行人出。
回看骨肉哭一聲，梅酸檗苦甘如蜜。
黃河水白黃雲秋，行人河邊相對愁。
天寒野曠何處宿，棠梨葉戰風颼颼。
生離別，生離別，憂從中來無斷絕。
憂極心勞血氣衰，未年三十生白髮。

四年後，白居易已是秘書省校書郎了，在回符離搬家時，他特意約見了湘靈。此次相見，雖感覺依舊，但湘靈清楚白居易母親的態度，所以不再對兩人的未來寄予希望，表示要選擇放棄。她不想再讓白居易為難下去。白居易傷心欲絕，分手之際，兩人相擁痛哭。

不得哭，潛別離。不得語，暗相思。兩心之外無人知。深籠夜鎖獨棲鳥，利劍春斷連理枝。河水雖濁有清

日，烏頭雖黑有白時。惟有潛離與暗別，彼此甘心無後期。

（〈潛別離〉）

一年後，白居易借遊覽徐州的機會，又專程去了一趟符離。他去那個熟悉的村子去找湘靈，可湘靈一家卻搬走了。白居易只得失望而歸，並在歸途的客棧中寫下了〈冬至夜懷湘靈〉：

豔質無由見，寒衾不可親。何堪最長夜，俱作獨眠人。

不能與所愛的人在一起，白居易不再關心自己的婚姻大事，母親有時催他，他也是能避就避，能拖就拖。直到任盩厔縣尉，三十六歲的白居易還是光棍。沒老婆，那就將門前栽種的花草當夫人吧：

移根易地莫憔悴，野外庭前一種春。少府無妻春寂寞，花開將爾當夫人。

（〈戲題新栽薔薇〉）

但玩笑歸玩笑，「無後為大」的訓示豈能違背？眼見老母親一天天為自己的婚事著急上火，白居易也開始覺得這樣下去終究不是個事。那天，遊了仙遊寺，又寫了〈長恨歌〉，白居易開始正視自己的婚事。

第二年，已為翰林學士的白居易與同僚的從妹楊氏結婚。楊氏是個溫柔體貼的女子，自進入白家門，她就陪著白居易，一直到老。白居易和楊氏，和和氣氣地過著日子。當然，白居易有時還會想起湘靈：

我有所念人，隔在遠遠鄉。我有所感事，結在深深腸。

（〈夜雨〉）

結婚七年後，白居易被貶為江州司馬。在赴任的途中，他竟意外碰到了流落此地的湘靈父女。互訴衷腸後，百感交集的白居易寫下〈逢舊〉：

我梳白髮添新恨，君埽青蛾減舊容。應被傍人怪惆悵，少年離別老相逢。

儘管湘靈那時尚未婚配，但時過境遷，兩人再見面，都已沒有了想在一起的衝動。

又過了將近十年，五十三歲的白居易在任杭州刺史期間，有次回京，正巧經過湘靈父女曾經住過的那個村莊。白居易進村一看，才發現村莊已不復昔日的模樣，湘靈的住處和其人都已了無蹤影。

杭州任期一滿，白居易回到洛陽，開始享受安閒自在的晚年生活。在他的大宅院裡，多了兩個能歌善舞的家姬：小蠻和樊素。不知白居易在欣賞小蠻跳舞和樊素歌唱時，會不會想起曾經痴戀的湘靈呢？

花非花，霧非霧。夜半來，天明去。來如春夢幾多時？去似朝雲無覓處。

（〈花非花〉）

往夢依稀，世事如煙。情，沒法看清，也不必說透。

（出自〈長恨歌〉一詩中的成語還有：碧落黃泉、天長地久、鏡破釵分、梨花帶雨、梨園弟子、天旋地轉、仙山瓊閣、虛無縹緲、回眸一笑、緩歌縵舞、金釵鈿合、天生麗質、漁陽鞞鼓、一笑百媚、珠箔銀屏）

司馬青衫——白居易：天涯淪落人，相逢即相知

【成語】**司馬青衫**

【釋義】司馬：古代官名，唐代詩人白居易曾被貶官為江州司馬。司馬的衣衫為淚水所濕。形容極度悲傷。

【出處】白居易〈琵琶行〉詩：「座中泣下誰最多，江州司馬青衫濕。」

在進士及第前，白居易曾經走過了許多地方：從新鄭到符離，從符離到越中，從越中到浮梁，從浮梁到洛陽，從洛陽到宣州。他還跟湘靈這樣的農家女談過戀愛，所以他知道底層民眾生活的艱辛，也對他們的遭遇深表同情。在南北輾轉中，白居易看到了當下社會所存在的各種不良現象和弊端，權貴和基層統治者在各處製造不公，讓看似平靜的局面下，矛盾叢生，隱患重重。

貞元十九年（西元八〇三年），白居易始入官場。先是在秘書省當了三年相對清閒的校書郎。元和元年（西元八〇六年），從校書郎任上下來之後，他開始將關注點投射到現時的政策時事上，他要為時代發聲。

那一年，白居易和好友元稹，在長安永崇里的華陽觀，閉門幾個月，分析形勢，研究對策，共同完成了七十五篇時事論文，合稱《策林》。寫《策林》一是為了應對下一步的殿試，二是想幫皇上查找問題，解決問題。當年通過「才識兼茂明於體用科」的制舉考試後，白居易被授予盩厔（今陝西盩厔縣）縣尉一職。

從任縣尉起，到之後任翰林學士、左拾遺、京兆府戶曹參軍期間，白居易一直用詩、文和奏摺持續發聲，他要實現「為民請命」、「兼濟天下」的承諾。「文章合為時而著，歌詩合為事而作」，他是這樣說的，也是這樣寫作的。

在五、六年的時間內，白居易先後創作了〈秦中吟十首〉和〈新樂府五十首〉等諷喻詩，首首直面現實，句句切中要害。如果要概括這些詩的中心思想，就是「我看不下去」或「我看不慣」。

看不下去的有：「可憐身上衣正單，心憂炭賤願天寒」的賣炭翁；「力盡不知熱，但惜夏日長」的刈麥者；「惟燒蒿棘火，愁坐夜待晨」的苦寒村人；「玄宗末歲初選入，入時十六今六十」的上陽白髮人；「典桑賣地納官租，明年衣食將何如」的杜陵叟；

……

看不慣的有：「手持尺牒牓鄉村」的里胥；「手把文書口稱敕」的宮使；「樽罍溢九醞，水陸羅八珍」的內臣；「口稱採造家，身屬神策軍」的暴卒；

……

特別是在任左拾遺期間，白居易更是實實在在地履行著一個諫官的職責，一天又一天，一條又一條地給皇帝提意見和建議。減免地方租稅負擔啦，放走部分宮女啦，嚴禁販賣人口啦，裴垍違規進奉銀器啦，宦官吐突承璀不適合當制軍首領啦，等等，從宮中到地方諸事，白居易能提則提，憲宗皇帝倒很有耐心，不僅不反感白居易多事，而且還採納了他的好多建議。

元和六年（西元八一一年）到元和八年（西元八一三年），白居易因為在鄉下為母丁憂，消停了三年。次年，開始擔任太子左贊善大夫。這左贊善大夫的職責也是規勸諷喻的，是東宮太子的屬官。白居易只需對太子負責就行了，可他好像還沒有從左拾遺這一角色中走出來。

元和十年（西元八一五年）六月三日一大早，京城發生了一樁血案：宰相武元衡在從家趕赴大明宮上朝時，途中遇刺身亡，一同上朝的副手裴度也被刺傷。血案一時震驚朝野。因為案情複雜，個中關係微妙，朝中官員都不敢過問此事。敢於諫言的白居易卻管不了這麼多，他大膽站了出來，上疏憲宗請徹查此案，儘快抓捕刺客。

白居易這一奏，本來很正常，可一向對他不滿的大臣卻趁機開始攻擊他：你已不是朝中諫官了，不好好在東宮待著，來這裡多嘴幹啥？抓不抓刺客，關你啥事？

又有被白居易諷喻詩「刺」到的權貴，私下裡挑白詩裡面的刺，有人說白居易母親就是看花時不小心墜井而死的，而他卻還寫〈賞花〉、〈新井〉這樣的詩。這樣做，人性何在？孝道何在？

在權貴們的合力圍攻和排擠下，白居易終遭貶官，從京城來到了南方的江州，成為一名有名無實的司馬。這次受挫，讓白居易真正認識到宮廷鬥爭的殘酷，也使他那顆「兼濟天下」的心慢慢冷卻下來。

不讓說，那就不說好了，惹不起，躲得起，獨善其身總可以了吧？

來到江州，白居易時有孤獨落寞之感，但他心有所寄，情有所歸，且衣食無憂，又遠離官場紛擾，有大把的時間去廬山、東西林寺、陶淵明故居等處遊賞，所以他的日子還算悠然自在。

這年秋天，有一個朋友來看望白居易。晚上，他送客到潯陽江頭，在客船上設宴餞別。飲酒時，忽聽到鄰船有人在彈琵琶，那琵琶曲非常熟悉，白居易感覺以前曾在長安聽過。

在琵琶曲的吸引下，白居易讓船家將船靠過去，並把琵琶女邀進船來。在白居易的要求下，琵琶女彈了兩支曲子，先是〈霓裳羽衣曲〉，再是〈六玄〉。彈奏的水準相當的高，一船人都陶醉了。在此後的交流中，白居易才知道這琵琶女原是長安的當紅歌女，高超的彈琴技藝和迷人風采，曾讓無數的富豪子弟為之傾倒而一擲千金。

而今，時過境遷，風光不再。年老色衰的琵琶女只得嫁給一個賣茶葉的生意人，一年裡兩人總是聚少離多。現在茶商去了外地，一個多月了，還沒有回來，琵琶女只能在船上靠彈琵琶來打發漫長孤寂的時光。

琵琶女的遭遇觸動了白居易，他想到自己這四十五年來走過的路，想到自己這次被莫名其妙地貶官，做這個江州司馬和琵琶女獨守空船又有什麼區別呢？

最後，白居易又讓那女子彈奏一曲，在淒然的樂聲中，白居易情不能自已，不覺淚濕衣襟。

送走客人後，白居易當晚就趕寫出了六百一十六字的〈琵琶行〉一詩。第二天，將詩贈給那琵琶女。

「同是天涯淪落人，相逢何必曾相識」，因為同命而相憐。

「座中泣下誰最多，江州司馬青衫濕」，因為同感而傷悲。

人淪落天涯，但不要讓心也隨之淪落。官場不可親，那就親近自然、朋友和美好的事物吧。

人間四月芳菲盡，山寺桃花始盛開。長恨春歸無覓處，不知轉入此中來。

（〈大林寺桃花〉）

白居易想通了：只要用心尋找，轉角處，便是春天。

（出自〈琵琶行〉的成語還有：千呼萬喚、竊竊私語、珠落玉盤、整衣斂容、秋月春風、暮去朝來、門前冷落、杜鵑啼血、此時無聲勝有聲、同是天涯淪落人、相逢何必曾相識）

肺腑之言——白居易：在夢裡，在詩裡，在心裡

【成語】**肺腑之言**

【釋義】發自內心的真誠的話。

【出處】唐．白居易〈代書詩一百韻寄微之〉詩：「肺腑都無隔，形骸兩不羈。」

我們在談論白居易時，又怎能忽略元稹？「元白」，是個不可分割的組合，忽視了其一，另一個就會失色不少。貞元十八年（西元八〇二年），白居易與元稹相遇於長安，兩人準備一塊參加書判拔萃科考試，且一見如故。考前，白居易寫了首〈秋雨中贈元九〉：

不堪紅葉青苔地，又是涼風暮雨天。莫怪獨吟秋思苦，比君校近二毛年。

詩中的「二毛」指的是白髮，「二毛年」即老年。白居易比元稹年長七歲，初識時，白三十一歲，元二十四歲。白居易為元稹寫下這首贈詩，元稹立即以一首〈酬樂天秋興見贈本句〉作了回應：

勸君休作悲秋賦，白髮如星也任垂。畢竟百年同是夢，長年何異少何為。

自此，兩個才高情深的男子拉開了長達二十七年親密交往的序幕。第二年的春天，白居易和元稹一同制

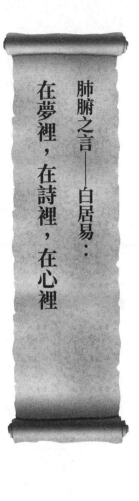

科登第，一同進入秘書省擔任校書郎，住處也離得很近。「朋友一生一起走」，好吧，走起！三年的校書郎生活，白居易有很多的日子與元稹一同交遊，其中的快樂自是不言而喻。

校書郎任期結束後，兩人又攜手走進永崇里華陽觀，關門閉戶幾個月，共同研究探討政策時事問題，寫下七十五篇時政論文，以應對接下來的「才識兼茂明於體用科」考試。

自然，兩人又是順利通過了「才識科」考試，不過，再分配工作，兩人就分開了：白居易去盩厔（今陝西盩厔縣）當縣尉，元稹則在岳父韋夏卿的關照下，在京當上了左拾遺。這期間，元稹在〈酬樂天〉一詩中這樣寫道：

官家事拘束，安得攜手期。願為雲與雨，會合天之垂。

「願為雲與雨」，不是一般的哥倆好！在左拾遺任上，元稹因為年輕氣盛，結果得罪了一些朝臣，終被貶為河南縣尉。恰遇母親去世，所以他就沒去上任。在元稹丁母憂期間，白居易借錢給沒有經濟來源的元稹，幫他度過那段艱難時期。

三年後，元稹升為監察御史，元和五年（西元八一〇年），因為得罪宦官仇士良，元稹再被貶為江陵士曹參軍。次年，白居易的母親陳氏病故，白回到渭南下邽丁憂。此間，兩人頻繁互贈詩歌，或抒寫心中不平，或諷喻現實不公，或互相安慰，或互相勸勉。白說：

言是商州使，送君書一封。枕上忽驚起，顛倒著衣裳。

聽說你給我寄信來了，我驚喜得連忙從床上爬起來，連衣服都穿顛倒了。元說：

封題樂天字，未坼已沾裳。坼書八九讀，淚落千萬行。

拿到信，一看信封上你的名字，我就忍不住落淚；拆開後，我把信讀了好多遍，邊讀邊哭。

元和十年（西元八一五年），元稹自唐州（今河南泌陽）奉召回京，來到長安附近的藍橋驛時，有感而發，在驛亭壁上寫下一首詩。時隔八個月後，由左贊善大夫被貶為江州司馬的白居易，經過此處，恰巧讀到元稹的詩，百感交集，立即寫下〈藍橋驛見元九詩〉：

藍橋春雪君歸日，秦嶺秋風我去時。每到驛亭先下馬，循牆繞柱覓君詩。

元稹回到長安不久，就又被安排到偏遠的通州（今四川達縣）當司馬。通州環境惡劣，加之心情鬱悶，元稹到此不久就得了一場大病，差點死掉。病中得知白居易被貶江州的消息時，很是驚訝，帶病寫下了〈聞樂天授江州司馬〉：

殘燈無焰影幢幢，此夕聞君謫九江。垂死病中驚坐起，暗風吹雨入寒窗。

白居易到江州後，聽說元稹生病，很是著急，怕他耐不住熱，就買了輕薄的夏衣寄過去，還在包裝紙上題了〈寄生衣與微之，因題封上〉一詩：

淺色縠衫輕似霧，紡花紗袴薄於雲。莫嫌輕薄但知著，猶恐通州熱殺君。

不僅送衣服，還要送涼蓆——蘄州簟：

笛竹出蘄春，霜刀劈翠筠。織成雙鎖簟，寄與獨眠人。

卷作筒中信，舒為席上珍。滑如鋪薤葉，冷似臥龍鱗。
清潤宜乘露，鮮華不受塵。通州炎瘴地，此物最關身。

如此體貼入微，是一般的朋友能做到的嗎？可以想像，每當元稹一家人收到白居易寄來的書信時，該是怎樣的激動。元稹〈得樂天書〉一詩給出的答案是：

遠信入門先有淚，妻驚女哭問何如。尋常不省曾如此，應是江州司馬書。

一個在通州，一個在江州，兩個淪落的司馬，同命相憐，同聲相應。

元稹在江陵時曾寫過〈放言五首〉，白居易在江州也寫〈放言五首〉。「試玉要燒三日滿，辨材須待七年期」，事物的真偽優劣須經時間的考驗，友情何嘗不是如此？就是在夢中，白居易和元稹也經常會面。元和十二年八月二十日夜，白居易又夢見元稹，他把這事用〈夢微之〉一詩向元稹作了彙報：

晨起臨風一惆悵，通川湓水斷相聞。不知憶我因何事，昨夜三更夢見君。

元稹見詩後，馬上寫了〈酬樂天頻夢微之〉回贈：

山水萬重書斷絕，念君憐我夢相聞。我今因病魂顛倒，唯夢閒人不夢君。

白居易江州任滿，又赴忠州（今重慶忠縣）刺史任，走到夷陵，竟與日思夜想的元稹意外相遇了。元稹是去赴虢州長史任的。兩人於是抓住這歡聚時刻，同船同宿，喝酒賦詩，互訴相思，三日方別。白居易給元稹的贈別詩，記述了當時的情景：

一別五年方見面，相攜三宿未回船。坐從日暮唯長嘆，語到天明竟未眠。

長慶三年（西元八二三年），元稹去赴越州刺史任時，在杭州又與時任杭州刺史的白居易歡聚了數日。此後，兩人繼續以詩唱和，次年冬，元稹還編成五十捲《白氏長慶集》並作了序。

就這樣，慢慢步入晚年的元、白二人一邊牽掛著，一邊唱和著，大和二年（八二八年），白居易還把他們的唱和詩作編成兩卷的集子《因繼集》。大和三年（西元八二九年）冬天，兩人同時迎來老來得子的喜事：白居易添了兒子阿崔，元稹添了道保。白居易寫了〈阿崔〉一詩，還寫了首〈和微之道保生三日〉。

可是，元稹只活到了大和五年（西元八三一年），年僅五十三歲。我們可以想像到白居易在失去摯友後的哀痛。次年，白居易為元稹寫墓誌銘，元家人執意給他潤筆費。實在推辭不過，他就把收下的錢全部捐給了洛陽香山寺。

在白居易餘下的十幾年時光裡，他對元稹的思念從未間斷過。這個被稱作「詩魔」的詩人，又被一種心魔所困擾。在元稹去世兩年後的一天，白居易聽到一歌女唱起元的詩句，歌女剛開口，他便不勝其悲：

新詩絕筆聲名歇，舊卷生塵篋笥深。時向歌中聞一句，未容傾耳已傷心。

（〈聞歌者唱微之詩〉）

九年後，白居易依然在夢中與元稹攜手同遊：

夜來攜手夢同遊，晨起盈巾淚莫收。漳浦老身三度病，咸陽宿草八回秋。

君埋泉下泥銷骨，我寄人間雪滿頭。阿衛韓郎相次去，夜臺茫昧得知不？

（〈夢微之〉）

就是在朋友家中，看到元稹與別人唱和的舊作，白居易也會禁不住傷心流淚。白居易和元稹，關係就是這樣的好，好得甚至讓不相干的人都會心生醋意。他們哥兒倆互相活在對方的心裡，活在對方的詩句裡。

還是在元和五年（西元八一〇年）的時候，時為翰林學士的白居易為遭遇不公的元稹鳴不平，洋洋灑灑地寫下了一千字的〈代書詩一百韻寄微之〉，詩開頭在回憶到兩人當初同授校書郎時，這樣寫道：

憶在貞元歲，初登典校司。身名同日授，心事一言知。
肺腑都無隔，形骸兩不羈。疏狂屬年少，閒散為官卑。

肺腑無隔，自然肝膽相照，榮辱與共。白居易與元稹，讓一種友情濃到極致之境。

彩雲易散——白居易：燕子樓空，佳人何在

【成語】彩雲易散

【釋義】美麗的彩雲容易消散，比喻好景不長。

【出處】唐．白居易〈簡簡吟〉詩：「大都好物不堅牢，彩雲易散琉璃脆。」

不能和農家女湘靈相守一生，白居易耿耿於懷了大半輩子。和楊氏結婚後，他決意與之好好過日子，還多次寫詩贈給她，表達心中關愛和兩人白頭到老的期盼：

生為同室親，死為同穴塵。他人尚相勉，而況我與君。

……

我亦貞苦士，與君新結婚。庶保貧與素，偕老同欣欣。

（〈贈內〉）

漠漠暗苔新雨地，微微涼露欲秋天。莫對月明思往事，損君顏色減君年。

（〈贈內〉）

白髮長興嘆，青娥亦伴愁。寒衣補燈下，小女戲床頭。

（〈贈內子〉）

一個叫蘇簡簡的少女不幸夭亡，白居易滿懷悲痛地寫下〈簡簡吟〉，還在詩末感嘆：

恐是天仙謫人世，只合人間十三歲。大都好物不堅牢，彩雲易散琉璃脆。

好花不常開，好景不長在，「彩雲易散」的無奈讓白居易心生悲憫。白居易深愛世間美好的事物，也對遭遇不幸的廣大婦女們深表同情，為此還專門寫了首為女同胞鳴不平的詩〈婦人苦〉：

蟬鬢加意梳，蛾眉用心掃。幾度曉妝成，君看不言好。
妾身重同穴，君意輕偕老。惆悵去年來，心知未能道。
今朝一開口，語少意何深。願引他時事，移君此日心。
人言夫婦親，義合如一身。及至死生際，何曾苦樂均。
婦人一喪夫，終身守孤子。有如林中竹，忽被風吹折。
一折不重生，枯死猶抱節。……

好了，寫到這裡，本篇的關鍵人物該閃亮登場了，她就是色藝俱佳的一代名妓關盼盼！關盼盼原本出身書香人家，從小身上就有著濃濃的藝術氣質：不僅臉蛋好，詩文、歌舞也都是一學就會，且出類拔萃。不幸的是，等她剛長成為一位亭亭玉立的少女，家庭卻突遭變故並從此衰落下去。

為了生存，關盼盼最終淪為歌伎。色、藝皆出眾，關盼盼自然成為眾多豪門子弟追逐求歡的對象。經歷了一個又一個強顏歡笑的日子後，關盼盼遇到了一個人，他叫張愔（ㄧㄣ）。那天，剛到彭城（今徐州）的武寧軍節度使張愔，在酒宴上親見了關盼盼的表演。一見傾心。張愔當日就將關盼盼重金購回，成為他的私妓。

關盼盼進入張府後，開始接受張愔安排的更加專業的訓練，以致很快便能完整地演唱白居易的〈長恨歌〉，出神入化地表演〈霓裳羽衣舞〉。張愔愛關盼盼愛得不行，不久就將她納為妾。

貞元二十年（西元八〇四年）春天，校書郎白居易來徐州遊玩，張愔特意設宴招待了他。席間，張愔特意把愛妾關盼盼召喚過來，讓她以歌舞來給大家助興。關盼盼的出場，讓酒宴的氣氛歡快好多，其歌聲、舞姿也讓白居易深深陶醉。漸入佳境時，白居易禁不住現場贈上詩句：「醉嬌勝不得，風裊牡丹花。」

可等白居易回京不久，便傳來張愔病逝的消息。剛被提為工部尚書，未上任就倒下，白居易很為張愔惋惜。隨後的日子裡，張愔和關盼盼就在白居易的記憶中慢慢地淡了下去，直到十年後張仲素的來訪。

那時，白居易已在京城任左贊善大夫，作為司勳員外郎的張仲素，時常會找他飲酒和詩。

這天，張仲素又來了，還帶來〈燕子樓〉詩三首：

樓上殘燈伴曉霜，獨眠人起合歡床。相思一夜情多少，地角天涯未是長。

北邙松柏鎖愁煙，燕子樓中思悄然。自埋劍履歌塵散，紅袖香銷已十年。

適看鴻雁洛陽回，又睹玄禽逼社來。瑤瑟玉簫無意緒，任從蛛網任從灰。

白居易讀完三首詩，問張仲素：「你寫這詩是什麼意思？」

張仲素反問：「關盼盼，你還記得嗎？」

白居易想了一會，問：「是張愔的愛妾關盼盼嗎？她怎麼了？」

張仲素便如此這般地說了起來：「張愔生前不是在自己府第中為關盼盼建座燕子樓嗎？張愔死後，埋在了洛陽北邙山，那之後張府中的人各找投靠，一大家人便散了，可關盼盼念舊情，執意不走，就住在燕子樓中，一直到現在，你看痴情不？」

白居易眼前立即浮現出關盼盼當初唱歌跳舞的情景，禁不住嘆道：「十年了，不嫁也不出走，真是不容易！」

「所以我就為關盼盼寫了這三首詩，就等著你來和呢！」張仲素道。

白居易沒有推辭，很快寫出了三首和詩：

滿床明月滿簾霜，被冷燈殘拂臥床。燕子樓中霜月夜，秋來只為一人長。

鈿暈羅衫色似煙，幾回欲著即潸然。自從不舞霓裳曲，疊在空箱十一年。

今春有客洛陽回，曾到尚書墓上來。見說白楊堪作柱，爭教紅粉不成灰？

張仲素和白居易唱和的這〈燕子樓〉詩，不久就傳到燕子樓中的關盼盼手裡。關盼盼讀了詩，自然是思緒百轉千回。想到白居易和張仲素兩位大人還牽掛著她，並專門為她寫詩，心中又升起萬般感激。

她反覆地讀這幾首詩，回憶起和張愔的過往，禁不住淚流滿面。

「見說白楊堪作柱，爭教紅粉不成灰？」白居易的這兩句詩尤叫關盼盼心碎：郎君墳邊的楊樹都已長成材了，歲月又豈能留住紅顏，到頭來還不是化為塵灰？從前的一幕幕又在腦海裡鮮活起來，形容憔悴的關盼盼覺得該追所愛的人而去了。

於是，她開始不思茶飯，幾日後，便在恍惚中寂然離開了人世。

白居易獲知關盼盼死去的消息後，震驚又同情，念及與張家的交情，且感動於關盼盼的一片痴情，他特地找人將關盼盼的遺體運到洛陽，安葬於張愔的墓側。

白居易到了晚年，開始在洛陽定居。等到他年近古稀時，考慮到自己將不久於人世，為使家中的兩個年輕侍姬樊素和小蠻，不至於落到關盼盼那樣的命運，他把她們遣送回了杭州。

在認識關盼盼之前，白居易曾因張愔的父親張建封蓄妓一事而戲贈一詩〈感故張僕射諸妓〉：

黃金不惜買蛾眉，揀得如花四五枝。歌舞教成心力盡，一朝身去不相隨。

白居易在詩中跟張建封開玩笑說：你看你花那麼多錢，買了四五個如花似玉的家妓，又是教唱歌又是教跳舞的，可等你死了之後，她們還會陪在你身邊嗎？

後來有人說這詩是寫給故去的張愔，白居易也因「一朝身去不相隨」一句「逼」死了關盼盼，實在是冤枉了白大詩人。

因為張建封生前當過「僕射」，而張愔沒有。

風捲殘雲——戎昱：歲月匆匆，悲喜一陣風

【成語】**風捲殘雲**

【釋義】大風把殘雲捲走。比喻一下子把殘存的東西一掃而光。

【出處】唐．戎昱〈霽雪〉詩：「風捲寒雲暮雪晴，紅煙洗盡柳條輕。」

這裡要說的這位詩人的姓，是非常少見的，他姓戎，名昱，你不妨讀作「榮譽」。我們先來看看傳說中戎昱的「榮譽」吧。

榮譽傳說一：戎昱曾在桂州觀察史李昌巙的幕府中當幕僚，因為有才又有貌，所以當地的一位官員非常喜歡他，想讓他成為自己的女婿。可那官員卻不喜歡戎昱的姓，跟人說如果戎昱把姓改了，婚事也就成了。戎昱聽說此事後，立即用詩句作回絕：「千金未必能移性，一諾從來許殺身。」

榮譽傳說二：唐憲宗有次召集朝臣，廷議邊塞政策，結果多數大臣都主張結親講和。憲宗未置可否，只是問道：「之前聽說有個姓名比較少見的詩人，他是誰？」大臣紛紛給出答案，有說是「冷朝陽」的，有說是「包子虛」的，一連說出幾個名字都不是憲宗印象中的那個，於是憲宗便吟了那個人的一句詩，宰相就說：「那詩人叫戎昱。」憲宗點頭稱是，接著就當眾背出了戎昱的〈詠史〉：

漢家青史上，計拙是和親。社稷依明主，安危托婦人。
豈能將玉貌，便擬靜胡塵。地下千年骨，誰為輔佐臣。

背完詩，憲宗便笑道：「把國家的安危託付給女人，這的確是拙計，漢時主張和親的魏絳是多麼懦弱無能啊！寫〈詠史〉的詩人如果還在，我就讓他做朗州（今湖南常德）刺史，還會把武陵的桃花源賞給他。」可惜，戎昱在德宗貞元年間就去世了，憲宗給他的賞賜，自然無法享受。

第一個傳說中，戎昱不因權貴和美色而改性，表現出「貧賤不能移」的品格。而第二個傳說中，皇上之所以讚賞他，或許是因為他的詩裡展現了「威武不能屈」的風骨吧。

除了人品好，詩也寫得好，這應該是戎昱在當時受待見的主要原因。

戎昱生於盛唐臨近結束的西元七四〇年左右，等他長大成人，安史之亂便爆發了。經歷過一次進士考試的失敗之後，他便開始四處漫遊，在名山名水和名城之間流連。

二十歲時，入浙西節度使顏真卿之幕，一年後又至長安、洛陽一帶遊歷。大曆二年秋（西元七六七年）至大曆四年（西元七六九年）秋，入荊南節度觀察史衛伯玉幕。之後，又去四川成都待了一段時間，回到湖南後，又曾入湖南都團練觀察處置使崔瓘幕。後又兩入桂州刺史李昌巙幕。

直至德宗建中三年（西元七八二年），四十多歲的戎昱才開始在御史臺任職，又先後擔任過辰州（今湖北懷化北部）刺史、虔州（今江西贛州）刺史和永州刺史。

你看，戎昱一生的經歷還是挺豐富的，荊、湘、桂、蜀、京、洛……從一個地方到另一個地方，奔走不停。搬家，對他來說應該是家常便飯了。一個詩人，離開一個曾經的居處，心裡難免會有些感觸，他的〈移家別湖上亭〉一詩表達的就是這樣的心情：

好是春風湖上亭，柳條藤蔓系離情。黃鶯久住渾相識，欲別頻啼四五聲。

依依不捨，連柳條、藤蔓、黃鶯都似乎帶有留人之意。走得多，自然見得廣。因戎昱詩歌創作受杜甫影響較深，所以他的詩大多都是直接面對現實，表現出一種憂國憂民的情懷。安史之亂中，他曾親眼看到賊兵作亂的情景，也目睹朝廷所借的回紇兵在東都洛陽的惡行：

彼鼠侵我廚，縱狸授粱肉。鼠雖為君卻，狸食自須足。
冀雪大國恥，翻是大國辱。羶腥逼綺羅，磚瓦雜珠玉。
登樓非騁望，目笑是心哭。何意天樂中，至今奏胡曲。

（〈苦哉行五首．其一〉）

幾年後，到了四川，他看到的依然是十室九空的景象：

劍門兵革後，萬事盡堪悲。鳥鼠無巢穴，兒童話別離。
山川同昔日，荊棘是今時。征戰何年定，家家有畫旗。

（〈入劍門〉）

戎昱有多年為數名官員做幕僚的經歷，也曾隨軍出征，對邊塞生活自是非常瞭解：

昔從李都尉，雙鞬照馬蹄。擒生黑山北，殺敵黃雲西。

（〈從軍行〉）

慘慘寒日沒，北風捲蓬根。將軍領疲兵，卻入古塞門。
回頭指陰山，殺氣成黃雲。上山望胡兵，胡馬馳驟速。
（〈塞下曲〉）

在外地當官期間，他也不忘「心憂其君」：

務退門多掩，愁來酒獨斟。無涯憂國淚，無日不沾襟。
（〈辰州建中四年多懷〉）

遠在異地，又怎能不思念家鄉。在桂州任幕賓時的一年歲暮，他寫了首〈桂州臘夜〉：

坐到三更盡，歸仍萬里賒。雪聲偏傍竹，寒夢不離家。
曉角分殘漏，孤燈落碎花。二年隨驃騎，辛苦向天涯。

更鼓聲中看燈花，思鄉的人兒在天涯。一個人的除夕，孤獨而淒涼。

用筆沉鬱的戎昱，有時也會發清新之語，比如〈早梅〉：

一樹寒梅白玉條，迥臨村路傍溪橋。應緣近水花先發，疑是經春雪未銷。

再如這首〈霽雪〉：

風捲寒雲暮雪晴，江煙洗盡柳條輕。檐前數片無人掃，又得書窗一夜明。

寒雲被吹散，雪後又晴天。作為一個詩人，此時的心空也應是一碧如洗的吧！

【詩人簡歷】戎昱（約西元七四四年至八〇〇年），唐朝荊南（今湖北江陵）人。中唐前期比較重視反映現實的詩人之一。詩歌代表作有〈苦哉行〉、〈移家別湖上亭〉、〈詠史〉、〈桂州臘夜〉等。

二分明月——徐凝：那個人，那座城，那個撩人的月夜

【成語】二分明月

【釋義】古人認為天下明月共三分，揚州獨占二分。原用於形容揚州繁華的景象。今用以比喻當地的月色格外明朗。後來也用「二分明月」來指揚州。

【出處】唐．徐凝〈憶揚州〉詩：「天下三分明月夜，二分無賴是揚州。」

徐凝雖然也喜歡讀書，但他不想去考什麼進士，當什麼官，他鍾情的是詩文和風景，而不是金錢和權勢。但家人希望他能用才學換來名望和地位，以光宗耀祖，親戚朋友也都盼著在他發達後跟著沾光。於是都勸他：去京城吧，去京城吧，考個功名回來，你行的！

被勸煩了，徐凝一生氣，就從家鄉睦州（今浙江桐廬）來到長安。

在應考期間，徐凝若無其事地在城中東遊西逛，有人就對他說：想上榜得先鋪路啊，拿你的詩作，多拜訪官員、名流的門庭，有人家替你美言，機會可就大多了。

徐凝自語：能寫詩，有何值得炫耀的呢？還要去低聲下氣求人家舉薦？我才不去做這樣的事呢！到底沒去四處拜門子，徐凝自然也沒考出個什麼好結果來。又在京城逗留了一段時間，徐凝意外結識了元稹和白居易，元、白二人對他很是欣賞，鼓勵他繼續考進士，他婉言謝絕了。不久，他又遇到了韓愈。離開京城前，徐

凝以一首詩跟韓愈作別：

一生所遇唯元白，天下無人重布衣。欲別朱門淚先盡，白頭遊子白身歸。

回到家鄉，徐凝便找一僻靜處隱居起來。每日觀山問水，飲酒賦詩，倒也悠然自在。有時，徐凝也會外出漫遊，在風景名勝間打發時光。這一年春天，他遊完富春江，來到杭州城。聽說城中開元寺院內植有牡丹，徐凝立即前往觀賞。進入寺院內，果見一片盛開的牡丹，美豔得令人驚嘆。徐凝忍不住當場題詩：

此花南地知難種，慚愧僧閒用意栽。海燕解憐頻睥睨，胡蜂未識更徘徊。虛生芍藥徒勞妒，羞殺玫瑰不敢開。惟有數苞紅萼在，含芳只待舍人來。

（〈題開元寺牡丹〉）

令徐凝想不到的是，他正題詩時，也是專程前來賞牡丹的白居易已站在了他身邊。詩剛題完，白居易馬上鼓掌叫好。徐凝轉頭一看，見是舊時相識、今日的杭州刺史白大人，自是喜出望外。兩人一起賞完牡丹，白居易便邀徐凝去喝酒談心。

端起酒杯，說到那些長安往事，又說到白居易幾年前被貶江州，兩人皆唏噓不已。當年在長安時，徐凝曾和白居易一起看過牡丹花，當白居易後來被貶為江州司馬時，徐凝曾寫過一首〈寄白司馬〉，回憶到當年觀賞牡丹的情景：

三條九陌花時節，萬戶千車看牡丹。爭遣江州白司馬，五年風景憶長安。

這次能在杭州巧遇白居易，徐凝倍感親切，心情也是格外的好，話說到知無不言，酒喝到一醉方休。

後來，離開杭州，每看到牡丹花，徐凝就會自然想起白居易，還專門寫了一首〈牡丹〉詩：

何人不愛牡丹花，占斷城中好物華。疑是洛川神女作，千嬌萬態破彩霞。

這一年，徐凝來到另一個煙柳繁華之地——揚州。揚州是個好地方，徐凝一來便被迷住。景美自不必說，物華自不必說，單是如雲的美女，就讓徐凝目不暇接了。徐凝就在揚州多停留了一些時日，然後便遇到了她。她是一位歌伎，歌美人也美。第一次見到她，徐凝便恍若見到前世情人。然後兩人就有了私下裡的來往。她覺得徐凝和那些官員、商賈太不一樣了，這個懂情調、有才華的男人讓她怦然心動。都動了情，接下來的相處就不是逢場作戲了。可再好再真，終還是有一別。她無法獲得自由身，徐凝也無能力將她贖走，帶她遠走高飛。

臨別的那一夜，月光照著窗外的一切，那麼靜，那麼明，讓室內的一對人兒雙雙淪陷。月光無言，她亦無言。她靠在徐凝的懷裡，默默流淚。徐凝也不知如何去安慰這帶雨牡丹一樣的人兒，他想：若是不相見，或許就沒了這痛苦的分別時刻。第二天，徐凝在那雙淚眼的關注下，再次踏上遠行的路。

許多年後，徐凝還會時時想起揚州，想起和她共處的日子，想起那些夜晚的撩人月色，想起她的淚她的好，和那醉人的纏綿。又是一個月夜，徐凝又陷入深深的思念中，望著窗外的那輪月，他輕聲吟出了一首詩：

蕭娘臉薄難勝淚，桃葉眉尖易覺愁。天下三分明月夜，二分無賴是揚州。

這就是著名的〈憶揚州〉。在徐凝的心目中，那個遠方的她就是俏蕭娘，就是桃葉女，時隔多年，他還記得那晚寫在她臉上的傷心離愁。往事不願再想了，可月光卻來強迫你去回憶。這月光分明是那晚照亮揚州的月光，天下月光如果有三分，揚州就應該占去兩分了吧，不想陷相思，卻被月光惹，直讓人無奈啊！

又是一年七夕，徐凝看到天上的星河，他再次為人間的離別而感慨：

一道鵲橋橫渺渺，千聲玉珮過玲玲。別離還有經年客，悵望不如河鼓星。

（〈七夕〉）

當人在旅途，心有所想的時候，所見的樹木都已化為相思樹，樹林也是〈相思林〉：

遊客遠遊新過嶺，每逢芳樹問芳名。長林遍是相思樹，爭遣愁人獨自行。

人有情，天有月，何處不風流？情有屬，月有華，何處不揚州？

揚州，最終成為徐凝心中一個美麗的夢。

【詩人簡歷】 徐凝（生卒不詳），唐朝睦州（今浙江建德）人。與白居易、元稹友善。詩樸實無華，意境高遠，筆墨流暢。書法著稱於時。詩歌代表作有〈憶揚州〉、〈七夕〉、〈題開元寺牡丹〉等。

淡掃蛾眉——張祜：心死長安，身死揚州

【成語①】**淡掃蛾眉**

【釋義】輕淡地畫眉。指婦女淡雅地化妝。

【出處】唐．張祜〈集靈臺〉詩其二：「卻嫌脂粉汙顏色，淡掃蛾眉朝至尊。」

【成語②】**智珠在握**

【釋義】比喻具有高深的智慧並能應付任何事情。

【出處】唐．張祜〈題贈志凝上人〉詩：「願為塵外契，一就智珠明。」

作為清河（今邢臺市清河縣）名門之後的張祜（ㄏㄨˋ），從小就受到很好的家庭教育，寓居蘇州後，詩名漸起。張祜在青年時期還是非常積極地要求仕進的，他帶著自己的詩作去京城和其他地方，四處拜訪朝中大員和地方名士，但都是無果而終。

屢屢碰壁，也使他一度沉湎酒色，在憤世嫉俗中過著放蕩的生活：

一年江海恣狂游，夜宿倡家曉上樓。嗜酒幾曾群眾小，為文多是諷諸侯。

（〈到廣陵〉）

那些年所拜訪的人中，多數對他的詩歌還是持讚賞態度，其中最推崇他的當數太平軍節度使令狐楚了。令狐楚甚至還親自起草奏章向朝廷薦舉張祜，說他多年流落江湖，精於詩賦，風格獨特，希望皇上能重用這個人才。穆宗看到令狐楚的奏章，就把張祜的詩歌拿給元稹看。元稹一聽是令狐楚推薦的，心中馬上就對張祜沒了好感——因為當時正值「牛李黨爭」時期，令狐楚屬牛黨，而元稹則傾向李黨。

穆宗問：「這個張祜的詩到底怎麼樣？」

元稹就以鄙夷的語氣說：「這張祜的詩只能算是彫蟲小技，大丈夫哪會像他這樣寫？這樣的人如果得到重用，恐怕會使陛下的風俗教化受到不好的影響。」

唐穆宗是非常信服元稹的，如此，張祜便沒有仕進的機會了。入仕的大門被堵上，張祜只得懊惱地離開京城。他在揚州住了下來。訪山水，逛都市，縱酒賦詩，尋歡作樂，張祜以另一種方式去尋找內心的滿足。他深深地愛上揚州這個地方，還寫下〈縱遊淮南〉一詩：

十里長街市井連，月明橋上看神仙。人生只合揚州死，禪智山光好墓田。

張祜性格中有俠義的一面，他和同樣崇尚俠義的崔涯是好朋友。一天，兩人同去拜訪淮南節度使李紳。在李紳面前，張祜自稱是「釣鰲客」。李紳覺得他很是與眾不同，就問：「你釣鰲用什麼作魚竿？」張祜答：「用彩虹。」

「那用什麼當魚鈎呢？」

「用彎月。」

「魚餌呢？」

「就用你這個短李相公作魚餌。」

雖然張祜說話顯得有些不恭，但答語讓李紳覺得很有氣勢，想像大膽且非凡，李紳不僅沒有計較，還當場贈給他很多禮物。

在詩歌創作中，張祜似乎更願意去關注女子，在那些詩句裡，寄託著他對弱者的同情，對命運不公的抗爭，對黑暗的鞭撻和對權貴的嘲諷。他用〈宮詞．其一〉，替那些被幽禁多年的宮女表達「恨君」之情：

故國三千里，深宮二十年。一聲〈何滿子〉，雙淚落君前。

在〈拔蒲歌〉中，你能體會到少男少女的那份清純愛戀：

拔蒲來，領郎鏡湖邊。郎心在何處，莫趁新蓮去。拔得無心蒲，問郎看好無。

那些藝妓，在迎來送往中虛耗芳華，他為她們發出哀嘆：

寂寞春風舊柘枝，舞人休唱曲休吹。鴛鴦鈿帶拋何處，孔雀羅衫付阿誰。

畫鼓不聞招節拍，錦靴空想挫腰肢。今來座上偏惆悵，曾是堂前教徹時。

（〈感王將軍柘枝妓歿〉）

他用〈太真香囊子〉，抒寫唐玄宗與楊貴妃兩人的情事：

蹙金妃子小花囊，銷耗胸前結舊香。誰為君王重解得，一生遺恨繫心腸。

他還用〈集靈臺．其二〉，揭露虢國夫人與唐玄宗的曖昧關係：

虢國夫人承主恩，平明騎馬入宮門。卻嫌脂粉污顏色，淡掃蛾眉朝至尊。

虢國夫人是楊玉環的三姐，雖不是玄宗的妃嬪，卻能「承主恩」，這是因為她和皇上有特殊的關係啊。仗著這點，她可騎馬徑直進入皇宮禁地。且自認為美貌無人可比，只簡單化了下妝就敢去直面皇上。

「淡掃蛾眉」是一種自信，也是一種刻意求歡的風騷啊！難怪大詩人杜牧會寫詩猛誇張祜：

百感中來不自由，角聲孤起夕陽樓。碧山終日思無盡，芳草何年恨即休。
睫在眼前長不見，道非身外更何求。誰人得似張公子，千首詩輕萬戶侯。

（〈登池州九峰樓寄張祜〉）

會昌年間，杜牧任池州刺史，張祜曾專程去拜訪過他，杜牧在和詩中對張祜極盡讚美之辭，又對其命運深表同情：

七子論詩誰似公，曹劉須在指揮中。薦衡昔日知文舉，乞火無人作蒯通。
北極樓臺長掛夢，西江波浪遠吞空。可憐故國三千里，虛唱歌詞滿六宮。

（〈酬張祜處士見寄長句四韻〉）

「張生故國三千里，知者唯應杜紫微。」晚唐詩人鄭谷如是說，實不為過。

張祜非常喜歡遊覽佛寺，杭州的靈隱寺、天竺寺，蘇州的靈岩寺、楞伽寺，常州的惠山寺、善權寺，鎮江的甘露寺、招隱寺，各處都留下他的足跡，他為那些寺廟題寫詩賦，也和寺僧多有交往。

與佛禪接觸，張祜大概是想尋找生存智慧，以求內心安穩。他寫有〈題贈志凝上人〉一詩：

悟色身無染，觀空事不生。道心長日笑，覺路幾年行。
片月山林靜，孤雲海棹輕。願為塵外契，一就智珠明。

智珠在握，誰不希望如此呢？

張祜晚年隱居在丹陽曲阿地，並最後終老於此，這也算實現了他「人生只合揚州死」的生前願望。

【詩人簡歷】 張祜（西元七八五年約至八五二年），字承吉，唐代貝州清河（今邢臺市清河縣）人。時人稱作「張公子」，又有「海內名士」之譽。代表作有〈宮詞二首・其一〉、〈集靈臺二首〉。

荳蔻年華——杜牧：
詩人的風月情，大叔的蘿莉夢

【成語①】**荳蔻年華**

【釋義】指少女十三、四歲。代指少女的青春年華。

【出處】唐．杜牧〈贈別．其一〉詩：「娉娉裊裊十三餘，荳蔻梢頭二月初。」

【成語②】**春風十里**

【釋義】指（揚州的城裡）歌樓妓院的繁華。

【出處】唐．杜牧〈贈別．其一〉詩：「春風十里揚州路，捲上珠簾總不如。」

【成語③】**楚腰纖細**

【釋義】楚腰：婦人的細腰。形容美人的細腰，曲線玲瓏。

【出處】唐．杜牧〈遣懷〉詩：「落魄江湖載酒行，楚腰纖細掌中輕。」

【成語④】**綠葉成陰**

【釋義】指女子出嫁生了子女。也比喻綠葉繁茂覆蓋成蔭。

【出處】 唐・杜牧〈歎花〉詩：「如今風擺花狼藉，綠葉成陰子滿枝。」

當你誦讀「清明時節雨紛紛」、「南朝四百八十寺」、「霜葉紅於二月花」、「商女不知亡國恨」這些詩句的時候，如果有人對你說：作者杜牧其實是個風流成性的詩人，他非常喜歡年輕漂亮的小女孩，是個蘿莉控，你相信嗎？

還是先從揚州寫起吧。文宗大和七年（西元八三三年），三十一歲的杜牧投奔淮南節度使牛僧孺，在其幕府中擔任掌書記。因此，杜牧第一次來到了揚州。揚州好美好繁華，杜牧一來就愛上了這個地方。杜牧愛揚州的白天，更愛揚州的夜晚。向晚時分，揚州城內的燈光，次第亮了起來。最讓杜牧心搖神蕩的，應數那些宣示著欲望的「青樓之光」了：「倡樓之上常有絳紗燈萬數，輝羅耀列空中，九里三十步，街中珠翠填咽，邈若仙境。」每一個夜晚，杜牧都會換上便服，奔上那燈光映照下的「仙境」，如魚得水，縱情尋歡。

他是一個美男子，身上又散發著一股公子哥兒的富貴氣息，在風月場自然是很受歡迎的。杜牧在揮霍中享受著，在享受中揮霍著，紅唇，細腰，媚眼，曼舞，甜言，嬌喘……一如浪裡白條，在慾海情波中浮沉翻滾，欲罷不能，流連忘返。有時候，杜牧還會與那個叫韓綽的判官一塊去尋歡，韓綽不僅擅長與女子們調笑，還經常教她們吹簫。

愉快總是那麼快，一晃就到第三個年頭。要回京城了，臨別，杜牧用兩首詩跟最中意的女孩道別：

娉娉裊裊十三餘，荳蔻梢頭二月初。春風十里揚州路，捲上珠簾總不如。

（〈贈別・其一〉）

多情卻似總無情，唯覺尊前笑不成。蠟燭有心還惜別，替人垂淚到天明。

（〈贈別．其二〉）

誇人家年輕又好看，又借蠟燭流淚說自己實在不捨離開。不捨，也許是真，但離開，卻真的是真的。杜牧離開揚州後，還不忘那個曾經一起「作戰」的判官韓綽，回味著曾經一同歷經的一幕幕，便忍不住給人家贈詩一首：

青山隱隱水迢迢，秋盡江南草木凋。二十四橋明月夜，玉人何處教吹簫。

（〈寄揚州韓綽判官〉）

回到京城長安，杜牧的身分成了監察御史，他看到宮中形勢太複雜，於是就要求分司東都，去了洛陽。到洛陽，他偶然間在街頭發現一個賣酒的女子，仔細一辨認，原是舊日相識——張好好。

杜牧是在大和四年（西元八三〇年）於宣州認識張好好的。當時，他還是宣歙觀察史沈傳師幕中的推官，張好好則是沈幕中的歌伎。張好好當年只有十三歲，能歌善舞，容貌姣好，杜牧一見到她就喜歡得不行，還寫了首〈贈沈學士張歌人〉誇人家：

拖袖事當年，郎教唱客前。斷時輕裂玉，收處遠繰煙。
孤直緪雲定，光明滴水圓。泥情遲急管，流恨咽長弦。
吳苑春風起，河橋酒旆懸。憑君更一醉，家在杜陵邊。

自然，杜牧從心裡想和張好好演上一齣愛情故事，可是，他這一願望最終落空了，因為沈傳師的弟弟沈述師也喜歡張好好，並很快將其納為侍妾。杜牧得到的只有失望。

沒想到五年後會在洛陽見到張好好，更沒想到張好好會淪落到街頭賣酒的地步。一番交談後，杜牧自是感慨萬分，最後給張好好贈送了一首〈張好好詩〉：

君為豫章姝，十三才有餘。翠茁鳳生尾，丹葉蓮含跗。

……

洛城重相見，婥婥為當壚。怪我苦何事，少年垂白鬚。
朋遊今在否，落拓更能無。門館慟哭後，水雲秋景初。
斜日掛衰柳，涼風生座隅。灑盡滿襟淚，短歌聊一書。

曾經暗戀的人，突然出現在面前，杜牧卻沒有把她帶回家。

張好好成了過時的風景，杜牧開始尋找新的景點。聽說在洛陽閒居的李司徒家中歌女最多，杜牧就想去開開眼。但因他是御史臺官員，李司徒即使宴請朝官也不敢邀請他。杜牧便派人去暗示李司徒：但邀無妨。被邀赴宴後，杜牧始終沒有收斂，還公然點名要見名叫「紫雲」的姑娘，紫雲到他面前，他還贈詩一首呢：

華堂今日綺筵開，誰喚分司御史來？忽發狂言驚四座，兩行紅袖一時回。

其現場表現真的令人咋舌。

三十五歲時，杜牧第二次來到揚州。這次來不是為了風花雪月，而是為照顧他那個患了嚴重眼疾的弟弟杜顗。四十歲時，杜牧第三次來到揚州。這次來，他已沒有了之前的任性放誕，更多的是故地重遊後的感慨——〈遣懷〉：

落魄江湖載酒行，楚腰纖細掌中輕。十年一覺揚州夢，贏得青樓薄倖名。

有點自嘲，又有些惆悵，杜牧是要悔改了嗎？

四十二歲，杜牧來到池州刺史任上。在這期間，他舊病復發，又和一程姓年輕女子好上，還弄大了對方的肚子。因擔心老婆裴氏吃醋，所以杜牧不能將程某納為妾，可他又希望程某生下的孩子姓杜，怎麼辦呢？最後他想了個辦法：安排程某嫁給一個叫杜筠的男人。

程某生下一個兒子，取名：杜荀鶴。杜荀鶴長大後，也成了一個著名詩人，這是後話了。

六年後，杜牧升為吏部員外郎，可他在這個位子上只幹了一年，就自請外任，到湖州當了刺史。

來這湖州，杜牧還想了卻一個心願。因為在十四年前，他曾來過湖州一次，在時任刺史舉辦的一次大型活動上，他看上了觀眾群裡一個十二、三歲的漂亮女孩。

當時，杜牧就跟女孩的母親說要娶她女兒。那母親覺得自己女兒太小了，就沒同意。杜牧就說：「十年後，我會來這做官，到時再娶妳女兒。十年之內我要不來，妳女兒便可嫁人。」承諾完，還交了禮金。

這次來做湖州刺史，杜牧沒忘兌現承諾。可一見面，那女子不僅已經嫁人，而且還有兩個孩子。杜牧問女子為何不守信，女子反問：你不說十年為期嗎？你要是一直不來，我該怎麼辦？

杜牧無話可說。花已落，種已結，別再多想了，寫首〈歎花〉安慰一下自己吧：

自恨尋芳到已遲，往年曾見未開時。如今風擺花狼藉，綠葉成陰子滿枝。

寫到這裡，再將時光回溯一下。那年，三十一歲的杜牧由宣州趕赴揚州的途中，在金陵遇到那個名叫杜秋娘的女人，看到原本風華絕代，而今卻年老且窮的一代歌女，杜牧深感歲月無情，人事滄桑，於是滿懷同情地寫下〈杜秋娘〉這首長詩：

京江水清滑，生女白如脂。其間杜秋者，不勞朱粉施。

……

因傾一樽酒，題作杜秋詩。愁來獨長詠，聊可以自怡。

杜秋娘曾唱過一首〈金縷衣〉，歌詞為：

勸君莫惜金縷衣，勸君須惜少年時。有花堪折直須折，莫待無花空折枝。

這歌，是不是在那時就唱到杜牧心坎裡去了呢？

【詩人簡歷】杜牧（西元八〇三年約至八五二年），字牧之，唐朝京兆萬年（今陝西西安）人。晚年曾居長安南樊川別墅，故稱「杜樊川」、「樊川居士」。後人稱杜甫為「老杜」，稱其為「小杜」，與李商隱合稱「小李杜」。詩以七絕著名，名作有〈過華清宮絕句三首〉、〈江南春絕句〉、〈赤壁〉、〈泊秦淮〉、〈寄揚州韓綽判官〉、〈贈別二首〉、〈遣懷〉、〈山行〉、〈秋夕〉等。

搔到癢處——杜牧：有一種癢，源於「我想」

【成語①】**搔到癢處**
【釋義】比喻說話說到點子上、事情恰到好處。
【出處】唐．杜牧〈讀韓杜集〉詩：「杜詩韓筆愁來讀，似倩麻姑癢處抓。」

【成語②】**鉤心鬥角**
【釋義】原指宮室建築結構的交錯和精巧。後比喻用盡心機，明爭暗鬥。
【出處】唐．杜牧〈阿房宮賦〉：「各抱地勢，鉤心鬥角。」

【成語③】**折戟沉沙**
【釋義】斷戟沉沒在泥沙裡，成了廢鐵，形容失敗十分慘重。
【出處】唐．杜牧〈赤壁〉詩：「折戟沉沙鐵未銷，自將磨洗認前朝。」

【成語④】**包羞忍恥**
【釋義】容忍羞愧與恥辱。

【出處】唐．杜牧〈題烏江亭〉詩：「勝敗兵家事不期，包羞忍恥是男兒。」

【成語⑤】捲土重來

【釋義】捲土：人馬奔跑時塵土飛捲。比喻失敗之後，重新恢復勢力。

【出處】唐．杜牧〈題烏江亭〉詩：「江東子弟多才俊，捲土重來未可知。」

上一篇主要寫了詩人杜牧的風流事。實際上，杜牧並不是一味地輕浮浪漫，他也有擔當的一面，是個內心充滿憂患意識的詩人。杜牧曾寫過一首詩，叫〈讀韓杜集〉：

杜詩韓筆愁來讀，似倩麻姑癢處搔。天外鳳凰誰得髓？無人解合續絃膠。

詩意是：在愁悶時，誦讀杜甫的詩歌和韓愈的文章。那舒爽的感覺，就如仙女麻姑用指尖搔癢處。可如今還有誰能得到杜詩韓筆的精髓呢？恐怕已經沒人能像他們那樣，以獨有的才情和思想寫出史詩般的傑作了。

杜甫和韓愈都具有憂國憂民的意識，都敢於正視黑暗，抨擊時弊，期望國家重新走向復興。杜牧也是如此。杜甫是「大杜」，他是「小杜」。在〈讀韓杜集〉中，杜牧強調了「愁來讀」，到底愁什麼？「癢處搔」的「癢」又是指什麼？這就要看他所處的時代背景了。

杜牧生於德宗貞元十九年（西元八〇三年），死於宣宗大中六年（西元八五二年）。在五十年的歲月裡，德宗、順宗、憲宗、敬宗、文宗、武宗、宣宗先後上臺執政，儘管文宗、武宗、宣宗諸帝想方設法挽救國運，但藩鎮割據、宦官專權、牛李黨爭、吐蕃犯邊等亂像還是愈演愈烈，大唐眼見國勢已去，積重難返。

杜牧生於官宦之家，是宰相杜佑的孫子。受家風熏染，自幼就學會了寫詩作文。及至成年後，他開始把關注的目光投向宮廷和整個社會。杜牧二十歲左右，兩個大昏君先後坐上了龍椅。

先是穆宗李恆：這個昏庸的傢伙只知道整日遊樂，看戲、打馬球，朝政全部交給宰相打理，宮鬥和邊患一概不問。再是敬宗李湛，這位比他爹李恆還會玩：政事扔一邊，他自己則全身心投入龍舟、百戲（樂舞雜技的總稱）、馬球等各類遊戲中，晚上除宴飲歌舞，與妃嬪宮娥在床笫糾纏外，有時還會帶侍從去宮外捉狐狸玩，還曾帶著千餘人去水塘抓魚。且經常大興土木，修建各類娛樂場所，弄得宮廷上下怨聲連天。

杜牧耳聞目睹了這一切，作為一個有責任感的青年才子，他豈能選擇袖手旁觀？

敬宗寶曆元年（西元八二五年），杜牧那篇借古諷今的〈阿房宮賦〉便橫空出世了。阿房宮再雄偉，再壯觀，但反抗者只需點一把火，就能使它很快化為一片焦土。如今的統治者，難道不應該從中吸取什麼教訓嗎？因此，杜牧在文末寫道：「秦人不暇自哀，而後人哀之。後人哀之而不鑒之，亦使後人而復哀後人也。」可謂用心良苦。

二十三歲就有這樣的見識和眼界，的確令人驚嘆，何況寫得又是如此文采飛揚呢？

因此〈阿房宮賦〉甫一面世，眾多文士便爭相傳閱，最後傳到了太學博士吳武陵的手上。吳武陵一讀，自然是擊節讚歎，直誇杜牧是個難得的人才。

大和二年（西元八二八年），杜牧參加完進士考試後，吳武陵便去找主考官——禮部侍郎崔郾，直接向其推薦杜牧，還當面讀了〈阿房宮賦〉。讀完，吳武陵要求崔郾讓杜牧當狀元。崔郾說狀元已安排他人了，吳武陵就要求定杜牧第五名及第。在吳武陵的極力爭取下，杜牧最終上榜，隨後又及時參加制舉考試，也是如願登科。接著，杜牧就入官場了。

總的來說，杜牧的仕途還是比較順利的，從二十六歲到生命終結的五十歲，二十多年間由弘文館的從九品小校書郎，一直升至正五品上的中書舍人。但這「順」中也有許多讓人鬱悶的結，比如那個叫杜悰的堂兄，就因為當了駙馬爺，二十多歲便被封為從三品的銀青光祿大夫，還兼任殿中少監、駙馬都尉都職。杜牧與他一比，心裡能平衡嗎？

還有，杜牧當官之時，也正是牛李兩黨爭得你死我活之時。杜牧投靠的是牛黨頭子牛僧儒。牛黨得勢，他跟著得意，牛黨失勢，他也隨之失意。你看，牛僧儒任淮南節度使時，杜牧便跟去做掌書記，在揚州的日子，簡直是在慾海裡衝浪，人家牛老闆還暗中派人保護他的安全。

當武宗即位，李黨掌權時，杜牧便被調到偏遠的黃州當刺史了。直到宣宗上臺，牛黨重新歸位，杜牧才被召進京，得以重用。杜牧雖是宰相之後，但他卻不是倚勢弄權的人，也相對耿直，又不屑於官場爭鬥，所以常常會陷於比較被動的地位。

朝中的問題那麼多，盛世圖景越來越遠，這難免會使杜枚時常陷入憂愁之中。〈阿房宮賦〉中說：「各抱地勢，鉤心鬥角」。對於建築來說，這是一種技巧，一種美；而對於人來說，則是殘酷而無奈的現實了。有時，杜牧就想用詩來警醒一下當世的統治者。

千秋佳節名空在，承露絲囊世已無。——〈過勤政樓〉——唐玄宗曾專門建造勤政樓，還定了「千秋節」，可如今不都成了空？

一騎紅塵妃子笑，無人知是荔枝來。——〈過華清宮絕句三首．其一〉——為了心愛的女人能吃上新鮮荔枝，不惜勞民傷財，是一國之君該做的嗎？

商女不知亡國恨，隔江猶唱〈後庭花〉。——〈泊秦淮〉——國家處於危難之中，達官顯貴們卻還陶醉於歌舞昇平，怎能不讓人心生擔憂？

杜牧有想法，也總能以獨到的視角來詠史，比如〈赤壁〉：

折戟沉沙鐵未銷，自將磨洗認前朝。東風不與周郎便，銅雀春深鎖二喬。

周瑜在赤壁之戰中，之所以能戰勝曹軍，取得勝利，還不是東風的作用？又如〈題烏江亭〉：

勝敗兵家事不期，包羞忍恥是男兒。江東子弟多才俊，捲土重來未可知。

項羽戰敗，為了面子就自殺了。要是能包羞忍恥，回到江東重整旗鼓，捲土重來，那天下不定是誰的呢！杜牧在黃州時，曾寫過一篇兵法研讀心得給宰相李德裕，想獲賞識，結果未能如願。由此可見，他寫〈赤壁〉和〈題烏江亭〉是不是想曲折地表達胸中不平呢？杜牧還寫有〈齊安郡中偶題二首〉，其中一首是：

兩竿落日溪橋上，半縷輕煙柳影中。多少綠荷相倚恨，一時回首背西風。

滿塘荷葉被北風吹得翻捲起來，相偎相依的荷葉，也似乎滿懷「恨」意。是荷葉在恨嗎？分明是志不得酬的詩人在訴說心中哀愁。那愁也是一種癢，一種發乎內心的、難以抑制的癢。

銀燭秋光冷畫屏，輕羅小扇撲流螢。天階夜色涼如水，臥看牽牛織女星。

（〈秋夕〉）

就如那個宮女一樣，杜牧心中的孤獨和淒涼，只有本人最清楚。

柳暗花明——武元衡：一個大唐宰相的鐵血柔情

【成語①】**賣刀買犢**
【釋義】刀：武器；犢：牛犢。指賣掉武器，從事農業生產。
【出處】唐．武元衡〈兵行褒斜谷作〉詩：「三川頓使氣象清，賣刀買犢消憂患。」

【成語②】**柳暗花明**
【釋義】指前面花紅柳綠，樹木花草繁茂錦盛的景象，之後又比喻絕處之中找到出路，突然出現的好形勢。
【出處】唐．武元衡〈摩訶池送李侍御之鳳翔〉詩：「柳暗花明池上山，高樓歌酒換離顏。」

唐代詩人中，「武元衡」並不為後世人所熟知，但他生前卻是一個風光無限的人物。他的曾祖父是武則天的堂兄弟，因此，他就是武則天的曾侄孫。他有很高的顏值，甚至有「唐代第一美男子」的稱號。他二十六歲時進士及第，狀元郎一個。

唐末張為著的〈詩人主客圖〉中，稱武元衡為「瑰奇美麗主」，以讚其詩歌之美。作為官員，武元衡又有「鐵血宰相」之稱。何謂鐵血？堅韌、頑強、不懼挑戰是也。下面，我們就來看看武元衡走過的「鐵血之路」吧。

武元衡進士及第後，先是入廊坊幕擔任掌書記，三年後又入河東節度使幕，又過了兩年，入京任監察御史，此後便開始為期六年為父、母先後丁憂的生活，四十歲時，方重入官場，任華原縣令。

貞元十六年（西元八〇〇年），德宗因獲知武元衡是個有才能的人，便召他入朝，授予比部員外郎一職，次年，武元衡始任右司郎中，三年後又至御史中丞位。

西元八〇五年，德宗駕崩，順宗李誦繼位，時為永貞元年。當時，王伾、王叔文和劉禹錫、柳宗元等人輔佐順宗施行革新，王叔文邀請武元衡加入革新陣營，遭到謝絕。安葬德宗時，武元衡擔任山陵儀仗史，其下屬、監察御史劉禹錫要求當儀仗判官，又被他拒絕。因此，二王集團對武元衡頗為不滿。王叔文更是在順宗面前肆意詆毀他，結果，武元衡就被貶為伺候太子的右庶子。幾個月後，憲宗李純就即位了，武元衡很快便官復原職。

憲宗念及武元衡在當右庶子時忠心伺主，又看他確實是個能辦事的人才，便馬上給他升職——由正五品上的御史中丞，升為正四品下的戶部侍郎。戶部侍郎還沒幹滿一年，憲宗就任命武元衡為門下侍郎平章事，自此，五十歲的武元衡正式登上相位。既然被大當家的看重，那就赴湯蹈火地盡責盡忠吧。

拜相當年，機遇就來了。憲宗征鎮海節度使李琦入朝，李琦稱病不去，還藉機領兵在潤州發動叛亂。武元衡認為對割據勢力不能姑息，主張削藩。憲宗同意，發兵討伐，一月後，李琦被捉，叛亂平息。

浙西暫得安穩了，可憲宗還有個心病：劍南西川代理節度使劉崇文，雖然領兵平定了西川，可作為一個武將，他治理地方的功夫就很欠火候了。為全面改善西川的民生狀況，憲宗一番權衡後，便派武元衡出馬了。武元衡二說不說，立即帶領人馬，以宰相和西川節度使的雙重身分，雄心勃勃地向西川出發。當隊伍走到褒斜谷時，武元衡有感而發，寫了首〈兵行褒斜谷作〉，詩的最後說：

注意奏凱赴都畿，速令提兵還石阪。三川頓使氣象清，賣刀買犢消憂患。

「賣刀買犢消憂患」，意指停止戰爭，發展農業生產，維護一方平安，這是皇帝的心願，是西川老百姓的心願，也是武宰相的心願啊。走馬上任的武元衡，果然沒有辜負憲宗皇上對他的重託。在西川，他前後主政七年。七年間，蜀地局勢逐漸穩定，百姓生活也日益好轉起來，整個地區呈現出明顯的復甦跡象。

據說，此間武元衡還和「掃眉才子」薛濤有過來往，下面這首〈贈道者〉便是他寫給薛濤的：

麻衣如雪一枝梅，笑掩微妝入夢來。若到越溪逢越女，紅蓮池裡白蓮開。

看來，武宰相也好像不太能過美人關。

武元衡歸朝後的第二年，也就是元和九年（西元八一四年），淮西又開始不平靜——節度使吳少陽死後，其子吳元濟自作主張接過大權，意圖謀反。憲宗便決定派武元衡率軍隊去平定淮西蔡州。皇上旨意一下，素與淮西有勾結的成德節度使王承宗，和淄青節度使李師道等割據勢力便都害怕起來了，他們密謀刺殺主戰大臣，藉以打消皇上出兵念頭，從而在保住蔡州的前提下保全自己。

元和十年（西元八一五年）的六月二日晚，武元衡臨睡前，下意識地寫了一首詩：

夜久喧暫息，池臺唯月明。
無因駐清景，日出事還生。

（〈夏夜作〉）

次日一大早，天還黑著，武元衡像往常一樣，帶著隨從，順著門前的大道趕往大明宮去上朝。沒走多遠，突然有暗箭射滅了隨從手中的燈籠，武元衡的肩膀也中了一箭。接著，就見黑暗中迅速竄出幾名刺客，其中一人拉住武元衡的馬轠繩，跟著奔跑十幾步後，揮刀割下了武元衡的頭顱……。

「無因駐清景，日出事還生」，沒想到，一詩成讖。

一代名相，就這樣在頃刻間，身首異處。武元衡，以他的強硬手腕，為憲宗削藩立下了赫赫功勛，也最終把自己送上不歸之路。從政路上，武元衡是強硬派，但日常為人時，卻是非常溫和的。據說，他剛到西川時，在宴請他的酒局上，有官員逼他用大杯喝酒，他不願喝，那官員就把酒倒在他身上。武元衡沒生氣，只是回去換了件衣服，繼續回來赴宴。

作為一個詩人，他是愛美、崇尚美德的，不然怎會有「瑰奇美麗主」之譽呢？在西川時，武元衡曾遊原西川節度使韋皋舊宅，見到宅中有主人活著時養的孔雀，便滿懷同情和傷感賦詩一首，回朝後引得王建、韓愈、白居易等多位詩友唱和。他還曾於成都摩訶池，送那個名叫李鍠的侍御史去鳳翔，臨別贈詩曰：

柳暗花明池上山，高樓歌酒換離顏。他時欲寄相思字，何處黃雲是隴間。

這詩寫的是離情，雖然水平一般，但卻給我們貢獻了一個美妙的成語：柳暗花明。柳暗花明是令人賞心悅目的景緻，但到了落花時節，景中人便常會有傷春思鄉之感，就如武元衡在〈春興〉中寫的那樣：

楊柳陰陰細雨晴，殘花落盡見流鶯。春風一夜吹鄉夢，又逐春風到洛城。

對了，武元衡是緱氏（今河南偃師東南）人，思鄉夢跟著春風跑到洛陽，那離家已經不遠了吧？

【詩人簡歷】武元衡（西元七五八年至八一五年），字伯倉，唐朝緱氏（今河南偃師東南）人，詩人中的「鐵血宰相」。著名詩作有〈春興〉、〈贈道者〉。

逢人說項——項斯、楊敬之：為你點個讚，雙雙把名傳

【成語】**逢人說項**

【釋義】項：指唐朝詩人項斯。遇人便讚揚項斯。比喻到處為某人某事吹噓，說好話。

【出處】唐・楊敬之〈贈項斯〉詩：「平生不解藏人善，到處逢人說項斯。」

楊敬之，又一個陌生的名字。但若把時光回溯到唐文宗時期。在京城長安，楊敬之絕對是個響噹噹的人物。因為在大和九年（西元八三五年），楊敬之由戶部郎中升為了國子祭酒、太常少卿。這國子祭酒，相當於現今國家最高學府的校長；在唐代官場上，這可是個僅次於宰相的角色，在以文取仕的社會大背景下，其說話力度可想而知。能登上如此高位，沒有一定的文學實力，那可不是容易辦到的。楊敬之因之前有一篇〈華山賦〉為韓愈所稱道，所以他在當時的士林中很受人追捧。

楊敬之樂於與喜歡寫詩作文的人結交，也不管對方有名，還是無名。

會昌三年（西元八四三年），一個四十多歲的中年書生，帶著自己的詩卷，從南方來到了長安。他叫項斯。項斯是浙江臺州人，二十多年前，他二十來歲就曾到長安參加過進士考試，可是連考幾次，均遭失敗。當時，項斯也曾主動去結交京城名士，以期得到薦引。在所結交的人中，水部員外郎張籍對他最為讚賞，但對他的仕進卻沒起實質的作用。

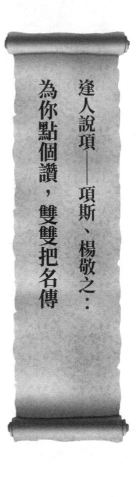

連續落榜，讓項斯很是沮喪。像很多失意文人一樣，他也有了隱居的念頭。那年，他離開京城，來到杭州，登上徑山的朝陽峰，在峰頂修築了一間草舍，真的隱居下來了。隱居期間，他不修邊幅，任性放達，就像一個野人一樣。很多的時候，項斯會頭戴一頂野草和苔蘚做成的花冠，身披一件用鶴鳥羽毛做成的蓑衣，走到松樹林中，頭枕著白色的山石，或唸唸有詞，或高聲吟詩。

有時，他也會在清幽的路上漫步，聽溪水淙淙和繅絲（煮繭抽絲）聲聲，看峰影移動和鹿群飛奔：

青櫪林深亦有人，一渠流水數家分。山當日午回峰影，草帶泥痕過鹿群。
蒸茗氣從茅捨出，繅絲聲隔竹籬聞。行逢賣藥歸來客，不惜相隨入島雲。
（〈山行〉）

有時，他也會和元瑞、道陽等僧人交流談心，以消內心煩憂。一個人的時候，他也會常常思念那些熟悉的寺僧——「寂寥猶欠伴，誰為報僧知。」（〈宿胡氏溪亭〉）

他在隱居處待一段時間，就會下山，尋找屬於他自己的詩和遠方。他去紹興、衢州、永嘉、天臺……。他去江蘇淮陰、安徽當涂、江西彭蠡湖、湖北襄陽、湖南蒼梧山……。他去雲南寧州、四川平武、廣西邊州、甘肅涇州、山西舜城……。他去咸陽、臨潼、渭南……。在異鄉的路途中，有時，那聲聲蟬鳴，也能勾起他心中的思鄉之情：

動葉復驚神，聲聲斷續勻。坐來同聽者，俱是未歸人。
一棹三湘浪，單車二蜀塵。傷秋各有日，千可念因循。
（〈聞蟬〉）

累了，他就再回到隱居處，用清心寡慾的方式慢慢調理自己的內心。春天裡，山洞旁一朵遲開的野花，讓他禁不住聯想到自己的處境：

陰洞日光薄，花開不及時。當春無半樹，經燒足空枝。
疏與香風會，細將泉影移。此中人到少，開盡幾人知。

（〈晚春花〉）

項斯有意將自己與外界隔絕起來，但他卻並不想因此被埋沒下去。內心深處，他還是憧憬著能有春風得意的那一天，能有一片可以施展個人才能的天地，「此懷難自遣，期在振儒衣」（〈歸家山行〉）。

終於，已到奔五之年的項斯，再一次出山。他來到了長安。於是楊敬之和項斯兩個人，有了一次至關重要的會面。在國子祭酒楊大人面前，項斯恭敬地呈上自己的詩稿。楊敬之一首首讀下去，他讀到了作者的孤獨，也讀到了作者的志向，更讀到了他所中意的那種才氣。

自然，楊敬之讀完詩後，給項斯的反饋是：好，是可造之才，我給你點讚！此後，楊敬之見人就誇項斯，說項斯的詩如何如何好，人品如何如何優秀。他這樣一下定論，別人便都以為項斯是個了不得的詩人，項斯在京城一下子紅了起來。項斯再見到楊敬之時，楊敬之還專門寫了首〈贈項斯〉給他：

幾度見詩詩總好，及觀標格過於詩。平生不解藏人善，到處逢人說項斯。

有了楊祭酒的讚賞，第二年（西元八四四年），項斯再去參加進士考試，豈有不中之理？

中了，剎那間有春暖花開的美妙。趁著得意時刻，項斯與一同上榜的幾位進士，來到樊川竹亭擺宴慶賀：

相知皆是舊，每恨獨遊頻。幸此同芳夕，寧辭倒醉身。
燈光遙映燭，萼粉暗飄茵。明月分歸騎，重來更幾春。
（〈春夜樊川竹亭陪諸同年宴〉）

得意之後，項斯就被授予潤州丹徒縣尉，若干年後，卒於任所。

縱觀項斯一生，如果沒有楊敬之的「逢人說項」之舉，他的名字可能真的會消失在歷史雲煙中，不再被人記取。而如果沒有項斯，後世誰又會記取楊敬之這個名字呢？

【詩人簡歷】

項斯（生卒不詳），字子遷，唐朝臺州府樂安縣（今浙江仙居）人。主要作品有〈長安退將〉、〈中秋夜懷〉等。

楊敬之（生卒不詳），字茂孝，虢州弘農（今河南靈寶）人。以〈贈項斯〉一詩著名。

錦瑟年華——李商隱：仕途夢碎，追憶似水流年

【成語】**錦瑟年華**

【釋義】比喻十八歲以上、三十歲以下的女子。形容青春時期。

【出處】唐．李商隱〈錦瑟〉詩：「錦瑟無端五十弦，一弦一柱思華年。」

唐宣宗大中十二年（西元八五八年），四十六歲的李商隱辭去了鹽鐵推官一職，回到老家鄭州。他真的累了。在官場上屈身前行二十多年，原有的一腔熱血早已冷卻。那個晚上，他拖著疲憊的身軀坐到書案前，想寫一首詩，回顧一下自己的從前。

一時不好落筆。驀地，李商隱的耳畔突然響起一陣幽怨的瑟聲，那瑟聲漸漸明晰，忽而又漸消漸無。恍惚中，他看到了彈瑟的端莊女子。那還是他十七歲的時候吧？那一年他剛到天平軍節度使令狐楚的幕府不久。令狐楚真是個好人！李商隱自認識令狐楚後，這樣的看法就從未改變過。

九歲時，父親去世，李商隱就只好跟著堂叔讀書習文。若不是堂叔的教導，他就不會在十六歲時寫出〈文論〉和〈才論〉那樣的文章，也就不會受到令狐楚大人的賞識。

在認識令狐楚之前，李商隱一家的生活非常窘迫，李商隱不得不常常外出幫人抄書或碾穀米掙點零錢花。

當令狐楚走進他的生活，他的生活就不再是原來的樣子了。令大人不僅經常給他家提供經濟援助，而且還

專門把他請進幕府之中，讓他當起了幕僚。公務之餘，令狐楚還耐心地教李商隱「偶對」的創作技巧，有系統地傳授奏章之學。對此，李商隱怎能不滿懷感激？

微意何曾有一毫，空攜筆硯奉龍韜。自蒙半夜傳衣後，不羨王祥得佩刀。

（〈謝書〉）

又一日，令狐楚宴請賓客，席間，有一樂姬彈瑟助興。李商隱第一眼看到她，心就禁不住為之一動。在她彈瑟過程中，他看她俊秀的臉，看她靈巧的纖指，看她微帶哀怨的神態。李商隱在瑟音中漸漸迷失。

曲罷，他的目光和那樂姬的目光短暫觸碰，他的心又猛地跳了一下，他覺得她應該不會無動於衷的。但那次宴會後，李商隱竟再沒見過她。又過一段時日，李商隱稍稍收了心，他知道自己作為一個飽讀詩書的男兒，該去科場上一試身手。否則，該如何對得起令狐大人的一番苦心呢？

大和四年（西元八五〇年），十八歲的李商隱首次參加進士考試，結果竟未上榜，而與他一同應試的令狐楚的兒子令狐綯卻金榜題名。李商隱很是失落，也想不通。隨後，令狐楚調任太原節度使，李商隱便隨之去了太原。

三年後，李商隱赴京再考，又沒考上。

再回太原？太原已回不去了。因為令狐楚已入朝當吏部尚書，且有了朝廷指派的下屬。李商隱只好再尋依靠。不久，他又投到一個遠房親戚——華州刺史崔戎的門下。可到了第二年六月，崔戎就在兗海觀察使的任上暴病而亡，李商隱只好回到自己家鄉。

又是三年過去，李商隱已經二十五歲。這年春天，在令狐綯的引薦下，他終於考中了進士。可上榜的喜悅沒維持多長時間，一個噩耗卻給李商隱重重一擊：恩人令狐楚突然病故！在這樣的悲痛時刻，又有一個人出現在李商隱面前，他就是涇原節度使王茂元。

王茂元很欣賞李商隱的人品和才華，不僅邀請李商隱做幕僚，還讓他做自己的女婿。李商隱有了新依靠，卻也從此陷入朋黨之爭的泥潭中，因為王茂元是「李黨」的人，而令狐家則是「牛黨」的人。牛李兩黨水火不容，李商隱夾在其中，非常尷尬。李商隱投靠王茂元，令狐綯太感意外，連罵李商隱是忘恩負義之徒。

李商隱當時心裡一定很委屈：你們對我都好，都是好人，可我真沒過多考慮黨派這一層呀！有了岳父這座靠山，李商隱很快就通過了授官考試，並當上秘書省校書郎，因受牛黨人士的排擠，三個多月後，他又被調到弘農縣（今河南靈寶）當縣尉。縣尉難當，幹了一段時間，李商隱便辭了職，搬至長安，之後又去華州幕府待了一些時日。

這一年，文宗去世，武宗上臺。武宗最為信任李德裕，因而李黨人都得到重用。王茂元也調到京城，一切都似乎在為李商隱的青雲直上作準備。三十歲的李商隱又回到朝中，當起了秘書省正字。可就在這關鍵時期，他的母親卻突然去世了。只好回家丁憂。而丁憂期間，岳父王茂元也一命歸西。丁憂期滿，李商隱回朝。半年後，武宗駕崩。

宣宗即位，朝廷又立即成為牛黨人的舞臺。李商隱沒去找令狐綯套近乎，而是跟著被排擠出京的李黨成員鄭亞，去桂州當觀察副史和掌書記。直到兩年後鄭亞被貶到循州（今廣東龍川縣），李商隱再回長安時，他才又想起了令狐綯。可此時的令狐綯豈有幫他之心？在此情形下，李商隱只能再次通過授官考試，撈了個盩厔（今陝西盩厔縣）縣尉。

以前吃過當縣尉的苦，李商隱再當這樣的角色，自然不會心甘。他不久就去京兆尹手下當文書，其間遇到司勳員外郎杜牧，於是就連寫兩首讚詩給人家，其中一首是〈杜司勳〉：

高樓風雨感斯文，短翼差池不及群。刻意傷春復傷別，人間惟有杜司勛。

詩中誇杜牧的才華能感天動地，傷春傷別的詩作簡直是天下第一。可惜，杜牧沒當回事。那就只好去找令狐綯了。令狐綯已是御史中丞。聽說李商隱還來找他，乾脆閉門不見。

故舊連個冷臉也不給，李商隱又能怎樣呢？京中孤苦無依，那就去別地尋找依靠吧。於是，李商隱又來到徐州，在武寧軍節度使盧弘正幕中當起職判官。三年後，盧弘正病死，李商隱一下子又成了無巢之鳥。正在他愁著下一步該往何處去之時，他的妻子病故了。想到膝下一雙年幼的兒女，想到自己越行越窄的官路，李商隱一時間失魂落魄。

而令狐綯此時已是當朝宰相。沒辦法，再去求他一次吧。出於同情，這次令狐綯伸手扶了李商隱一把，給他一個太常博士的職位。可令狐綯周圍的人，能看得起李商隱的又有幾個？在這樣的目光裡活著，又有個什麼勁呢？

因此，在大中五年（西元八五一年），當東川節度使柳仲郢邀請李商隱到梓州任職時，他毫不猶豫地隨之前往，再當幕僚。這一去，就是五年。在梓州，李商隱衣食無憂，也無多少公務上的煩憂，可他總是高興不起來。有時，他會問自己：這些年，在求功名、圖仕進的路上，到底求到了什麼又圖個啥呢？我沒做什麼壞事，為什麼走的每一步似乎都是錯的？

大中九年（西元八五五年），柳仲郢入朝任吏部侍郎，李商隱跟著回去，被安排在鹽鐵推官的位子上。

……

李商隱握著筆，過往的一幕幕不斷在腦海中呈現，思緒也越飛越遠。他看到了撥動的瑟弦，看到時光在一根根瑟弦上飛速流逝。瑟聲中，他彷佛置身夢境，像莊周夢蝶一般，迷失中又似乎聽到杜鵑的悲悽叫聲。俄頃，眼前又展現出月落滄海的奇異景象，如鮫人泣淚成珠，斗轉星移間，暖陽映照藍田，美玉朦朧如煙。此情此景讓李商隱想起了那麼多、那麼多的往事，每一件往事帶給他的，都是悵然若失。沉思中，李商隱落筆成詩：

錦瑟無端五十弦，一弦一柱思華年。莊生曉夢迷蝴蝶，望帝春心託杜鵑。
滄海月明珠有淚，藍田日暖玉生煙。此情可待成追憶，只是當時已惘然。

寫完這首〈錦瑟〉不久，日漸病重的李商隱帶著滿腹憂鬱和傷痛，離開這個令他有太多困惑的人間。

【詩人簡歷】 李商隱（約西元八一三年至八五八年），字義山，號玉溪生，又號樊南生，唐朝懷州河內（今河南沁陽）人。與杜牧合稱「小李杜」，與溫庭筠合稱「溫李」。受「牛李黨爭」影響，仕途坎坷。代表作有〈錦瑟〉、〈樂遊原〉、〈夜雨寄北〉和多首〈無題〉詩。

心有靈犀——李商隱：
心無塵，愛無言，詩無題

【成語①】冶葉倡條

【釋義】原形容楊柳的枝葉婀娜多姿，後比喻任人玩賞攀折的花草枝葉，借指妓女。

【出處】唐・李商隱〈燕臺・春〉詩：「蜜房羽客類芳心，冶葉倡條遍相識。」

【成語②】心有靈犀

【釋義】靈犀：舊說犀牛是靈獸，其角中有白紋如線，貫通兩端，感應靈異。指雙方心意相通，對於彼此的意蘊都心領神會。比喻戀愛時的雙方心心相印。現多比喻雙方對彼此的心思都能心領神會。

【出處】唐・李商隱〈無題〉詩：「身無彩鳳雙飛翼，心有靈犀一點通。」

玉陽山，位於河南濟源市約十公里處，是一座道教名山。李商隱在參加進士考試之前，曾在玉陽山度過幾年讀書學道的時光。玉陽山有東、西兩座，中間有一條溪叫玉溪，這也應該是李商隱「玉溪生」之號的由來吧。

李商隱在玉陽山學道的那個道觀，隔溪而望的就是玉真公主的故院靈都宮，當時裡面住著另一位入道的公主和一些侍女，其中有位侍女名叫宋華陽。一個偶然的機會裡，李商隱和宋華陽相識了，一對少男少女的心，彼此擦出愛情的火花。

但當他們的情事顯山露水後，一切便都不往期待的方向發展了。在一些宮人的極力阻撓下，一對有情人終被無情地拆開。在被思念填滿的日子裡，李商隱開始一首又一首地寫詩。他在詩中尋找、追憶、留戀、嚮往，無奈又惆悵。他在〈碧城〉中寫道：

星沉海底當窗見，雨過河源隔座看。

抬頭望著窗外，星沉海底多麼令人心寒。一陣雨雲從銀河上飄過，而我們倆卻只能隔河相望。

他在〈燕臺．春〉中寫道：

風光冉冉東西陌，幾日嬌魂尋不得。蜜房羽客類芳心，冶葉倡條遍相識。

東西小路上處處都是好風光，可嬌美的妳到底在哪呢？我找了幾天都沒找著。我要像蜜蜂追逐花兒那樣，追尋妳的芳心，哪怕找遍每一個枝條每一片葉子。終也尋不著，只有無盡的思念日日折磨著他。

不久，李商隱就離開玉陽山，到了天平軍節度使令狐楚的幕中。後又居住在洛陽，準備參加進士考試。李商隱的堂兄李讓山當時也住在洛陽，李讓山的鄰家有個姑娘，名叫柳枝。那姑娘模樣俊美，開朗大方，且很有音樂天賦，吹弦按管的水準很高。一天，李讓山在柳枝面前背誦李商隱的〈燕臺〉詩，柳枝聽了，十分喜歡，就連聲問：「這是誰寫的？怎麼能寫出這麼好的詩？」

李讓山就說是堂弟李商隱寫的。柳枝不容分說，要李讓山帶李商隱來跟她相見。就這樣，李商隱在李讓山的引導下，和柳枝見了面，李商隱對對方也頗有好感。

一番交談後，柳枝對李商隱說：「三天後我在城東的河邊等你，不見不散。」

但到了約定的那天，李商隱有個要去長安的朋友，誤把李商隱的行李帶走了。李商隱因去追那朋友，最後錯過了和柳枝見面的機會。

等讓山再來，李商隱問起柳枝的情況，讓山答：「她已被一個豪強娶走了。」

李商隱很是吃驚，也非常懊悔，覺得自己對不起柳枝。此後幾日，柳枝的遭遇總是讓李商隱感到不安。又想到柳枝畢竟是商人的女兒，跟自己門不當戶不說，而且她的性格又不太溫柔。這樣一想，李商隱的心情稍稍有些釋然了。還是放不下，那就寫詩。於是，李商隱一連寫了五首題為「柳枝」的詩，其中第四首是這樣的：

柳枝井上蟠，蓮葉浦中乾。錦鱗與繡羽，水陸有傷殘。

意思是說：兩個人，一個如柳，一個如蓮；一個如水裡的魚，一個如天上的鳥，如強行在一起，只會給彼此造成傷害呀！就在心裡默默地為柳枝送上祝福吧。

後來，李商隱考中了進士，成了官家人。在當秘書省校書郎期間，李商隱很是厭倦單調乏味的案牘生活。一個晚上，他應邀去一個官員的家裡赴宴。宴席上，官員的美貌侍妾引起了李商隱的注意。

那侍妾春風滿面地給客人們敬酒，饒有興緻地跟大家一起玩「送鉤」（在暗地裡傳遞鉤子，並讓人猜在誰手上，猜錯則罰酒。）和「射覆」（類似猜謎遊戲，只是謎語的題目為各自所得的卦象）的遊戲，笑意盈盈，讓人心動。

有一刻，李商隱正盯著她看，她不自覺地抬起頭，兩個人的目光便觸在一起。她瞬間愣了一下，李商隱一時間也手足無措。好像從前在哪見過。李商隱腦中立即出現令狐大人家那個彈瑟女的模樣，一忽兒又現出宋華陽和柳枝的影子。怦然心動，就是李商隱那一刻的真實感覺。但眼前的女子畢竟是人家的侍妾，喜歡，也只能想想而已。

第二天晚上，在秘書省值班，李商隱又憶及頭晚赴宴的情景，那侍妾的身影總是在眼前揮之不去，他靈感又來，即刻寫就〈無題〉二首，其一是：

昨夜星辰昨夜風，畫樓西畔桂堂東。身無彩鳳雙飛翼，心有靈犀一點通。
隔座送鉤春酒暖，分曹射覆蠟燈紅。嗟余聽鼓應官去，走馬蘭臺類轉蓬。

當時，身為校書郎的李商隱已經結婚，妻子是涇原節度使的女兒王氏。李商隱在酒宴上「窺」人家的侍妾，不是因為有什麼非分之想，更多的是一種對純粹而美好愛情的懷想。

李商隱對自己的婚姻是忠誠的，但對純愛的讚美也是由衷的。在以後坎坷的人生上，李商隱會不時回望自己年輕時的激情歲月，想到那些曾經的美好，想到那些纏綿的時刻，想到每次見面後分手的難捨。他也會放飛思緒，讓另一個自己在情愛天空中自由翱翔。但，再純再真再美的愛，到最後還不都是一場離別？正如李商隱下面這首〈無題〉詩中寫的：

相見時難別亦難，東風無力百花殘。春蠶到死絲方盡，蠟炬成灰淚始乾。
曉鏡但愁雲鬢改，夜吟應覺月光寒。蓬山此去無多路，青鳥殷勤為探看。

巴山夜雨——李商隱：情場，官場，立場

【成語①】**巴山夜雨**

【釋義】客居異地又逢夜雨纏綿的孤寂情景。

【成語②】**剪燭西窗**

【釋義】原指思念遠方妻子，盼望相聚夜語。後泛指親友聚談。

【出處】唐．李商隱〈夜雨寄北〉詩：「君問歸期未有期，巴山夜雨漲秋池。何當共剪西窗燭，卻話巴山夜雨時。」

【成語③】**碧海青天**

【釋義】原意是形容常娥在廣寒宮，夜夜看著空闊的碧海青天，心情孤寂淒涼。後比喻女子對愛情的堅貞。

【出處】唐．李商隱〈常娥〉詩：「常娥應悔偷靈藥，碧海青天夜夜心。」

你如果問我，李商隱愛他的妻子嗎？這個問題我當然回答不好，但說李商隱對他妻子很有感情，這是沒什

麼問題的，不管這感情是親情的成分多，還是愛情的成分多。先受到涇原節度使王茂元的賞識，李商隱才有機會認識王茂元的女兒——那個名叫王晏媄的女子。

二十六歲那年，李商隱當了王茂元的幕僚，不久又成為王家的女婿，可謂一舉兩得。此後，李商隱便與王晏媄彼此相安無事地過下去，夫妻之間也算得上互敬互愛。八年後，他們還有了個聰明伶俐的兒子袞師。袞師四歲時，李商隱在〈驕兒詩〉中誇他：「袞師我驕兒，美秀乃無匹。」能有這樣一個優秀的兒子，李商隱對孩子的媽王晏媄應該是充滿感激的。出門在外的日子，李商隱自然會想家，想妻兒：

遠書歸夢兩悠悠，只有空床敵素秋。階下青苔與紅樹，雨中寥落月中愁。

（〈端居〉）

很久沒有收到愛妻的家書了，夢中常回故鄉；在這清涼的秋夜，一個人躺在床上，怎能不心生淒涼？住處臺階下的青苔與紅樹，迷濛的冷雨，以及夜晚朦朧的月色，處處都打上了濃重的鄉愁。可是兩人僅僅相伴十三年，王晏媄便被病魔奪去生命，永遠地離李商隱而去了。李商隱自然是哀痛萬分。

王晏媄是在那年春夏之交去世的。到了秋天時，李商隱那排行十二的小舅子和他的連襟韓瞻去看望他，之後邀他去王家喝酒，李商隱因妻子才亡不久，沒心情，所以就沒有赴約，後來還為此事寫了一首詩〈王十二兄與畏之員外相訪見招小飲時予以悼亡日近不去因寄〉：

謝傅門庭舊末行，今朝歌管屬檀郎。更無人處簾垂地，欲拂塵時簟竟床。

嵇氏幼男猶可憫，左家嬌女豈能忘？愁霖腹疾俱難遣，萬里西風夜正長。

大意是：我雖是王家的親戚，可現在這處境怎有心情去享受歌吹宴飲呢？看到家裡如今的狀況，物還在，人已走，孩子也年幼，心裡不好受啊，感覺自己正迎著萬里西風，走進漫漫長夜中。

到了冬天，李商隱以節度判官的身分，跟著東川節度使柳仲郢到了四川梓州。在梓州，柳仲郢對李商隱很是關照，除了給予優厚的工作待遇外，還十分關心李商隱的生活。有個歌女名叫張懿仙，柳仲郢認為她不錯，便欲將其介紹給李商隱當老婆。柳把想法說給李商隱聽後，李商隱搖搖頭：他不想再娶。

又是一個秋夜，李商隱又夢到妻子王晏媄。在夢中，愛妻問他什麼時候回家，他剛要回答，卻突然醒來。清醒後的李商隱回想著夢中妻子的音容笑貌，一時悵然若失。外面下著冷冷的雨，雨點滴滴打在心頭。李商隱失眠了，他披衣下床，點亮燈盞，想像與愛妻一起剪燭西窗的情景，輕聲吟出這首〈夜雨寄北〉：

君問歸期未有期，巴山夜雨漲秋池。何當共剪西窗燭，卻話巴山夜雨時。

從梓州回來後，李商隱開始在京城任鹽鐵推官。大中十一年（西元八五七年），李商隱去洛陽，重訪王茂元舊居——崇讓宅。熟悉的故宅再次勾起對亡妻的回憶，回來後他便寫了〈正月崇讓宅〉一詩：

密鎖重關掩綠苔，廊深閣迥此徘徊。先知風起月含暈，尚自露寒花未開。
蝙拂簾旌終展轉，鼠翻窗網小驚猜。背燈獨共餘香語，不覺猶歌起夜來。

王茂元是個好岳丈，王晏媄也是好妻子，但令李商隱始料不及的是，他的這樁婚事會被塗上這麼濃的政治色彩。誰叫王茂元是李黨的人呢？誰又叫恩師令狐楚是牛黨的人呢？跟王家親近，就是對令狐家的背叛；跟令狐家親近，就是對王家的背叛。

左右為難啊！處在夾縫中的李商隱，從此身不由己。原以為靠上王家，從此可以順風順水，哪曾料因此使自己的人品打了折扣，一口從天而降的黑鍋，不背也得背。他在〈為有〉一詩中，這樣寫道：

為有雲屏無限嬌，鳳城寒盡怕春宵。無端嫁得金龜婿，辜負香衾事早朝。

詩中說一個嬌美的富家女子，嫁給一個當官男子，丈夫因要趕著上早朝，每天早上都不能多陪她一會，白白浪費了一個香暖的被窩。寫的是富家女的委屈，我們是否可以從中體會到，攀上高枝後又陷黨爭漩渦的李商隱的委屈呢？除此之外，李商隱還有一首名為〈常娥〉的詩：

雲母屏風燭影深，長河漸落曉星沉。常娥應悔偷靈藥，碧海青天夜夜心。

李商隱認為，常娥偷吃了飛天的靈藥，現在天天待在廣寒宮裡，那麼孤獨寂寞；面對著碧海青天，她一定後悔了吧？

而成為李黨人王茂元的女婿，在遭遇一連串的挫折後，李商隱是否也會偶有後悔之感呢？料想是應該有的吧。

儘管有過委屈，也曾後悔過，但李商隱卻從未對王家抱怨過，對妻子王晏媄的好也是一如既往。從這點來看，李商隱還是配得上「義山」這兩個字的。

岑牟單絞——皮日休：
隻眼看世界，誰讓誰蒙羞？

【名稱】岑牟單絞

【解釋】岑牟：古時鼓角吏的帽子；單絞：蒼黃色的單衣。穿戴上敲鼓人的衣帽。比喻蒙受羞辱。

【出處】唐．皮日休〈襄州春遊〉詩：「岑牟單絞何曾著，莫道猖狂似禰衡。」

古之官人也，以天下為己累，故己憂之；今之官人也，以己為天下累，故人憂之。

古代那些當官的，因為以天下事為重，所以自己常常憂心忡忡；而今天那些當官的，心裡只裝著自己的事，所以他們總是讓老百姓憂心忡忡。

才望顯於時者，殆哉！一君子愛之，百小人妒之。一愛固不勝於百妒，其為進也難。

在當今擁有出眾的才氣和名望，是一件多麼危險的事啊！一個君子喜歡他，卻有一百個小人妒忌他。一人喜歡怎敵得過一百人的妒忌？所以那個有才望的人想出人頭地，真的很難哦。

不思而立言，不知而定交，吾其憚也！

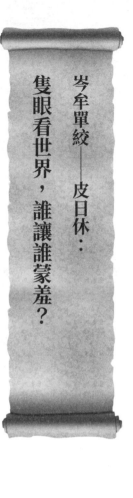

不經過深思熟慮就著書立說，不瞭解一個人就和他交朋友，我真應該警惕這樣的事呀。

古之置吏也，將以逐盜；今之置吏也，將以為盜。

古代設置官吏，是為了驅逐盜賊；而當今安設的那些官吏，自己本身就是盜賊。上面摘選的幾段話，是晚唐詩人皮日休的語錄，出自他的《鹿門隱書》六十篇。鹿門隱書，即在鹿門隱居時寫的書。

皮日休是襄陽人，作為一地道的寒門子弟，他是最能真切體會當時社會的黑暗和底層的苦難的。當然，他並沒有完全絕望。年輕時，皮日休還是希望自己能通過讀書應舉進入官場，在改變個人境況的同時，也能為改變社會現狀出點力。

二十歲左右，他在家鄉的鹿門山隱居了五年，其間一邊苦讀，一邊思考，最後寫就《鹿門隱書》，書中文字直面當下，抨擊朝政，針砭時弊，表現出一個熱血書生的社會責任感。現實日益不堪，眼睜睜看著卻也無能為力，皮日休常常會藉酒澆愁，在麻醉中作暫時的逃避。隱居處風景秀美，皮日休會花很多的時間寄情山水，遊賞散心。一次暢遊歸來，他乘興寫了一首〈襄州春遊〉的詩：

信馬騰騰觸處行，春風相引與詩情。等閒遇事成歌詠，取次沖筵隱姓名。
映柳認人多錯誤，透花窺鳥最分明。岑牟單絞何曾著，莫道猖狂似禰衡。

詩中說自己經常騎馬到處遊玩，讓春風來引發詩情。遇到事情就寫詩，見到宴會就隱名參加。在遊玩時，隔著柳條時常會認錯人，而透過花葉的空隙去看小鳥，卻能看得最清楚。我並沒有穿著「岑牟單絞」那樣的衣服，可別說我像禰衡般的狂放。

岑牟單絞，這是用的一個典故。「岑牟」是指古代鼓角吏所戴的帽子；「單絞」是指黃色的薄衣。禰衡是漢末人，有才且狂傲。孔融想把禰衡推薦給曹操，但禰衡看不起曹操，不僅不去晉見人家，還出言不遜。曹操知道後，就對禰衡懷恨在心，硬讓他當個不起眼的小官——鼓吏。等大宴賓客之時，曹操就命令禰衡改穿鼓吏的「制服」——岑牟單絞，藉以羞辱他。禰衡卻面不改色地當眾裸體更衣，這出乎意料的舉動讓曹操措手不及，本來想羞辱人，結果使自己丟了面子。

皮日休用「岑牟單絞」之典，大概是想說自己並不是個狂士，如果有機會，他還是會為朝廷服務的。所以皮日休在隱居期間，有時也會干謁地方名士以求引薦。在襄陽鹿門山隱居如是，在後來的洞庭、壽州等地隱居亦如是。

唐懿宗咸通七年（西元八六六年），皮日休來到長安首次參加進士考試，不第。當年回到壽州，將自己的詩文編作〈皮子文藪〉，期間又到揚州、常州等地拜訪了令狐綯、楊假等官員。次年，他再次進京參加考試，雖然最後的結果只是位列榜末，但總算及第了。

沒想到，皮日休剛當上進士，就有人想給他難堪。因為其貌不揚，又有一隻眼的眼皮耷拉著，看上去就像個獨眼龍，所以禮部侍郎鄭愚見到他，就嘲笑道：「先生你這麼有才學，可怎麼只有一隻眼呢？」皮日休也沒忍聲吞氣，馬上回擊道：「侍郎大人要是僅僅因為我只有一隻眼，就小看我，那可是浪費了你的兩隻眼了啊！」

皮日休的意思是：你要是以貌取人，就等於你瞎了兩眼！

鄭愚像曹操一樣，純粹是自找難看。

進士及第兩年後，皮日休來到蘇州，成了蘇州刺史崔璞的幕僚。在蘇州，皮日休結識了詩友陸龜蒙，兩人自此開始一唱一和，成了「皮陸」組合。三年後，皮日休入京，先後任著作郎和太常博士。唐僖宗乾符五年（西元八七八年），在毗陵（今常州）副使任上，皮日休成為黃巢起義軍的俘虜。

本就對朝廷失去了信心，既然黃巢是反朝廷的，那乾脆跟著他幹好了。黃巢也正需要這樣的人才，於是，皮日休就隨黃巢進了京，並在黃巢的安排下當起翰林學士。皮日休後來怎麼死的，說法不一。

其中一個說法是：皮日休是被黃巢誅殺的。原因據說是這樣：皮日休當上翰林學士後，黃巢想讓他編些帶有預言的文字，以迷惑天下人，好讓自己這個皇帝當得理直氣壯。接到任務後，皮日休想了半天，寫下了這樣幾句話：

欲知聖人姓，田八二十一；欲知聖人名，果頭三曲律。

「聖人」當然是指皇帝啦，皮日休想說的是：知道新皇帝是誰嗎？他姓黃名巢。這本是吉言。可黃巢卻越看越覺不對勁，他認定那「果頭三曲律」是在嘲弄他，因為他的頭髮很醜，彎曲不成樣。竟敢調侃朕的頭髮？黃巢一生氣，就讓人把皮日休的頭給砍了。

皮日休生前，曾寫過一首〈詠蟹〉詩：

未游滄海早知名，有骨還從肉上生。莫道無心畏雷電，海龍王處也橫行。

大家都熟悉的螃蟹，骨頭包著肉，樣子很奇怪。不要說它沒有心腸，它不僅不懼閃電，即使到了龍王爺那裡也照樣橫行。仔細品味一下，正直敢言的皮日休身上，是不是也有點「蟹性」？

【詩人簡歷】皮日休（約西元八三八年至八八三年）。字逸少，又字襲美，唐朝襄陽竟陵（今湖北天門）人。早年居鹿門山，自號鹿門子、間氣布衣、醉吟先生等。與陸龜蒙並稱「皮陸」，主要詩作有〈橡媼嘆〉、〈汴河懷古〉等。

月缺花殘——溫庭筠：如果世界漆黑，其實我很美

【成語】月缺花殘

【釋義】形容衰敗零落的景象。也比喻感情破裂，兩相離異。

【出處】唐．溫庭筠〈和王秀才傷歌姬〉詩：「月缺花殘莫愴然，花須終發月須圓。」

先看兩首小詞。一首是〈夢江南〉：

千萬恨，恨極在天涯。山月不知心裡事，水風空落眼前花，搖曳碧雲斜。

一首是〈望江南〉：

梳洗罷，獨倚望江樓。過盡千帆皆不是，斜暉脈脈水悠悠。腸斷白蘋洲。

不陌生吧？兩首詞都是寫思婦心中愁怨的，讀來婉約、細膩、唯美。詞的作者，名叫溫庭筠，字飛卿。庭筠和飛卿，看上去都是挺有詩意的詞語，用作人的名字，似乎美男子才配吧？讓你失望了，溫庭筠是個標準的醜男！

有多醜？見過那個能捉小鬼的鍾馗畫像嗎？溫庭筠的模樣，就是傳說中的鍾馗畫風。因此，溫庭筠生前，

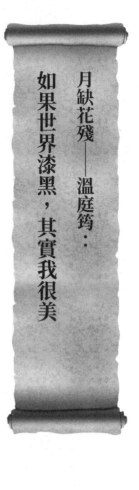

有人曾送給他一個外號：溫鍾馗。雖然相貌對不起觀眾，可人家卻是如假包換的大才子。

溫庭筠年少時，就在讀書習文方面表現出過人的天賦，聰敏有悟性，走筆成萬言。他還懂音樂，吹拉彈唱，樣樣都行。二十來歲時，溫庭筠受到莊恪太子李永賞識，曾在太子府度過幾年「從太子遊」的時光。李永暴卒後，溫庭筠一下子失去了依附。

其實溫庭筠算是名門之後，據說唐初宰相溫彥博就是他的先祖。但二百多年過去，溫氏家族的風光，到溫庭筠這兒早已成了過時的風景，他身後的門第優勢一點也沒有了。沒依附的溫才子，開始選擇走科考之路。

考試，對於溫庭筠來說，是小菜一碟。特別是寫那種須押官韻的試帖詩，他把手籠在袖子裡，雙臂交叉一次就能吟出一韻，一詩八韻只需叉手八次，因此，人又送他一個外號：溫八叉。雖然他有能耐，可朝中有很多人不喜歡他，因為他性子直，說話不會看人眼色，所以經常得罪人。他還有兩個突出的毛病：喜歡喝酒鬧事和尋花問柳。

從太子遊時，溫庭筠結識了令狐綯，當令狐綯當上宰相後，他也有機會出入相府。

當時唐宣宗愛唱〈菩薩蠻〉詞，令狐綯為討皇帝歡心，就借溫庭筠新作獻上，並要求溫不要洩露這個秘密。可溫庭筠沒能管住自己的嘴，很快就將真相說了出去。溫庭筠還說令狐綯當宰相是「中書省內坐將軍」，意即令宰相是個武夫，沒文化。從此，令狐綯就開始討厭他。所以，在溫庭筠考進士的過程中，總少不了有人從中作梗。

落榜次數一多，溫庭筠就對結果無所謂了。但考還是要考的，不是看我不順眼嗎？不是說我不檢點嗎？那就讓你們在考場見識一下。溫庭筠再進考試的場屋，不是弄點小動靜，就是幫周圍考生答題，這讓監考官很是惱火。溫庭筠就這樣一直折騰到四十多歲。朝廷被溫庭筠折騰煩了，乾脆直接給他授官，讓他去隨州當縣尉去。

溫庭筠豈是安心當縣尉的人？沒多久，他就跑到山南東道節度使徐商幕下當巡官去了。自京城南下的途中，在經過商山的那個早晨，滿懷羈旅之愁的溫庭筠寫下〈商山早行〉一詩：

晨起動征鐸，客行悲故鄉。雞聲茅店月，人跡板橋霜。
槲葉落山路，枳花明驛牆。因思杜陵夢，鳧雁滿回塘。

到了襄陽，當了巡官，溫庭筠一拋所有不快，還如年輕時那樣，整日和一幫騷客在城裡吃喝嫖賭。一天晚上，他和幾個人一起在光風亭喝酒，看到有兩個醉酒的妓女突然打起架來，溫庭筠不僅不去拉勸，反而笑著對一個文友說：「如果描述醉妓互相打臉，可用詞語『疻（ㄓˇ）面』（毆傷面部），如果對句，就可用『疻面』對『捽（ㄗㄨㄛˊ）胡』（揪住頭頸）。」

接著，溫庭筠還煞有介事地寫了一首詩〈光風亭夜宴妓有醉毆者〉：

吳國初成陣，王家欲解圍。拂巾雙雉叫，飄瓦兩鴛飛。

醉妓互毆的是五官，溫大叔這詩毀的可是三觀啊。等徐商調回京，溫庭筠又開始在江南遊蕩。這樣遊著蕩著，就到了揚州。到了煙柳繁華地，溫庭筠自然又是醉生夢死。一天晚上酒醉後，還因犯了唐朝「禁夜」的規定，挨了一頓暴打——破了相，掉了牙。

受了委屈，他便到淮南節度使令狐綯那兒告狀，令狐綯不予受理。他一氣之下又跑到京城長安去告。告的結果還是不了了之。不過此次告狀讓溫庭筠有了另個收穫——當上國子監助教。在國子監助教任上，他有一次主持內部的初選考試，結果出來後，他竟把前三十名考生的詩文張貼公示，以讓大家評判，還把敢於抨擊時弊的考生引為同道，大加讚揚。

溫庭筠這一出乎意料的舉動，一下子惹惱了相關官員。結果他立馬被貶為河南方城縣縣尉。這一貶就把溫庭筠打倒了，不久，他就在鬱悶中死掉。

溫庭筠雖然長得醜，可他詩詞中的女主人公卻個個貌美如花，國色天香。在放蕩的一生中，他蹚過一條條的女人河，又在風花雪月的日子裡揣摩著女人心思。他在香汗脂粉中尋找寄託，也尋求解脫。一位朋友的歌姬死了，他寫詩安慰人家：

月缺花殘莫愴然，花須終發月終圓。更能何事銷芳念，亦有濃華委逝川。一曲豔歌留婉轉，九原春草妒嬋娟。王孫莫學多情客，自古多情損少年。

月總要缺，花總會殘，又何必為此多愁善感呢？而他一個人的時候，何嘗不是多愁善感的呢？

「小山重疊金明滅，鬢雲欲度香腮雪。」——〈菩薩蠻．小山重疊金明滅〉

「江上柳如煙，雁飛殘月天。」——〈菩薩蠻．水精簾裡玻璃枕〉

「山月不知心裡事，水風空落眼前花。」——〈夢江南二首．其一〉

「萬枝香雪開已遍，細雨雙燕。」——〈蕃女怨．萬枝香雪開已遍〉

……

你看，溫庭筠寫那麼多閨怨詞，那些美麗的句子彷彿在為他代言：我很醜，也很風流，可我真的很溫柔。

如果世界漆黑，其實我很美

在愛情裡面進退，最多被消費

無關痛癢的是非，又怎麼不對，無所謂
如果像你一樣，總有人讚美
圍繞著我的卑微，也許能消退
其實我並不在意，有很多機會
像巨人一樣的無畏
放縱我心裡的鬼
可是我不配
醜八怪，能否別把燈打開
我要的愛，出沒在漆黑一片的舞臺
……

有沒有覺得，歌手薛之謙的這首〈醜八怪〉，唱的就是溫庭筠呢？

【詩人簡歷】 溫庭筠（約西元八一二年至八六六年），原名岐，字飛卿，唐朝太原祁（今山西祁縣）人。詩與李商隱齊名，合稱「溫李」，詞與韋莊齊名，合稱「溫韋」。「花間詞派」最重要人物，代表作〈花間集〉。

咫尺千里——魚玄機：放手之後，就是放縱

【成語①】**咫尺千里**

【釋義】比喻距離雖近，但很難相見，像是遠在天邊一樣。

【出處】唐．魚玄機〈隔漢江寄子安〉詩：「含情咫尺千里，況聽家家遠砧。」

【成語②】**無價之寶**

【釋義】無法估價的寶物，指極珍貴的東西。

【出處】唐．魚玄機〈贈鄰女〉詩：「易求無價寶，難得有心郎。」

唐武宗會昌年間，住在長安平康里的一戶姓魚的人家，新添了一個可愛的女娃。女娃的父親是個讀書人，新生命的到來，讓這個書生喜上眉梢，他希望女兒能順利長大，成為一個蕙質蘭心的女子，所以，他就為女兒取名蕙蘭。

魚蕙蘭五歲便開始跟著父親讀書識字，幾年後她就能夠寫詩作文了。十來歲的小蕙蘭才華初顯，人也出落得越發楚楚動人，不幸的是，他的父親在這個時候突然病故了。家庭的重擔壓在母親一人身上。有時，看著母親操勞的身影，蕙蘭真想自己能變成一個男兒，幫母親撐起家中的一片天。

十五歲那年春天，魚蕙蘭在長安崇真觀南樓遊玩時，看到一群新科進士，興高采烈地在牆上題詩留名，她很有感慨，心想自己若是男兒身，說不定也有機會在那兒題詩。回到家，她便寫了〈遊崇真觀南樓，睹新及第題名處〉一詩：

雲峰滿目放春晴，歷歷銀鉤指下生。自恨羅衣掩詩句，舉頭空羨榜中名。

崇真樓前，峰巒起伏，春光明媚，新科進士們以或秀美或剛勁的字體，在牆上題詩留名。恨只恨我是個女子，詩文才華無法展現，只能在這裡抬頭看著金榜上的進士題名，空留羨慕之情。魚蕙蘭雖有不能參加進士考試的遺憾，可她的詩名卻並沒有被掩蓋，在長安城的文人圈，她還是很受推崇。

魚蕙蘭在崇真觀南樓上所看到的題名進士中，有一個最為風光、最為得意的人，他就是新科狀元李億。沒想到魚蕙蘭會和李億走到一起。是一位朋友從中間牽線，魚蕙蘭才有機會和李億相識。一見面，魚蕙蘭便被李億那不俗氣質吸引到，李億也被魚蕙蘭的美貌迷倒了。繼續交往下去，彼此都感覺離不開對方。

儘管李億比魚蕙蘭大了好幾歲，儘管李億已有老婆，但在魚蕙蘭的眼中，這都不是問題。但李億老婆裴氏卻認為：丈夫再娶是個非常嚴重的問題，魚蕙蘭若想進李家門，沒門！李億私下就對魚蕙蘭說：那妳就別進我家門，我另找個住處給妳住，算是咱倆的家，一樣地對妳好，不行嗎？

魚蕙蘭完全同意這個意見。這樣，她就開始過上「外宅婦」的生活。雖然不能天天廝守，雖然有些偷偷摸摸的感覺，可狀元郎李公子有才又體貼，談又談得來，相處很和諧，除此之外，還要求什麼呢？

李億要去做鄂岳觀察使的幕僚，他先和裴氏一起到地方後，又私下派人將魚蕙蘭接了過去，在漢江的對岸為她另安排一個住處。有了官位的李億整日公務纏身，又受裴氏約束，所以魚蕙蘭雖和他住得不遠，卻難得見上一面。更多的時候，魚蕙蘭都是處於對李億的相思之中。想念極了，就寫詩：〈春情寄子安〉、〈江陵愁望子安〉、〈寄子安〉、〈情書寄李子安〉……其中有首〈隔漢江寄子安〉的詩：

江南江北愁望，相思相憶空吟。鴛鴦暖臥沙浦，鸂鶒閒飛橘林。
煙裡歌聲隱隱，渡頭月色沉沉。含情咫尺千里，況聽家家遠砧。

一江之隔，卻只能隔岸相望，這「咫尺」之距，在有情人眼裡，真的有如「千里」之遙啊。相見的次數雖然少，但畢竟有相見的機會，再說距離產生美，每一次的歡聚都有新婚的效果不是？

一晃幾年過去，李億到了太原，開始在河東節度使的幕中任職，這次，裴氏沒跟來。魚蕙蘭和李億，便有了在太原的三年縱情歡樂時光。赴宴出遊，遊戲詩會，兩人幾乎形影不離。但李億對魚蕙蘭的感覺，卻慢慢淡下來了。

當李億回朝當上補闕後，他開始有意疏遠魚蕙蘭。加上裴氏整天威脅施壓，他最終決定和魚蕙蘭斷了關係。李億把話一挑明，魚蕙蘭當時就愣住：好好的，怎麼就要散了？魚蕙蘭哀求，說好話，寫情詩，終未能挽回。

書信茫茫何處問，持竿盡日碧江空。——〈書情寄李子安〉

魚蕙蘭一下子陷入茫然無助的境地。和李億見最後一面時，魚蕙蘭說出了要出家為道的打算。李億幫魚蕙蘭圓了這個「出家夢」，花錢讓她進入長安城外的咸宜觀。當了道姑的魚蕙蘭有了道號——玄機，她還給自己取個字：幼微。魚蕙蘭成了魚玄機，身分變了，環境變了，生活也變了。再回想從前和李億一起的那些日子，魚玄機頓生恍若隔世之感。

原來的那些誓言呢？那些承諾呢？還不都是騙人的！魚玄機為此惱火了好長一段時間。期間，恰巧有個原來住處的鄰家女孩來找她訴苦，說自己被一個男人拋棄了。魚玄機一聽就來氣了，心想男人真沒有一個可信的。她安慰完女孩，就寫了一首詩贈之：

羞日遮羅袖，愁春懶起妝。易求無價寶，難得有心郎。
枕上潛垂淚，花間暗斷腸。自能窺宋玉，何必恨王昌？

（〈贈鄰女〉）

是啊，何必為一個負心郎的背叛而傷心呢？既然自己有才有貌，想求得宋玉那樣的美男子，也一點不成問題啊！魚玄機看開了，行動起來也就無所顧忌。

她在道觀大門口，貼了張醒目的告示，上書：魚玄機詩文候教。告示一出，立馬應者雲集。京城及周圍的官員士子們，自覺肚裡有點墨汁的，都屁顛屁顛地前來「請教」或「賜教」。來者，大多數是把「候教」的「教」理解成「睡覺」的「覺」。

當然，魚玄機也不是來者不拒；看不上眼的，自然會拒之門外。喜歡的，要麼發展成情人，要麼就愉快地以朋友相處。這些人中，以李郢、溫庭筠、左名揚、李近仁等人，最得她的心。有時，魚玄機想他們中的哪個了，就直接以詩表白。比如在初識李郢時，聽說人家喜歡垂釣，她就贈詩曰：

無限荷香染暑衣，阮郎何處弄船歸？自慚不及鴛鴦侶，猶得雙雙近釣磯。

（〈聞李端公垂釣回寄贈〉）

詩的後兩句意思是：我很慚愧，連水中的那對鴛鴦也不如，因為你釣魚時，牠們可以雙雙游到你坐的石頭邊，而我連靠近你的機會也沒有。看她這愛的表白，是不是很直接？

而對於溫庭筠，魚玄機更願意把他當作一個傾訴對象，一個值得信賴的大爺級朋友。她更傾慕的是對方的才華，她樂於把自己的心事說給他聽。比如在一個人的冬夜，魚玄機會寫出這樣的詩給溫庭筠：

苦思搜詩燈下吟，不眠長夜怕寒衾。滿庭木葉愁風起，透幌紗窗惜月沉。
疏散未閒終遂願，盛衰空見本來心。幽棲莫定梧桐處，暮雀啾啾空繞林。
（〈冬夜寄溫飛卿〉）

魚玄機的孤獨，只有她自己最清楚。在每一次的歡愉過後，她心中總會湧起無盡的惆悵。她覺得自己就像一株牡丹花，因為才高香濃才落得今天這地步。她愛的人不愛她，愛她的人她卻不愛，日子在難堪的處境中被肆意揮霍著。

又一個男人出現了，正是她中意的類型。可沒想到的是，在趁自己外出的時候，那個名叫綠翹的婢女竟會跟他搞到一起。魚玄機太失望了！

男人離開之後，魚玄機瞬間失去理智，她開始瘋狂地懲罰綠翹，結果一失手，竟把綠翹打死了。二十五歲的魚玄機犯了罪，入了大牢。跟她有過來往的一些權貴紛紛在暗中幫她求情，她才得以出獄。但主審的官員是之前被魚玄機拒絕過的一位「賜教者」，一年後，他命人再次把魚玄機抓來定罪，並很快處斬了。

月色苔階淨，歌聲竹院深。門前紅葉地，不掃待知音。
（〈感懷寄人〉）

知音再也不會來了，紅葉還會有人掃嗎？

【詩人簡歷】魚玄機（約西元八四四年至八六八年），初名蕙蘭，字幼微。晚唐著名女詩人，長安（今陝西西安）人。代表作有〈江陵愁望有寄〉、〈感懷寄人〉等。

剜肉補瘡——聶夷中：田園已遠，田家苦寒

【成語】**剜肉補瘡**

【釋義】剜：用刀挖去。挖下身上的好肉來補傷口。比喻只顧眼前，用有害的方法來救急。

【出處】唐．聶夷中〈詠田家〉詩：「二月賣新絲，五月糶新谷；醫得眼前瘡，剜卻心頭肉。」

前幾年，網路上動輒有人這樣抱怨：「起得比雞早，幹得比牛多，吃得比豬差，睡得比狗晚。」意即付出很多、得到的卻很少。而最早發出「起得比雞早」這樣感慨的，卻是晚唐時期一個叫聶夷中的詩人。不信，請看他的〈住京寄同志〉一詩：

有京如在道，日日先雞起。不離十二街，日行一百里。
役役大塊上，周朝復秦市。貴賤與賢愚，古今同一軌。
……

這詩是聶夷中在京城長安考中進士後寫的。他在唐懿宗咸通十二年（西元八七一年）進士及第，也許是因為正值戰亂，朝廷顧不上對新科進士進行考察授官，所以他便困居在長安，一困近十年。同時困居的當然不只他一人，還有好多和他境況相似的人，都想通過躋身官場來改變命運，大家當然就是「同志」了。

聶夷中三十五歲才考中進士，好容易從寒門走出來，自然十分看重這身分。所以在京城困居期間，他不是在被動地等待，而是每天都要起早貪黑地奔波，一是找關係，二是謀生存。

「日日先雞起」，不就是天天起得比雞早嗎？他名夷中，字坦之，「夷」和「坦」都有「平」的意思，但一上道，方知「平坦」只能是一種美好的心願。在京城的每一天都是忙忙碌碌的，每一天下來，又都是灰溜溜的。而那些權貴家的公子哥兒們，卻能在養尊處優中坐享其成。

花樹出牆頭，花裡誰家樓。一行書不讀，身封萬戶侯。美人樓上歌，不是古涼州。

（〈公子行二首·其二〉）

公子們可以不勞而獲，可以在酒足飯飽之餘看美人歌舞，種花養鳥，哪能體會到底層勞動者的辛酸？

種花滿西園，花發青樓道。花下一禾生，去之為惡草。

（〈公子家〉）

在農民心目中，一株禾苗就是一種希望和收成，而在不問稼穡的花花公子們眼裡，禾苗也只不過是棵影響觀賞花木生長的「惡草」。

對於農人和莊稼，聶夷中生來就有著深厚的感情，他從心裡希望朝廷能重視農業，珍惜糧食：

片玉一塵輕，粒粟山丘重。唐虞貴民食，只是勤播種。
前聖後聖同，今人古人共。一歲如苦饑，金玉何所用。

（〈古興〉）

民以食為天，如果沒有了粟米，即使擁有金銀財寶，又有什麼用呢？
在入京前，聶夷中不止一次為農家寫詩。他理解種田人的辛苦，同情他們的遭遇，在〈詠田家〉一詩中，他甚至向最高統治者發出呼喊：睜眼看看種田人的苦難吧！

二月賣新絲，五月糶新谷。醫得眼前瘡，剜卻心頭肉。
我願君王心，化作光明燭。不照綺羅筵，只照逃亡屋。

可是官家哪會管底層人民的死活呢，他們只會一年又一年地收稅收租：

父耕原上田，子劚（鋤）山下荒。六月禾未秀，官家已修倉。
（〈田家〉）

聶夷中現在有了晉陞為官的機會，他當然要爭取，因為他知道做個耕田之人真的太難了。
他渴望著皇上能禮賢下士，重用他這樣的人才：

燕臺高百尺，燕滅臺亦平。一種是亡國，猶得禮賢名。何似章華畔，空餘禾黍生。
（〈燕臺〉）

但現實是現實，理想是理想，「長安道」真不是那麼好走的：

此地無駐馬，夜中猶走輪。所以路傍草，少於衣上塵。
（〈長安道〉）

官場上的人都在忙活，夜裡也不閒著，路旁的草都被馬踩死了，騎馬人身上都沾滿塵土，真是風塵僕僕啊。在這些會投機鑽營的人面前，聶夷中又算什麼呢？不過是個不起眼的小角色而已。困頓之中，唯有以酒解愁：

日月似有事，一夜行一週。草木猶須老，人生得無愁。
一飲解百結，再飲破百憂。白髮欺貧賤，不入醉人頭。
我願東海水，盡向杯中流。安得阮步兵，同入醉鄉遊。

（〈飲酒樂〉）

最後，聶夷中終於得到一個授官機會，成了華陰縣尉。離京時，他穿著已破舊不堪的黑袍子，只帶了一把琴、一捆書，再無其他東西。那樣的年月，那樣的職位，聶夷中身不由己，無所作為。幾年後，他便辭了官，不知所終。他在晚年的〈短歌〉一詩中，這樣寫道：

無言鬢似霜，勿謂事如絲。耆年無一善，何殊食乳兒。

年已花甲，鬢髮如霜，再回首竟一事無成，這跟吃奶的嬰孩有什麼區別？

隔著一千多年的時光，彷彿還能聽到聶夷中的一聲嘆息。

【詩人簡歷】 聶夷中（西元八三七年至？），字坦之，唐朝河南中都（今河南泌陽）人，一說河東（今山西運城）人。家境貧寒，一生坎坷。代表作有〈詠田家〉、〈田家二首〉等。

山雨欲來——許渾：失了心志，濕了詩句

【成語】山雨欲來

【釋義】「山雨欲來風滿樓」的省略，指預示有事情即將發生。

【出處】唐．許渾〈咸陽城西樓晚眺〉詩：「溪雲初起日沉閣，山雨欲來風滿樓。」

有一段相聲，甲說自己是個詩人，乙問甲作過什麼詩，甲說他小時候經常尿床，每天早上床單都是濕的，所以說他每天都在「作濕」，乙就笑話甲，說甲原來是個「濕人」啊。

在本篇出場的這個晚唐詩人許渾，就是一個「大濕人」，這名號可是史書記載的，所謂：「許渾千首濕，杜甫萬古愁。」杜甫之「愁」，我們都清楚。許渾之「濕」，該怎麼理解呢？不妨看許渾的幾句詩：

魚沉秋水靜，鳥宿暮山空。——〈憶長洲〉

雁來秋水闊，鴉盡夕陽沉。——〈寄契盈上人〉

雲帶雁門雪，水連魚浦風。——〈寄天鄉寺仲儀上人〉

雨中耕白水，雲外斸青山。——〈王居士〉

一聲溪鳥暗雲散，萬片野花流水香。——〈滄浪峽〉

舊日樂貧能飲水，他時隨俗願餔糟。——〈寄當涂李遠〉

看出來了嗎？是不是每句都帶「水」字？除帶「水」字的詩句外，還有好多帶「雨」、「露」、「霜」、「雪」、「浪」、「波」、「潮」，等等跟水相關的字眼，這些詩句在許渾的詩作中占很大的比重，所以翻讀許渾的詩卷，讀者的最大感受就是——潮乎乎的、霧濛濛的、濕淋淋的。

許渾之所以喜歡「作濕」，自然是有原因的。一是他的家鄉在潤州丹陽，那裡可是道道地地的水鄉澤國，這樣的環境使他對「水」有與生俱來的深厚感情；二是他喜歡遊山玩水，以水入詩當是再正常不過的了。難怪南宋大詩人陸游要把許渾譽為「江山風月主」。許渾僅僅喜歡遊山玩水、寫寫山水詩嗎？當然不是這樣的。他也曾經是一個有理想、有抱負的人。許渾青少年時期為了應舉登第，曾隱居在蘇州洞庭西山刻苦攻讀。

憲宗元和初年，許渾離開家鄉，第一次到長安投考，路過潼關時，有感於眼前的山川景象，寫下〈秋日赴闕題潼關驛樓〉：

紅葉晚蕭蕭，長亭酒一瓢。殘雲歸太華，疏雨過中條。
樹色隨山迥，河聲入海遙。帝鄉明日到，猶自夢漁樵。

馬上要到京城了，許渾卻說自己還在夢著漁樵生活呢！他留戀田園生活是真的，希望進士及第、進入官場也是真的。

首次投考，落榜了。雖說自己是唐初宰相許圉師的後人，但支脈已遠，門蔭的優待已享受不到。許渾開始去結交名公大臣，以期引薦。杭州刺史盧之輔、淮南節度使王播、河中尹楊巨源、秘書省柳璟、校書袁都、東都使君竇庠、鄜州節度使邱直方等人，都曾接受過許渾的拜訪。

但許渾在科場上還是一次次地失敗。他多希望自己能儘快入仕，建功立業，然後功成身退，流芳後世：

會待功名就，扁舟寄此身。

（〈早發壽安次永壽渡〉）

眼看著一同應試的朋友都一一及第了，許渾失落又著急。

紅花半落燕於飛，同客長安今獨歸。一紙鄉書報兄弟，還家羞著別時衣。

（〈送楊發東歸〉）

直到大和六年（西元八三二年），許渾才考中進士，又歷經一番曲折，開成三年（西元八三八年）始入官場大門，先後擔任過當涂縣令、監察御史、潤州司馬、睦州刺史和郢州刺史等職。

一入官場，許渾才意識到官不是那麼好當，功業也不是那麼好建的。也曾給皇上提過意見和建議，也曾想通過自己努力改變一下現狀。可皇上不聽他的啊，官員大臣們也都忙著內鬥，而自己身體又不好，所以許渾這官當得很不爽。看著大唐王朝逐漸衰落，呈現江河日下難以挽回之勢，許渾時常憂心忡忡。

宣宗大中三年（西元八四九年）的一個秋日傍晚，身為監察御史的許渾，登上了咸陽城西樓。雲起日沉、山雨欲來的景象，讓許渾想到了人世滄桑和朝代興亡，在深深的憂慮中，他吟出〈咸陽城東樓〉一詩：

一上高城萬里愁，蒹葭楊柳似汀洲。溪雲初起日沉閣，山雨欲來風滿樓。

鳥下綠蕪秦苑夕，蟬鳴黃葉漢宮秋。行人莫問當年事，故國東來渭水流。

「行人莫問當年事」，萬般無奈之下，許渾連「當下事」都不想過問了。許渾年輕到過浙東天臺山，接觸了一些僧人、道士，那時便開始有了崇佛向道之志。如今置身官場，他隱居的欲望更加強烈了。在官員和隱士之間，他應該覺得自己更像是一位隱士，且是一位「中隱」（閒適無權的官職）的隱士：

大隱住朝市，小隱入丘樊。
丘樊太冷落，朝市太囂喧。
不如作中隱，隱在留司官。
似出復似處，非忙亦非閒。
不勞心與力，又免饑與寒。
……

拿著薪俸去隱居，既隨心，又有經濟保障，許渾倒挺會算計的。還是在宣州任太平縣令期間，許渾就在京口東南的茅山置田四十多畝，並建了「茅山石涵村舍」。公務之餘，便到村舍閒居，流連山水，尋僧訪道。任郢州刺史時，他還專門出資建成一處「新陽別業」，供自己隱居。在老家丹陽，也有一處許渾專屬的「丁卯橋村舍」，潤州司馬辭官和晚年歸隱後，他都是在這裡居住、編書。他的詩集叫《丁卯集》，所以，他又有個「許丁卯」的綽號。

自翦青莎織雨衣，南峰煙火是柴扉。萊妻早報蒸藜熟，童子遙迎種豆歸。
魚下碧潭當鏡躍，鳥還青嶂拂屏飛。花時未免人來往，欲買嚴光舊釣磯。
（〈村舍二首．其一〉）

晚年的許渾，一邊悠然消磨著閒散的村居時光，一邊用自己的才情在詩中蓄起一汪汪「清水」。回望曾經的官場歲月，勞心費力又一事難成。他是真的不想再蹚那灘「渾水」了。

【詩人簡歷】 許渾（生卒不詳），字用晦，唐朝潤州丹陽（今江蘇丹陽）。因曾居京口（今鎮江）丁卯澗，又有「許丁卯」之稱。代表作有〈咸陽城東樓〉、〈金陵懷古〉等。

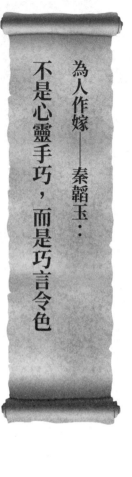

為人作嫁——秦韜玉：

不是心靈手巧，而是巧言令色

【成語】 **為人作嫁**

【釋義】 原意是說窮苦人家的女兒沒有錢置備嫁衣，卻每年辛辛苦苦地用金線刺繡，給別人做嫁衣。比喻空為別人辛苦。

【出處】 唐．秦韜玉〈貧女〉詩：「苦恨年年壓金線，為他人作嫁衣裳。」

如果沒寫出〈貧女〉一詩，秦韜玉這個名字恐怕早已被後人忘掉了。

蓬門未識綺羅香，擬託良媒益自傷。誰愛風流高格調，共憐時世儉梳妝。
敢將十指誇針巧，不把雙眉鬥畫長。苦恨年年壓金線，為他人作嫁衣裳。

翻譯成白話文，這首詩的意思應該是這樣的：我是個貧苦人家的女兒，從來沒穿過那些高貴華麗的衣裳，想託個靠譜的媒人來提親，但這會讓我心裡更增悲傷。誰會愛我這高尚的品格和情調？他們都喜歡時下流行的時髦裝扮。我靈巧的十指只會將針線活做得精美，絕不會天天描眉畫眼與人爭短比長。恨只恨我年年手裡拿著金線刺繡，都是在替富人家小姐做嫁衣裳。

表面上看，詩是替一個窮人家未嫁女子訴說心中不平，對不平等社會現象表達的不滿和埋怨，傳遞出的是一種感傷且無奈的情緒。然而，這首詩僅僅是在為一個「為人作嫁」的貧女鳴不平嗎？要想回答這個問題，就需要來聊一聊秦韜玉這個人。作為一個晚唐詩人，關於他的史料記載非常少，其生卒年均不詳。

秦韜玉是宣宗至昭宗年間的寒士詩人群體——「芳林十哲」中的一「哲」，應該說他在當時的詩壇，還是有挺高的地位的。而把他歸入寒士之列，似乎有點牽強。

他的父親曾是唐十二衛中軍將，一個中底層的軍官。而當時的京城部隊多由宦官帶領，這樣秦韜玉就依靠父親關係，與某位帶兵宦官有了接觸，然後又與那個名叫路岩的宰相取得聯繫。秦韜玉不甘屈居人下，他有野心，但因自家門第不顯赫，必須去投靠權貴，於是，他才找到了路岩這個靠山。

秦韜玉寫過一首〈貴公子行〉，在詩中，他非常羨慕貴公子們「鬥雞走狗家世事，抱來皆佩黃金魚」的奢華生活；因而「卻笑儒生把書卷，學得顏回忍饑面」，對苦讀聖賢書、固守貧窮的書生則予以嘲笑。但是，秦韜玉最後不僅沒從路岩那兒得到提攜，反而遭受到他的牽連而一度倒楣。路岩曾跟京兆尹楊損因為宅地之事產生過糾紛，自此結下梁子。當路岩在與韋保衡的權位之爭中失勢後，楊損迅速升遷，開始對攀附過路岩的秦韜玉進行打擊報復。

咸通十四年（西元八七三年），秦韜玉參加進士考試，在楊損的干預下，秦韜玉自然榜上無名。此後幾年，秦韜玉在考場上一直處於孤立無援的境地，無緣榜單，他在苦悶之餘，就寫下了〈貧女〉一詩。科考前，四處奔走，攀附宦官和路岩，這做的不正是類似「年年壓金線」的活兒嗎？但結果卻向相反的方向發展，靠山倒了臺，他立即成了眾矢之的，而受益及第的卻是那些跟自己不合的人。原來所做的努力，不正是「為他人作嫁衣裳」嗎？

在這樣的處境下，秦韜玉的心情豈能平靜？

大底榮枯各自行，兼疑陰騭也難明。無門雪向頭中出，得路雲從腳下生。深作四溟何浩渺，高為五嶽太崢嶸。都來總向人間看，直到皇天可是平。

（〈問古〉）

通常來說，興盛和敗落各有路數，冥冥之中難以作出準確判定。毫無來由的風雪撲面而來，青雲之路會沒預料地在腳下鋪開。深得像無邊的四海，高得像巍峨的五嶽。人世間的前行之路，只怕是到了天堂才會平坦下來。路不平，也要走下去。路岩不能靠，那就再找新靠山。最後，秦韜玉又靠上大宦官田令孜，當了人家的幕僚。

因為表現出色，會諂媚，善鑽營，秦韜玉逐漸受到田令孜的賞識，在沒取得進士身分的情況下，他開始升官了，在尚書省任職，還掌管鹽鐵事務。黃巢的軍隊攻入長安後，秦韜玉隨著唐僖宗的車駕到蜀中避難。中和二年（西元八八二年），僖宗專門下詔贈秦韜玉進士及第，編入春榜。

被贈進士後，秦韜玉又很快被田令孜提拔為工部侍郎。再後來呢？那就不知道了。最後不知所終的秦韜玉，就給我們留下了「為人作嫁」這個帶有委屈和怨氣的成語。

【詩人簡歷】秦韜玉（生卒不詳），字仲明，京兆（今陝西西安）人。晚唐詩人。其詩皆是七言，構思奇巧，語言清雅，意境渾然，多有佳句。代表作〈貧女〉、〈長安書懷〉、〈對花〉、〈釣翁〉等。

千言萬語——鄭谷：
也許萬句無人應，也許一字留美名

【成語】**千言萬語**

【釋義】形容說的話很多。

【出處】唐・鄭谷〈燕〉詩：「千言萬語無人會，又逐流鶯過短牆。」

鄭谷，這名字不是太熟悉吧？北宋的晏殊，這名字應該不陌生，他有首大家耳熟能詳的〈浣溪沙〉詞：

一曲新詞酒一杯。去年天氣舊亭臺。夕陽西下幾時回？

無可奈何花落去，似曾相識燕歸來。小園香徑獨徘徊。

詞中的「去年天氣舊亭臺」，就是直接借用鄭谷〈和知己秋日傷懷〉中的詩句：

流水歌聲共不回，去年天氣舊亭臺。梁塵寂寞燕歸去，黃蜀葵花一朵開。

由此可見，作為一個晚唐詩人，鄭谷還是有一定影響力的。到了清代，才子紀曉嵐還稱鄭谷為「晚唐之巨擘」呢。鄭谷是袁州宜春（今江西宜春）人，他的父親叫鄭史。鄭史曾和另一詩人司空圖同在柳州做官，一天司空圖來到鄭史住處，見到年僅七歲的鄭谷，讀了鄭谷寫的詩賦，感慨地拍著他的肩膀說：「好小子，你這是要成為『一代風騷主』的節奏啊！」

鄭谷雖才氣過人，成年後的科考經歷卻非常不順，從二十來歲開始，折騰了十六年，直至僖宗光啟三年（西元八八七年），才考中進士。在鄭谷投考的十多年間，整個大環境也是兵荒馬亂的。黃巢起義軍攻入長安後，鄭谷也跑到巴蜀、荊楚之地逃命，過著非常窘迫的日子。黃巢被滅後，李克用、王重榮又領兵進犯長安，回到京城的鄭谷又開始四處奔命。

想一想，在這樣的境遇下，懷揣登科夢的鄭谷會有著怎樣的心情？逃亡的途中，聽到鷓鴣哀怨淒切的叫聲，他也會悲從中來：

暖戲煙蕪錦翼齊，品流應得近山雞。雨昏青草湖邊過，花落黃陵廟裡啼。
遊子乍聞征袖濕，佳人才唱翠眉低。相呼相應湘江闊，苦竹叢深春日西。

（〈鷓鴣〉）

鷓鴣是種美麗的鳥兒，但叫聲卻好像人在喊：「去不得啊哥哥！」聽了會讓遊子斷腸，佳人神傷。鷓鴣啼叫聽不得，〈鷓鴣曲〉也聽不得啊！鄭谷在〈席上貽歌者〉一詩中這樣寫道：

花月樓臺近九衢，清歌一曲倒金壺。座中亦有江南客，莫向春風唱〈鷓鴣〉。

作為一個久困北方的「江南客」，鄭谷聽到了〈鷓鴣曲〉，怎能不觸發心中的羈旅之情？在亂世的春天裡，那一聲聲燕子的呢喃，也喚不起鄭谷心底的美好情思，有的只是無人理會的孤獨：

年去年來來去忙，春寒煙暝渡瀟湘。低飛綠岸和梅雨，亂入紅樓揀杏梁。

閒幾硯中窺水淺，落花徑裡得泥香。千言萬語無人會，又逐流鶯過短牆。

（〈燕〉）

「年去年來來去忙」，這就如鄭谷一次次地來到長安投考，又一次次地失望而歸。「千言萬語無人會」，身處底層，自然人微言輕，說得再多，又有何用？一年年地奔走，一回回地離別，心頭的愁緒，何時才能煙消雲散？在淮上（今揚州），鄭谷又要和朋友分手了，他要去京城趕考，而朋友則要去瀟湘之地，一北一南，各奔前程。

揚子江頭楊柳春，楊花愁殺渡江人。數聲風笛離亭晚，君向瀟湘我向秦。

（〈淮上與友人別〉）

好不容易才考中進士，但過了七年後鄭谷才得以授官。及第為官後，眾舉子開始把鄭谷當作學習的榜樣。許多人慕名向他討教，他忙著當老師，作指導，一下子就擺脫「千言萬語無人會」的窘境了。一個叫王貞白的書生，把自己的詩整理好寄給鄭谷，還附了一首詩：

五百首新詩，緘封寄去時。只憑夫子鑒，不教俗人知。

（〈寄鄭谷〉）

只認鄭谷一人，可見鄭谷在王貞白心目中的地位之高。鄭谷先任京兆府鄠縣尉，後又任拾遺、補闕、尚書都官郎中等職。歲數大了，世道又不太平，鄭谷開始產生了辭官歸隱的心思，矛盾中，他寫下了〈中年〉一詩：

漠漠秦雲淡淡天，新年景象入中年。情多最恨花無語，愁破方知酒有權。
苔色滿牆尋故第，雨聲一夜憶春田。衰遲自喜添詩學，更把前題改數聯。

朱全忠篡權後，鄭谷便辭了官，開始在宜春仰山東莊的書屋隱居下來。鄭谷歸隱後，依然有好多人去找他學詩，其中有個僧人，名叫齊己。一個冬日，齊己見雪地裡的一棵梅樹上，有幾枝已經開花了，於是就即興寫了一首〈早梅〉：

萬木凍欲折，孤根暖獨回。前村深雪裡，昨夜數枝開。
風遞幽香去，禽窺素豔來。明年如應律，先發映春臺。

寫完後，齊己就拿著詩稿去見鄭谷，請他提提意見。鄭谷讀後，就指著「昨夜數枝開」一句說：「數枝開能算早梅嗎？我覺得把『數』字改為『一』字會更好，更切題。」

齊己一琢磨，感覺這一字改得實在妙，於是連忙給鄭谷施禮道：「您真是我的一字之師啊！」鄭谷能成為「一字師」，這與他的才華和經歷分不開，更得益於他的勤奮和刻苦。他曾在好多詩中，寫到他苦吟的情形：

屬興同吟詠，成功更琢磨。——〈予嘗有雪景一絕為人所諷吟段贊善小筆精微……詩謝之〉
酒醒往事多興念，吟苦鄰居必厭聞。——〈結綬鄠郊縻攝府署偶有自詠〉
夜夜冥搜苦，那能鬢不衰。——〈寄膳部李郎中昌符〉
老吟窮景象，多難損精神。——〈梓潼歲暮〉

……

鄭谷因〈鷓鴣〉一詩而得名「鄭鷓鴣」。鷓鴣叫得苦，鄭谷吟詩也很苦啊！

【詩人簡歷】鄭谷（約西元八五一年至九一〇年），字守愚，唐朝袁州宜春（今屬江西）人。曾任都官郎中，人稱「鄭都官」，又以〈鷓鴣〉詩出名，被稱「鄭鷓鴣」。代表作有〈淮上與友人別〉、〈鷓鴣〉等。

月光如水——趙嘏：
沉入歲月之河，繞不過功名這釣餌

【成語】月光如水

【釋義】月光皎潔柔和，如同閃光而緩緩流動的清水。形容月色美好的夜晚。

【出處】唐．趙嘏〈江樓感舊〉詩：「獨上江樓思渺然，月光如水水如天。」

月光如水
我是魚
歲月是垂釣的老人
你是誘餌

這是前幾年一度很紅、一個名叫王海桑的詩人的詩句，他的詩集名叫《我是你流浪過的一個地方》。詩中的「月光如水」是一個成語，這一成語的創造者是中晚唐詩人趙嘏（ㄍㄨˇ）。「嘏」有「福」的意思，可趙嘏一生中似乎沒享幾天福。在中晚唐那樣爛泥塘一般的環境中，平民家庭出身的趙嘏，要想科場得意、仕途順暢，那也只能是痴心妄想。

文宗大和六年（西元八三二年）的初秋，十七歲的趙嘏從老家山陽（今江蘇淮安）出發，風塵僕僕地往長

安趕去，準備參加次年舉行的春試。首次進京赴試，趙嘏明顯地信心不足。當行到那個名叫齊安的地方時，趙嘏想到前些年在江南和塞北漫遊的經歷，又想到不確定的未來，便寫下了〈齊安早秋〉一詩：

流年堪惜又堪驚，砧杵風來滿郡城。高鳥過時秋色動，征帆落處暮雲平。
思家正嘆江南景，聽角仍含塞北情。此日沾襟念岐路，不知何處是前程。

「此日沾襟念岐路，不知何處是前程。」正如詩句所言，趙嘏到長安後，首入考場就栽了筋斗，此後十多年間，他一方面積極應考，一方面主動去投靠達官貴人以求引薦。牛僧儒、令狐綯、王起、李德裕等高官，趙嘏都去套過近乎。盧中丞、韋中丞、沈大人、盧郎中等各路要員，趙嘏都給獻過讚詩。在京城，他曾一次次地在高官面前低頭彎腰，硬著頭皮追隨人家，在館閣之間出出進進，儼然人家的親屬一般。

但真正伸手扶他一把的，幾乎沒有。那一年的重陽，疲憊又失望的趙嘏給自己的弟弟寫了一首詩：

多少鄉心入酒杯，野塘今日菊花開。新霜何處雁初下，故國窮秋首正回。
漸老向人空感激，一生驅馬傍塵埃。侯門無路提攜爾，虛共扁舟萬里來。

（〈重陽日示舍弟〉）

趙嘏終於認識到：這麼多年跟在人屁股後邊跑，你再心懷感激，再委曲求全，也不會有人真心提攜你的，指望侯門，到頭來只不過是虛空一場。

客居異地，屢受失敗的折磨，趙嘏只能用故鄉的記憶來慰藉自己，儘管那縷縷鄉思中有些淒涼、有些愁苦。有時，他會想念家鄉的風景，希望回到那個熟悉的地方：

可憐時節堪歸去，花落猿啼又一年。——（〈憶山陽〉）

有時，他會在長安的月夜和昔日友人一起談論家鄉：

今夜秦城滿樓月，故人相見一沾衣。——（〈長安月夜與友人話故山〉）

有時，他會在夢中見到故鄉：

心熟家山夢不迷，孤峰寒繞一條溪。——（〈吳門夢故山〉）

有時，他會用酒來消解思鄉之愁：

故園回首雁初來，馬上千愁付一杯。——（〈途中〉）

有時，樹上的蟬鳴也會勾起他的思鄉之情：

晚樹疏蟬起別愁，遠人回首憶滄洲。——（〈自遣〉）

那一個深秋的拂曉，趙嘏登上了長安的城樓，寫下〈長安秋望〉一詩：

雲物淒清拂曙流，漢家宮闕動高秋。殘星幾點雁橫塞，長笛一聲人倚樓。
紫豔半開籬菊靜，紅衣落盡渚蓮愁。鱸魚正美不歸去，空戴南冠學楚囚。

眼前的殘星、紫菊和水中的枯荷，耳畔的長笛聲，無不使詩人心生淒清之感。他想到家鄉肥美的鱸魚，覺得應該回家了，再在長安待下去似乎也沒多大意義。

「早晚相酬身事了，水邊歸去一閒人。」（〈寄歸〉）趙嘏每一次落第，他腦中總會首先升起「歸去」的念頭。他甚至有了參禪悟道之心，並且一次次地走進寺院。但一想到功名，依然心有不甘。再赴考場。又落第了。

東歸回鄉的途中，一天夜晚，趙嘏獨自登上那座江邊小樓，看著眼前如水的月光，他想起上一年與朋友共同賞月的情景，頓生物是人非之感慨，於是，當場吟出〈江樓感舊〉一詩：

獨上江樓思渺然，月光如水水如天。同來望月人何處，風影依稀似去年。

這一年，趙嘏回到家，納了一個小妾。小妾很美，很得趙嘏歡心。趙嘏又要去長安趕考，臨走時，他讓小妾留在家中侍奉母親。沒想到，他走後不久，小妾和家人一起去附近寺廟遊玩時，卻被一官員看上了。

第二年，趙嘏終於進士及第，但不久他就聽到家中愛妾已被家鄉官員強行搶走的消息。真是科場得意，情場失意！內心不好受，趙嘏就寫了一首詩：

寂寞堂前日又曛，陽臺去作不歸雲。從來聞說沙吒利，今日青娥屬使君。

（〈座上獻元相公〉）

那官員聽說這首詩後，很是慚愧，就派人將小妾送到長安，還給趙嘏。趙嘏見了愛妾後，兩人悲喜交加，一起住了兩晚後，愛妾卻突然死去。趙嘏悲痛萬分地將愛妾葬掉。後來，他當了渭南縣尉，還是不停地思念她。據說，趙嘏臨死時，眼前還出現愛妾的美麗身影。那一年，他才四十多歲。所以在趙嘏和小妾兩人之間，誰是誰流浪過的一個地方？

【詩人簡歷】趙嘏（約西元八〇六年至八五二年），字承佑，唐朝楚州山陽（今江蘇省淮安市淮安區）人。代表作有〈江樓感舊〉、〈長安晚秋〉等。

雲英未嫁——羅隱：隱忍不發？我做不到！

【成語①】**雲英未嫁**

【釋義】指女子尚未出嫁。

【出處】唐．羅隱〈贈妓雲英〉詩：「鍾陵醉別十餘春，重見雲英掌上身。我未成名君未嫁，可能俱是不如人。」

【成語②】**呵筆尋詩**

【釋義】呵筆：冬天筆涼或凍結，用口吹暖氣使之解凍；尋詩：尋覓詩句。用口吹暖氣，使筆解凍，然後揮筆作詩。形容冬日苦吟。

【出處】唐．羅隱〈雪〉詩：「寒窗呵筆尋詩句，一片飛來紙上銷。」

生在晚唐的寒門才子，遭遇都是差不多的：累舉不第，仕途坎坷。羅隱，當然也不例外。因為到了唐末，科場有更多的處於社會底層的讀書人，想通過走仕途擺脫貧困，所以科場的競爭就更為激烈。而社會越黑暗，科場越容易被權貴所把持，窮人子弟上升的管道便會越來越窄。更何況，羅隱還是一個相貌醜陋且言語尖刻的人。

他有多醜？有這樣一個傳說：

羅隱曾經用詩投獻那個叫鄭畋（ㄊㄧㄢˊ）的宰相。鄭畋有個女兒長得十分漂亮，且特別愛好讀詩，一天她讀到羅隱的「張華謾出如丹語，不及劉侯一紙書」這兩句詩時，立即開始發痴起來，對作者羅隱頓生愛慕之心，以至到了魂不守舍的地步。

一天，羅隱忽然來拜見鄭畋，鄭畋女兒聞訊，就從簾後偷看羅隱。不看則已，一看嚇人！羅隱的醜相讓鄭畋女兒瞬間死了心。

羅隱說話有多尖刻？再看一個傳說：

一個財主信奉「兒孫滿堂」、「多子（孫）多福」的說法，在給他孫子辦「滿月席」的時候，上的菜大多都是偏「酸」味的，因為在當地「酸」與「孫」發音接近，「酸多」也就是「孫多」之意。因為羅隱有文名，所以他被財主邀去赴宴。羅隱雖一向看不慣財主的作派，但又盛情難卻，只好硬著頭皮前往。

席間，財主勸酒勸菜，很是熱情。吃菜時，財主問眾賓客：「是不是酸多？」大家就齊答：「酸多！酸多！」財主很是高興，就又問羅隱：「羅公子，是不是酸多？」羅隱吃了一口菜後，馬上一本正經地答道：「是的，酸死了！」

財主吉利話沒討成，卻討到咒語，你說晦氣不晦氣？

傳說不足信，但羅隱的才華是沒話說的。

羅隱原名叫羅橫，杭州新城（今浙江富陽）人，少時就能詩善文，與同族的羅虬、羅鄴並稱「三羅」。當時還有人將他和之前的溫庭筠、李商隱合稱「三才子」。宰相令狐綯的兒子令狐滈（ㄏㄠˋ）進士及第時，羅隱寫詩祝賀，令狐綯對他說：「我兒子考上進士我不高興，高興的是能得到你的一首詩。」

羅隱詩賀令狐滈，是在他二十八歲那年——唐懿宗咸通元年（西元八六〇年）。他是二十六歲首次來到長安，二十七歲首考失利。之後，羅隱又考了多次，次次落榜。一年又一年，羅隱雖累舉不第，但他依然在困窘的環境中苦吟不輟：

細玉羅紋下碧霄，杜門顏巷落偏饒。巢居只恐高柯折，旅客愁聞去路遙。撅凍野蔬和粉重，掃庭松葉帶酥燒。寒窗呵筆尋詩句，一片飛來紙上銷。

十二年過去，又一次落第後，羅隱在去長沙的途中，經過鐘陵（今江西進賢）。鐘陵是他初次赴京停留過的地方，當年在那裡結識了一位叫雲英的歌伎，沒想到第二次到這個地方，又見到了雲英。這麼多年過去，雲英仍沒脫離風塵，還是歌伎身分，羅隱剛要發問，雲英卻先發制人：「羅秀才現在還沒脫掉白衣啊！」雲英的話讓羅隱很是羞愧，但想到雲英和自個兒的遭遇，他沒有反脣相譏，而是寫一詩贈給對方：

鍾陵醉別十餘春，重見雲英掌上身。我未成名君未嫁，可能俱是不如人。

一個貌美未嫁人，一個才高未登科，哪是什麼「不如人」的原因？分別是造化弄人啊！什麼公平公正，什麼選賢任能，科舉考試還不是你們這些王公大臣玩的遊戲！在羅隱的眼裡，科舉場簡直就是混濁不堪的黃河：

莫把阿膠向此傾，此中天意固難明。解通銀漢應須曲，才出崑崙便不清。高祖誓功衣帶小，仙人占門客槎輕。三千年後知誰在？何必勞君報太平！

（〈黃河〉）

別把澄清濁水的阿膠再朝黃河倒了，沒用的，水不會變清的。登堂入室走的本來就不是什麼光明大道，被提拔做官的人一出手就不乾不淨。要到黃河變得像衣帶那麼窄，皇室貴族才能不霸爵位，現在求官的人想入仕途，需經他們的援引，才能青雲直上。既然黃河三千年才能澄清一次，我是等不到了，也不勞駕您來報告所謂的好消息了。

對朝廷失望，對科舉失望，對整個社會失望。羅隱開始漫遊各地，借酒消愁。

得即高歌失即休，多愁多恨亦悠悠。今朝有酒今朝醉，明日愁來明日愁。

（〈自遣〉）

科場上再有誰及第的消息，他也不再像原先那樣關注了：

逐隊隨行二十春，曲江池畔避車塵。如今贏得將衰老，閒看人間得意人。

（〈偶興〉）

他把自己的名字由「橫」改為「隱」。不關注科場，但看到社會的黑暗面和不公平現象，有話就要說的羅隱，還是要表態的。看到辛勤釀蜜的蜜蜂，羅隱自然想到那些被剝削的勞動者，禁不住要為他們鳴不平：

不論平地與山尖，無限風光盡被占。採得百花成蜜後，為誰辛苦為誰甜？

（〈蜂〉）

看到那種名為金錢花的植物，羅隱就想：要是這花真的是金錢做成的，恐怕豪門貴族早把它們挖光，據為己有了：

占得佳名繞樹芳，依依相伴向秋光。若教此物堪收貯，應被豪門盡劚將。

（〈金錢花〉）

長安下大雪了，高官富豪都在喊「瑞雪兆豐年」，而羅隱看到的卻是雪中那些貧困無依的人：

盡道豐年瑞，豐年事若何？長安有貧者，為瑞不宜多。

（〈雪〉）

僖宗光啟三年（西元八八七年），回到老家的羅隱投靠在杭州刺史錢鏐的幕下，那一年，他已五十五歲了。六年後，錢鏐剛開始接任鎮海軍節度使時，他讓掌書記沈崧起草奏章以謝恩，沈便在奏章中極力誇讚浙西的富饒。

羅隱看到奏章後，就說：「現在我們這地方剛剛歷經戰亂，朝中大臣都正想索賄呢，奏章把浙西寫得這麼好，就不怕他們獅子大開口？」

錢鏐便讓羅隱重擬奏章。

之後，羅隱就成了鎮海軍掌書記，幾年後，任觀察判官。七十四歲後，羅隱又先後任司勛郎中、鎮海節度判官、給事中、鹽鐵發運使等職。

羅隱七十七歲病逝，在整個唐代也算是一個很能活的詩人了。雖然路不順，雖然看不慣，但有話就說，不曲裡拐彎，不藏著掖著，該放下時就放下，這也許是羅隱能夠長壽的原因之一吧。

【詩人簡歷】羅隱（西元八三三年至九〇九年），字昭諫，唐朝杭州新城（今浙江省杭州市富陽區新登鎮）人。代表詩作有〈贈妓雲英〉、〈蜂〉等。

新愁舊恨——韓偓：不能追隨，那就追念

【成語】新愁舊恨

【釋義】恨：遺憾。現時的煩惱加上往日的遺憾。形容愁怨很多，難以排遣。

【出處】唐．韓偓〈三月〉詩：「新愁舊恨真無奈，須就鄰家甕底眠。」

十歲裁詩走馬成，冷灰殘燭動離情。
桐花萬里丹山路，雛鳳清於老鳳聲。

上面這首詩是晚唐詩人李商隱寫的，詩的題目是〈韓冬郎即席為詩相送一座盡驚他日餘方追吟連宵侍坐裴回久之句有老成之風因成二絕寄酬兼呈畏之員外二首〉絕，這是「二絕」中的一首。

詩題中的「韓冬郎」就是指詩人韓偓（ㄨㄛˋ），冬郎是他的小名，「畏之員外」是指韓偓的父親韓瞻。這個很長的詩題的意思是：韓偓即席作了一首詩，在場的人無不為之驚奇，幾天後，李商隱再次回憶起韓偓吟的那句「連宵侍坐裴回（徘徊）久」，很老到很見功夫，於是就寫了兩首絕句來酬和，寄去，想讓韓瞻員外也過過目。

全詩的意思是：酒宴臨近尾聲，在這樣的離別時刻，十歲的冬郎飛快地寫成了一首詩。在丹山道上，桐花

覆蓋，美麗異常，花叢中有雛鳳清脆的叫聲，也有老鳳蒼老的呼叫，顯然，雛鳳的鳴叫更為動人。

現在我們已經看出來了，韓偓給李商隱寫詩時才十歲，但詩才卻讓李商隱由衷地佩服。那麼，韓偓為何要給李商隱寫詩，他和父親韓瞻到底跟李商隱有什麼樣的關係？李商隱的岳父叫王茂元，韓瞻的岳父也叫王茂元，而這王茂元又是同一個人，所以說李商隱和韓瞻就是正兒八經的連襟關係，因此，李商隱就是韓偓的姨夫。

大中五年（西元八五一年）七月，李商隱要跟著東川節度使柳仲郢去四川當幕僚，臨行前，韓瞻擺酒與之話別，席間，十歲的韓偓藉機在姨夫面前展現一把詩才。自小就有過人的才華，又出身書香門第，按常理講，韓偓的前途應是一片光明，但事實是：他太不容易了！光是在科舉場上，就浪費掉他二十年的光陰，直到唐昭宗龍紀元年（西元八八九年），他才進士及第，那年，他已年近五十。

韓偓入仕的起點倒不低：刑部員外郎。可是，沒幹多長時間，朝中的權臣就開始排擠他，最後把他擠到河中節度使的幕府中。韓偓因此耿耿於懷，專門寫了一首詩記下這事。儘管幾年後，韓偓又回到朝中，且昭宗也非常賞識他，但在唐末那樣的動亂年代中，韓偓雖有心有才，最終又能有什麼作為呢？

乾寧二年（西元八九五年）七月，河東節度使李克用發兵直逼京師，宦官李繼鵬將昭宗劫持到鳳翔，韓偓隨昭宗出京，路上他親眼目睹戰亂給百姓帶來的災難，心痛不已，他不知道何時才能再次迎來和平歲月。

亂，一直在持續著，朝中宦官作亂，藩鎮諸侯作亂，在這樣的環境中，昭宗也不過是宦官和一些節度使手中的棋子。儘管如此，韓偓還是緊緊追隨在昭宗左右，他希望能用自己的忠心為皇上分憂，也期待著朝廷能重回風平浪靜。

光化三年（西元九〇〇年），身為左右神策軍中尉的宦官頭子劉季述發起宮廷政變，廢掉昭宗，立太子李裕為帝。韓偓對此事豈能坐視不管？他協助宰相崔胤平息這次政變，使昭宗得以復位。六月，韓偓被授予翰林學士，並升任中書舍人，自此，他與昭宗的關係更為密切，他本人也在朝中度過一段相對春風得意的日子。

韓偓和崔胤在保昭宗這方面是同心協力的，但後來卻在如何消除宦官禍患的問題上產生了分歧：崔胤主張把朝中宦官一網打盡，全部翦除，而韓偓卻認為做得這樣徹底，會引起動亂。天復元年（西元九〇一年）六月，崔胤的計劃在實施前意外洩露，宦官韓全誨氣急敗壞，意欲起兵給昭宗顏色看，崔胤慌忙帶兵勤王。宣武軍節度使、梁王朱全忠乘機向關中大舉進兵，韓全誨把昭宗劫往鳳翔。

昭宗再次被劫持，韓偓依然無怨無悔地追隨左右。念其忠心不二，昭宗不久就把韓偓提為兵部侍郎。天復三年（西元九〇三年），昭宗回到長安。這年二月，韓偓因為推薦王贊、趙崇兩人為相，結果朱全忠惱羞成怒，極力反對，且揚言要殺韓偓。為了保全韓偓的性命，昭宗只得將韓偓貶為濮州司馬。

赴濮州前，韓偓和昭宗秘密話別，昭宗握著韓偓的手，流淚嘆道：「我左右無人矣！」由此可見，韓偓在昭宗心中所占的地位無可替代。

韓偓離開了朝堂，但他豈能忘記昭宗的知遇之恩？在貶謫途中，他時刻關注著京城的動靜，並期待有重新回去陪伴昭宗的一天。天復四年（西元九〇四年），朱全忠殺死崔胤，逼迫昭宗遷都洛陽，不久又殺了昭宗，立昭宗的兒子李柷為帝，並把國號改為天祐。韓偓得知朱全忠弒君篡位的消息後，悲憤萬分，此後再寫詩，詩題只用甲子紀年，再不用年號。朱全忠也曾招韓偓入朝任職，但韓偓根本不為所動，堅決拒絕。

因為當時的閔王王審知對朱氏政權是抵制的，所以晚年的韓偓就投靠在王審知的門下。但當後梁王朝逐漸穩定後，王審知對朱全忠又開始妥協。韓偓因此非常失望，此後雖沒有離開福建，但已漸漸和王審知疏遠，並以一個唐朝遺民自居，在山水田園中尋找慰藉。

這樣的心境下，韓偓還能高興得起來嗎？在一個冬去春來的三月天裡，他寫下了〈三月〉這首詩：

辛夷才謝小桃發，蹋青過後寒食前。四時最好是三月，一去不回唯少年。
吳國地遙江接海，漢陵魂斷草連天。新愁舊恨真無奈，須就鄰家甕底眠。

辛夷花謝了，桃花開了，又到了四季中最美的三月，春去春會來，但人生的青春年少卻是一去不回來。想像著遙遠的吳地江海和長安漢陵，禁不住黯然神傷。新愁舊恨纏繞心頭，消解之法，唯有一醉。

韓偓就這樣懷著滿腔的故國之思，在失望和無助中慢慢走到了生命的盡頭。據說在韓偓去世後，他的兒子韓寅亮為他整理遺物，發現他生前燒殘的蠟燭上，還留著新的淚痕，說明他在臨死前還在為已不復存在的唐王朝而流淚，當時在場的人，看了之後無不動容。

忠心耿耿的韓偓，生前還寫過很多豔情詩，後都編在《香奩集》中，其中有一首〈自負〉是：

人許風流自負才，偷桃三度下瑤臺。至今衣領胭脂在，曾被謫仙痛咬來。

可以做個假設，如果韓偓生活在盛唐時期，那他人生後半部分的「新愁舊恨」，是不是都要被詩酒風流來取代了？

【詩人簡歷】 韓偓（約西元八四二年至九二三年），小名冬郎，字致光，號致堯，晚年又號玉山樵人。唐朝陝西萬年縣（今西安市長安區樊川）人。有晚唐「一代詩宗」之譽。代表作〈惜花〉、〈三月〉、〈曉日〉、〈永柳〉等。

閒雲野鶴——貫休：出世的情懷入世的夢

【成語】**閒雲野鶴**

【釋義】閒：無拘束。飄浮的雲，野生的鶴。舊指生活閒散、脫離世事的人。

【出處】宋．尤袤《全唐詩話》卷六（貫休語）：「州亦難添，詩亦難改，然閒雲孤鶴，何天而不可飛。」

柴門寂寂黍飯馨，山家煙火春雨晴。庭花濛濛水泠泠，小兒啼索樹上鶯。

（〈春晚書山家屋壁二首〉）

這首詩的內容是：靜悄悄的山野柴門內，有陣陣飯香飄來；炊煙裊裊中，春雨漸停，天空轉晴。院落裡的花兒像蒙上了一層輕紗，附近山溪傳來泠泠的流水聲；有鳥兒在樹上歡快啼叫，逗得樹下的小孩兒哭鬧著要捉鳥來玩。

多麼清新安靜的山居環境，多麼恬淡閒適的農家生活！詩的題目叫〈春晚書山家屋壁二首〉，這是其中一首，是詩人於某個春日傍晚，在某戶山野人家作客後寫的一首題壁詩。

詩作者是晚唐五代時期的一位詩僧，名叫貫休。貫休俗姓姜，婺州蘭溪（今屬浙江）人。他出生於一個破落的士大夫家庭，七歲時即被家人送入家鄉的和安寺，跟高僧圓貞長老學佛。

小貫休很聰明，能日誦佛經一千字且過目不忘，也很早就學會了作詩。當時鄰近寺院有個和他年齡相仿的小沙彌，名叫處默，兩人經常在一起誦經賦詩。貫休十五、六歲時，在蘭溪一帶就頗有詩名。

到了二十歲，貫休受了戒，就開始到各處漫遊。先是在離家鄉不遠的五洩山內修禪十年，其間還到過處州（今浙江麗水）等地。咸通初年（西元八六〇年），年近三十的貫休又開始到洪州（今江西南昌）遊學，並居住於鐘陵山。

此後二十年間，貫休一直在鐘陵山、毗陵（今常州）、廬山等地活動，除了與地方官員和僧道們交遊唱和外，更多的時間裡，他都是在山林間過著與世無爭的隱居生活。

休話喧嘩事事難，山翁只合住深山。
數聲清磬是非外，一個閒人天地間。
綠圃空階雲冉冉，異禽靈草水潺潺。

（〈山居詩二十四首〉）

渴飲山泉，饑食山果、野蔬，每日裡的快樂就是賞松竹、聽流水，或觀曉煙晚霞，或吟風弄月。偶爾也會有山下農人或山中小獸不約而至：

野人愛向庵前笑，赤玃頻來袖畔眠。

（〈山居詩二十四首〉。玃，讀ㄐㄩㄝˋ，指猿猴）

但「野人」和「赤玃」是不會理解貫休的，所以貫休常常陷入「高奇章句無人愛」的孤獨。

是是非非竟不真，桃花流水送青春。姓劉姓項今何在，爭利爭名愁殺人。

（〈偶作因懷山中道侶〉）

貫休不屑於世俗名利之爭，但他畢竟沒有完全脫離於塵世之外，他有著很強烈的濟世情懷，內心深處也有著一幅理想國的圖景。所以貫休在隱居期間，也會主動和一些地方官員接觸，在幫助他們建功立業的同時，也使自個兒的理想得以實現。

但貫休終究是個僧人，他沒有入仕願望，功利心當然也不會那麼重，所以與官員接觸的過程中，雖有奉迎之詞，但態度卻是不卑不亢。昭宗時期，錢鏐因平定董昌之亂有功，而被授予鎮東軍節度使，因此自稱為吳越王。貫休當時住在靈隱寺，聽到錢鏐榮升的消息後，他就前往錢府獻詩祝賀：

貴逼人來不自由，龍驤鳳翥勢難收。
滿堂花醉三千客，一劍霜寒十四州。
鼓角揭天嘉氣冷，風濤動地海山秋。
東南永作金天柱，誰羨當時萬戶侯。

（〈獻錢尚父〉）

獻詩當然是稱頌錢鏐的，說他戰功赫赫，威猛無比，而今作一方之主，笑傲東南，令人羨慕！錢鏐看了獻詩，自是高興得不得了，但當時正處於被勝利沖昏頭腦的膨脹期，他認為自己這個吳越王還須占據更大的地盤，所以看到「一劍霜寒十四州」時，他覺得這「十四州」遠遠不夠，於是就命人將貫休喊來，要貫休將「十四州」改為「四十州」，不然，他就不會再見貫休。

其實改了也就改了，舉手之勞而已，但貫休卻較真起來，不僅不改詩，還給錢鏐丟下一句話：「州是不能再添，詩也不會更改！我就是閒雲野鶴一般的人，哪兒的天空都是可以飛翔的！」當天貫休就整理衣鉢，到別處雲遊去了。

後來，貫休來到荊南。他開始與貶官至此的詩人吳融交往唱和，其間，結識了荊南節度使成汭。貫休不僅詩寫得好，其書、畫水準也是相當高。一次，成汭想跟貫休討教書法方面的問題，貫休覺得成汭不是那塊料，於是就語帶譏諷地說：「學字這事必須設壇登拜才可傳授，怎能隨隨便便回答呢？」

這一說不要緊，成汭當下就惱羞成怒，心想：我是誰？你又是誰？竟敢這樣對我說話！結果懷恨在心的成汭把貫休趕出了荊南。在弟子們的勸說下，貫休又來到四川。見四川是個富庶安寧之地，貫休便想接近蜀王王建，幫他把這個小王國治理得更好。於是，貫休給王建獻了一詩：

河北江東處處災，唯聞全蜀勿塵埃。一瓶一鉢垂垂老，千水千山得得來。
奈苑幽棲多勝景，巴歈陳貢愧非才。自慚林藪龍鍾者，亦得親登郭隗臺。

（〈陳情獻蜀皇帝〉）

入蜀時，貫休已經年過古稀了，所以他才稱自己是「林藪龍鍾者」。他在垂暮之年，翻越千山萬水來到蜀地，就是為登上王建招賢納士的「郭隗臺」，以發揮「餘熱」啊。

王建雖出身草莽，目不識丁，但他卻是一個愛才惜才之人，因為他需要人才來幫自己鞏固在四川的統治。貫休的到來，讓王建十分高興。王建平時對貫休敬重有加，時常向他討教治蜀之策。貫休也因此頻繁地得到王建的賞賜。

當王建建立前蜀、自立為帝后，有一天到貫休所在的龍華寺遊覽，休息時，他召貫休唸新寫的作品給他聽。見前蜀國的許多親王和貴戚都侍坐左右，貫休意欲勸誡他們，於是就讀了〈公子行〉一詩：

錦衣鮮華手擎鶻，閒行氣貌多輕忽。稼穡艱難總不知，五帝三皇是何物！

詩中的公子既招搖輕慢，又懶惰無知，這可是赤裸裸的嘲諷！王建聽後，內心雖有不快，但對貫休的敬重卻沒一點改變，還賜「禪月大師」名號給他。貫休是看不慣貴族子弟的輕薄行為：

鬥雞走狗夜不歸，一擲賭卻如花妾。惟雲不顛不狂，其名不彰，悲夫！

（〈輕薄篇二首〉）

對貪官汙吏更是滿懷憎恨之情：

吳姬唱一曲，等閒破紅束。

韓娥唱一曲，錦緞鮮照屋。寧知一曲兩曲歌，曾使千人萬人哭。

（〈酷吏詞〉）

貫休既戀山林，也樂於涉足官場，山林安放情懷，官場則安放理想。

這個自謂閒雲野鶴的僧人，其實一直在尋找心靈的真正歸宿。

前蜀永平二年（西元九一二年），八十一歲的詩僧平靜地圓寂後，王建還特意下詔為他修建了靈塔。

【詩人簡歷】貫休（西元八三二年至九一二年），唐末五代前蜀僧人，擅詩、畫。俗姓姜，字德隱，婺州蘭溪（今屬浙江）人。代表作有〈春晚書山家屋壁二首〉等。

光陰似箭——韋莊：

李唐成過去，西蜀我來也

【成語】**光陰似箭**

【釋義】形容時間消逝得很快。

【出處】唐．韋莊〈關河道中〉詩：「但見時光流似箭，豈知天道曲如弓。」

盛唐時期，韋氏絕對是長安一帶的名門望族，可是安史之亂一來，韋氏一族很快就風光不再，但這也成就了一個詩人：韋應物，動盪的時局使之由京城惡少轉變為有情有義的高士，讓人感嘆。

韋應物去世四十餘年後，他的四世孫韋莊來到了人間。此時的韋家更是衰敗不堪，韋莊一問世，身上便只能貼上寒門子弟的標籤。雖然出身寒微，且父母早亡，但韋莊聰明、好學，年紀輕輕就顯現出過人的才華。有才華的韋莊也是有志向的，他希望自己能憑才華登堂入室，成為一個有作為的人。

因為時局動盪，年輕時韋莊不斷變換住處，先是在長安杜陵，又到華州下邽（今屬陝西渭南市），後又回到家鄉，咸通初年曾入昭義軍節度使幕府，大約在咸通七年（西元八六六年）移居虢州（今河南靈寶），在那裡隱居十年後，方回京參加科舉考試。

在從虢州去長安的路上，韋莊寫下了〈關河道中〉一詩：

槐陌蟬聲柳市風，驛樓高倚夕陽東。往來千里路長在，聚散十年人不同。
但見時光流似箭，豈知天道曲如弓。平生志業匡堯舜，又擬滄浪學釣翁。

野外槐樹上的蟬在聲聲叫著夏天，柳枝輕搖送來陣陣清風，夕陽的餘暉映照著驛站的高樓。幾千里的道路上，行人來來去去，人走了，路卻默默長存；當年的故人聚聚散散，漫長的十年時光，讓身邊人換了又換。人們只看到時間如箭一般迅速流逝，哪知道天道卻像弓一樣彎曲。我今生的志向就是能夠輔助堯舜一般的賢君，若這個志向不能實現，那就效仿滄浪水邊的釣魚人，去過獨善其身的逍遙生活好了。

想入仕，入仕不成就當個隱士，這就是年已四十的韋莊的內心想法。為何四十多歲才去參加科舉考試？這其中的原因，只有韋莊自己心裡清楚。在關河道中，來來回回，不知不覺，幾十年就過去了，難怪韋莊要發出「時光流似箭」的感慨。

僖宗乾符五年（西元八七八年），韋莊首次步入進士考場，結果以失利告終。一次失敗不能就這樣算了，既然心懷「匡堯舜」的志向，那就從頭再來，繼續考。廣明元年（西元八八〇年），韋莊再次應考，沒有迎來金榜題名的好消息不說，倒是把黃巢大軍迎來了。本來就不安穩的世道，此時更亂了。戰亂中，韋莊無所適從，最後跟弟弟妹妹也失散了。京中硝煙四起，屍橫處處，幾如人間煉獄。撫今思昔，他寫了這首〈憶昔〉：

昔年曾向五陵游，子夜歌清月滿樓。銀燭樹前長似畫，露桃花裡不知秋。
西園公子名無忌，南國佳人號莫愁。今日亂離俱是夢，夕陽唯見水東流！

想當初，貴族公子們無所忌憚，歌姬舞女們無憂無慮，而今，所有的繁華歡愉都要隨水東流了。兩年後，韋莊才尋找到逃離京城的機會。那一天，他一路向東，直奔洛陽。

韋莊曾親眼看見起義軍給京城帶來的震盪，在赴洛路上又聽到許多逃難者的訴說，甚至還聽到黃巢官兵吃人心肝的傳聞，他眼前呈現出的簡直就是一幅末日圖景。到洛陽後，韋莊情不能自已，他想寫一首長詩，記述這兩年來那些令人怵目驚心的見聞感受。

動筆前，韋莊的腦海中出現了一個美麗女子的形象，那女子很像長安城中某大戶人家的一個侍女。韋莊想像著她被黃巢士兵擄走，在兵營中經歷了一個個難熬的日日夜夜，後來在東逃的途中，與他相遇。對！就以這個假想中的女子為傾訴者，讓她來幫助完成這首新作吧。韋莊想到此，過去兩年的一幕幕便在眼前浮現出來。

這樣，一篇長達二三八句、共一六六六字的〈秦婦吟〉便在不久之後大功告成。

此詩一出，立即在民間流傳開，人們不僅爭相傳誦，而且有的還將其製為屏風、幛子懸掛起來。〈秦婦吟〉後半部分有這樣兩句詩：「適聞有客金陵至，見說江南風景異。」這其實是韋莊本人在路上聽到的消息：江南相對平靜多了，那兒風景也好得多！

那就去江南吧。

中和三年（西元八八三年），韋莊攜著剛完成的〈秦婦吟〉來到浙西，開始在鎮海軍節度使周慶幕府中任職。兩年後，韋莊曾有一次奉命北上迎駕的經歷，沒有迎成，他便準備返回浙西。歸途中，聽說周慶被叛軍所逐，已逃往常州。無所依附的韋莊便折首往北，在太行山、長城一帶遊歷將近一年，直到僖宗光啟四年（西元八八八年），才輾轉回到原來在浙西的居住地衢州。

此後幾年，韋莊一直在江南生活，足跡遍及金陵（今南京）、婺州（今浙江金華）、信州（今饒州）、鄱陽、宜春、耒陽等地。

江南風光好，韋莊也在漫遊中寫了好多描寫優美自然風光的詩作，比如下面這首〈西塞山下作〉：

西塞山前水似藍，亂雲如絮滿澄潭。孤峰漸映湓城北，片月斜生夢澤南。爨動曉煙烹紫蕨，露和香蒂摘黃柑。他年卻棹扁舟去，終傍蘆花結一庵。

韋莊在詩中說要在山下傍著蘆花蓋一草庵，這說明他是非常喜愛江南風景的。寫這詩時，他已經五十五歲，他真的要當隱士了嗎？不是的。昭宗景福二年（西元八九三年），五十八歲的韋莊再次來長安考進士，還是沒考上，直到第二年才得以上榜。

年近花甲，韋莊終於擠進了官場，成為秘書省的一位校書郎。乾寧三年（西元八九六年），昭宗讓韋莊以節度判官的身分，配合諫議大夫李詢入蜀，去勸西川節度使王建與東川節度使顧顏暉和解。這樣，韋莊就和王建見了面。

講和的事暫且不論，反而是這次入蜀讓韋莊受到了王建的賞識。再回京，韋莊由校書郎升為左補闕。光化三年（西元九〇〇年），朝中宦官鬧事，囚了昭宗，並假傳聖旨，欲立太子李裕為帝。這一鬧，韋莊的心徹底涼了：宦官把持朝政，再在宮裡待著，還有啥意思？蜀地相對平和安靜，自己又得王建看重，不如去那裡吧。

韋莊真的就來到了蜀地。王建喜出望外，立即將他拉到掌書記的位子上。王建對韋莊十分信賴，韋莊對王建也是盡忠盡責。西元九〇七年，李唐王朝滅亡。朱全忠建立後梁，韋莊便率將領們擁戴王建即皇帝位，從而使前蜀政權得以建立。

王建成了前蜀皇帝，韋莊於次年成了前蜀宰相。那時，在韋莊的心中，「匡堯舜」的志向，好歹也算實現了吧？來到蜀地的韋莊，一開始住在成都西郊的浣花溪畔，他是奔著一向崇敬的詩人杜甫去的，他把杜甫草堂進行改建後，就在那裡過起自己的詩意生活，他的詩詞集就叫《浣花集》。

人人盡說江南好，遊人只合江南老。
春水碧於天，畫船聽雨眠。
壚邊人似月，皓腕凝霜雪。
未老莫還鄉，還鄉須斷腸。

（〈菩薩蠻〉）

芳草灞陵春岸，柳煙深，滿樓絃管。一曲離聲腸寸斷。
今日送君千萬，紅鏤玉盤金鏤盞。須勸！珍重意，莫辭滿。

（〈上行杯〉）

過去的歲月難忘懷。韋莊在前蜀雖算「功成名就」，但離他的初衷依然所距甚遠。在京城，在江南，每一次聚散離合的記憶，都會讓他有「斷腸」之感。

前蜀武成三年（西元九一〇年）八月，七十五歲的韋莊在成都花林坊去世。

最後再提一下：暮年歲月中的韋莊，很忌諱別人談及他的〈秦婦吟〉。儘管他曾因此詩獲得過「秦婦吟秀才」的美譽，儘管這是一篇史詩般的力作，但因詩中「內庫燒為錦繡灰，天街踏盡公卿骨」等涉及政治避諱的語句，他不得不忍痛割愛，連他的《浣花集》都未收錄此詩，以至於之後的宋元明清幾代，人們只知〈秦婦吟〉詩名，卻未能得見其詩，直至將近一千年後的一九〇〇年，〈秦婦吟〉寫本才在敦煌藏經洞被人發現。

後人將〈秦婦吟〉與〈孔雀東南飛〉、〈木蘭詩〉並稱為「樂府三絕」。

韋莊與溫庭筠都是花間詞派的代表人物，兩人並稱「溫韋」。

【詩人簡歷】韋莊（約西元八三六年至九一〇年），字端己，唐朝長安杜陵（今陝西省西安市東南）人。詩以〈秦婦吟〉著名，人稱其為「秦婦吟秀才」。詞有《浣花集》，花間派代表人物之一。

參考文獻

1.（宋）計有功《唐詩記事》，上海：上海古籍出版社，2013。
2.（唐）段成式《酉陽雜俎》，北京：中華書局，2017。
3.（元）辛文房《唐才子傳全譯》，譯注李立樸，貴陽：貴州人民出版社，1995。
4.（清）彭定求《全唐詩》，北京：中華書局，1999。
5.（後晉）劉昫等《舊唐書》，北京：中華書局，1975。
6.（宋）歐陽修、宋祁《新唐書》，北京：中華書局，1997。
7.（唐）張鷟、范攄《朝野僉載．雲溪友議》，上海：上海古籍出版社，2012。
8.（五代）王定保《唐摭言》，上海：上海古籍出版社，2012。
9.（唐）孟啟《本事詩》，評注董希平等，北京：中華書局，2014。
10.（清）蘅塘退士《唐詩三百首》，北京：十月文藝出版社，2016。
11. 俞平伯等《唐詩鑑賞辭典》，上海：上海辭書出版社，2013。
12. 丁啟陣《詩歌與人生》，北京：東方出版社，2005。
13. 雅圖辭書編委會《成語大詞典》，長春：吉林出版集團有限責任公司，2013。
14. 譚其驤主編《簡明中國歷史地圖集》，北京：中國地圖出版社，1991。
15. 王曙《唐詩的故事》，北京：北京工業大學出版社，2007。

16. 項楚《寒山詩注》，北京：中華書局，2000。
17. 陶敏、易淑瓊《沈佺期宋之問集校注》，北京：中華書局，2001。
18. 聞一多《唐詩雜論》，太原：三晉出版社，2011。
19. 馮至《杜甫傳》，北京：人民文學出版社，1952。
20. 施蟄存《品唐詩》，武漢：華中科技大學出版社，2015。
21. 尚永亮《詩映大唐春》，北京：北京大學出版社，2017。
22. 石繼航《唐朝入仕生存指南》，廣州：廣東人民出版社，2016。
23. 李國文《說唐》，北京：人民文學出版社，2012。
24. 馬漢麟《中國古代文化常識》，北京：新世界出版社，2007。
25. 沈起煒、徐光烈《簡明中國歷代職官辭典》，上海：上海辭書出版社，2014。
26. 劉初棠《盧綸詩集校注》，上海：上海古籍出版社，1989。
27. 易風《中國歷史年代簡表》，北京：文物出版社，2001。

附錄

唐朝皇帝列表

廟號	諡號	姓名	在位期間	陵寢	年號
唐朝618—690年					
高祖	神堯大聖大光孝皇帝	李淵	618—626年 （8年）	獻陵	武德618—626年
太宗	文武大聖大廣孝皇帝	李世民	627—649年 （23年）	昭陵	貞觀627—649年
高宗	天皇大聖大弘孝皇帝	李治	650—683年 （24年）	乾陵	永徽650—655年 顯慶656—661年 龍朔661—663年 麟德664—665年 乾封666—668年 總章668—670年 咸亨670—674年 上元674—676年 儀鳳676—679年 調露679—680年 永隆680—681年 開耀681—682年 永淳682—683年 弘道683年
中宗（遭廢）	大和大聖大昭孝皇帝	李顯	684年	定陵	嗣聖684年
睿宗（禪位）	玄真大聖大興孝皇帝	李旦	684—690年 （6年）	橋陵	文明684年 光宅684年 垂拱685—688年 永昌689年 載初690年

廟號	諡號	姓名	在位期間	陵寢	年號
武周690—705年					
	則天順聖皇后	武曌	690—705年 （16年）	乾陵	天授690—692年 如意692年 長壽692—694年 延載694年 證聖695年 天冊萬歲 695—696年 萬歲登封696年 萬歲通天 696—697年 神功697年 聖曆698—700年 久視700年 大足701年 長安701—705年
唐朝705—907年					
中宗（復辟）	大和大聖大昭孝皇帝	李顯	705—710年 （5年）	定陵	神龍705—707年 景龍707—710年
恭宗	殤皇帝	李重茂	710年		唐隆710年
睿宗（復辟）	玄真大聖大興孝皇帝	李旦	710—712年 （2年）	橋陵	景雲710—711年 太極712年 延和712年
玄宗	至道大聖大明孝皇帝	李隆基	712—756年 （44年）	泰陵	先天712—713年 開元713—741年 天寶742—756年
肅宗	文明武德大聖大宣孝皇帝	李亨	756—762年 （6年）	建陵	至德756—758年 乾元758—760年 上元760—761年
代宗	睿文孝武皇帝	李豫	762—779年 （17年）	元陵	寶應762—763年 廣德763—764年 永泰765—766年 大曆766—779年

廟號	諡號	姓名	在位期間	陵寢	年號
德宗	神武孝文皇帝	李适	780—805年（26年）	崇陵	建中780—783年 興元784年 貞元785—805年
順宗	至德大聖大安孝皇帝	李誦	805年	豐陵	永貞805年
憲宗	聖神章武孝皇帝	李純	806—820年（15年）	景陵	元和806—820年
穆宗	睿聖文惠孝皇帝	李恒	821—824年（4年）	光陵	長慶821—824年
敬宗	睿武昭愍孝皇帝	李湛	824—826年（2年）	莊陵	寶曆824—826年
文宗	元聖昭獻孝皇帝	李昂	826—840年（14年）	章陵	寶曆826年 大和827—835年 開成836—840年
武宗	至道昭肅孝皇帝	李炎	840—846年（6年）	端陵	會昌841—846年
宣宗	聖武獻文孝皇帝	李忱	846—859年（13年）	貞陵	大中847—859年
懿宗	昭聖恭惠孝皇帝	李漼	859—873年（14年）	簡陵	大中859年 咸通860—873年
僖宗	惠聖恭定孝皇帝	李儇	873—888年（15年）	靖陵	咸通873—874年 乾符874—879年 廣明880—881年 中和881—885年 光啟885—888年 文德888年
昭宗	聖穆景文孝皇帝	李曄	888—904年（16年）	和陵	龍紀889年 大順890—891年 景福892—893年 乾寧894—898年 光化898—901年 天復901—904年 天祐904年
景宗	昭宣光烈孝皇帝	李柷	904—907年（3年）	溫陵	天祐904—907年

詩神們，來點厭世聊癒系吧！（二版）唐詩成語故事趴，143個成語，99篇穿越傳奇

作　　者　單昌學
責任編輯　夏于翔
協力編輯　呂孟倫
內頁構成　李秀菊
封面美術　江孟達

發 行 人　蘇拾平
總 編 輯　蘇拾平
副總編輯　王辰元
資深主編　夏于翔
主　　編　李明瑾
業　　務　王綬晨、邱紹溢
行　　銷　廖倚萱
出　　版　日出出版
地址：10544台北市松山區復興北路333號11樓之4
電話：02-2718-2001 傳真：02-2718-1258
網址：www.sunrisepress.com.tw
E-mail信箱：sunrisepress@andbooks.com.tw

發　　行　大雁文化事業股份有限公司
地址：10544台北市松山區復興北路333號11樓之4
電話：02-2718-2001 傳真：02-2718-1258
讀者服務信箱: andbooks@andbooks.com.tw
劃撥帳號：19983379 戶名：大雁文化事業股份有限公司

印　　刷　中原造像股份有限公司
二版一刷　2023年10月
定　　價　580元
I S B N　978-626-7261-96-5

國家圖書館出版品預行編目（CIP）資料

詩神們，來點厭世聊癒系吧！唐詩成語故事趴，
143個成語，99篇穿越傳奇／單昌學著. -- 二版. --
臺北市：日出出版：大雁文化發行, 2023.10
448面；17×23公分
ISBN 978-626-7261-96-5（平裝）
1.CST: 漢語 2.CST: 成語 3.CST: 通俗作品
802.1839　　112014607

圖書許可發行核准字號：文化部部版臺陸字第108022號
出版說明：本書由簡體版圖書《唐詩中的成語》以正體字在臺灣重製發行，推廣成語。